ro
ro
ro

Patricia Amber

Der Graf und die Diebin

Erotischer Roman

Rowohlt Taschenbuch Verlag

Veröffentlicht im Rowohlt Taschenbuch Verlag,
Reinbek bei Hamburg, Dezember 2010
Copyright © 2008 by Plaisir d'Amour Verlag, Lautertal
www.plaisirdamourbooks.com
Umschlaggestaltung any.way, Cathrin Günther
(Foto: neuebildanstalt/Frank)
Satz aus der Sabon PostScript, InDesign,
bei Pinkuin Satz und Datentechnik, Berlin
Druck und Bindung CPI – Clausen & Bosse, Leck
Printed in Germany
ISBN 978 3 499 25547 2

Das für dieses Buch verwendete FSC®-zertifizierte Papier
Lux Cream liefert Stora Enso, Finnland.

Jeanne sah sich vorsichtig um – der Hof lag in der prallen Mittagssonne, der Hund döste, die Hühner hockten träge in ihren Kuhlen. Langsam stieg sie die steile Leiter hinauf, setzte die Holzschuhe so leise wie möglich auf, damit niemand sie hörte. Wenn die Mutter sie erwischte, würde es wieder Schläge geben. Der Heuboden war verboten. Alles war verboten.

Es war schmutzig hier oben. Spinnweben hingen von den Balken herab, auf dem Bretterboden hatte sich grauer Taubendreck angesammelt. Durch einen Spalt im Dach drang ein gleißender Sonnenstreifen ein, in dem die Staubpartikel tanzten. Sie ging in die Hocke und schaute sich suchend um.

«Komm, Kätzchen, komm zu mir», wisperte sie.

Nichts regte sich im Heu. Dabei war sie fast sicher, dass die Alte ihre Kleinen hier oben versteckt hatte. Sie hatte sie über den Hof geschleppt – drei waren es. Zwei graugetigerte und ein schwarzes Kätzchen. Sie musste sie gut verbergen – wenn Pierre oder die Mutter sie fand, würden sie die Kleinen gegen die Wand werfen.

Hatte da etwas geraschelt? Jeanne wollte vorsichtig näher gehen, da hörte sie das Schlurfen von Pierres Holzschuhen auf dem Lehmboden der Scheune unter ihr. Panik erfasste sie. Er stieg die Leiter hinauf.

«Jeanne? Bist du hier?»

Er hatte ein lüsternes Grinsen in den Zügen, als er in der Luke erschien und die letzten Stufen der Leiter hinaufkletterte. Es war so widerlich, dass sie sich umwandte und in eine Ecke flüchtete.

«Da bist du ja, mein Täubchen.»

Er packte sie von hinten, schloss die Finger um ihre

Brüste und riss sie zu sich heran. Sie schrie und wand sich unter seinem Griff. Staub und Taubenmist wirbelten um sie herum. Ihre harten Holzschuhe traten gegen sein Schienbein. Er fluchte. Der Leinenstoff ihres Mieders riss, und er spürte ihre bloße Haut. Ein wilder Taumel erfasste ihn.

«Halt still», keuchte er. «Halt endlich still.»

Ein schmerzhafter Biss in seinen rechten Zeigefinger war die Antwort. Er brüllte vor Wut und packte sie um die Taille, um sie ins Heu zu werfen. Doch sie drehte sich wie eine Katze und krallte die Finger in seinen Bart. Der Schmerz war so heftig, dass er sie loslassen musste.

«Du dreckiges Biest! Wechselbalg! Zigeunerschlampe!»

Er stand vornübergebeugt, die Hände auf sein Gesicht gepresst. Blut lief an seiner Hand herunter und tropfte auf den Holzboden. Sie hatte ihm fast den Finger abgebissen, diese Hexe.

Jeanne hatte sich hinter einem Bündel Heu verschanzt und starrte ihn mit vor Wut blitzenden Augen an. Ihr zusammengebundenes langes Haar hatte sich bei dem Kampf gelöst und hing ihr wirr um die Schultern. Er konnte ihre runden, festen Brüste sehen, denn er hatte ihr das Mieder zerrissen.

«Ich bin dein Vater!»

Sie kniff die Augen zusammen und glich jetzt einer wütenden Katze.

«Das bist du nicht!»

Er trat vorsichtig einen Schritt näher. Wenn er nur dicht genug an sie herankam, dann würde er sie schon packen. Und dieses Mal würde er dafür sorgen, dass die Wildkatze weder beißen noch kratzen konnte.

«Ich habe dich großgezogen und gefüttert. Unter meinem Dach haust du, undankbares Gör!»

Sie erkannte, was er vorhatte. Pierre war so dumm wie hässlich mit seinem grauen Stoppelhaar und den braunen, fauligen Zähnen. Aber er war stark, auch wenn er mit einem Fuß ein wenig hinkte.

«Du bist nicht mein Vater und hast mir gar nichts zu sagen!»

Sie versuchte den zerrissenen Stoff vor der Brust zusammenzuraffen – und die Bewegung erschien ihm so aufreizend, dass es ihn schwindelte. Was für eine Hölle, dieses Mädel tagein, tagaus vor Augen zu haben. Zu sehen, wie ihre jungen Brüste sich unter dem Stoff bewegten, wie sie die Hüften beim Gehen wiegte. Er hatte ihre Beine bis hinauf zu den Schenkeln gesehen, als der Wind ihr auf dem Acker unter den Rock fuhr, und er hatte seinen Schwanz an diesem Abend überhaupt nicht mehr heruntergekriegt.

«Auf die Straße setze ich dich. Betteln gehen kannst du, wenn du nicht gehorchen willst!»

Sie maß mit einem schnellen Blick die Entfernung zu der Heugabel – die links an der Wand lehnte – und tat einen Sprung. Verblüfft glotzte Pierre auf die drei spitzen Holzzinken, die nun auf ihn gerichtet waren. Er lachte laut auf.

«Denkst du vielleicht, ich hätte Angst vor dir?»

Jeanne wusste, dass er im Ernstfall stärker war. Er konnte ihr die Gabel aus den Händen reißen und sie dann zu Boden werfen. Er konnte sie sogar mit dem Gabelstiel verprügeln, das hatte er früher oft getan. Aber sie wusste auch, dass er Angst vor ihr hatte. Deshalb schlich er sich auch immer von hinten an sie heran, der Feigling.

«Glotz mich nicht so an, Hexe. Den bösen Blick hast du.»

«Verschwinde», kommandierte sie. «Pack dich ins Haus. Sonst sag ich es der Mutter.»

Er wand sich. Ein Sprung nur, ein rascher Stoß, er würde sie rücklings ins Heu werfen, ihr die Röcke bis über den Bauch hochschieben und sich endlich erleichtern. Aber diese hellen Augen, die ihn so gefährlich anstarrten – als wollten sie ihn durchbohren –, hielten ihn in Schach. Der böse Blick – der Zigeuner musste ihn ihr vererbt haben.

«Pierre?»

Das war die Stimme von Marthe, Jeannes Mutter. Der Bauer schnaubte zornig. Verfluchte Weiber. Hielten alle zusammen.

«Wir sind auf dem Heuboden, Mutter!», rief Jeanne geistesgegenwärtig.

Man hörte unten das Knarren der Scheunentür, die schief in den Angeln hing und nur schwer zu bewegen war. Dann das Geräusch eines schweren Eimers, der hastig abgestellt wurde.

«Der Teufel soll dich holen, du Dreckschlampe», zischte Pierre und wandte sich zur Leiter. Jeanne beobachtete, wie er langsam in der Versenkung verschwand. Als nichts mehr von ihm zu sehen war, lehnte sie sich erschöpft gegen einen hölzernen Balken. Die Gabel glitt aus ihren Händen, es wurde ihr schlecht, sie musste sich auf den Boden setzen. Ein Schüttelfrost überlief sie so heftig, dass ihre Zähne aufeinanderschlugen.

Unten hörte sie die Mutter schelten.

«Lass endlich das Mädel in Ruh. Wirst noch dein Seelenheil verlieren mit deinen widernatürlichen Gelüsten. Bist schon so ein alter Kerl und gierst nach jungem Fleisch.»

«Eine Zigeunerhure ist sie. Wie ihre Mutter! Hast doch damals auch dein Vergnügen gehabt mit den fremden Kerlen. Die ganze Nacht hast es mit ihnen getrieben …»

«Weil ich keinen Mann gehabt hab, der mich hätte verteidigen können. Wo bist denn gewesen? Auf dem Speicher hast dich versteckt, du Lapp …»

Die Stimmen entfernten sich. Jeanne wusste, dass sie noch eine Weile streiten würden. Sie kannte jedes Wort, das gesagt werden würde, denn die Mutter und ihr Mann Pierre stritten um diese Sache, seit Jeanne auf der Welt war.

Zigeuner waren damals im Dorf gewesen, hatten getanzt und getrunken, und dann waren einige von ihnen in den Hof eingedrungen. Pierre hatte sich auf dem Dachboden versteckt, zitternd vor Angst, man könnte ihn verprügeln oder gar erstechen. Marthe war mit den kleinen Kindern unten in der Küche geblieben. Was geschehen war, hatte sie niemals erzählt. Aber Jeanne, die neun Monate später geboren wurde, war ein Zigeunerbalg, das wussten alle im Dorf.

Langsam richtete sie sich wieder auf und steckte sich das Mieder vorn zusammen. Trotzig stieß sie mit dem Fuß gegen die hölzerne Mistgabel, sodass sie gegen das Scheunendach polterte. Staub und Taubendreck rieselten auf Jeanne herab, sie hustete. Die Mutter würde natürlich wieder ihr die Schuld geben.

Der junge Comte de Saumurat saß am Bachufer, einen Grashalm zwischen den Zähnen, und betrachtete versonnen das Spiel der kleinen Wellen und Wirbel im Wasser. Überrascht stellte er fest, dass dieses Gurgeln und Plätschern ihn mehr faszinierte als alles andere, das um ihn herum geschah.

«He, Christian. Wo steckst du? Sie werden gleich hier sein.»

René de Bragnol, groß und breit wie ein Bär und rothaarig wie seine normannischen Vorfahren, wartete neben dem improvisierten Pavillon, die Arme in die Seiten gestemmt. Da hatte man keine Mühe gescheut, alles nach den Wünschen des jungen Comte herbeizuschaffen, und jetzt hockte er am Bach und träumte vor sich hin.

«Bin schon da», rief Christian, strich sich das helle, lockige Haar aus der Stirn und erhob sich.

Unter dem Pavillon aus weißen Tüchern hatte man Polster und Kissen ausgebreitet, Körbe mit Früchten und Leckereien standen bereit, und in einer hölzernen Kiste warteten etliche Flaschen Wein aus dem Schlosskeller darauf, die fröhlichen Zecher zu berauschen. Dort stand bereits Claude Gorion, ein schmaler, dunkelhaariger junger Mann, bemüht, die ersten Flaschen zu öffnen und die bereitgestellten Gläser zu füllen.

«Nimm einen Schluck, Christian!»

Christian hatte kaum die Lippen an den Rand des Glases gesetzt, da stieß ihn René schon heftig in die Seite.

«Da kommen sie – unsere drei Hübschen. Claude – deine mollige Süße ist auch wieder dabei!»

Der Comte betrachtete die drei Bauernmädchen über den Rand des Glases hinweg und entschied sich für die Mittlere, eine schlanke Blonde, die sich einen Blütenkranz ins Haar geflochten hatte.

«Willkommen, schöne Damen! Tretet ein in unser bescheidenes Heim!», rief René und machte eine leichte Verbeugung.

Die Mädchen kicherten, zierten sich ein wenig, dann traten sie unter das Dach des Pavillons und standen unschlüssig zwischen den Polstern herum. Die mollige Lisa wusste längst, wie die Geschichte laufen würde – auch Dorthe, die so stolz auf ihren üppigen Busen war, hatte bereits Erfahrungen. Anne, die kleine Blonde, war ein Neuling und nur mitgekommen, weil man ihr erzählt hatte, sie würde einen ganzen Louisdor bekommen.

Claude teilte eifrig gefüllte Gläser aus, und man stieß miteinander an. Auf die Schönheit, auf die Liebe. Die Mädchen, die keinen Wein gewöhnt waren, bekamen rote Wangen und glänzende Augen. Nur Anne schaute noch unsicher und ein wenig ängstlich drein.

«Ich stoße auf Dorthes Brüste an!», rief René, der schon

heftig gebechert hatte und ungeduldig auf sein Ziel lossteuerte. «Sie sind die schönsten und prallsten weit und breit.»

«Glaube ich nicht», bemerkte Christian grinsend.

Der rasch aufbrausende René wollte in Rage geraten, beherrschte sich jedoch sofort. Stattdessen stellte er sein Glas beiseite und machte sich daran, den Beweis zu erbringen. Mit einer raschen Bewegung löste er die Schnur von Dorthes Mieder und zog das Kleidungsstück vorn auseinander. Dorthe kreischte auf und versuchte, ihn an seinem Tun zu hindern, jedoch diente ihr Widerstand eher dazu, René anzufeuern. Gleich darauf boten sich ihre runden, vollen Brüste in blendender Nacktheit den Blicken der drei Männer. Dorthe war weit davon entfernt, sich schamhaft zu geben. Sie streckte den Oberkörper ein wenig vor und schien die lüsternen Augen der Männer zu genießen, denn die violetten Spitzen ihrer weißen Brüste zogen sich zusammen und wurden hart.

«Ist hier jemand, der mir jetzt noch widersprechen möchte?», triumphierte René und begann die üppigen Rundungen mit beiden Händen zu massieren. Dorthe warf den Kopf zurück, kicherte und ließ sich das kräftige Streicheln genüsslich gefallen.

«Nicht übel», gab Christian zu. «Wollen die anderen Damen das auf sich sitzen lassen? Claude – was stehst du noch da?»

Claude, der immer ein wenig schüchtern war, hatte schon längst begehrliche Blicke auf die drallen Formen seiner Lisa geworfen. Jetzt nestelte auch er an ihrem Mieder herum, und da er sich rettungslos in die Schnur verheddderte, half ihm Lisa, indem sie das Kleidungsstück selbst abstreifte. Ihr Busen war schwer und hing ein wenig herab, doch als Claude die Brüste mit gierigem Streicheln erregte, standen die rosigen Nippel aufrecht in die Höhe.

Christian warf einen abschätzenden Blick auf Anne. Sie sah dem Treiben mit großen Augen zu, schien jedoch nicht sonderlich entsetzt zu sein. Der Wein hatte seine Wirkung getan – sie war willig.

«Madame, darf ich bitten?», sagte er und machte eine angedeutete Verbeugung.

Während René und Claude ihre Mädchen auf die Polster hinabzogen, strich Christian mit einer leisen, zärtlichen Bewegung durch Annes langes, offenes Haar und glitt dann hinab in ihr Dekolleté. Er löste die Bänder mit geübter Hand, zog ihr das Mieder auseinander und streichelte die festen Brüste. Sie erschienen ihm schöner als die üppigen Formen der anderen beiden Mädchen, auch spürte er, wie ihr Atem rascher wurde, als er die kleinen Spitzen mit den Fingern umspielte. Als er sie schließlich berührte, zuckte sie erregt zusammen.

«Hast du schon einmal mit einem Mann geschlafen?»

«Nur dreimal», gestand sie schamhaft. «Und nur ganz kurz.»

Er lachte und streifte ihr Mieder und Bluse ab. Ihr Rücken war schlank und fest, er ließ seine Finger an der Vertiefung des Rückgrats entlanggleiten und löste mit leichter Hand ihren Rockbund. Sie ließ einen leisen, erschrockenen Laut hören, als er seine Hände in ihre Pobacken grub. Er beugte sich ein wenig hinab, um die Spitze ihrer rechten Brust mit dem Mund zu fassen, und die Berührung versetzte sie in solche Verzückung, dass sie alles andere vergaß. Er saugte ein wenig an ihrer Brustwarze und kitzelte sie dann mit der Zunge. Sie seufzte leise vor Vergnügen, ihr Atem ging jetzt rasch, ihr Körper glühte.

«Gefällt es dir?», fragte er leise und ließ von ihr ab.

«Es ist himmlisch», hauchte sie.

Er lächelte und löste ihren Unterrock mit einer geschickten Bewegung – sie stieß einen spitzen Schrei aus, der mehr nach Lust als nach Schrecken klang, und hielt beide Hände vor ihre Scham.

«Keine Angst», flüsterte er amüsiert. «Es tut nicht weh, meine Kleine. Ganz im Gegenteil, ich entführe dich ins Elysium.»

Er hatte gesehen, dass seine Freunde mit ihren Partnerinnen bereits ähnlich weit mit ihren Verführungskünsten gekommen waren. Claude hatte seiner Lisa nichts als das geöffnete Mieder gelassen und war damit beschäftigt, ihre prallen Oberschenkel mit beiden Händen zu streicheln, Renés Partnerin kniete bereist völlig entkleidet auf einem Polster, und ihr Galan umfing sie von hinten, um ihren verlockenden Busen mit zärtlichen Bewegungen auf- und niedertanzen zu lassen.

Christian zog die blonde Anne sachte auf eines der Polster, löste ihre Hände, die sie immer noch zwischen die Beine gepresst hatte, und begann das helle Vlies ihrer Scham zu massieren. Sie wimmerte leise, bäumte sich auf und öffnete ihre Schenkel. Auch er spürte jetzt, wie die Lust ihn überkam. Während seine rechte Hand den feuchten Spalt zwischen ihren Beinen weiter erkundete, löste er den Bund seiner culotte und befreite sein pralles Glied. Seine Finger fanden die Klitoris, berührten sie vorsichtig, und er spürte die Feuchtigkeit, die ihm die Hand heiß benetzte. Sie keuchte heftig und flüsterte leise Worte vor sich hin, die er nicht verstehen konnte.

Langsam und voller Genuss drang sein hartes Glied in sie ein – sie war keine Jungfrau mehr, was ihm nur recht war. Als er das rhythmische Auf und Nieder begann, vollzog sie die Bewegung mit, strebte ihm entgegen, wand sich vor Lust und sandte kleine, spitze Schreie aus. Er ließ sich Zeit, spürte ihrer Erregung nach und wartete ab, bis sie den Höhepunkt erreicht hatte. Als sie sich endlich keuchend zu ihm aufbäumte, gab auch er sich hin.

Sie verharrten noch einen kleinen Augenblick ineinander, dann rollte er sich auf die Seite, strich ihr mit einer zärtlichen Bewegung durch das wirre Haar, erhob sich rasch und brachte seine Kleidung in Ordnung.

René vollführte einen wilden Ritt auf seiner Dorthe, gleich darauf sanken beide im Rausch ineinander. Claudes Kopf lag zwischen Lisas Brüsten, sein Körper zuckte noch im Liebestaumel, Lisas Gesicht war rosig, in seliger Wollust hielt sie die Augen geschlossen.

Der junge Comte hatte plötzlich wieder das Gefühl der Leere. Etwas musste geschehen. Etwas, das diese langweilige Geschichte ein wenig beleben könnte. Ein Witz, eine Dummheit, ein toller Einfall.

Er griff in den Korb und fand einen Topf Honig. Grinsend wie ein Lausbub zog er den Deckel ab. Der Honig war durch die Hitze weich und flüssig.

René leckte sich genüsslich die Lippen, als Christian ihn beträufelte, Dorthe wehrte sich nicht, als er ihre Brüste mit Honigfäden umkreiste und dann die Spitzen betropfte. Auch Lisa ließ sich willig die breiten Schenkel bekleckern, und Claude, der sich verblüfft aufrichtete, bekam sein bestes Stück mit klebrigem Honig bestrichen.

«Du Schelm …»

René beugte sich nieder, um die klebrige Schicht von Dorthes Brüsten zu lecken, während Lisa Claudes süßes Glied zwischen die vollen Lippen nahm und zärtlich daran leckte und saugte.

Christian ließ den Freunden einige Minuten lang ihren Spaß. Dann lief er grinsend aus dem Zelt und schnitt die Seile, die die Tücher hielten, mit einem Messer ab. Sanft, aber unaufhaltsam senkten sich die Zeltbahnen auf die Insassen herab und klebten an den honigbeschmierten Leibern fest. Geschrei erhob sich, René schickte donnernde Flüche unter den Laken hervor, Lisa kreischte, weil die Weinflasche sich über ihrem Bauch entleert hatte, Claude war in den Korb mit den Früchten getreten und jammerte. Christian bot sich der Anblick einer zappelnden, wimmelnden Menge schemenhafter weißer Gestalten gleich einer Horde Gespenster, die sich auf der grünen Sommerwiese zu befreien suchten. Er war hochzufrieden mit seinem Scherz.

Schloss Saumurat war niemals erobert worden. Trutzig und grau beherrschte es die sanfte, grüne Ebene, und hinter den meterdicken Mauern schien die Zeit stehengeblieben zu sein. Ein paar kleine Dörfchen umgaben den alten Herrensitz, ihre niedrigen Häuser aus Granitstein wirkten eintönig und ärmlich. Schön waren nur die weite, blühende Landschaft, die Wiesen, auf denen das Vieh weidete, die kleinen Wäldchen, der gewundene Bachlauf, von dichtem Buschwerk gesäumt.

Christian de Saumurat hatte – wie so oft – eine schlaflose Nacht in der Bibliothek seines Schlosses verbracht. Auf dem großen Intarsientisch, der die Mitte des Raumes ausfüllte, stapelten sich Folianten, von denen einige mit dem Buchrücken nach oben aufgeschlagen waren. Christian rieb sich die Augen – der Kopf schmerzte ihm von dem Gelesenen, und er sehnte sich nach frischer Luft.

«Bertrand!»

Der alte Diener erschien sofort an der Tür – er war schon seit Stunden wach und hatte auf die Befehle seines jungen Herrn gewartet. Er war unberechenbar, der junge Comte Christian, der vor einigen Monaten so überraschend aus Paris zurückgekehrt war. Man munkelte allerlei über diesen plötzlichen Rückzug vom Hof des Königs.

«Zu Ihren Diensten, Monsieur ...»

«Lass das Frühstück auf der Terrasse servieren ... und dann soll René die Pferde satteln lassen, wir wollen ausreiten ...»

«Sehr wohl, Monsieur. Ich erlaube mir darauf hinzuweisen, dass es regnen wird. Es wäre besser, das Frühstück im Salon einzunehmen.»

Christian machte eine wegwerfende Handbewegung und lachte.

«Wir sind nicht aus Zucker, Bertrand. Ein paar Regentropfen werden uns nicht gleich umbringen.»

Bertrand verbeugte sich gehorsam und ging hinaus. Wenige Minuten später prasselte ein Morgengewitter über Schloss und Terrasse hernieder – Hagelkörner, so groß wie Kieselsteine hüpften auf den Steinfliesen, und die blühenden Büsche vor dem Schlosseingang wurden wild hin und her geschüttelt.

Christian fand seine beiden Begleiter im Salon und nickte ihnen missmutig zu. René de Bragnol, der Sohn eines mittellosen Landadeligen, und Claude Gorion, ein elternloser Knabe, den Christians Mutter aus Mitleid aufgezogen hatte, waren hier auf dem Schloss seine einzige Gesellschaft. Beide waren um die dreißig, ledig und immer bereit, die tollen Einfälle des ruhelosen jungen Comte in die Tat umzusetzen.

«Jeder Spaß wird einem verdorben in dieser elenden Gegend», knurrte Christian und starrte auf den gedeckten Tisch auf der Terrasse. In Tassen und Schüsseln trommelte der Regen.

Ein Blitz zuckte auf und tauchte den Park für einige Sekunden in grelles Licht. Claudes Gesicht war blass geworden.

«Letztes Jahr hat ein Blitz den Turm getroffen ...», flüsterte er.

René lachte verächtlich. Er wäre bei diesem Wetter ohne

weiteres auf die Jagd geritten. Er hätte sich auch ohne Waffen einem wilden Eber entgegengeworfen. Wie alle körperlich starken Männer vertraute er ohne Bedenken auf seine Kraft.

«Schaut euch das an», sagte er grinsend und wies mit der Hand zum Fenster.

Auf der Terrasse kämpfte ein etwa zehnjähriger Junge mit den Naturgewalten. Man hatte ihm ein Tablett gegeben, um Geschirr und Speisen abzuräumen, doch die grell aufzuckenden Blitze ängstigten ihn so, dass er immer wieder innehielt und den Kopf einzog. Längst war seine Kleidung durchnässt, das Wasser lief aus den Haaren und sogar aus seinen Schuhen.

«Gleich wird der Regen den Hänfling fortspülen», meinte René lachend.

Auch Claude sah hinaus – in seinen Augen eine Mischung aus Schadenfreude und Sensationslust. Als der Junge das vollbeladene Tablett anhob und das Porzellangeschirr dabei ins Schwanken geriet, lachte Claude hysterisch auf.

«Er wird es fallen lassen, passt nur auf!»

Er hatte den Satz kaum gesprochen, da krachte direkt über dem Schloss ein gewaltiger Donnerschlag. Der Junge zuckte zusammen, stolperte und stürzte mitsamt dem gefüllten Tablett auf die Steinfliesen.

René und Claude hielten sich die Bäuche vor Lachen. Der junge Comte war zur Terrassentür gesprungen, hatte sie aufgerissen und kniete, ungeachtet des strömenden Regens, neben dem Jungen.

«Da brat mir einer einen Storch», murmelte René verblüfft. Auch Claude hatte aufgehört zu lachen.

Christian hob den Jungen auf die Arme und trug ihn in den Salon. Das Wasser troff in wahren Sturzbächen an ihnen hinab, eine breite Pfütze bildete sich auf dem Teppich, was den jungen Comte jedoch nicht im Mindesten berührte. Der Junge hatte sich beide Knie aufgeschlagen und schluchzte.

«He, he», sagte Christian leise zu ihm. «Du musst nicht weinen – alles wird gut. Marie wird dich verbinden.»

«Aber das Geschirr …», schluchzte der Kleine. «Der Comte schickt mich fort …»

«Kleiner Dummkopf. Weißt du nicht, wer ich bin?»

Der Junge wischte sich die Augen und musterte Christian aufmerksam.

«Der Comte?», flüsterte er.

«Genau der», sagte Christian lächelnd und stellte ihn auf die Füße. «Und jetzt ab zu Marie in die Küche.»

René und Claude hatten während des kurzen Gesprächs unruhige Blicke gewechselt. Verdammt – Christian war nicht einzuschätzen. Mal bog er sich vor Lachen, wenn jemandem ein Missgeschick passierte, und dann wieder …

Der junge Comte stand an der offenen Terrassentür und winkte seine Gefährten mit einer Geste herbei. In seinen dunklen Augen glomm ein spöttisches Feuer.

«Auf, meine Herren. Die Badesaison ist eröffnet», sagte er und lachte übermütig. «Hinaus mit uns!»

Claude hatte die Geistesgegenwart, seinen teuren, gestickten Rock von sich zu werfen. In Hemd und Hosen stolperte er durch den prasselnden Regen, hinter ihm keuchte René, den seine hohen Reitstiefel beim Laufen behinderten. Christian rannte leichtfüßig vor ihnen her, war mit einem Sprung auf der Umrandung des großen Wasserbeckens und schaufelte mit beiden Händen Wasserschwaden auf seine Gefährten.

«Neptun hätte seine Freude an uns», brüllte er und sprang mit beiden Füßen zugleich ins Wasserbecken. Es half nichts – sie mussten es ihm gleichtun und gute Miene zum nassen Spiel machen.

Über ihnen rollte der Donner. Es klang, als rumpelte ein großer, hölzerner Wagen über den Himmel.

«Zieh das an!»
Jeanne hielt das Kleidungsstück hoch und besah es. Es war ein Hemd, aber so eng, dass höchstens ein Kind hineingepasst hätte.

«Das ist viel zu klein, Mutter.»

«Halt den Mund und zieh es an. Ich hab die ganze Nacht daran genäht.»

Die Miene der Mutter war zornig, und Jeanne wusste, dass Widerspruch sinnlos war. Die Mutter hatte eine lockere Hand in letzter Zeit.

«Und wenn es reißt?»

«Das ist doppelt genäht und reißt nicht. Und das da ziehst du darüber.»

Eine alte Bluse der Mutter wurde ihr zugeworfen, viel zu weit und an den Ärmeln zerrissen.

«Nun mach schon. Zieh dich aus, solange er aus dem Haus ist!»

Jeanne löste den Rockbund und ließ den dunklen groben Überrock hinabfallen. Dann zog sie den leinenen Unterrock herunter. Ungeduldig half ihr die Mutter aus dem zerrissenen Mieder heraus und schaute argwöhnisch aus dem Fenster. Aber Pierre war auf dem Feld beim Unkraut jäten – er würde so bald nicht hier auftauchen.

Jeanne mühte sich gehorsam mit dem engen Hemd ab, doch es schien schier unmöglich, das Ding über die Brust zu ziehen. Erst als die Mutter mit energischem Zerren nachhalf, gelang es. Jeanne schnaufte und keuchte, während Marthe ihr das Hemd über Bauch und Gesäß streifte.

«Da ersticke ich drin, Mutter. Ich will das nicht anziehen.»

«Halt den Mund. Die feinen Damen tragen alle so was. Da brauchst du dich nicht anzustellen.»

Marthe richtete sich auf, die Anstrengung hatte ihr Schweißperlen auf die Stirn getrieben. Sie trat zwei Schritte zurück und betrachtete die Tochter mit zufriedenem Blick. Jeannes Brüste waren fest eingebunden, die verlockenden Rundungen waren kaum noch zu sehen. Nur der weiche Schwung der Hüften und die schmale Taille konnte man nicht kaschieren. Doch unter dem weiten Hemd und dem groben Rock würde beides gut verborgen sein.

«Und das Haar bindest du straff nach hinten und steckst es fest. Sonst schneid ich es dir ab.»

Jeanne, die kaum noch Luft bekam, begehrte auf. Wieso musste sie sich wie ein Wickelkind einschnüren? Doch nur wegen Pierre, der immer auf ihre Brüste glotzte.

«Ich will das nicht», schimpfte sie. «Wieso ich? Warum schnürst du nicht das Ding ein, das Pierre immer zwischen den Beinen hochsteht?»

Eine handfeste Backpfeife war die Antwort. Mit hochrotem Kopf stand die Mutter vor ihr, so aufgebracht war sie, dass es ihr zunächst die Sprache verschlug. Was für ein Wesen hatte sie da geboren? Pierre hatte recht – das Zigeunerblut schäumte in diesem Mädel über.

«Hast du kein Schamgefühl, dass du so über deinen Vater redest?», keifte sie.

«Der ist nicht mein Vater. Das weißt du so gut wie ich», wehrte sich Jeanne. «Über mich hergefallen ist er …»

«Halt den Mund!», befahl Marthe. «Und zieh dich jetzt an, bevor dich einer so sieht.»

Wütend streifte Jeanne die alte Bluse über und zog die Röcke wieder an. Wenn die feinen Damen solche Dinger trugen, dann hätte sie gern gewusst, wie die darin atmen konnten – von der Bewegung mal ganz abgesehen. Sie kam sich vor wie die alte Norine, die kurzatmig war und bei jedem Schritt schnaufte und röchelte.

Marthe hatte einen großen Korb mit schmutziger Wäsche aus der Kammer gezogen und ein Stück Seife dazugelegt.

«Jetzt gehst du hinunter zum Bach, wäschst die Sachen und legst sie auf die Bleiche. Und am Abend bringst alles heim, dass ich es austeilen kann.»

Marthe wusch hin und wieder für einige alte Frauen aus dem Dorf die Wäsche und verdiente sich damit ein paar Sous. Meist musste jedoch Jeanne die Arbeit tun, ohne dass sie etwas von dem Lohn zu sehen bekam.

Jeanne hatte zwar Bedenken, ob sie den schweren Korb bewältigen würde, doch letztlich war die Aussicht, am Bach Wäsche waschen zu dürfen, sehr verlockend. Es war eine harte, aber doch saubere Arbeit, und man traf meist andere Frauen, mit denen man lachen und schwatzen konnte. Es war viel angenehmer, als auf dem Acker herumwühlen zu müssen und die ganze Zeit über Pierres lüsterne Blicke im Rücken zu spüren.

Marthe schaute der Tochter nach, die mit dem Korb auf dem Rücken davonging. Immer noch hatte sie etwas in ihrem Gang, das einen Mann um den Verstand bringen konnte. Marthe seufzte. Es ging so nicht weiter, sie war am Ende ihrer Kräfte. Gleich würde sie zum Feld gehen und dort mit Pierre gemeinsam Unkraut jäten, damit sie ihn unter Kontrolle hatte und er nicht etwa auf die Idee kam, zum Bach hinunterzugehen. Aber sie konnte ihre Augen nicht überall haben – früher oder später würde etwas Schlimmes geschehen.

Es gab nur eine Lösung: Das Mädchen musste fort. Je früher, desto besser.

21

Claude hatte Halsschmerzen, sein Schädel brummte, und seine Nase war so verstopft, dass er kaum sprechen konnte.

«Sind dem Herrn am Ende gar die Wasserspiele nicht bekommen?», witzelte René. «Dabei habt Ihr ein so nettes Bild abgegeben, als Ihr so rücklings in den Brunnen fielt und wie ein Karpfen nach Luft schnapptet.»

Man hatte soeben ein üppiges Frühstück auf der Terrasse eingenommen, und Renés Laune war vortrefflich wie immer, wenn er satt war. Die Sonne brannte vom wolkenlos blauen Himmel, nur ein paar Pfützen auf den Sandwegen im Park erinnerten an das gestrige Unwetter. Christian musterte Claude, dessen schmales Gesicht in der hellen Sonne noch blasser wirkte. Er hatte Mitleid, verordnete heiße Milch mit Honig und wies den Gefährten an, den Vormittag im warmen Bett zu verbringen.

«Marie wird sich aufopfernd um dich kümmern», meinte er grinsend. «Ich habe dich ihrer ganz besonderen Fürsorge empfohlen.»

Christian und René rüsteten sich zu einem Ausritt, der unglückliche Claude stieg in seine Lagerstatt und rollte sich unter der Decke zusammen. Eifersüchtig stellte er sich vor, wie René jetzt mit dem jungen Comte unbekümmert über die Wiesen ritt, seine Witze riss und gute Laune verbreitete. Er, Claude, war eher sauertöpfisch veranlagt und fürchtete stets, der kraftstrotzende und meist gut aufgelegte René könnte ihn bei dem jungen Comte ausstechen.

Seine Laune besserte sich nur wenig, als sich nach kurzer Zeit die Zimmertür öffnete und die rundliche Marie mit einem Tablett in den Händen erschien. Darauf dampfte eine Tasse mit irgendeinem Kräutersud, ein brauner Tiegel stand daneben, ohne Zweifel eine von Maries geheimen Salben, mit denen sie Mensch und Tier im Schloss von allerlei Krankheiten kurierte.

«Leg dich auf den Rücken», ordnete sie an und stellte das Tablett ab.

Claude gehorchte brav und streckte sich auf dem Rücken aus. Sie setzte sich ohne Umschweife zu ihm auf den Bettrand, in den Händen das kleine Tongefäß, dessen Deckel sie nun entfernte.

«Halsschmerzen?», wollte sie wissen und betrachtete ihn forschend mit ihren klugen, blauen Augen. Das Haar hatte sie unter einer Spitzenhaube verborgen, ihr rosiges Gesicht war herzförmig, der Mund klein und rot wie eine Kirsche.

«Es schmerzt überall», seufzte er. «Im Kopf, in der Brust, in den Beinen …»

Ein heiterer Zug glitt über ihr Gesicht, sie schlug seine Bettdecke zurück und ließ den Blick über seinen Körper schweifen. Er trug nur noch das Hemd und die culotte – Weste, Strümpfe und Schuhe hatte er abgelegt.

«Zieh das Hemd aus», befahl sie.

«Wieso?», fragte er errötend.

Ein Bauernmädel auf der Wiese zu verführen, wenn man Wein getrunken hatte und die Freunde in der Nähe waren – das war eine Sache. Hilflos und krank im Bett zu liegen und Maries prüfende Augen zu spüren war eine andere Angelegenheit. Im Grunde seines Herzens war Claude sehr schamhaft.

«Weil ich dich mit der Salbe einreiben will.»

«Das kann ich selbst tun.»

«Nein», gab sie energisch zurück und zog die Schleife auf, die sein Hemd am Hals verschloss. Er wagte nicht, sich zu widersetzen, und ließ sich das Kleidungsstück brav ausziehen. Marie besah wohlgefällig seine helle Haut, die in der Brustmitte mit kleinen dunklen Härchen bedeckt war. Sie griff in ihren Topf, nahm ein wenig der duftenden weißlichen Salbe auf den Finger und strich damit sanft über seine Brust. Er atmete die Kräuteressenzen ein und verspürte ein wohliges, anregendes Gefühl.

«Was ist das?», wollte er wissen.

«Minze, Rosmarin, Salbei … und anderes.»

Sie massierte die Salbe sorgfältig in seine Haut ein, wobei ihre Finger seine kleinen dunklen Brustwarzen aussparten, dann jedoch immer tiefer hinabkreisten, Härchen, Muskeln und Sehnen ertasteten und seinen Bauch bearbeiteten. Er atmete schneller und spürte seine Herzschläge.

«Es ist gut, glaube ich», machte er einen schwachen Versuch, sich zu wehren.

«Noch lange nicht, mon petit …»

Sie schien mit großem Vergnügen bei der Sache zu sein, ihre Finger näherten sich dem Bund der culotte, umkreisten seinen bloßen Nabel, und plötzlich spürte er ihren Zeigefinger, der sich sacht in die Vertiefung seines Nabels bohrte. Überrascht stieß er einen Laut aus und wollte ihre Hand festhalten, doch sie hatte sich schon weiter hinaufbewegt und massierte nun wieder energisch seine Brust. Dieses Mal berührten ihre Finger wie zufällig mehrere Male seine Brustwarzen, und er spürte erschrocken und zugleich lustvoll, dass die Dinger sich zusammenzogen. Jedes Mal durchfuhr ihn dabei ein kleines Zucken, das bis hinunter in sein Geschlecht fuhr. Gleich würde sich seine Männlichkeit zu regen beginnen, Himmel, es ging schon los …

«Marie …», flüsterte er. «Hör jetzt bitte auf …»

«Aber ja, mon petit, gleich sind wir so weit …»

Statt ihre Behandlung einzustellen, griff sie erneut in ihren Salbentopf und strich einen Finger voll davon auf seinen Bauch, auf dem sie ihre Hände nun eifrig kreisen ließ. Langsam, aber unaufhaltsam begann sein Penis hart zu werden, er dehnte sich aus und wölbte den Stoff der culotte bis hinauf zum Bund. Marie war dieses Geschehen nicht entgangen, sie fuhr mit dem Finger wie aus Versehen unter den Bund und berührte für einen winzigen Moment die empfindliche Spitze. Er stöhnte auf, hob das Becken an und wollte sich auf die Seite drehen, doch sie hatte das Band gefasst, dass seine Hose verschloss, und löste den Knoten ohne Mühe.

«Was tust du da?», versuchte er zu protestieren, während sie ihm die Hose ein wenig herunterschob und sein erregtes Glied entblößte.

«Schön brav stillhalten», flüsterte sie lächelnd. «Du willst doch gesund werden, oder?»

«Aber ...»

Sein Penis hob sich ein wenig von seinem Bauch in die Höhe, er war dick und hart angeschwollen, die Wölbung an der Spitze glänzte rosig. Als Maries Finger zart an dem Phallus entlangstrichen, überließ sich Claude stöhnend ihrer Führung. Immer fester fuhren ihre Hände über sein entblößtes Glied, schlossen sich enger und enger darum und rieben auf und nieder. Er spürte, wie heiße Feuerflammen seinen Leib durchzuckten und sich in seinem Geschlecht vereinigen wollten. Dann drängte sich Maries energische Hand zwischen seine Schenkel und fasste seine geschwollenen Hoden, um sie zu massieren. Er schrie, stellte die Knie auf und hob das Gesäß an, wand sich vor Lust unter ihren kundigen Händen und spürte, dass sein heißes, fieberndes Glied nun gleich explodieren würde.

«Ist es schön so, mon petit?», hörte er sie flüstern, während sie seine Hoden rieb und streichelte.

Sie hatte sich tief zu ihm hinuntergebeugt, und er konnte den Ansatz ihrer Brüste sehen, die im Takt ihrer Bewegung auf und nieder wogten.

«Marie», stöhnte er. «Mach weiter. Hör nicht auf. Hör bitte nicht auf ...»

Sie berührte mit ihren Lippen sacht den steil aufgerichteten Penis, vollführte mit der Zunge einen kleinen Wirbel auf der zuckenden Spitze und hob dann das Gesicht zu ihm.

«Brav, mon petit. Jetzt wirst du dich ein wenig ausruhen. Später gibt es mehr davon.»

«Nein», stöhnte er sehnsüchtig. «Geh nicht, Marie. Marie ...»

Doch sie hatte schon das Tablett gefasst und ging damit unbarmherzig aus dem Zimmer. Zurück auf dem Nachttisch blieb einzig der Kräutertee, der jetzt nur noch lauwarm war. Claude sank in sich zusammen, machte einige missglückte Versuche, sein erschlaffendes Glied wiederzubeleben, und gab es schließlich missmutig auf.

Was für ein hinterlistiges, gemeines Frauenzimmer! Erst machte sie ihn heiß, zeigte ihm alle Wonnen des Paradieses, und dann schlug sie ihm die Tür vor der Nase zu. Na warte. Er würde sich schon noch holen, was sie ihm heute versagt hatte.

Eine halbe Stunde später war er aus dem Bett und stapfte wütend und schwitzend durch das hohe Ufergras des kleinen Bachlaufes. Mücken umschwärmten ihn, setzten sich auf seinen bloßen Nacken, stachen sogar durch die seidenen Strümpfe hindurch in seine Waden. Der Bach war durch das hochstehende Gras überhaupt nicht zu sehen, nur das Plätschern und Rauschen zeigte an, dass er infolge des gestrigen Regens angeschwollen war. Claude zerklatschte eine fette Mücke, die sich auf seiner Stirn niedergelassen hatte, und blinzelte durch die überhängenden Zweige einer Weide.

Dort hinten war das Bachbett verbreitert, dicke Steine

umrandeten den Wasserlauf, man hatte ringsum das Gras gemäht. Es war der Waschplatz der Dorffrauen. Er hatte hier vor einigen Wochen mit Christian und René gestanden – im Buschwerk verborgen – und den Frauen bei der Arbeit zugesehen. Sie hatten die Röcke hochgebunden, sodass die meist drallen Waden zu sehen waren, und wenn sie sich bei der Arbeit vornüberbeugten, sah man ihre Brüste. Die meisten waren jedoch fett und hässlich, nur René hatte gemeint, er würde bei der einen oder anderen gern einmal zulangen.

Jetzt war der Platz leer, nur ein paar Vögel hüpften auf den Steinen herum, und eine schwarz-weiße Katze schlich auf Mäusejagd über die Wiese. Gerade wollte Claude seinen Weg fortsetzen, da hörte er ein Geräusch. Kein Zweifel, es war das Klappern von Holzschuhen. Gleich darauf erschien eine Frau, die einen Wäschekorb auf dem Rücken trug. Sie hatte schwarzes Haar – eine Seltenheit hier in der Gegend –, und etwas an ihrem Gang verwirrte ihn. Es war die Art, wie sie ihre Hüften bewegte, ein anmutiger und ungeheuer aufreizender Schwung war darin.

Sie lief hinunter bis zum Bachlauf und stellte dort aufseufzend ihren Korb ab. Dann richtete sie sich auf und schien nach Luft zu ringen. Sie strich mit den Händen über ihre Brust – viel war da nicht zu sehen –, und ihre Miene drückte Schmerz aus.

Claude spürte, dass er gleich niesen würde. Vorsorglich hielt er sich die Nase zu – es wäre schade gewesen, das Mädel zu vertreiben. Als er ihr Gesicht jetzt von der Seite betrachtete, stellte er fest, dass sie verflucht hübsch war. Lange Wimpern beschatteten ihre Augen, die Nase war gerade und fast edel, die Lippen aufgeworfen und voll. Ihr Kinn war ein wenig vorgeschoben – sie musste einen harten Willen haben, die kleine Dorfschönheit.

Claude erwartete, dass sie sich jetzt ihrem Wäschekorb

zuwenden würde, doch er sah sich getäuscht. Stattdessen warf sie einen prüfenden Blick in die Runde und nestelte dann ungeduldig an ihrem Rockbund. Ihm verschlug es fast den Atem: Die Kleine zog sich aus. Mit weit aufgerissenen Augen sah er zu, wie sie die Röcke abstreifte und das lange Hemd über den Kopf zog. Darunter trug sie ein merkwürdiges Kleidungsstück, das an eine enge Wurstpelle erinnerte und bis zu ihren Knien reichte. Sie machte sich daran, diese zweite Haut abzustreifen, indem sie sie von unten her fasste und langsam an ihrem Körper hochzog.

Wie gebannt starrte er auf das, was sich nun vor seinen Augen enthüllte. Sie hatte ihm den Rücken zugewandt, und er erblickte ihre rosigen Oberschenkel, dann glitt der Stoff bis zu ihrer Taille, und ein bezaubernder Po kam ans Licht. Claude spürte seinen Puls wild schlagen, die Halsschmerzen waren vollkommen verschwunden, dafür begann sein Glied sich langsam aufzurichten und drückte gegen den Stoff der Hose. Was für ein Anblick. Das war keine fette Dorfdirne – diese bezaubernde Hinterfront schien aus jenen Wandfresken zu stammen, die einige Salons des Schlosses zierten. Rund und doch nicht zu üppig, jede Pobacke ein wenig größer als eine gespreizte Männerhand und von rosiger Farbe.

Sie schien Mühe zu haben, sich ganz aus der Hülle zu schälen, rupfte und zog und bewegte sich dabei hin und her. Dann hatte sie sich endlich befreit, zog die weiße Raupenhülle über den Kopf und warf sie mit zornigem Schwung auf die Wiese. Aufatmend stand sie in ihrer Nacktheit, rieb sich Brüste und Bauch mit den Händen, und Claude verspürte einen Wirbel, der ihm von unten herauf bis in den Kopf stieg und seine Sinne verwirrte.

Er trat einen Schritt vor, ein Zweig knickte unter seinem Stiefel, und die kleine Najade schrak zusammen.

«Warte!», rief er.

Sie raffte das am Boden liegende Hemd an sich und hielt es sich vor.

«Ich will dir nichts tun. Warte doch!»

Er stolperte aus dem Gebüsch heraus, blieb mit dem Stiefel an einer Wurzel hängen und wäre fast gestürzt.

«So lauf doch nicht weg!»

Aber die Kleine war schon davon, flussaufwärts sah er sie durch das Gras hüpfen, das lange schwarze Haar hatte sich aufgelöst und wehte hinter ihr her. Er setzte ihr einige Sprünge nach, dann gab er es auf. Er war zu langsam.

Sein Blick fiel auf den gefüllten Wäschekorb, den sie am Bachufer zurückgelassen hatte. Ein boshaftes Grinsen überzog sein Gesicht. Die Kleine würde noch bereuen, davongelaufen zu sein.

Er fasste den schweren Korb und schüttete die Kleidungsstücke in den Bach. Die angeschwollenen Fluten trugen die Sachen rasch mit sich fort.

Der junge Comte saß in der Bibliothek und las das Schreiben, das die Post aus Paris gebracht hatte.

Mein liebster Freund!
Sind die Freuden des Landlebens denn gar so süß, dass sie Euch völlig daran hindern, mir ein Lebenszeichen zu senden? Bereits zweimal habe ich Post geschickt und keine Antwort erhalten. Bei allem, was ich bereits für Euch getan habe und weiterhin zu tun bereit bin, stimmt mich Eure Gleichgültigkeit traurig. Sagt mir den Grund dafür, liebster Christian, warum Ihr Eure zärtliche Freundin und großzügige Gönnerin so schmählich im Stich lasst.

Lasst Euch gesagt sein, dass der Zorn eines jungen

Königs nicht ewig währt. Allein meine herzliche Zunei-
gung zu Euch wird niemals enden.

Marguerite de Fador

Christian ließ den Brief auf den Schreibtisch sinken und
sah nachdenklich auf das Gemälde seiner Mutter, das ihn
von seinem Platz über dem Kamin herab anblickte. Mama
hatte Mme de Fador nie gemocht – kein Wunder. Die
schöne Marguerite war die Geliebte von Christians Vater
gewesen, des Comte Bernard de Saumurat. Ein Mann, der
am Hof Ludwigs XIII. und später unter der Regentschaft
Annas von Österreich eine wichtige Rolle gespielt hatte.
Eine Rolle, die sein Sohn Christian nach dem Tod des Vaters ebenfalls zu spielen gedachte – am Hof des jungen Königs Ludwig XIV. Doch es war anders gekommen. Nach
anfänglich raschem Aufstieg hatte ihn ein einziger unbe-
dachter Satz seine Karriere gekostet.

«Er tanzt so elegant wie ein Bär in Stulpenstiefeln.»

Diese Bemerkung über die Tanzkünste des jungen Ludwigs war dem König überbracht worden, und der eitle
Herrscher hatte Christian von diesem Tag an seine Gunst
entzogen.

Enttäuscht und zornig war Christian auf seine Besitz-
tümer in der Normandie gereist. Den Rat seiner Gönnerin
Mme de Fador, sich dem König untertänig zu Füßen zu
werfen und seine gnädige Verzeihung zu erbitten, befolgte
er nicht. Er war der Comte Christian de Saumurat, Sohn
eines alten normannischen Adelsgeschlechtes, das schon
unter Wilhelm dem Eroberer gekämpft hatte. Er war kein
Speichellecker.

Ein langer Winter auf Schloss Saumurat hatte ihn jedoch
gelehrt, dass das Landleben alles andere als abwechslungs-
reich war. Zuerst hatte er sich der Jagd ergeben und Spaß
daran gehabt, seine Reitkünste zu erproben. Dann hatte ihn

die Bibliothek seiner Mutter gefesselt, und er war in ferne Zeiten und Länder abgetaucht. Später hatte er gemeinsam mit René und Claude den Weinkeller durchforscht und zahlreiche, immer verrücktere Unternehmungen gestartet: nächtliche Ritte in Vermummung, die die braven Dorfbewohner zu Tode erschreckten, wilde Reiterspiele mit hölzernen Lanzen und Schildern, lebensgefährliche Floßfahrten auf dem Flüsschen zu Füßen des Schlosses. Auch hatte René so manche dralle, blonde Dorfschönheit aufs Schloss gelockt, und man hatte sich fröhlichen Badezeremonien und anderen Vergnügungen hingegeben. Die Mädchen zeigten sich willig, viel zu willig, und Christian langweilte sich bald.

Jetzt war es Frühling, und er spürte, dass er es nicht mehr länger aushalten würde. Frankreichs Herz schlug in Paris. Und Christian wollte diesem Herzen nahe sein.

Aus der Schreibmappe zog er entschlossen ein Blatt Papier und tauchte die Feder ein. Mme de Fador würde ihn begeistert empfangen, ihm sehr nützlich sein. Allerdings hatte das seinen Preis. Sie war schon um die vierzig, aber immer noch eine ungewöhnlich schöne Frau.

Christian war nicht bereit, diesen Preis zu zahlen. Schon um seiner Mutter willen, die er geliebt hatte. Ihren Kummer hatte er erst nach ihrem Tod begriffen, doch er hatte ihn tief getroffen. Er würde Marguerite de Fador höflich und respektvoll entgegentreten. Ihr Liebhaber wollte er keinesfalls werden.

Nachdem er das Schreiben versiegelt und Bertrand zum Versenden übergeben hatte, ließ er Claude zu sich rufen. Der Gute würde sehr überrascht sein. Christian hatte die Absicht, ihn für die Zeit seiner Abwesenheit zu seinem Verwalter zu machen. Das würde ihn auf andere Gedanken bringen, denn seit dem gestrigen Morgen redete er nur noch von dieser verführerischen Dorfnymphe, die er nackt am Bach gesehen hatte. Er hatte sogar im Dorf nach ihr forschen lassen – ohne Erfolg. René hatte daraufhin behauptet, Claude sei einer Fieberphantasie erlegen, und hatte sich vor Lachen auf die Schenkel geschlagen. Christian hatte einen ernsthaften Streit seiner beiden Gefährten gerade noch verhindern können.

Marthe musste sich auf einen Stuhl setzen. Voller Entsetzen starrte sie in den Korb, der nur drei halb zerrissene Wäschestücke enthielt. Nur langsam wurde ihr die Tragweite des Unglücks klar. Sie würde die verlorenen Kleider ersetzen müssen.

«Ich kann nichts dafür ...», versicherte ihr Jeanne nun schon zum dritten Mal. «Der Mann ist auf mich zugelaufen, und ich bin geflüchtet ...»

«Was für ein Mann?»

«Einer aus dem Schloss. Nicht sehr groß und schmal. Einer von den beiden Männern, mit denen der Comte umherreitet ...»

Marthe packte sie bei den Haaren und zog sie zu sich heran. Jeanne schrie auf und wehrte sich, doch Marthes Griff war fest.

«Dachte ich es mir doch. Mit denen vom Schloss hast du dich eingelassen. Gib's nur zu. Hast mit dem jungen Herrn im Gras gelegen, und derweil ist dir die Wäsche gestohlen worden!»

«Nein!»

Jeanne packte das Handgelenk der Mutter und riss daran – schließlich ließ Marthe sie erschöpft los.

Wütend stampfte das Mädel mit dem Fuß auf. Oh, wie sie es satt hatte, immer nur die Schuldige sein zu müssen!

«Ich hab gesagt, was wahr ist. Das kann ich schwören

bei allen Heiligen! Davongelaufen bin ich, und als ich zurückgekommen bin, da war der Korb leer.»

Marthe wusste nicht, was sie glauben sollte. Die Geschichte kam ihr sonderbar vor, aber Jeannes Empörung war echt, das stand außer Zweifel.

«Wo hast das Hemd, das ich dir genäht hab?»

Sie sah die Röte, die in Jeannes Wangen aufstieg, und erriet im gleichen Moment, was geschehen war.

«Ausgezogen hast du dich. Nackt hast du dagestanden. Und da hat er dich gesehen. Ja, bist du denn so einfältig, oder tust du nur so?»

Jeanne zog sich hastig in eine Ecke der Küche zurück, doch die Mutter war jetzt zu erschöpft, um sie weiter zu schlagen. Stattdessen lehnte sie den Kopf zurück und starrte hilflos zu den hölzernen Deckenbalken hinauf. Drei Töchter hatte sie verheiratet, ein Sohn war in den Krieg gezogen und nie zurückgekommen. Dieses Kind aber, die Jüngste, war eine Strafe des Himmels. Marthe wusste wohl, wofür sie so gestraft wurde. Sie hatte dieses Kind damals zwar unfreiwillig, aber in unbändiger, nie gekannter Lust empfangen. Solche Lust konnte nur vom Teufel kommen, und der steckte auch in diesem Kind.

«Ich mach es wieder gut, Mutter», hörte sie Jeannes bittende Stimme. «Ich will arbeiten gehen und Geld verdienen. Das bring ich dir heim, ich schwöre es …»

Marthe nickte vor sich hin. Geld verdienen? Ja, wenn sie zum Schloss ging, da würde der Comte wohl ein paar Tage lang seinen Spaß mit ihr haben und ihr vielleicht auch einen Louisdor schenken. Der Comte war großzügig, die Mädels aus dem Dorf, mit denen er es trieb, waren reich entlohnt worden.

Vielleicht würde das ihr Weg sein? Ein böser Weg, ein sündiger Weg. Aber es war ihr wohl so bestimmt. In Lust war sie empfangen worden, dieses Zigeunerkind, und die

Wollust lag ihr im Blut. Sollte sie zum Schloss gehen – besser, sie gab sich dem Comte oder seinen Freunden hin, als dass Pierre mit ihr in Sünde fiel.

Marthe öffnete eine Truhe und wühlte einen alten Sack hervor. Sie legte ein paar Socken, ein altes Hemd und ein kleines Brot hinein. Geld konnte sie ihr keines geben, sie würde die Wäsche bezahlen müssen.

«Mutter?»

Fassungslos stand das Mädel, als Marthe ihr den Sack reichte.

«Geh», sagte Marthe zu ihr. «Geh deiner Wege. Du wirst schon durchkommen. Bist ja nicht dumm. Geh und komm nie wieder.»

Jeanne nahm das Bündel und stand einen Moment wie erstarrt, als könnte sie nicht begreifen.

«Gehen? Aber wohin soll ich denn gehen?»

Marthe machte eine ungeduldige Geste. Sollte sie ihr auch noch den Weg weisen? Bei ihrer Seligkeit, das würde sie nicht tun.

«Gott der Herr wird es dir schon sagen. Geh jetzt, bevor Pierre vom Feld zurückkommt.»

Jeanne begriff, dass die Mutter es ernst meinte. Sie hatte ab jetzt allein für sich zu sorgen. Es war das, was sie sich insgeheim gewünscht hatte, trotzdem war es bitter, so fortgeschickt zu werden. Marthe war eine harte Frau, aber sie war ihre Mutter und der einzige Mensch auf der Welt, den sie liebte.

Wortlos wandte sie sich zur Tür. Auf der Schwelle drehte sie sich noch einmal um, doch die Mutter war aus der Küche gegangen. Sie wollte keine Tränen sehen.

Jeanne lud sich das Bündel auf die Schulter und ging.

Die Abendsonne stand so tief, dass man hätte glauben können, die rote Scheibe läge auf dem Hügel, um sich dort von der Mühe des Tages auszuruhen. Rötlicher Schein beleuchtete die erschöpften Gesichter der Knechte und Mägde, die von der Feldarbeit heimkehrten. Auf dem Hof des reichsten Bauern von Kerriac war bereits die Abendsuppe im Kessel zubereitet und das Brot geschnitten. Doch keiner hatte bisher an dem langen Tisch in der Küche Platz genommen, denn im Hof spielte sich ein spannendes Schauspiel ab.

«Nein!»

Das breite Gesicht des Bauern verzog sich zu einem lüsternen Grinsen. Er fasste Jeanne beim Arm und zog sie zu sich heran. Fest legte sich seine Hand um ihr Mieder, fühlte die schwellenden Brüste der jungen Frau, und sein Ton wurde weich und schmeichelnd.

«Nun komm schon. Kannst dich satt essen und bekommst eine weiche Lagerstatt.»

Jeannes Augen blitzten wütend, mit einer raschen Bewegung riss sie sich los und wich drei Schritte zurück. Der vierschrötige Mann war überrascht – er hatte nicht gedacht, dass sie so wendig war.

«Ich will mein Geld! Vier Sous waren ausgemacht. Dafür habe ich den ganzen Tag gearbeitet.»

«Das Geld bekommst du morgen.»

«Ich will es jetzt!»

«Jetzt habe ich keines. Sei jetzt still und mach kein Geschrei. Wir werden uns schon einig werden.»

Aber die junge Frau stampfte wütend mit dem Fuß auf und ließ nicht locker. Ihr Geld wollte sie. Sofort. Und sein Nachtlager könne er sich sonst wohin stecken.

Schließlich hatte er genug. Mit einem herrischen Wink vertrieb er das Gesinde, das sich neugierig um sie versammelt hatte. Musste er sich das auf seinem eigenen Hof gefallen lassen? Von einer dahergelaufenen Zigeunerin? Er, der reichste Bauer von Kerriac!

«Verschwinde von meinem Hof! Oder du beziehst eine Tracht Prügel!»

«Betrüger! Lügner!»

Er ließ sie stehen und ging ärgerlich zum Haus hinüber. So eilig hatte er es, dass er fast auf eines der Hühner getreten wäre, die pickend und scharrend auf dem Hof umherliefen. Es rettete sich auf den Misthaufen, plusterte sich dort auf und gackerte empört.

Jeanne starrte dem Bauern nach, sie war den Tränen nah, und gleichzeitig erfüllte sie eine ungeheure Wut. Sie hatte den ganzen Tag auf dem Feld gearbeitet und keinen Bissen zu essen bekommen. Nur einmal hatte eine der Mägde ihr mitleidig ein Stückchen Brot zugesteckt. Und jetzt wollte er ihr nichts dafür geben.

«Dann nehme ich das Huhn als Lohn», rief sie trotzig und packte das Federvieh am Hals. Das Huhn schlug wild mit den Flügeln und gackerte, die Knechte und Mägde machten große Augen und schauten ängstlich auf den Bauern, der kurz vor der Haustür stehengeblieben war.

«Was steht ihr da rum? Nehmt es ihr ab!»

Das Gesinde stürzte sich auf Jeanne, die mit ihrem Huhn zur Dorfstraße flüchtete. Es war ein rechter Spaß für die jungen Burschen, sie ließen dem Mädel einen kleinen Vorsprung, feixten und winkten sich zu. Dann war Jeanne auf einmal von allen Seiten umringt.

Keuchend stand sie auf der staubigen Straße, zwei Burschen hielten ihre Arme umklammert, ein dritter hatte in ihr Haar gegriffen, ein anderer hielt sie am Rock gepackt. Das Huhn flüchtete gackernd davon, schlüpfte unter einem Zaun durch und war gerettet.

Sie wehrte sich immer noch, wand sich unter dem harten Griff, spuckte die Burschen an – als einer sie anfassen wollte, biss sie ihm in den Finger. Er gab ihr eine Ohrfeige dafür, die mit lautem Gejohle quittiert wurde.

«Passt auf! Das Kätzchen hat scharfe Krallen!»

«Legt sie übers Knie und verprügelt sie.»

«Die Röcke hoch. Auf den blanken Hintern!»

«Vorsicht! Sie beißt!»

Jeanne war am Ende ihrer Kräfte. Aber sie würde nicht aufgeben. Lieber wollte sie sterben, als sich so demütigen zu lassen. Sie trat mit den Füßen um sich und erntete noch mehr Gelächter.

Vor ihren Augen erschienen gelbe Flecken. War es die Sonne? Oder der Staub der Straße? Die Burschen hörten plötzlich auf, an ihr herumzuzerren.

«Aus dem Weg!»

«Eine Reisekutsche.»

Wie durch einen Nebel sah sie zwei braune Pferde auf sich zu traben, hörte das Geräusch der Hufe, das Knarren der Räder, dann wurde sie zur Seite gerissen, und die Kutsche rasselte dicht an ihr vorüber.

«Was ist da los?»

Es war die Stimme eines jungen Mannes, hell und energisch, gewohnt, Befehle zu erteilen. Der Kutscher hatte die Pferde gezügelt, der Kutschenschlag öffnete sich, und ein Mann stieg heraus. Jeanne sah voller Staunen auf seinen prächtig gestickten Rock, die weiten Hosen und die weißen Seidenstrümpfe.

«Der Comte!»

Man ließ sie los und beugte den Rücken vor dem Herrn, einige fielen sogar auf die Knie. Nur Jeanne stand aufrecht und starrte den jungen Mann an. Sie hatte den Comte hin und wieder von ferne gesehen, wenn er mit seinen Gefährten über die Felder ritt. Er war sehr gut an dem lockigen, blonden Haar zu erkennen, das er schulterlang trug. Doch da hatte er ein dunkles Lederwams und einen lockeren Reitmantel darüber angehabt. Jetzt aber war er geschmückt wie ein Prinz.

«Bekomme ich eine Antwort?», fragte er ungeduldig und sah in die Runde.

Einer der Knechte bewegte sich mit untertäniger Miene auf ihn zu.

«Mit Verlaub, Euer Gnaden. Wir haben eine Hühnerdiebin gefangen.»

«Eine Hühnerdiebin?»

Die dunklen Augen des jungen Mannes richteten sich mit fragendem Blick auf Jeanne. Sie schüttelte energisch den Kopf.

«Ich habe nichts gestohlen. Ich habe mir nur das genommen, was mir zustand.»

Er lächelte. Für eine Diebin war sie erstaunlich selbstbewusst.

«Dir stand also ein Huhn zu?»

Jeanne ärgerte sich über den herablassenden Ton. Er machte sich lustig über sie, der «große Herr».

«Da ich den ausgemachten Lohn nicht erhalten habe, nahm ich mir das Huhn», sagte sie wütend. «Oder soll ich vielleicht verhungern?»

Inzwischen waren von allen Seiten neugierige Dorfbewohner herbeigelaufen, um ja nichts zu versäumen. Mit langen Hälsen und offenen Mündern standen sie und starrten auf den prächtig gekleideten Comte. Auch der Bauer war herbeigeeilt und drängte sich durch die Umstehenden.

«Eine Diebin, Euer Gnaden», keuchte er und versank in einer tiefen Verbeugung. «Sie hat mich bestohlen, die Zigeunerin.»

Jeanne fuhr zornig herum.

«Ich bin keine Zigeunerin! Ich bin Jeanne Chabrot,

die Tochter von Marthe und Pierre Chabrot aus Kerrignan.»

«Wer's glaubt», erwiderte der Bauer höhnisch. «Schaut sie doch an, Herr. Sieht sie aus wie eine von hier? Eine Zigeunerschlampe ist sie.»

Man musste Jeanne festhalten, sonst wäre sie dem Bauern an den Hals gefahren. Der Comte betrachtete sie lächelnd, wie sie von zwei Knechten gehalten vor ihm stand. Tränen der Wut liefen ihr die Wangen hinab.

Eine kleine Schönheit war dieses Mädel. Aber das war es nicht, was ihn fesselte. Sie hatte Haltung. Sie kämpfte selbst noch auf verlorenem Posten.

«Wo ist das Huhn, das du gestohlen hast, Jeanne?», fragte er mit strenger Stimme.

«Was weiß ich. Weggeflogen ist es.»

Der Comte wandte sich an den Bauern, der gar nicht aufhören wollte, sich vor ihm zu verneigen.

«Ich sehe nicht, dass sie etwas gestohlen hätte», sagte er freundlich. «Oder sieht jemand hier ein gestohlenes Huhn?»

Alles schwieg. Der Bauer sah sich von seinen Leuten im Stich gelassen und kochte innerlich vor Zorn. Jetzt würde der Herr sich nehmen, was ihm vorenthalten worden war. So waren sie, die hohen Herren.

Er täuschte sich nicht.

«Sitz hinten auf», befahl der Comte der kleinen Hühnerdiebin. «Wir werden den Fall untersuchen. Wenn sich herausstellen sollte, dass du im Recht bist, wirst du deinen Lohn erhalten.»

Jeanne wich zurück, als einer der beiden Diener – die hinten auf der Kutsche gesessen hatten – ihr die Hand reichte. Erst als der Comte ihr auffordernd zunickte, kletterte sie vorsichtig auf die Kutsche und quetschte sich zwischen die beiden Lakaien.

Die Dorfbewohner sahen mit offenen Mündern der davonfahrenden Kutsche nach.

«Sie ist es. Kein Zweifel!»
Claude redete wie im Fieber. Er saß mit hochroten Wangen am Tisch, trank ein Glas nach dem anderen und redete immerfort.

«Die kleine Nymphe! Schau an», meinte René sinnend und warf Christian einen wachen Blick zu. Der junge Comte hatte sich verändert.

Christian de Saumurat hatte alle Pläne über den Haufen geworfen und war ins Schloss zurückgekehrt. Mochte Frankreichs Herz in Paris schlagen – seines schlug hier in der Normandie. Er hatte ein neues Spielzeug gefunden, das ihn mehr fesselte als der Hof des undankbaren Ludwig.

Man saß im altmodisch eingerichteten Speisezimmer an einem langen Holztisch aus harter Eiche. Die überraschende Rückkehr des Comte wurde gefeiert, die Köchin hatte alle Reserven aufgeboten, Wild und Geflügel wurden serviert, dazu eingelegte Maronen, Fisch und frischgebackenes Brot. Der Comte hatte ein neues Weinfass angezapft, denn ein gutes Tröpfchen sollte die Mahlzeit würzen.

Aus dem unteren Stockwerk drangen Stimmen zu ihnen empor. Kleine spitze Schreie und zornige Ausrufe wechselten sich mit Maries ruhiger und bestimmter Rede ab. Auf dem Gesicht des Comte lag ein amüsiertes Lächeln.

«Sie hat mir fast das Gesicht zerkratzt, als ich ihr eröffnete, sie müsse erst einmal baden, bevor ich mich weiter mit ihrem Fall beschäftigen könne», berichtete er. «Eine bezaubernde kleine Wildkatze.»

«In der Tat.»

René hob sein Glas und ließ den Rotwein im Licht der Kerzen funkeln.

«Sie meint es ernst. Ich würde an deiner Stelle nicht zu nah an sie herangehen», feixte er. «Sonst könnte dein zarter Teint leicht Schaden nehmen.»

«Oh, ich denke, nach dem Bad und einer guten Mahlzeit wird sie nur noch halb so kratzbürstig sein», gab Christian zurück.

Claude lachte hysterisch auf. Er konnte es immer noch nicht fassen. Seine kleine Nymphe saß jetzt unten in der Badewanne und wurde von Marie abgeschrubbt.

«Sie hat einen göttlichen Po», meinte er verzückt und kippte ein Glas Rotwein in sich hinein. «Ich habe drei Tage von ihm geträumt.»

René grinste und meinte, dass die kleine Hexe diese Köstlichkeit vermutlich hart verteidigen würde.

«Du könntest dich in die Rüstung deines seligen Herrn Vaters stecken. Dann wärest du zumindest vor ihren Krallen sicher, lieber Freund.»

Christian lachte und schenkte nach. Die Kleine gefiel ihm. Sie hatte etwas Besonderes. Bauerndirne oder Zigeunerin – egal. Sie war eine wirkliche Aufgabe.

«Meine Herren», meinte er und hob sein Glas. «Auf die kleine Wildkatze. Verlasst Euch darauf. In wenigen Tagen wird sie schnurren wie ein Hauskätzchen.»

«Auf dein Wort.»

Jeanne hatte sich wütend verteidigt, als Marie ihr resolut die schmutzigen Kleider vom Leib ziehen wollte. Baden in warmem Wasser, in einer Wanne – das konnte doch nur gelogen sein. Man badete im Bach oder wusch sich Hände und Gesicht mit kaltem Wasser. Alles andere waren nur

Gerüchte über das Leben der Adeligen, die sollten sogar in Wein oder in Milch baden, hieß es.

«Willst du wirklich so dreckig und in stinkenden Klamotten vor den Comte treten?», redete Marie ihr zu. «Er muss ja die Nase rümpfen, wenn er in deine Nähe kommt.»

«Das ist mir gleich!», fauchte Jeanne. «Soll er sich seine Nase doch zuhalten.»

In Wirklichkeit war es ihr überhaupt nicht gleich, denn der junge Comte hatte sie tief beeindruckt. Wie machtvoll seine braunen Augen waren. Wie energisch sie blitzen konnten und wie sie dann wieder so samtig glänzten, wenn er lächelte. Das blonde Haar hing ihm ein wenig in die Stirn, die Nase war gerade und edel, der Mund schön geformt mit einem kleinen, spöttischen Zug in den Mundwinkeln. Er glich keinem der jungen Männer, die sie aus dem Dorf kannte.

Die große Badewanne, die auf vier «Löwenfüßen» stand, war jetzt von zwei Dienern mit warmem Wasser gefüllt worden. Dampf stieg auf und hüllte Jeanne in feuchte, angenehm duftende Dunstschleier. Sie atmete tief ein und spürte, dass es ihr schwindelig werden wollte. Es musste der Hunger sein.

«Also gut – ich werde da hineinsteigen», erklärte sie mutig.

Sie löste den Rockbund, streifte das Mieder ab und zog den Unterrock aus. Nackt näherte sie sich der Wanne und fühlte vorsichtig mit der Hand hinein. Auf dem warmen Wasser schwammen kleine Blätter, wahrscheinlich entstammte ihnen der seltsam köstliche Duft. Sie hob ein Bein und steckte den Fuß in die Wanne, dann stieg sie entschlossen in die warme Flut und tauchte bis zum Hals darin unter.

«Schön?», fragte Marie lächelnd, die neben die Badewanne getreten war.

«Nicht übel ...»

Jeanne plätscherte in der Wanne herum und genoss das wohlige Gefühl, sich im Wasser zu bewegen, kniete sich dann in die Wannenmitte und legte den Kopf zurück, sodass ihr langes Haar eintauchte und zu einem dunklen, fließenden Unterwasserschleier wurde. Marie zog ein Stück Seife aus der Schürze und betrachtete wohlgefällig Jeannes pralle junge Brüste.

«Jetzt werden wir dich einmal gründlich waschen, du Hübsche.»

Lachend ließ Jeanne sich gefallen, dass Marie sie einseifte, ihr mit kreisenden Bewegungen die Brüste und den Bauch massierte, ihr das Haar wusch und abspülte.

«Du bist schön, Jeanne», sagte Marie leise zu ihr. «Dein Körper ist vollkommen, es gibt nichts, was du verbergen musst.»

Zärtlich strich sie Jeanne über den schlanken Nacken, drückte das Wasser aus ihrem Haar und hüllte sie schließlich in ein großes, weiches Tuch, um sie abzutrocknen. Dann war sie plötzlich verschwunden, Jeanne war allein.

Nach der ungewohnten Prozedur des Bades war sie erschöpft und wollte nur noch schlafen. Müde hockte sie auf einem hölzernen Stuhl und dämmerte vor sich hin. Als ein Diener auf sie zutrat und ihr winkte, ihm zu folgen, erhob sie sich schlaftrunken in der Annahme, er würde ihr einen Schlafplatz anweisen. Doch zu ihrer Überraschung führte er sie über eine Wendeltreppe in das obere Stockwerk und öffnete zwei hohe weiße Türflügel. Er machte eine Kopfbewegung, die andeutete, sie solle in den Raum hineingehen.

«Warte hier!», sagte er barsch und schloss die Türen hinter ihr.

Der Raum war mit kleinen, mit Samt bezogenen Stühlen und einem eingelegten Tischchen möbliert, an den Fenstern hingen roséfarbige Stores aus schwerem Brokatstoff. Die obere Hälfte der Wände war mit Malereien bedeckt. Jeanne betrachtete die Bilder mit wachsendem Entzücken. Wälder und kleine Seen waren dort abgebildet, gefallene Säulen aus weißem Marmor, auf denen merkwürdige Wesen hockten, halb Mensch und halb Ziege. In dem hellblauen Wasser des Sees badete eine Schar junger Mädchen. Alle waren völlig nackt.

Jeanne errötete. Es waren nicht die unbekleideten Körper, die sie irritierten, sondern die Art, wie der Maler sie dargestellt hatte. Diese Mädchen badeten nicht – sie stellten sich zur Schau.

Als sich die Tür öffnete, schrak sie zusammen. Vor ihr stand der junge Comte.

Er musterte sie mit raschem Blick von oben bis unten, dann lehnte er sich bequem gegen den weißen Marmorkamin – ohne den Blick von ihr zu wenden. In der Hand hielt er eine braunlederne, schmale Reitpeitsche.

«Komm her!»

Er machte eine auffordernde Bewegung mit der Hand. Jeanne tat einige Schritte auf ihn zu und blieb dann zögernd stehen. Sie hatte nichts als das weiße Tuch, um sich vor seinen Blicken zu bedecken, und ihr Herz klopfte heftig.

«Näher!»

Seine braunen Augen waren abschätzend und leicht amüsiert auf sie gerichtet. Jeanne spürte Angst und gleichzeitig seltsame, nie zuvor gekannte Wünsche. Sie ahnte ja, woran er dachte. Das, woran alle dachten. Pierre, der Bauer, die Knechte – wer auch immer. Auch dieser dort, der sie jetzt mit seinen schönen braunen Augen fixierte, würde solche Dinge im Sinn haben. Und doch hatte sie noch nie zuvor solches Herzklopfen verspürt, wenn ein Mann sie ansah. Wie eine Trommel durchzitterten die Herzschläge ihren Körper, ließen ihre Glieder erbeben, und doch wuchs gleichzeitig in ihr ein nie gekanntes, irrwitziges Verlangen. Was hatte Marie gesagt? Sie sei vollkommen, brauche nichts zu verbergen. Diese braunen Augen, die durch das Tuch hindurchzustarren schienen, übten einen seltsamen Sog auf sie aus. Voller Scham verspürte sie den verwerflichen Wunsch, sich vor seinem Blick zu zeigen und diese Augen wie heiße, begierige Hände auf ihrem nackten Leib zu spüren.

Er sah sie immer noch an, sein Lächeln drückte Zufriedenheit aus. Jeanne sog den Duft seines warmen Körpers ein. Ein schweres Parfüm lag darin, aufregend und geheimnisvoll. Ihr Atem ging jetzt rasch, es war, als ob ein heißer Strom durch ihren Körper wirbelte und zwischen ihre Beine schoss. Ein seltsames Kribbeln entstand dort, und ihre Scham wurde feucht. Es verwirrte sie sehr.

«Für eine Hühnerdiebin bist du recht hübsch.»

«Ich hatte drei Tage nichts gegessen ...»

Er hörte gar nicht hin, sondern hob die Hand und fasste ihr Haar, das noch feucht vom Bad aufgelöst über ihre Schultern hing. Er wog es in der Hand und nickte anerkennend. Es kostete ihn nur eine kleine Bewegung, ihr das Tuch vom Leib zu reißen und sie nackt zu sehen. Sie zitterte, wartete angstvoll und sehnsüchtig zugleich darauf, dass er es tun würde. Doch er tat es nicht.

«Geh dort hinüber zum Fenster!»

Verblüfft sah sie zu ihm hoch. Seine Miene war auf einmal herrisch, die braunen Augen blitzten sie an.

«Mach schon. Stell dich nicht so an!»

Das Fenster reichte bis zum Boden, dahinter lag der Park in Abendnebel gehüllt und verlassen. Sie bewegte sich langsam, ging aus der Hüfte heraus mit leichtem Schwung, und sie wusste, dass ihr Gesäß sich unter dem Tuch nur zu deutlich abzeichnete. Sie spürte förmlich seine brennenden Augen auf ihrem Rücken, und sie zog das Tuch ein wenig enger um sich. War es sein Atem, den sie hören konnte? Als sie am Fenster stand, wandte sie sich mit einer anmutigen Bewegung zu ihm um und lächelte ihn an. Sein Blick hatte sich verändert, alles Herrische war daraus verschwunden, er hatte die Augen ein wenig zusammengezogen und die Lippen leicht geöffnet. So, als geschähe etwas in diesem Raum, das er nicht begreifen konnte und das ihn doch mit aller Macht erfasste.

«Öffne den Umhang», sagte er leise.

Sie zitterte vor Scham und spürte zugleich ein unbändiges Verlangen, ihm zu gehorchen. Langsam ließ sie den Stoff ein wenig auseinandergleiten und warf dann einen raschen Blick zu ihm hinüber. Es war jetzt ein Glitzern in seinen Augen, seine Lippen waren weich, seine Nasenflügel bebten.

«Weiter!», befahl er, und sie konnte seinen aufgeregten Atem hören.

Ohne Hast zog sie den Stoff weiter auseinander, bis er eine ihrer Brüste sehen konnte, und sie spürte seine Ungeduld fast körperlich. Plötzlich war sie es, die das Spiel in der Hand hatte, und er derjenige, mit dem gespielt wurde. Sie sah die Faszination, die sich auf seinen Zügen abzeichnete, sah seine Hände, die ein wenig zitterten, seine vor Erregung bebenden Nasenflügel.

«Herunter damit, oder soll ich es dir herabreißen?»

Sie hatte nicht damit gerechnet, dass er so zornig werden würde, und erschrak. Das Tuch rutschte von ihren Schultern, enthüllte beide Brüste, glitt über den Bauch, und sie verhüllte nur noch ihre Scham mit einem Zipfel des Stoffes. Sie stand fast nackt vor ihm, und er sah sie mit leuchtenden Augen an.

«Du bist begabt, Hühnerdiebin …»

Er trat näher, ohne den Blick von ihr zu wenden, und sie spürte wieder das aufregende Wirbeln zwischen ihren

Beinen, sogar sehr viel heftiger als vorhin. Zugleich rann eine warme Feuchtigkeit an den Innenseiten ihrer Schenkel hinab. Sie drückte den Stoff fest gegen ihre Scham, um das Wirbeln und Prickeln zum Aufhören zu bringen. Doch stattdessen wurde es nur immer schlimmer.

«Nun lass doch endlich dieses Tuch fallen», sagte er ungeduldig.

Sie presste es umso fester zwischen ihre Beine. Etwas geschah mit ihr, und sie begriff nicht, was es war. Aber es war ganz sicher etwas, das sie vor ihm verbergen musste. Er würde sie auslachen, wenn er erführe, was da zwischen ihren Schenkeln passierte.

«Nein, bitte nicht ...», wagte sie zitternd zu widersprechen.

Er schien ihre Erregung zu spüren, lächelte und fasste das Tuch mit der Hand. Mit einem raschen Ruck zog er es von ihr ab und trat zwei Schritte zurück, um sie zu betrachten.

Sie stand unbeweglich, von allen Hüllen entblößt, während seine Blicke über ihren Körper streichelten. Als sie von den Brüsten über den Bauch zu dem dunklen Dreieck zwischen den Beinen glitten, spürte sie ein wildes Zucken in ihrem Inneren, ein Feuerwerk erhob sich bunt und sprühend vor ihren Augen, und sie glaubte, die Besinnung zu verlieren. Verwirrt und erschrocken schloss sie die Augen.

«Gar nicht übel», sagte er anerkennend.

Sie spürte, wie ein schmaler, kühler Gegenstand ihren Körper berührte, zwischen ihren Brüsten abwärts zu ihrem Nabel strich, über ihren Bauch glitt und um den Hügel ihrer Scham kreiste. Es war der silberne Knauf seiner Reitpeitsche.

«Zieh dich wieder an!», befahl er.

Damit ließ er sie stehen. Als sich die Tür hinter ihm geschlossen hatte, hörte sie die Schritte eines Dieners und warf sich hastig das Tuch um die Schultern.

«Wenn Ihr mir bitte folgen wollt ...»

Jeanne erschien es, als erwache sie aus einer tiefen Betäubung. Kaum bemerkte sie, dass der distinguiert aussehende Diener sie jetzt mit ausgesuchter Höflichkeit behandelte. In ihrem Inneren stieg Beschämung auf. Er hatte sie angestarrt und sich über sie amüsiert. Er hatte sie taxiert und begutachtet wie eine Stute auf dem Pferdemarkt. Nie zuvor hatte jemand sie so gedemütigt. Warum hatte sie das geschehen lassen?

Christian hatte sich in den roten Salon zurückgezogen und dort in einen der Sessel fallen lassen. Was für ein Mädchen! Ein Stück praller, irdischer Lust und himmlischer Verführungskraft. Ein Körper, wie für die Sinnenlust geschaffen, und dabei eine bezaubernde, fast kindliche Art. Wer hatte ihm dieses süße Wesen zugeführt? Engel oder Teufel?

Wer auch immer. Die kleine Hühnerdiebin war tausendmal mehr wert als der ganze Königshof. Zum Teufel mit Ludwig und seiner Eitelkeit. Zum Teufel auch mit Marguerite de Fador und ihrer Protektion. Er brauchte sie beide nicht.

Er versuchte, sich zu entspannen, aber es gelang ihm schlecht. Sein Glied war hoch aufgerichtet, und jeder Gedanke an das, was er gerade eben gesehen hatte, brachte ihn einem Erguss näher.

Geduld, dachte er ärgerlich. *Was ist los mit mir?*

Er würde sich noch ein paar Tage beherrschen. Sie sollte nicht das Gefühl bekommen, mit ihm spielen zu können.

Als die Bettvorhänge beiseitegezogen wurden, blinzelte Jeanne in das helle Morgenlicht, das den Raum durchflutete.

«Guten Morgen, Mademoiselle.»

Vor ihr stand eine zierliche Kammerzofe und lächelte ihr schüchtern zu. Auf einigen Stühlen war eine hellblaue Brokatrobe ausgebreitet, dazu ein Unterkleid mit weiten Spitzenärmeln, seidene Röcke, ein Schnürleibchen, seidene Strümpfe. Ein Paar zierlicher, hellblauer Pantöffelchen stand daneben. Jeanne warf nur einen kurzen Blick über all diese Kostbarkeiten.

«Ich ziehe diese Sachen nicht an!»

Die Kammerzofe sah erschrocken und verständnislos auf die junge Frau, die mit angezogenen Knien im Bett hockte und sie böse anstarrte.

«Seine Gnaden haben mir befohlen, diese Sachen für Euch zurechtzulegen, Mademoiselle», stammelte sie.

«Ich will sie nicht», beharrte Jeanne. «Gib mir die Kleider, in denen ich gekommen bin.»

Die Zofe errötete. Man hatte Jeannes Kleider fortgeworfen, aber das wagte sie nicht zu gestehen.

«Aber ...», widersprach sie schüchtern. «Diese Kleider sind doch wunderschön. Die selige Comtesse hat sie für eine Nichte anfertigen lassen, und die hat sie nur ein einziges Mal zu einem Besuch hier getragen.»

Jeanne schüttelte eigensinnig den Kopf.

«Bring mir meine Sachen.»

«Ich will sehen, was möglich ist, Mademoiselle.»

Die kleine Zofe verbeugte sich und eilte davon. Sie verstand dieses seltsame Mädchen nicht. Sie, Nadine, hätte ihre Freude daran gehabt, sie zu schnüren, ihr das Haar nach der Mode zu frisieren, sie zu pudern und zu schminken. Sie hatte eine Kollektion der feinsten Parfüms – noch aus den Beständen der seligen Comtesse – herbeigeholt und eine Menge Schleifen, Spitzentüchlein und sogar einige Schmuckstücke bereitgelegt. Alle diese schönen Dinge, die ihre Leidenschaft waren und die leider immer nur für andere Frauen, aber niemals für sie selbst – die unscheinbare Kammerzofe Nadine – bestimmt waren.

Sie brachte Jeanne einige einfache Röcke, ein Unterkleid und ein Leibchen und half ihr, die Sachen anzuziehen. Sie war fasziniert von ihrer neuen Herrin. Wie schön sie war. Wie die Brüste so üppig und hoch standen, wie schmal ihre Taille war und wie aufreizend sie ihre Hüften schwang. Sie hatte einen wohlgeformten, nicht zu kleinen Po, und ihr Schamhügel war von einem reichen, schwarzlockigen Vlies bedeckt. Nadine bemühte sich, ihre Herrin beim Überstreifen der Kleidung nicht zu berühren, obgleich sie es gern getan hätte.

Jeanne fand es merkwürdig, beim Ankleiden Hilfe zu bekommen, aber sie begriff, dass diese schmächtige kleine Person mit den erschreckten wasserblauen Augen nur ihre Aufgabe erfüllte.

Es kostete einige Mühe, das üppige schwarze Haar durchzukämmen und aufzustecken. Jeanne hätte fast gelacht, als sie sah, wie ernsthaft und begeistert die Zofe sich dieser Aufgabe hingab. Konnte es wirklich wahr sein, dass dieses Mädchen nur dafür lebte, andere Frauen anzukleiden und ihnen die Haare zu kämmen?

«Wie heißt du?»

Die Zofe versank in einem tiefen Knicks.

«Nadine. Ich komme aus Kerrigor.»

Das war ganz in der Nähe. Eines der vielen kleinen Dörfchen, die zur Grafschaft des Comte gehörten, so wie auch ihr eigener Geburtsort, Kerrignan. Jeanne betrachtete die Zofe jetzt mit mehr Aufmerksamkeit. Wie schmal sie war. Ihre Wangen waren blass, Kinn und Nase spitz – das ganze Gesicht unter der weißen Haube hatte etwas von einem

Mäuschen. Nur die übergroßen hellblauen Augen waren schön, fand Jeanne.

«Wie lange bist du schon hier auf dem Schloss, Nadine?»

«In diesem Sommer werden es drei Jahre. Die selige Comtesse, die Mutter des Comte, hat mich aus meinem Dorf geholt und hierhergebracht.»

«Warum hat sie das getan?»

Nadine bemühte sich, eine Schleife in Jeannes Haar zu binden.

«Ich habe keine Eltern», sagte sie leise. «Die selige Comtesse hat sich sehr oft der Waisenkinder in den Dörfern angenommen. Habt Ihr das nicht gewusst?»

Doch, das wusste Jeanne. Die Comtesse war überall als gütige und gerechte Landesherrin beliebt gewesen. Man hatte sehr um sie getrauert, als sie vor einem Jahr zu Grabe getragen wurde.

Jeanne spürte plötzlich eine Art Solidarität mit der kleinen Nadine. Auch sie stand ganz allein in der Welt.

«Du machst das sehr gut», sagte sie und lächelte ihr zu. «Ich hatte noch nie zuvor eine so schöne Frisur.»

Die Zofe errötete und knickste erneut. Sie freute sich über das Lob.

«Oh, das ist noch gar nichts. Die selige Comtesse hat mich noch viel mehr gelehrt. Ich könnte Euch schnüren und ganz nach der Mode zurechtmachen – dann würdet Ihr aussehen wie eine Prinzessin. Ach nein – noch viel schöner.»

Jetzt musste Jeanne lachen, auch wenn ihr eigentlich gar nicht danach zumute war.

«Ich bin aber keine Prinzessin, Nadine. Und auch keine feine Dame. Diese Kleider sind nicht für mich gemacht, verstehst du?»

Die kleine Zofe schüttelte eifrig den Kopf.

«Das glaube ich nicht. Diese Kleider haben auf Euch

gewartet. Sie sind für eine Frau gemacht, die so schön und bezaubernd ist, wie Ihr es seid. Ach, die selige Comtesse hätte ihre Freude daran gehabt. Sie hat die schönen Dinge so sehr geliebt.»

Nachdenklich blickte Jeanne auf die Kleidungsstücke, die auf dem Bett lagen. Sie waren so kostbar, dass sie nicht einmal gewagt hatte, sie anzufassen. Der gestrige Abend kam ihr wieder in den Sinn, und sie schämte sich.

«Und der Comte, liebt er auch die schönen Dinge?», fragte sie in bitterem Ton.

Nadine verstand sie sofort.

«Der Comte ist seit gestern völlig verändert, Mademoiselle. Er hatte beschlossen, nach Paris zu reisen, und kehrte dann ganz überraschend wieder ins Schloss zurück. Mit Euch, Mademoiselle.»

«Wirft er seine Entschlüsse immer so rasch um?»

«Eigentlich nicht, Mademoiselle. Er hat auch noch niemals zuvor angeordnet, dass eines der Mädchen dieses Kleid anlegen sollte.»

«Mädchen?»

Jeanne begriff. Die Zofe sprach von jenen Dorfmädchen, die hin und wieder ins Schloss geholt wurden, um dort dem Comte und seinen Gefährten zu verschiedenen Vergnügungen zu verhelfen. Zorn überkam sie. Wenn er das von ihr glaubte, dann hatte er sich gründlich geirrt!

«Es ist gut», sagte sie zu Nadine und stand auf. «Ich möchte jetzt den Comte sprechen.»

Erschrocken sah die Zofe sie an.

«Den Comte sprechen? Aber das geht nicht. Ihr müsst warten, bis er Euch rufen lässt.»

Aber Jeanne stand schon an der Tür.

«Das werden wir ja sehen.»

Christian legte die Armbrust, in die er eine neue Sehne eingespannt hatte, beiseite und horchte amüsiert auf die Geräusche im Flur. Schau an, die Kleine hatte also schon Sehnsucht nach ihm. Es gefiel ihm. Andrerseits ging es ihm ein wenig zu rasch. Die Geschichte drohte langweilig zu werden, und das war schade.

«Das ist unmöglich, Mademoiselle. Niemand außer dem Comte darf die Waffenkammer betreten …»

Es war Bertrand, der auf verlorenem Posten kämpfte. Sie würde sich nicht abweisen lassen, die kleine Wildkatze.

Christian schmunzelte und nahm sich wieder die Armbrust vor.

«Dann sag ihm, dass ich ihn sofort sprechen möchte!», hörte er ihre ärgerliche Stimme.

«Der Comte möchte nicht gestört werden, wenn er sich mit den Jagdwaffen beschäftigt.»

«Dann gehe ich eben hinein!»

«So nehmt doch Vernunft an, Mademoiselle. Ich bitte Euch … Das geht doch nicht …»

Christian hob erstaunt den Kopf, als die Tür aufflog. Es war viel rascher gegangen, als er erwartet hatte. Trotzig stand sie auf der Schwelle, die Wangen glühend, zwischen den Augen eine steile Zornesfalte. Was für Augen sie machte! O nein, die kleine Wildkatze war noch lange nicht gezähmt.

«Ich muss mit Euch reden!», platzte sie los. «Es gibt da ein ganz gewaltiges Missverständnis …»

Er verbarg sein Frohlocken und war die Ruhe selbst. Mit einer Handbewegung schickte er Bertrand davon, der mit schlechtem Gewissen hinter ihr stehengeblieben war.

«Was hast du da für Kleider an?»

Sie sah an sich hinunter und war für einen Moment aus dem Takt gebracht.

«Da meine eigenen Kleider nicht mehr zu finden waren, habe ich diese da bekommen», gab sie trotzig zurück.

Er lächelte amüsiert.

«Bezaubernd. Du schaust aus wie ein Küchenmädchen.»

Die Bemerkung versetzte sie wieder in Zorn. Hatte er nicht selbst angeordnet, ihr die Kleider fortzunehmen?

«Ich habe nicht vor, mich in der Küche herumzutreiben.»

«Und warum hast du nicht die Kleider angezogen, die ich für dich bereitlegen ließ?»

Sie schnaubte durch die Nase und verzog den Mund. Zwei bezaubernde Grübchen zeigten sich auf ihren Wangen.

«Ich lasse mir nichts schenken, Euer Gnaden. Diese Kleider gehören mir nicht, und ich will sie nicht.»

Er war beeindruckt, bemühte sich jedoch, gleichgültig zu erscheinen. Sie hatte Haltung, dieses Mädchen. Sie gefiel ihm immer mehr. Wenn er an das dachte, was unter diesen Röcken, diesem Mieder verborgen war, wurde ihm fast schwindelig.

«Und was willst du?»

Sie trat einige Schritte in den Raum hinein und blieb vor ihm stehen. Ihr Gesichtsausdruck war jetzt ernst, und ihre Augen blickten ihn mit einem Ausdruck an, der ihn weit mehr aus der Fassung brachte als alles, was sie vorher getan hatte. Es lagen Ernsthaftigkeit und Vertrauen darin.

«Ihr habt versprochen, Euch für mich einzusetzen, Euer Gnaden. Das Geld für einen Tag Arbeit steht mir zu.»

Ach, das war es. Er hatte diese dumme Angelegenheit schon längst vergessen.

«Himmel!», lachte er. «Die lächerlichen vier Sous. Es lohnt doch wirklich nicht, darum zu streiten, oder?»

«Wie könnt Ihr das behaupten?», rief sie empört. «Für mich ist es sehr viel Geld!»

Er erhob sich von seinem Sitz und trat dicht an sie heran. Wie ihre Augen blitzten! Doch als er ihr die Hand beschwichtigend auf die Schulter legen wollte, wich sie zurück, als habe er sie verbrannt.

«Du wirst tausendmal mehr erhalten, Jeanne. Vertrau mir», sagte er in schmeichelndem Ton und versuchte erneut, sie zu berühren. Doch sie schüttelte seine Hand ab wie ein lästiges Insekt.

«Ich will nur das, was mir zusteht, Herr», sagte sie und hob das Kinn. «Gebt mir die vier Sous, dann werde ich gehen und Euch nicht weiter behelligen.»

Er war verblüfft. Was für eine hartnäckige Person.

«Wohin willst du gehen mit vier Sous? An der nächsten Ecke wirst du verhungern, Jeanne. Warum bist du so dickköpfig?»

Sie hob den Kopf und sah ihm fest in die Augen.

«Ich bin nicht das, wofür Ihr mich haltet, Euer Gnaden. Auch wenn es gestern vielleicht den Anschein hatte ...»

Sie brach ab, und er sah voller Erstaunen, dass sie tief errötete. Was war das für ein Spiel, das sie da mit ihm anstellte? Wollte sie ihm jetzt das Unschuldslämmchen vormachen? Nachdem sie gestern eine sinnliche kleine Teufelin war!

«Du warst bezaubernd gestern, meine kleine Jeanne», sagte er leise und strich ihr zart über die Wange. «Ich möchte dich heute Abend in der gleichen Pose wiedersehen. Und wenn du das tust, bekommst du von mir alles, was dein Herz begehrt.»

Sie blieb einen Augenblick unbeweglich, ganz der Berührung hingegeben. Voller Entzücken spürte er, dass sie zitterte. Sie wollte es doch auch, das wusste er ganz genau.

Aber ganz plötzlich trat sie einen Schritt zurück, und ihre Miene war nun abweisend.

«Ihr habt mich nicht verstanden, Euer Gnaden», sagte sie kühl. «Ich möchte mein Geld, und dann werde ich mich auf den Weg machen.»

Er lachte. Was für eine Schauspielerin sie war.

«Lass den Unsinn, Jeanne. Mir machst du nichts vor. Wenn du darauf bestehst, werde ich dir das Geld geben. Aber du wirst nicht gehen.»

Sie verzog keine Miene.

«Ich werde gehen, verlasst Euch darauf.»

Er wurde unsicher. Der Blick ihrer blauen Augen war hart und entschlossen. Er hatte sie tatsächlich unterschätzt. Sie war imstande, das Schloss zu verlassen, dieses törichte Mädel.

«Hör zu, Jeanne», lenkte er ein. «Wenn du Geld verdienen willst, so kannst du es auch hier bei mir tun. Ich biete dir eine Stellung im Schloss.»

Sie lachte höhnisch und warf stolz den Kopf zurück.

«Als Küchenmädchen? Nein, danke.»

Er geriet in Aufregung. Was für eine Arroganz! Was wollte sie eigentlich? Warum spielte sie ihm dieses Theater vor?

«Schluss jetzt!», schimpfte er. «Ich will, dass du bleibst. Hörst du? Ich will es, und du hast zu gehorchen!»

Er hatte die letzten Worte fast geschrien und schlug zornig mit der Faust auf den Tisch, an dem er kurz zuvor noch die Waffen geprüft hatte. Die Armbrust erzitterte, die frisch eingespannte Sehne schnellte vor, und der Pfeil zischte in den Raum hinein. Jeanne schrie vor Schreck laut auf, taumelte und sank zu Boden.

Christian war starr vor Entsetzen. Dann stürzte er zu ihr, kniete am Boden und umfasste mit beiden Händen ihr blasses Gesicht.

«Jeanne! Jeanne! Um Gottes willen – was habe ich getan?»

Er untersuchte sie mit zitternden Händen und stellte fest, dass der Pfeil ihren rechten Ärmel dicht am Ellbogen durchbohrt hatte. Der weiße Stoff begann sich um die Einschussstelle rot zu färben.

«Jeanne! So wach doch auf. Jeanne!»

Er saugte an ihren Lippen, bedeckte ihre Wangen mit zärtlichen Küssen, rieb ihr die Schläfen, bis sie die Augen öffnete. Groß und verwundert sah sie ihn an.

«Verzeih mir, Jeanne», stammelte er. «Ich ... ich wollte das nicht.»

Er strich ihr zärtlich über die Wange und riss dann ihren Ärmel auf, um nach der Wunde zu sehen.

«Es ist nur ein wenig Haut verletzt. Wir haben ungeheures Glück gehabt.»

Er rief nach Bertrand.

Nadine hatte die schweren Samtvorhänge vor die Fenster gezogen, sodass das Schlafzimmer im Dämmerlicht lag. Jeanne lag blass und still in den Kissen und sah zu dem dunkelroten Brokathimmel hinauf, der mit kleinen goldenen Vöglein bestickt war.

«Es ist nicht schlimm, Mademoiselle. Machen Sie sich keine Sorgen. Man wird nicht einmal eine Narbe sehen.»

Nadines Stimme klang leise und beruhigend. Jeanne gab sich ihr hin und schloss die Augen, während Nadine die Wunde vorsichtig mit einer warmen, gelblichen Flüssigkeit reinigte.

«Der Comte wollte einen Arzt kommen lassen», plauderte sie. «Mein Gott, ganz außer sich ist er gewesen. Er hat sogar die Armbrust auf dem Steinboden zerschlagen. Ach, Mademoiselle, ich glaube, er hat sich schreckliche Vorwürfe gemacht.»

«Dazu hat er allen Grund», sagte Jeanne ärgerlich und zuckte zusammen, weil die Behandlung wehtat.

«Ganz stillhalten, Mademoiselle. Ich habe das von Marie gelernt, sie ist eine großartige Heilerin. Es gibt keine Bessere weit und breit. Alle Tränke und Kräuter kennt sie – die Wunde wird nicht eitern.»

Sie trug die Schale mit der Flüssigkeit hinaus und erschien gleich wieder, um die Wunde zu verbinden. Jeanne ließ alles mit sich geschehen. Fast gleichgültig schaute sie zu, wie Nadine die weißen Binden um ihren Arm wand, dann schloss sie wieder die Augen.

«Bald geht es Euch wieder besser», sagte Nadine fürsorglich. «Ihr braucht jetzt einige Tage Ruhe und gute Pflege.»

Die Tür öffnete sich, und Bertrand erschien – ein Tablett in den Händen.

«Das Frühstück, Mademoiselle», sagte er und platzierte das Tablett auf einem kleinen Ebenholztischchen gleich neben ihrem Bett. «Wir hoffen, dass es nach Eurem Geschmack ist.»

Auf dem Tablett waren verschiedene kleine Speisen, Obst, frisches Brot, Honig und Wein. Dazu eine kleine Zinnkanne, der ein seltsamer Duft entströmte.

«Für mich? Das alles?»

Jeanne konnte es nicht fassen. Nie in ihrem Leben war sie bedient worden. Noch dazu so reichlich. Eine Mahlzeit im Bett einnehmen – das war etwas für Adelige und Könige.

«Dies ist Kaffee, Mademoiselle», sagte Nadine wichtig und griff die kleine Kanne, um ein Tässchen für Jeanne einzuschenken. «Ein Getränk, das munter macht und neue Kräfte verleiht.»

Sie hielt Jeanne die kleine Tasse vor die Nase, und die junge Frau wandte sich angewidert ab.

«Das riecht ganz verbrannt.»

«O ja. Die Bohnen werden über dem Feuer geröstet und dann zermahlen. Versucht es nur – es wird Euch beflügeln.»

Aber Jeanne ließ sich wieder in die Kissen sinken und winkte ab.

«Später. Ich werde zuerst ein wenig schlafen.»

Nadine stellte das Tässchen enttäuscht auf das Tablett zurück und knickste. Sie fasste dabei elegant ihren weiten Rock zu beiden Seiten und neigte den Kopf.

«Wie Ihr befehlt, Mademoiselle. Wenn Ihr mich benötigt – ich bin gleich nebenan. Ich wünsche Euch eine angenehme Ruhe.»

Die Tür schloss sich leise hinter den beiden Dienern, und Jeanne starrte erneut zur Decke des Himmelbettes. In ihrem Kopf war ein wüstes Durcheinander. Noch saß ihr der Schreck in den Gliedern, doch gleichzeitig schossen ihr tausend beglückende und zugleich verwirrende Gedanken durch den Kopf. Seine braunen Augen, die so machtvoll und fordernd blicken konnten, die sie gestern noch zu nie gekannten, erschreckenden und doch so süßen Gefühlen getragen hatten. Heute hatte sie Erschrecken in diesen Augen gesehen. Er war besorgt um sie.

Sie riss sich zusammen und versuchte die Rührung abzuschütteln. Er war in Sorge gewesen, weil sein Spielzeug beschädigt worden war. Nur wenige Zentimeter weiter nach links, und es wäre aus mit ihr gewesen. Sie schauderte und schloss wieder die Augen.

Leise öffnete sich die Tür, jemand trat auf Zehenspitzen an ihr Bett, zog den Vorhang ein wenig beiseite und verharrte. Ohne Zweifel die kleine Nadine. Jeanne blinzelte.

«Du bist wach?»

Sie fuhr erschrocken empor – vor ihrem Bett stand Christian.

«Nicht aufregen», sagte er und setzte sich auf den Bettrand. «Sei ganz ruhig.»

«Ich bin ruhig», gab sie zurück und zog sich die Decke bis ans Kinn hinauf.

Er überflog das Tablett mit einem kurzen Blick und runzelte die Stirn.

«Warum hast du nichts gegessen?»

«Ich habe keinen Hunger.»

«Und der Kaffee?»

Er nahm die kleine Tasse in die Hand und lächelte sie an.

«Ein verflucht teures Gebräu, meine Liebe. Es wäre schade, es stehenzulassen. Magst du es nicht versuchen?»

«Danke, nein. Es riecht verkohlt und schmeckt sicher bitter.»

Er lächelte erheitert. Wie direkt und ehrlich sie war.

«Dann geben wir ein wenig Zucker hinein, und du wirst sehen, wie gut es dir mundet.»

Er tat zwei Löffel weißen Zucker in das kleine Tässchen. Jeanne hatte davon gehört, dass es dieses weiße, süße Pulver gab, dass man auch Früchte damit kandieren und Schokolade damit zubereiten konnte. Alles dies waren Herrlichkeiten, die die Adeligen sich erlauben konnten – niemand in ihrem Dorf hatte jemals davon gekostet.

Sie war zu neugierig, um die Tasse mit dem seltsam duftenden Inhalt noch einmal zurückzuweisen. Vorsichtig nahm sie sie mitsamt der kleinen Untertasse in die Hand und richtete sich zum Sitzen auf. Es ging nicht so einfach, da sie den rechten Arm schonen musste.

«Warte!»

Er brachte Kissen herbei und postierte sie hinter ihrem Rücken, um sie zu stützen. Dann setzte er sich wieder neben sie und sah lächelnd zu, wie sie die Lippen an den

Rand der Tasse setzte. Sie nahm einen winzigen Schluck, kostete und verzog das Gesicht.

«Es schmeckt eigenartig», sagte sie. «Süß und bitter zugleich.»

«Wie das Leben, meine kleine Jeanne», meinte er lächelnd.

Sie spürte wieder seine Augen, die über ihre Schultern, ihre Brust glitten, und sie reichte ihm rasch die Tasse. Die Decke war hinabgerutscht, und sie beeilte sich, sie wieder heraufzuziehen. Sie trug nur das dünne Unterhemd – Christians Augen und seine Nähe ließen ihren Puls schon wieder schneller schlagen.

Er trank den Rest des Kaffees selbst aus und stellte das Tässchen auf dem Tablett ab. Als er sich wieder zu ihr umwandte, sah er nachdenklich aus.

«Ich möchte wiedergutmachen, was ich angerichtet habe», sagte er leise. «Ich werde dich unterhalten, während du hier im Bett liegen musst.»

«Danke. Ich komme auch allein zurecht», wehrte sie ab.

Er sah die Röte, die ihre Wangen überzog, und deutete sie auf seine Weise. Ohne auf ihren Einwand zu achten, zog er ein Buch aus der Rocktasche und schlug es auf.

«Ich werde dir ein wenig vorlesen.»

Sie war verblüfft, denn sie hatte ganz andere Dinge erwartet.

«Vorlesen?», staunte sie. «Was denn? Etwas aus der Bibel?»

Jetzt lachte er fröhlich auf, und sie kam sich schrecklich dumm vor. Aber das Einzige, das ihr jemals vorgelesen worden war, waren die lateinischen Bibeltexte in der Kirche.

«Nichts aus der Bibel», lachte er und war gleich wieder ernst, als er ihre Verwirrung sah. «Eine Geschichte werde ich dir vorlesen. Das heißt – ich werde sie dir lieber erzählen.»

Er legte das Buch auf das Bett und rückte ein wenig näher an sie heran. Jeanne hielt immer noch die Bettdecke vor ihrer Brust fest, was er sehr bedauerte.

«Was für eine Geschichte?»

Sie sah ihn jetzt an wie ein neugieriges kleines Mädchen, und er war einen Augenblick lang gerührt.

«Eine Geschichte von einer wunderschönen Frau, deretwegen ein großer Krieg entstand.»

Er begann ihr von Prinz Paris zu erzählen, der vor die schwere Aufgabe gestellt worden war, einen goldenen Apfel an die Schönste der drei Göttinnen zu reichen. Er musste weit ausholen, beschrieb ihr die drei Göttinnen Athene, Hera und Aphrodite und fragte dann verschmitzt, welcher der arme Prinz wohl den Apfel gereicht hatte.

«Der Göttin der Liebe natürlich», sagte sie, ohne nachzudenken.

Er stellte fest, dass sie eine sehr gute Zuhörerin war. Alles, was er erzählte, spiegelte sich in ihrem Gesicht wider: Sie litt mit den Helden der Geschichte, sie lachte, sie zeigte Empörung und Zorn, und sie errötete, wenn er die Liebesglut des Prinzen für die schöne Helena schilderte. Längst hatte sie sich wohlig in die Kissen zurückgelehnt, die Hand, die den Zipfel der Decke hielt, war herabgesunken, ihre Augen hingen an seinem Mund.

Während er den Raub der schönen Helena schilderte, glitt sein Blick über ihre Brust, wo das zarte Hemd den Ansatz ihres Busens sehen ließ. Die süßen Rundungen waren so verführerisch, dass er nur mit Mühe die Beherrschung behielt. Längst war sein Glied angeschwollen und wollte sich aufrichten, und er war froh, dass sie es unter der weiten Hose nicht bemerken konnte.

Als er mit der Erzählung bei Odysseus angelangt war, der den Rat gab, ein riesiges hölzernes Pferd zu bauen, hielt er inne.

«Und weiter?», fragte sie aufgeregt. «Was geschah dann? Es war ein Trick, nicht wahr?»

Sie war bezaubernd in ihrer kindlichen Neugier. Er würde ihr noch viele Geschichten erzählen können – vielleicht sogar aus der Odyssee vorlesen. Es machte wirklich Freude, sie an all diesen Geschichten, die er selbst so liebte, teilhaben zu lassen.

«Für heute ist es genug, Jeanne. Du bist sicher müde.»

Enttäuschung zeigte sich in ihren Zügen. Nur noch die Sache mit dem hölzernen Pferd. Bitte!

«Du brauchst jetzt Ruhe, Jeanne. Dein Kopf ist sicher voll von alldem, was du gehört hast. Ist es nicht so?»

Sie lachte und meinte, sie habe zwar ein wenig Kopfschmerzen, aber das habe nichts zu bedeuten.

«Kopfschmerzen? Lass sehen. Wo tut es dir denn weh?»

Er beugte sich über sie und atmete ihren Geruch ein. Wie wundervoll sie roch. Nach warmer Haut, nach ihrem schweren Haar, nach ihrem blühenden, verlockenden Körper.

«Hier am Hinterkopf. Ich glaube, ich bin vorhin damit an die Tür geschlagen. Es ist aber nicht besonders schlimm ...»

Vorsichtig und mit ernster Miene umfasste er ihren Nacken, spürte das weiche dichte Haar und massierte ihr Genick.

«Ist es da?», fragte er leise.

«Ja, genau da. Das tut gut ...»

Sie schloss die Augen, und er zog sie ein wenig zu sich heran. Seine Hände strichen zärtlich über ihren Hals, glitten hinab zu ihren Schultern und fuhren wieder empor. Er spürte, wie ihr Atem rascher wurde, und musste sich zusammennehmen, um nicht zu tun, wonach es ihn drängte. Sorgfältig strichen seine Finger über die zarte Haut ihres Nackens, massierten sanft ihren Hinterkopf, zogen kleine Wirbel und Kreise hinter ihren Ohren, glitten zu ihren Schläfen und strichen dort mit leichtem Druck auf und ab.

«Gut?», flüsterte er.

Sie stöhnte leise, gab sich ganz seinen Händen hin. Er sah, wie sich die Knospen ihrer Brüste unter dem dünnen Stoff zusammenzogen und aufrichteten. Keck standen sie ihm entgegen, sanft bewegte sich ihr Busen zu dem Rhythmus seiner Massage.

Er musste sich Gewalt antun. Doch er zog die Hände vorsichtig wieder zurück, strich ihr das Haar aus der Stirn und schob ganz sacht die Bettdecke über die süßen Verlockungen.

Sie blinzelte ihn an, erstaunt und ein wenig ärgerlich.

«Morgen», sagte er leise, «morgen erzähle ich weiter.»

Als Jeanne erwachte, war es ringsum dunkel. Ihre Hand tastete nach dem Bettvorhang und zog ihn ein wenig beiseite. Blasses Mondlicht erfüllte den Raum – durch eines der hohen Fenster konnte sie den runden, silbrigen Vollmond sehen. Er schien genau in ihr Bett hinein.

In der Wunde klopfte es, ein leichter Schmerz breitete sich von ihrem Arm über die Brust aus. Sie setzte sich auf und betrachtete den Mond. Wie hell und kühl sein Licht war – wie ein feiner glänzender Schleier, der sich auf die Haut legte.

Sie hatte fast den ganzen Tag verschlafen, es würde wenig Sinn haben, weiter im Bett zu liegen. Vorsichtig stand sie auf und begann sich anzukleiden. Das Tablett mit dem Frühstück war verschwunden, dafür stand ein anderes für sie bereit. Verschiedene Speisen waren darauf in kleinen Schüsseln angeordnet, dazu eine Karaffe mit Wein. Sie goss sich ein Glas davon ein und nippte daran. Der Wein war stark, und sie spürte, dass ihr schwindelig davon wurde. Sie trank noch einige Schlucke und stellte das Glas dann auf das Tablett zurück.

Langsam trat sie zum Fenster und sah in den Park hinaus. Von Mondlicht übergossen standen die Bäume wie verzauberte Märchenriesen, die kleinen Marmorfiguren auf ihren Sockeln schimmerten bläulich im Mondenstrahl, das Wasser des großen Brunnens glitzerte.

Ich kann mit dieser Verwundung unmöglich fortgehen, dachte sie. In ihrem Kopf begann sich alles zu drehen, und sie hielt sich vorsorglich am Fensterbrett fest. Der Vollmond schien ihr zuzunicken.

Nur noch ein paar Tage – bis die Wunde geheilt war. Dann wollte sie das Schloss verlassen und sich Arbeit suchen. Vielleicht sollte sie es in der Stadt als Dienstbotin versuchen? In Rouen? Oder gar in Paris?

Sie lehnte sich mit dem Rücken gegen einen der geschnitzten Schränke und schloss einen Moment die Augen, weil der Park sich im Kreis drehen wollte. Ihr Herz klopfte heftig. Seine dunklen, sehnsüchtigen Augen schienen sie anzublicken. Nie wieder würde sie ihm gestatten, sie anzurühren. Nie wieder wollte sie so schwach werden. Nie wieder diesen mächtigen, süßen Rausch in ihrem Inneren zulassen.

Sie seufzte. Ein kleiner Spaziergang im Park würde ihr jetzt sicher guttun, und sie sehnte sich nach den taufeuchten Wiesen und der kühlen Luft. Vorsichtig öffnete sie die Tür und trat in das kleine Vorzimmer. Auf einem Canapé lag die kleine Nadine zusammengerollt wie ein Kätzchen und schlief fest. Jeanne schlich leise an ihr vorbei und betrat den Flur.

Sie brauchte eine kleine Weile, um sich an das Dämmerlicht zu gewöhnen, denn die Flurfenster waren klein und ließen nur wenig Mondlicht ein. Auf der rechten Seite führte eine verschnörkelte Wendeltreppe in das untere Stockwerk, geradeaus erblickte sie eine schwere, hölzerne Tür, die mit einem komplizierten Schloss aus schwarzem Metall gesichert war.

Jeanne zögerte. Die so sorgfältig gesicherte Tür machte sie neugierig. Was sich wohl dahinter verbarg?

Einen Augenblick lang stand sie und lauschte. Nichts war zu hören außer dem leisen Zirpen eines Insekts, das irgendwo in einer Mauerritze hocken musste. Vermutlich lagen alle Schlossbewohner in tiefem Schlaf.

Sicher war die Tür abgeschlossen – sie versuchte es dennoch und drückte vorsichtig die Klinke hinunter. Es gab ein hässliches, knirschendes Geräusch, und die Tür sprang auf.

Der Raum dahinter lag im hellen Mondlicht. Von der Wand herab blickte sie eine reichgeschmückte Dame mit spöttischem Lächeln an.

Ringsum standen Schränke und Regale, angefüllt mit Büchern und Folianten. Sie hatte davon gehört, dass es im Schloss eine Bibliothek gab, die die verstorbene Comtesse sehr geliebt haben sollte. Neugierig trat sie in den Raum hinein, betrachtete die eindrucksvollen Buchrücken und schlich um den großen Tisch herum, der die Mitte des Raumes ausfüllte.

Da lag es. Das Buch, das der Comte an ihrem Bett in der Hand gehabt, dann aber beiseitegelegt hatte. Sie schlug es auf und betrachtete entzückt die Zeichnungen. Nie hatte sie Ähnliches gesehen! Wie zierlich die Striche geführt worden waren. Wie lebendig die Bilder wirkten. Da – die drei Göttinnen und Prinz Paris mit dem Apfel. Verdutzt betrachtete sie die Darstellung. Die Göttinnen waren kaum bekleidet, auch Prinz Paris trug nur einen gefalteten Stoff, der nachlässig über seiner Schulter hing und ihn keineswegs verhüllte. Und die schöne Helena, die ein paar Seiten weiter zu bewundern war, hatte bei dem Raub gar ihr Gewand verloren und lag völlig nackt in den Armen des Prinzen, der sie davontrug.

Verwirrt wollte sie weiterblättern, als sie ein Geräusch hinter sich vernahm. Erschrocken fuhr sie herum.

An der Tür stand ein Mann. Er hielt einen Kerzenleuchter in der Hand und hielt ihn in die Höhe, um den Raum auszuleuchten. Jeanne erkannte Christian und ließ das Buch beschämt sinken.

«Schau an», sagte er lächelnd. «Haben die Geschichten dich nicht schlafen lassen?»

«Ich habe den ganzen Tag geschlafen.»

Er trat an den Tisch und stellte den Kerzenleuchter ab. Schmunzelnd blickte er auf das Buch, das sie unter ihren Händen zu verbergen suchte.

«Und nun bist du wach und neugierig darauf, wie die Geschichte zu Ende geht, nicht wahr?»

Er fasste ihre Hände und zog sie an seine Lippen. Jeanne versuchte sich loszumachen, doch er hielt sie fest.

«Warum willst du immer davonlaufen, kleine Jeanne?»

Er küsste ihre Fingerspitzen, eine nach der anderen, und ein süßer Schauer überlief sie. Sie spürte seine heiße Zunge, dann seine Zähne, die vorsichtig und zart an ihren Fingerkuppen knabberten. Ihr Puls flog.

«Bitte, hört auf damit», flüsterte sie. «Bitte!»

Er drehte ihre Hände mit den Innenflächen nach oben und begann sie sanft und zärtlich zu küssen. Seine Zunge glitt heiß und feucht an den Linien entlang, die sich in ihrem Handinneren befanden, und sie erzitterte. Zwischen

67

ihren Beinen war ein Wirbel entstanden, der ihr den Atem nehmen wollte.

«Lasst das sein», flehte sie. «Ich will das nicht …»

Er hob den Kopf, und seine dunklen Augen glänzten siegesgewiss.

«Gut», meinte er lächelnd. «Sehen wir uns das Buch an.»

«Nein», bat sie erschrocken. «Nicht das Buch …»

Er lachte leise auf und zog sie zu sich heran. Sanft legte er eine Hand um ihre Taille und spürte voller Entzücken, wie sehr sie bei der Berührung erbebte. Doch auch ihn selbst erfasste ein Schwindel, als er ihren Körper so dicht an dem seinen fühlte, und er musste seine ganze Willenskraft aufbieten, um nicht die Beherrschung zu verlieren.

«Nicht das Buch?», flüsterte er dicht an ihrem Ohr. «Aber du bist doch nur wegen dieses Buches hierhergekommen, oder?»

«Aber nein», stöhnte sie leise.

Er suchte mit dem Mund ihr Ohr und begann es zu küssen. Was für ein bezauberndes kleines Öhrchen sie hatte. Er verfolgte die Windungen der Ohrmuschel mit der Zunge und stieß ein wenig in die Gehöröffnung hinein. Jeanne erschauerte, es fühlte sich heiß und feucht an und hatte eine seltsame Wirkung auf das Prickeln zwischen ihren Beinen.

«Warum bist du dann hier?»

«Es war ein Zufall», hauchte sie und versuchte den Kopf wegzudrehen.

Er biss in ihr Ohrläppchen, und sie schrie leise auf. Es erregte ihn so, dass seine Hand sich in den Stoff ihres Kleides krallte und er für einen Augenblick versucht war, ihr den Rock herunterzureißen. Doch er hielt sich zurück, wenn auch mit Mühe.

«Weißt du nicht, meine kleine Jeanne, dass der Zutritt zu diesem Raum verboten ist?»

«Das wusste ich nicht.»

«Für diese Übertretung ungeschriebener Gesetze wirst du eine Strafe erhalten, kleine Diebin.»

«Eine Strafe? Aber ich ...»

«Pst!»

Er legte seinen Zeigefinger über ihre Lippen. Seine Miene war nun ernst und gebieterisch.

«Schließ die Augen und bewege dich nicht, meine süße Einbrecherin. Die Strafe wird sofort vollzogen.»

Jeanne gehorchte. Eine nie gekannte Sehnsucht nach seinen Berührungen hatte sie erfasst, ein süßer Taumel, der sie immer weiter mit sich riss und gegen den sie nicht mehr ankämpfte. Sie spürte seine Hände, die ihr langes Haar anhoben und über ihren Nacken glitten, ihn mit sanften Bewegungen massierten, die an ihrem Hinterkopf entlangfuhren und kribbelnd ihre Kopfhaut reizten. Wohlig seufzte sie auf und genoss die Liebkosung. Sie spürte seinen warmen Atem und sog ihn sehnsüchtig ein, bot ihm ihre halbgeöffneten Lippen dar und spürte gleich darauf seinen heißen, brennenden Mund, der ihre Lippen umschloss. Seine Zunge glitt fordernd durch ihre Mundhöhle und umkreiste ihre eigene in einem kleinen, aufreizenden Liebesspiel. Sie beantwortete seine Aufforderung und begann nun ihrerseits, seinen Mund zu erforschen, glitt mit der Zunge über seinen Gaumen, kitzelte ihn und ergab sich wieder dem fordernden Spiel seiner Zunge. Seine Hände glitten dabei über ihre Schultern, strichen in weichen Bewegungen darüber, wanderten tiefer hinunter und schoben sich vorsichtig ein wenig unter den Stoff des Mieders. Dann fuhr einer seiner Finger langsam an ihrem Dekolleté entlang, hielt in der Mitte inne, und sie spürte, wie das Band, das das Mieder verschnürte, gelöst wurde.

«Ganz still, mein kleiner Engel. Sei ganz ruhig, es geschieht dir nichts.»

Das Mieder löste sich, öffnete sich immer weiter, seine Hände arbeiteten geschickt an den Schnüren, strichen dazwischen immer wieder über ihre Schultern, liebkosten ihren Nacken, den Ansatz ihrer Brüste und kehrten dann zu den Miederschnüren zurück. Sie spürte, wie er die Schnüre auseinanderzog, wie der Stoff nachgab und sich schließlich ganz öffnete.

«Du bist schön wie eine Göttin, meine kleine Jeanne», hörte sie ihn flüstern.

Zitternd stand sie, den Busen ganz entblößt, und erwartete voller Sehnsucht seine Berührung. Seine Hände streichelten unendlich lange und zärtlich ihren Hals, glitten tiefer hinab, kreisten zuerst leicht, dann immer fester um ihre bloßen Brüste, zogen die Kreise enger, brachten den Busen in heftige Bewegung und gelangten schließlich zu den kleinen, harten Nippeln. Sie stöhnte leise auf und wagte nicht, die Augen zu öffnen. Seine Finger spielten mit ihren harten Knospen, umkreisten sie, kraulten und kitzelten sie und rieben sie so, dass sie aufschrie.

«Ist es schön, mein Kätzchen?», hörte sie seine schmeichelnde Stimme. «Du bekommst noch mehr davon. Deine Strafe ist noch lange nicht abgebüßt.»

Warme Hände umfassten ihre Brüste von unten, hoben sie an und ließen nur die kleinen dunklen Spitzen frei. Dann spürte sie seinen Mund, der sich um die rechte Brustspitze schloss und an ihr saugte. Gleich darauf trat seine Zunge wie eine kleine feurige Schlange in Aktion und spielte mit ihrem Nippel. Jeanne keuchte – jetzt war es wieder da, wovor sie sich so gefürchtet hatte und was doch so ungeheuer verlockend schön war. Es zuckte zwischen ihren Schenkeln, bunte Fontänen stiegen vor ihren Augen empor, und ein unsagbar wollüstiges Beben befiel ihre Scham. O Gott – er würde ganz sicher spüren, was da mit ihr passierte – und es war ihr schrecklich peinlich.

«Christian!», stöhnte sie verzweifelt. «Christian!»
«Jeanne! Süße, kleine Jeanne!»

Sie hörte seinen heftigen Atem, hörte dunkle, sehnsüchtige Laute. Keuchend riss er sie an sich, bedeckte ihr Gesicht mit Küssen, umschloss ihren Mund mit dem seinen und zwang ihre Lippen auseinander. Wild stieß er mit seiner Zunge zu, einmal, zweimal, immer wieder. Dann sank er stöhnend zu ihren Füßen, grub sein Gesicht in ihren Rock und wand sich vor Lust. Jeanne hatte die Augen geöffnet, sah hinab auf das blonde Lockenhaar, spürte sein heißes Gesicht, das sich so eng an ihre Schenkel presste, die Hände, die ihren Po umfassten, und sie hielt erbebend stand.

Erst nach einer Weile erhob er sich langsam, und sie sahen sich in die Augen. In Jeannes Blick lagen Erschrecken und Scham.

«Sag nichts», flüsterte er und strich ihr sanft über die Wange. «Sag jetzt bitte nichts, Jeanne.»

Dann zog er ihr mit vorsichtigen Bewegungen Hemd und Mieder wieder an und fuhr ihr zärtlich durch das offene Haar.

«Morgen», flüsterte er und küsste sie auf die Stirn, «morgen sehen wir uns.»

René betrachtete bekümmert den knusprigen Rehbraten, der direkt vor seiner Nase auf dem Tisch stand. Seine Nasenflügel weiteten sich vor Wonne. Das Fleisch duftete nach Gewürzen, nach süßem Honig, nach eingelegten Pilzen und Kräutern. Er schluckte. Was für eine Verschwendung, diese Köstlichkeit stehenzulassen.

«Hast du noch einmal nachgesehen?»

Bertrand nickte. Der Comte befand sich in seinem

Schlafzimmer und hatte ihn nur kurz und unfreundlich angewiesen, ihm alle Besucher vom Hals zu halten.

«Aber er muss doch etwas essen!»

René verstand seinen Freund und Gefährten nicht mehr. Die Liebe war ein großartiges Vergnügen. Genau wie die Jagd oder das Essen. Wenn einer jedoch so von der Liebe vereinnahmt war, dass er nicht mehr essen wollte – da hörte der Spaß auf.

Auch Claude saß hungrig vor der gedeckten Tafel. Im Gegensatz zu René konnte er den Comte jedoch recht gut verstehen. Auch ihm waren die Ereignisse der letzten Tage auf den Appetit geschlagen. Das, was er am Bach zu sehen bekommen hatte, beschäftigte ihn pausenlos – und die Tatsache, dass der Comte die kleine Najade für sich haben wollte, hatte Claudes Stimmung nicht gerade verbessert.

«Lass uns einfach ohne ihn anfangen», schlug er vor.

René hatte große Lust dazu – er beherrschte sich jedoch. Es war nicht in Ordnung, dass sie hier saßen und es sich wohl sein ließen, während Christian litt. René konnte einem gestürzten Pferd ohne Zögern den Garaus machen – einen Freund jedoch würde er niemals im Stich lassen.

Ratlos blickte er über die köstlich duftenden Speisen und überlegte, ob man für den armen Christian wenigstens einen kleinen Imbiss zusammenstellen und hinübertragen sollte. Da öffnete sich die Tür, und der Gesuchte trat ein.

«Christian! Wir hatten schon Angst, du würdest freiwillig verhungern wollen!»

Der Comte sah mit gleichgültigem Blick über die Tafel, griff nach der Karaffe und goss sich einen Becher Wein ein.

«Nun esst schon», sagte er und machte eine auffordernde Handbewegung. Dann trank er den Wein in langen Zügen.

René packte erleichtert sein Messer und säbelte sich ein Stück des Bratens herunter.

«Und was ist mit dir? Du schaust blass aus, alter Freund.»

Christian ließ sich auf einem Stuhl nieder und sah den beiden beim Essen zu. Die Fleischportionen, die sie in sich hineinstopften, widerten ihn an. Als René sich den Bratensaft aus dem Bart wischte, musste er sich abwenden. Er goss sich ein weiteres Glas Wein ein und trank in kleinen Schlucken.

René hielt das Schweigen bald nicht mehr aus.

«Machen wir einen Ausritt? Das Wetter ist prächtig. Ich denke, die Stute braucht ein wenig Bewegung, sonst wird sie fett und faul.»

Christian verzog keine Miene. Dann nickte er.

«Darüber lässt sich reden. Später ...», murmelte er gleichgültig.

René und Claude wechselten besorgte Blicke. Sie hatten ein halbes Jahr mit Christian verbracht und geglaubt, ihn inzwischen zu kennen. Zugegeben – manchmal waren ihnen seine tollen Einfälle etwas zu weit gegangen. Ebenso wenig hatten sie begriffen, wie man ganze Abende und Nächte in der Bibliothek zubringen konnte. Aber in puncto Frauen hatte Christian sich bisher ziemlich zurückhaltend gezeigt. Hin und wieder war er mit einem der Mädchen, die René aufs Schloss holte, in seinem Schlafzimmer verschwunden. Doch niemals hatte er einen weiteren Gedanken an diese Frauen verschwendet.

«Wie geht es unserer Patientin?», fragte Claude harmlos.

Christian hob den Kopf und sah ihn durchdringend an.

«Besser», knurrte er. «Marie versteht ihre Sache.»

«Diese Armbrust hat von vornherein nichts getaugt», meinte René. «Ich habe dir schon vor Wochen gesagt, dass das Ding der reine Dreck ist.»

«Unsinn! Die Armbrust war hervorragend. Ich habe sie oft benutzt.»

René zuckte die Schultern und wandte sich wieder der Mahlzeit zu. Er hatte dem Freund eine Brücke bauen wollen – aber der war leider stur.

Claude war zu neugierig, um diplomatisch zu schweigen. Er hatte lange über diesen Punkt nachgedacht.

«Dann war es vielleicht gar kein … Unfall?»

Christian fuhr auf und fixierte ihn mit zornigem Blick. «Was willst du damit sagen?»

Claude wand sich und hätte seinen leichtsinnigen Satz gern zurückgenommen. Er war aber nun einmal ausgesprochen.

«Ich meine … ich habe nur überlegt, ob du sie mit diesem Schuss ein wenig einschüchtern wolltest, die kleine Wildkatze.»

«Keineswegs», gab Christian einsilbig zur Antwort. «Ich bin einfach ein Idiot, das ist alles.»

Diese Äußerung ließ die Freunde ein weiteres Mal sorgenvolle Blicke tauschen. René fühlte sich berufen, seinen Freund aufzurichten.

«Dieses Mädchen ist den Aufwand doch gar nicht wert, Christian», meinte er und steckte sich ein Stück Braten in den Mund. Genüsslich wischte er seinen Schnurrbart und fuhr fort:

«Sie ist bildhübsch – keine Frage. Etwas Besonderes. Zigeunerblut. Diese Weiber sind feurig und wollen nur eines: dass du es ihnen gründlich besorgst. Einfach ran an den Speck und keine langen Einleitungen.»

Christian blinzelte ihn spöttisch an.

«Ach – du sprichst aus Erfahrung?»

«Freilich!», brüstete sich René kauend. «Kenne die Sorte. Die verlangt den ganzen Mann. Keine Geschichte für ein kleines Schäferstündchen nebenbei. Diese Art ist mit allen Wassern gewaschen, und wenn du es ihr nicht besorgst, dann besorgt sie es dir.»

Christian grinste schwach. Ein Typ wie René würde Jeanne längst überwältigt und genommen haben. Vielleicht wäre es leichter, als ein René geboren zu sein. Aber er war nun einmal Christian.

«Danke für die Belehrung», meinte er mit leisem Spott. «Wir sehen uns nachher bei den Pferden. Ein Ausritt ist eine gute Idee.»

Er erhob sich und verließ das Speisezimmer.

René, dem der Spott völlig entgangen war, nickte zufrieden und langte nach der Karaffe. Na also – er hatte seinen Freund wieder ins Leben zurückbefördert. Dafür genehmigte er sich einen Becher Rotwein extra.

Claude hingegen sah dem Comte mit langem Blick hinterher. Den hatte es ordentlich erwischt, den armen Kerl. Schadenfreude erfüllte ihn. Das hatte er nun davon, der große Herr. Aber er hatte ihm, Claude, das Mädel ja vor der Nase wegschnappen müssen.

Christian ging währenddessen mit raschen Schritten durch den Flur und strebte dem Ausgang zum Park zu. Am Portal versetzte er einer der großen Blumenschalen einen zornigen Fußtritt und stellte zufrieden fest, dass in dem Tongefäß ein feiner Haarsprung entstanden war.

Er hatte die Nacht über mit zahlreichen widerstreitenden Gefühlen und Gedanken gekämpft. Zum einen konnte er es sich nicht verzeihen, dass er sich so hatte gehen lassen. Er hatte nicht zum Höhepunkt kommen wollen, aber es war geschehen, ohne dass er es hätte verhindern können. Zum Glück hatte sie es nicht bemerkt – in diesem Punkt war er sich fast sicher.

Trotz all ihrer Sinnlichkeit war sie noch bemerkenswert ahnungslos. Er hatte darüber nachgedacht, ob sie noch Jungfrau war. Fast unglaublich, wenn er die üblichen Gepflogenheiten im Dorf bedachte. Aber sie war eine Wildkatze – schon möglich, dass sie sich bisher alle Männer vom Hals gehalten hatte.

Einerseits faszinierte es ihn. Es war unglaublich süß, dass er es sein würde, der sie in die Künste der Liebe einführte. Der die unzähligen kleinen, raffinierten Geheimnisse mit ihr entdecken würde, die sie in höchste Lust versetzten. Sie würde sich unter seinen Händen winden und aufstöhnen, und er würde sie dahin lenken, wohin er sie haben wollte.

Aber es gab dabei auch etwas, was ihn zögern ließ. Eine seltsame Furcht, die er bisher noch nie empfunden hatte.

Er spürte, dass es etwas gab, das ihn zu dieser Frau hinzog. Und das war nicht nur die Aussicht, ihren süßen Körper zu besitzen. Es war etwas anderes, das er nicht benennen konnte. Es hatte mit ihrer aufrechten Art zu tun und dem zuweilen kindlichen Vertrauen, das sie ihm entgegenbrachte. Mit ihrer Neugier und der Begeisterung, mit der sie ihm zuhörte. Mit ihrem Lächeln und der Kraft ihrer schönen Augen.

Zum Teufel, er konnte es einfach nicht erklären. Aber es war etwas, was ihn zutiefst beunruhigte.

Er kam nicht!
Jeanne stöhnte auf und presste die heiße Stirn an die Fensterscheibe. Es war schon spät in der Nacht, und sie hatte den ganzen Tag auf ihn gewartet.

Zornig lief sie hinüber zu dem kleinen Toilettentischchen, über dem ein großer golden gerahmter Spiegel hing. Wozu hatte sie jetzt diese Kleider angezogen? Sich von Nadine frisieren und zurechtmachen lassen? Oh, sie hatte ihm gefallen wollen. Ihm zeigen wollen, dass sie alle Widerspenstigkeit aufgegeben hatte. Dass sie ihn erwartete – mehr noch: dass sie sich nach ihm sehnte.

Aber er war nicht gekommen. Und dabei hatte er es doch versprochen. Sie hätte wissen müssen, dass er sein Wort nicht hielt. Hatte er ihr vielleicht ihr Geld beschafft? Keineswegs!

Sie riss an den Bändern, die Nadine ihr ins Haar geflochten hatte, löste die kleinen Zöpfchen am Hinterkopf und schüttelte das befreite Lockenhaar. Dann öffnete sie das seidene bestickte Mieder, das nach unten hin spitz zulief, und zog es mit hastigen Bewegungen aus. Achtlos warf sie die Kleider über einen Sessel: die Röcke, die seidenen Unterröcke, das Schnürleibchen, die Seidenstrümpfe. Weg mit dieser Maskerade. Sie würde sich um seinetwillen nie wieder lächerlich machen.

Nadine schlief bestimmt schon, und sie wollte sie nicht wecken. Daher ergriff sie den weiten gestickten Umhang, der auf einer Truhe lag, und warf ihn sich über.

Es war spät – sie sollte jetzt schlafen. Aber daran war gar nicht zu denken. Viel zu sehr waren ihre Gefühle aufgewühlt.

Warum war er nicht gekommen? Wollte er sie nur hinhalten? Oder war er gar krank geworden? Ihr Herz erzitterte bei dem Gedanken, ihm könne etwas zugestoßen sein. Hatte er nicht gesagt, man dürfe ihm keine Waffe in die Hand geben? Wenn er nun auf der Jagd verunglückt war?

Sie schüttelte die angstvollen Vorstellungen ab und versuchte, vernünftig zu denken.

Aber nein. Er wollte ihr durch seine Abwesenheit einfach nur seine Überlegenheit beweisen. Sie verging vor Sehnsucht nach ihm, und er ließ sie warten. Er spielte mit ihr wie die Katze mit der Maus.

Verzweifelt warf sie sich auf das Bett und schluchzte in die Kissen. Warum ließ sie sich so demütigen? Warum ging sie nicht hocherhobenen Hauptes aus diesem Schloss? Ach, sie war längst süchtig nach seinen zärtlichen Händen. Nach all den zauberhaften Geschichten, die er erzählte. Nach seinen dunklen, sieghaften Augen. Seinem amüsierten Lächeln.

Gestern Nacht in der Bibliothek hatte er vor ihr auf den Knien gelegen, den Kopf in ihren Röcken geborgen. Und als er sich erhob und ihr in die Augen sah, hatte eine unsagbare Zärtlichkeit in seinem Blick gelegen. Noch nie zuvor hatte ein Mensch sie so angesehen.

Und jetzt kam er nicht! Verflucht noch einmal – wieso kam er nicht? Jeanne fasste eine der bemalten Porzellanvasen, die auf dem Kamin standen, und feuerte sie zornig in eine Ecke des Zimmers. Es gab ein lautes klirrendes Geräusch, und Nadine erschien mit großen, vor Schreck geweiteten Augen an der Tür.

«Mademoiselle? Was ist geschehen?»

Sie starrte auf die Scherben und sah dann zurück auf Jeanne, die mit schlechtem Gewissen dastand und nicht wusste, was sie sagen sollte.

«Mir … mir ist leider die Vase heruntergefallen. Keine Sorge – ich werde Bertrand erklären, wie es geschehen ist. Du kannst nichts dafür, Nadine.»

Die Zofe suchte bekümmert in den Scherben herum, ob noch etwas zu retten war. Doch die Vase war endgültig ruiniert. Sie wandte den Blick zu Jeanne und sah sie mitleidig an.

«Er kommt ganz gewiss, Mademoiselle», sagte sie leise. «Er wollte den Vormittag über niemanden sehen. Dann ist er ausgeritten und erst vor einer halben Stunde zurückgekehrt.»

Jeanne warf ärgerlich den Kopf zurück. Nadine sollte ja nicht glauben, sie habe Sehnsucht nach dem Comte.

«Es ist mir gleich, was er tut», schnaubte sie. «Hauptsache, er lässt mich in Ruhe!»

Nadine neigte gehorsam den Kopf und knickste.

«Verzeihung, Mademoiselle. Ich gehe eine Kehrschaufel holen.»

Beschämt blieb Jeanne zurück. Warum benahm sie sich so albern? Wenn sie die Vase nun bezahlen musste? Das konnte sie nicht. Sie würde dafür arbeiten müssen.

Sie beschloss, von nun an vernünftig zu sein. Er kam nicht – gut, dann kam er eben nicht. Sie würde ihm nicht nachlaufen. Wenn er ein Spiel mit ihr spielen wollte, dann sollte er wissen, dass auch sie zu spielen verstand.

Entschlossen zog sie den Umhang dicht um den Körper und ging auf den Flur hinaus. Wer hatte gesagt, dass sie sich nur in diesem engen Schlafzimmer aufhalten durfte? Wenn er sich schon nicht um sie kümmerte, dann würde sie eben das Schloss erkunden. Jeden einzelnen Raum würde sie sich anschauen. Und in der – angeblich verbotenen – Bibliothek würde sie jetzt den Anfang machen.

Sie drückte die Türklinke hinab, und die schwere Holztür öffnete sich mit lautem Knarren. Im Raum war Licht. Ein Mann saß – über ein Buch gebeugt – an dem großen Tisch, der Kerzenleuchter stand neben ihm und beleuchtete sein Gesicht. Ein heißer Schreck durchfuhr sie. Doch es war nicht Christian, wie sie zuerst geglaubt hatte. Es war Claude.

Er hob den Kopf und riss die Augen auf, als er sie erkannte. Fast zitternd vor Aufregung erhob er sich von seinem Stuhl, während sie auf ihn zutrat.

«Jeanne!», flüsterte er. «Was tust du hier?»

Gleichgültig zog sie sich einen Stuhl herbei und setzte sich an den Tisch.

«Ich kann nicht schlafen.»

Sie setzte die Ellbogen auf die Tischplatte und stützte den Kopf in die Hände. Von unten herauf schaute sie ihn lächelnd an. Claude stand in völliger Verwirrung wie gelähmt. «Setz dich wieder hin», ordnete sie an.

Er gehorchte brav wie ein Schüler. Sein Herz klopfte so laut, dass er fürchtete, sie könnte es hören. Himmel, sie war hier, saß keinen halben Meter entfernt neben ihm am Tisch. Wie schön sie war. Wie verführerisch in diesem seidenen Umhang, der sich an ihren Körper schmiegte und seine köstlichen Formen erahnen ließ. Jene Formen, die er nur zu gut kannte …

«Was hast du da?», unterbrach sie seine Traumvisionen.

«Ein … ein Buch», stammelte er und schob es ihr hinüber.

Sie betrachtete die buntkolorierten Bilder und war begeistert. Pferde und Reiter waren abgebildet. Eine Jagdgesellschaft. Und Raubvögel, die zur Jagd abgerichtet wurden.

«Es ist ein Buch über die Kunst, einen Falken abzurichten», erklärte er. «Dort steht genau beschrieben, wie man vorgehen muss, um das Tier zu zähmen und es dazu zu bringen, seine Beute abzuliefern.»

Jeanne betrachtete die Buchstaben, die ihr wie eine Ansammlung von kleinen Krabbelwesen erschienen, die in langen Reihen über das Papier marschierten.

«Ich kann nicht lesen», sagte sie leise.

Natürlich konnte sie nicht lesen. Sie war ein Bauernmädel. Wo sollte sie es wohl gelernt haben?

«Soll ich es dir vorlesen?», fragte er hoffnungsvoll und rückte näher an sie heran. Jeanne schüttelte den Kopf.

«Bring es mir bei!», forderte sie und zog den Umhang, der über der Brust auseinandergleiten wollte, wieder fest zusammen.

«Das ... das Lesen? Du willst Lesen lernen?»

«Lesen und auch Schreiben.»

Er hätte fast gelacht, aber ihr Blick war ernst, und die steile Falte zwischen ihren Augen verkündete ihren festen Willen.

«Na schön», murmelte er. «Aber glaube nicht, dass du es gleich beim ersten Mal kannst. Es wird eine Weile dauern.»

«Wir haben die ganze Nacht Zeit.»

Die Zimmertür sprang mit einem lauten Schlag auf. Christian stürzte sich auf das Bett, griff den Schlafenden beim Hemd und riss ihn hoch.

«Mieser hinterhältiger Verräter», brüllte er und schüttelte sein Opfer. «Ich will alles wissen! Heraus damit!»

Claude glotzte blöde vor sich hin, denn der Übergang vom Tiefschlaf in die harte Wirklichkeit war noch keineswegs vollzogen.

«Was ... was ...», stotterte er, nach Luft schnappend.

Christian zog ihn unbarmherzig aus dem Bett und zwang ihn gegen die Wand.

«Heraus damit! Was hast du mit ihr gemacht?»

Langsam kam Claude die Erinnerung wieder, und er begriff, dass er in einer scheußlichen Lage war. Zu allem Überfluss völlig unschuldig.

«Nichts ... ich schwöre es ... gar nichts!»

Der wütende Christian war damit keineswegs zufrieden. Erneut schüttelte er den schmächtigen Claude und presste ihm die Faust unters Kinn.

«Ich breche dir alle Knochen im Leib, Kerl!», tobte er. «Die Wahrheit will ich wissen. Was hast du mit ihr getrieben?»

Claude bebte am ganzen Körper, er war leichenblass. Wie ein lebloser Gliedermann hing er an der Wand, von Christians harten Armen gehalten.

«Ich schwöre bei allem, was mir hoch und heilig ist. Ich habe sie nicht einmal mit der Fingerkuppe berührt», sagte er in jammervollem Ton.

«Du warst die ganze Nacht mit Jeanne in der Bibliothek und hast sie nicht einmal mit dem Finger berührt? Das soll ich dir glauben? Für was hältst du mich? Für einen Idioten?»

«Ich habe ihr das Lesen beigebracht.»

«Soll ich lachen?»

«Es ist die Wahrheit!»

Christian spürte, dass der erschrockene Claude am Ende seiner Kraft war, und schob ihn aufs Bett. Dort sackte Claude erschöpft in sich zusammen. Er war nie besonders kräftig gewesen, und bei den wilden Spielen seiner beiden Kameraden hatte er stets den Verlierer abgegeben.

«Sie tauchte plötzlich in der Bibliothek auf, als ich dort in einem Buch las und …»

«Lüge! Du hast an ihrer Zimmertür geklopft! Gib es zu!»

Claude schüttelte den Kopf. Er hatte tatsächlich daran gedacht, dies zu tun. Er hatte sogar vor ihrer Tür gestanden, doch dann hatte ihn der Mut verlassen, und er war in die Bibliothek gegangen.

«Sie erschrak zuerst, als sie mich sah. Dann setzte sie sich ganz einfach neben mich und behauptete, sie wolle das Lesen lernen. Und das Schreiben.»

«Großer Gott!»

Christians Zorn legte sich allmählich. Was Claude da

erzählte, konnte durchaus stimmen. Sie war in die Bibliothek gegangen, weil sie ihn, Christian, gesucht hatte. Der Gedanke erfüllte ihn mit einem ungeahnten Glücksgefühl. Sie hatte ihn gesucht. Sie hatte Sehnsucht nach ihm gehabt. Doch gleich darauf sank die freudige Stimmung wieder in sich zusammen. Statt seiner hatte sie Claude dort vorgefunden. Ausgerechnet!

«Du willst mir doch nicht erzählen, dass ihr beide die ganze Nacht über gelesen habt. Bertrand hat mir berichtet, dass er gegen sechs Uhr früh in die Bibliothek gegangen ist, weil er die Tür nur angelehnt fand. Das Wachs der Kerzen war noch weich.»

«Sie hat mich erst gehen lassen, als es draußen hell wurde», stöhnte Claude. «Die ganze Nacht über hat sie mich ausgequetscht. Das Alphabet sind wir durchgegangen. Ich habe ihr alle Buchstaben aufgeschrieben, und sie hat sie nachgeschrieben. Und gelesen hat sie. Wort für Wort – ich schwöre es. Sie ist unglaublich stur und hartnäckig, diese Frau.»

Christian betrachtete Claudes jammervolle Miene und entschied, dass ein glücklicher Liebhaber eigentlich anders aussah. Er beruhigte sich ein wenig. Das, was Claude berichtet hatte, passte recht gut zu Jeanne.

Doch der Stachel der Eifersucht saß tief. Er, Christian, hatte ihre Sinnlichkeit geweckt. Ganz unmöglich war es nicht, dass Claude geerntet hatte, was er, Christian, gesät hatte.

«Du kannst mir viel erzählen», knurrte er. «Wenn ich herausfinde, dass du sie auch nur angerührt hast, drehe ich dir den Hals um.»

«Ich schwöre bei allem, was mir heilig ist …»

«Was ist dir schon heilig!»

Christian erhob sich und ging zur Tür. Auf der Schwelle blieb er noch einmal stehen und wandte sich zu dem unglücklichen Claude um. Der hockte immer noch zusammengesunken auf der Bettkante und schaute ihn aus tiefgeränderten Augen an.

«Rühr dich nicht von hier fort!», befahl er ihm.

Claude nickte gehorsam. Er war sowieso todmüde und wollte nichts als schlafen.

Er wollte sich Klarheit verschaffen, und zwar sofort. Wenn sie ihn wirklich mit Claude betrogen haben sollte, dann wehe ihr. Er würde keine Gnade walten lassen. Und wenn sie auch auf allen vieren vor ihm auf dem Boden kroch und ihn um Verzeihung anflehte – er würde sie erbarmungslos aus dem Schloss jagen.

Er riss die Tür zum Vorraum ihres Schlafgemachs auf und musterte die verschreckte Zofe mit finsterem Blick. Nadine hatte am Fenster gestanden und versank nun in einem tiefen Knicks. Merkwürdig, sie schien aus irgendeinem Grund tief bekümmert zu sein. Aber das interessierte ihn in diesem Moment herzlich wenig.

«Weck sie auf!»

Nadine errötete und wand die Finger ineinander.

«Mademoiselle ist nicht hier», sagte sie ängstlich. «Sie wollte in den Park gehen.»

«In den Park? Ohne meine Erlaubnis?»

Nadine senkte den Kopf, sodass ihr Gesicht unter der Haube kaum mehr zu sehen war.

«Ich bin untröstlich, Euer Gnaden. Sie hat gesagt, sie fühle sich schwindelig und benötige frische Luft. Ich habe sie nicht aufhalten können …»

Er hatte keine Lust, ihr weitere Vorhaltungen zu machen. Die Kleine war ein Schützling seiner Mutter gewesen, und er hatte bisher gefunden, dass sie eine treue und zuverlässige Dienerin war. Aber Jeanne brachte es offensichtlich fertig, nicht nur ihn, sondern auch alle anderen Bewohner des Schlosses durcheinanderzuwirbeln.

Er wandte sich ab und wollte die Treppe hinuntergehen. Doch die Zofe rief ihn zurück.

«Euer Gnaden sollten aus dem Fenster sehen. Gleich drüben vor dem Reitstall ...»

Er schob die Gardine beiseite und sah hinaus. Auf der linken Seite des mittelalterlichen gedrungenen Schlossgebäudes befand sich der Reit- und Marstall, den sein Vater hatte erbauen lassen. Ein schmuckloses viereckiges Gebäude mit kleinen Fenstern und einem gewölbten Torbogen, über dem ein springendes Pferd eingemeißelt war.

Vor dem Reitstall gab es einen kleinen gepflasterten Platz, auf dem die Kutschen angespannt wurden und die Reiter von den Pferden stiegen. Genau dort erblickte Christian seinen Freund René, eifrig damit beschäftigt, eine braune Stute am Zaumzeug umherzuführen. Auf der Stute saß eine Amazone mit offenem dunklem Haar, die sich ein wenig ängstlich an der Mähne des Pferdes festhielt. Sie saß in einem Herrensattel, und Christian konnte erkennen, dass ihre Röcke an einer Seite so weit hinaufgerutscht waren, dass man ihre bloße Wade sehen konnte.

Er biss die Zähne aufeinander, um sich keinen bösen Fluch entgleiten zu lassen, und eilte davon. Schon aus der Entfernung hörte er Renés tiefe Stimme, die ihr Anweisungen gab.

«Ganz locker sitzen, Mademoiselle. Mit der Bewegung des Pferdes mitgehen. So ist es gut. Und nicht die Finger in die Mähne krallen, das mag sie nicht so gern ...»

Christian stemmte die Arme in die Hüften und besah sich die Szene. Wie hatte sie das jetzt wieder fertiggebracht? René, der Bär, der unerbittliche Jäger, der bisher immer über reitende Frauen gespottet hatte, war sanft und fürsorglich bemüht, sie in die Kunst des Reitens einzuführen. Es wäre zum Lachen, wenn es nicht so ärgerlich wäre.

René zeigte keinerlei Betroffenheit oder gar schlechtes Gewissen, als er Christian entdeckte. Fröhlich winkte er ihm zu.

«Sie wird es in kurzer Zeit gelernt haben. Hat Talent, das Mädel», rief er mit seiner lauten Stimme.

Auch Jeanne wandte den Kopf in Christians Richtung, strich sich das Haar aus der Stirn und lächelte. Ihre Unbefangenheit brachte Christian noch viel mehr in Rage als alles Vorangegangene. Jetzt begriff er endlich. Es war ein Spiel, nichts weiter. Sie wollte sich rächen, weil er sie hatte warten lassen. Diese raffinierte Wildkatze.

Aber sie würde sich noch wundern.

Mit ein paar Sprüngen war er neben René und nötigte ihn, die Stute zum Stehen zu bringen.

«Genug geübt», sagte er, scheinbar bester Laune. «Jetzt schauen wir mal, was du gelernt hast.»

Er hatte gesehen, dass ihre Füße nicht an die Steigbügel reichten, und nutzte diese Möglichkeit. Mit raschem Schwung saß er hinter ihr auf der Stute, riss dem überraschten René die Zügel aus der Hand und spornte das Reittier an. Unwillig wollte die Stute ausbrechen, doch schon nach ein paar Sprüngen hatte Christian sie wieder unter Kontrolle und lenkte sie in den Park hinein.

Jeanne, die eben noch voller Vergnügen zu Pferde gesessen und auf Christian herabgeblickt hatte, spürte jetzt seine harten Arme, die sie rechts und links einzwängten. Erschrocken hatte sie sich an der Mähne der Stute festgehalten, als das Tier seine Kapriolen machte. Nun ritten sie im Galopp davon, und sie musste sich zusammennehmen, um ihre Furcht nicht zu zeigen.

«Nun, kleine Amazone? Gefällt dir unser Ritt?»

Sie spürte seinen warmen Atem dicht an ihrem Ohr. Seine Stimme war heiter, doch es lag auch Triumph darin. Sie ärgerte sich darüber.

«Wenn Ihr mir sagt, wo es hingeht …», rief sie ein wenig atemlos.

«Wohin auch immer – es wird dir gefallen, meine mutige Reiterin.»

Seine Arme schienen hart wie Eisen und schlossen sich immer enger um ihren Körper. Die Stute fiel in den Trab zurück, und Jeanne hörte Christian leise hinter sich lachen.

«Immer mit dem Rhythmus des Pferdes mitgehen, Jeanne. Spürst du es nicht?»

Sie schrie leise auf, als seine Hände frech ihre Brüste umschlossen, dann zu ihrer Taille hinabrutschten und ihren Körper fest an den seinen pressten. Wohl oder übel musste sie seine Reitbewegungen mit vollziehen.

«Du hast wirklich etwas gelernt, meine Süße. René ist ein guter Lehrer. Aber du wirst zur Kenntnis nehmen müssen, dass ich der bessere Reiter bin, mein Engel.»

Sie spürte etwas Hartes hinter sich, das sich schmerzhaft in ihren Rücken bohrte, und sie erschrak, denn sie wusste, was es war. Sie dachte an Pierre, dessen dickes Glied sie durch die Hose hindurch in Umrissen hatte sehen können, und sie spürte plötzlich namenlose Angst. Christian hielt sie so fest an seinen Körper gepresst, dass sie fast keine Luft bekam.

«Ihr tut mir weh!», beschwerte sie sich. «Lasst mich los.»

Er lachte nur und spornte die Stute wieder an. Im Galopp sprengten sie über die Wiesen und tauchten in das Wäldchen ein, das den Park nach außen hin begrenzte. Laub und Äste sausten zu beiden Seiten an ihnen vorüber, Zweige schlugen Jeanne ins Gesicht.

«Erst, wenn ich will. Solange wirst du schön ruhig sitzen, damit du mir nicht vom Pferd purzelst.»

«Lasst mich los, oder ich beiße Euch!»

Er hatte es nicht für möglich gehalten, doch gleich darauf spürte er ihre Zähne in seinem Arm.

«Hör auf damit!», schimpfte er zornig. «Bist du verrückt geworden?»

Sie zappelte so wild, dass er die Stute beruhigen musste. Wütend stieß Jeanne mit den Füßen und versuchte sich aus seiner Umarmung zu befreien.

«Ihr seid genau wie alle anderen», keuchte sie. «Macht es Euch solches Vergnügen, mir wehzutun?»

Sie war völlig außer sich und schien kaum mehr zu wissen, was sie tat. Erschrocken begriff er, dass sein zorniges Ungestüm sie in Panik versetzt hatte. Er war zu weit gegangen. Er lockerte seinen Griff, bemüht, sie wenigstens auf dem Pferd zu halten, und redete beruhigend auf sie ein.

«Bitte, Jeanne! Das Letzte, was ich will, ist, dir wehzutun. Aber ich kann dich nicht loslassen, sonst wirst du stürzen.»

Die Stute wollte sich der ungewohnten Last entledigen und begann zu steigen. Christian sah ein, dass es keinen Zweck mehr hatte, im Sattel zu bleiben. Er glitt vom Pferd hinunter und fing Jeanne, die seitlich hinabrutschte, mit seinen Armen auf.

Jetzt erst sah er, dass sie weinte, und er war betroffen.

«Es tut mir unendlich leid, Jeanne.»

Er wollte sie zärtlich an sich ziehen, doch sie schlug seine Arme weg, stieß ihn mit beiden Fäusten gegen die Brust, und als er überrascht zurücktaumelte, entschlüpfte sie ihm und lief durch das Unterholz davon.

«Jeanne! Zum Teufel! Jeanne!»

Er setzte ihr zornig nach. Wie störrisch dieses Mädchen doch war. Eben noch hatte sie geweint, jetzt war sie wieder kratzbürstig. Ihr heller Rock entschwand im dichten

Laubwerk, und er musste sich anstrengen, um sie nicht zu verlieren. Da – sie hatte sich hinter einen Baum geduckt und spähte nach ihm aus.

«Verdammt nochmal. Jeanne, bleib stehen!», brüllte er zornbebend.

Sie erschrak und wandte sich wieder zur Flucht. Sie war gewandt und schlüpfte unter den tiefhängenden Zweigen hindurch, schlug Haken und verbarg sich hinter den dicken Stämmen der Eichen. Doch er hatte schon so manchem Wild nachgesetzt und war nicht so leicht abzuhängen. In einer Mulde, die mit vorjährigem Laub und trockenem Gezweig angefüllt war, stürzte sie, und es gelang ihr nicht, sich rechtzeitig wieder aufzuraffen. Er warf sich über sie und presste sie mit dem Gewicht seines Körpers an den Boden. Wütend und kreischend wand sie sich unter ihm, doch er war zu stark.

«Still, du kleine Raubkatze», keuchte er, packte ihre Handgelenke und drehte sie auf den Rücken. «Jetzt hat das Spiel ein Ende.»

Sie schrie vor Schmerz, und ihm fiel erschrocken ein, dass sie eine Verwundung hatte. Dennoch ließ er ihre Handgelenke nicht los.

«Steh auf», befahl er und erhob sich langsam. Wohl oder übel musste sie folgen. Als sie schwer atmend vor ihm stand, sah er, dass sich ihre Miederschnur bei dem Sturz gelöst hatte. Ihre heftig atmenden Brüste schwollen aus dem gelockerten Mieder, und er war nahe daran, endgültig den Kopf zu verlieren. Blitzschnell packte er sie, hob sie empor und trug sie auf seinen Armen aus der Mulde.

«Lasst mich sofort runter», wehrte sie sich und strampelte mit den Füßen wie ein ungezogenes Kind.

Er lachte grimmig und störte sich wenig daran. Sie hatte ihre Schuhe bei dem raschen Lauf verloren, und die

Schnur, die ihr Mieder verschloss, war zerrissen, wie er jetzt erkannte. Das Mieder war fast bis zum Bauch hinunter auseinandergerutscht, und er genoss den Anblick ihrer halbentblößten Brüste. Es war ein berauschendes Gefühl, sie so fest in seinem Besitz zu haben, mochte sie sich wehren, wie sie wollte. Sie war seine süße Beute, die er ganz sicher so schnell nicht wieder frei geben würde.

Erst auf einer kleinen Lichtung ließ er sie aus seinen Armen, und sie stolperte einige Schritte rückwärts, bis sie mit dem Rücken gegen einen Baumstamm stieß.

«Was soll das alles?», fragte er finster. «Was habe ich dir getan?»

Sie presste die Lippen zusammen und wischte sich die Tränen von den Wangen. Trotzig versuchte sie, das offene Mieder zusammenzuziehen, und blitzte ihn unter halbgesenkten Lidern an. Der Blick, von dichten schwarzen Wimpern beschattet, drang ihm tief ins Herz. Noch nie zuvor war er so sehr von dem Wunsch besessen gewesen, ihren Widerstand zu brechen und sie zu besitzen.

«Das Leben ist so einfach, wenn man ein Mann ist», schimpfte sie. «Man nimmt die Frauen nach Lust und Laune. Man tut ihnen Gewalt an und findet gar nichts dabei. Und ich habe geglaubt, dass Ihr anders seid. Wie dumm ich war!»

Er starrte sie atemlos an. Wie schön, wie aufreizend war sie in ihrem Zorn. Das wilde Haar war ihr in die Stirn gefallen, die Wangen glühten, und die Augen, in denen eben noch Tränen gestanden hatten, funkelten schon wieder wütend.

«Warum hast du geglaubt, dass ich anders sei?», fragte er lächelnd.

Sie trat mit dem bloßen Fuß gegen einen kleinen Stein, der über den Weg auf ihn zu rollte und in einer Mulde liegen blieb.

«Vergesst, was ich gesagt habe», gab sie trotzig zurück.

«O nein, Jeanne. Ich will es hören. Habe ich etwas getan, das dir gefallen hat? Sag es mir. Beschreibe es mir ganz genau.»

Ihre Lippen zuckten, und sie senkte den Blick. Wie konnte sie ihm erklären, dass sie unsagbare, nie gekannte Wonnen verspürt hatte, als er sie verwöhnt und gestreichelt hatte? Sie schämte sich, darüber zu sprechen, und er begriff ihr Zögern sofort. Vorsichtig trat er einige Schritte auf sie zu und blieb dicht vor ihr stehen.

«War es vorgestern Nacht in der Bibliothek? Waren es meine Hände, die etwas taten, was dir gefiel?»

Sie wandte den Kopf zur Seite und schwieg.

«Meine Hände und meine Lippen, die dich so überaus zärtlich berührten, dass du allen Widerstand aufgabst? War es das, meine kleine Jeanne?»

Er hatte mit leiser, schmeichelnder Stimme gesprochen, und Jeanne erzitterte bei der Erinnerung an das, was geschehen war. Wie kam es nur, dass er so genau wusste, was sie empfunden hatte? Sie wurde mutiger.

«Ich habe gewartet», sagte sie vorwurfsvoll und sah ihm offen in die Augen. «Ich habe den ganzen Tag und noch bis spät in die Nacht auf Euch gewartet. Ich hatte sogar die Kleider angezogen, die Ihr für mich bestimmt hattet. Ich habe alles getan, um Euch zu gefallen. Aber Ihr seid nicht gekommen.»

Er hielt es nicht mehr aus. Voller Rührung zog er sie in seine Arme und küsste sie auf den Mund.

«Wie glücklich du mich machst», jauchzte er. «Du hast Sehnsucht nach mir gehabt? Ist das auch wahr? Sag, dass es wahr ist. Bitte!»

«Ja, ich habe nur noch an Euch denken können. Warum seid Ihr nicht gekommen? Warum denn nur?»

«Ich weiß es selbst nicht, Jeanne», flüsterte er, den Kopf auf ihre Schulter gesenkt. «Ich kam fast um vor Verlangen nach dir, und doch hielt mich etwas zurück. Ich kann es nicht erklären. Nur als ich dich mit René zusammen sah, da hätte ich ihn vor Eifersucht erschlagen können.»

«Er hat mir nur das Reiten beigebracht.»

«Und was war mit Claude? Mit dem du die ganze Nacht in der Bibliothek gesessen hast?», rief er aufgeregt. «Du willst doch nicht behaupten, dass du wirklich das Lesen gelernt hättest.»

«Doch», gab sie lächelnd zurück. «Ich habe alle Buchstaben gelernt und schon ein paar Worte gelesen. Ich werde es Euch beweisen.»

Ungläubig schüttelte er den Kopf und blickte sie an. Auf ihrem Gesicht lag jetzt ein verschmitztes Lächeln.

«Es gefällt dir, dass ich eifersüchtig bin, ja?», schimpfte er.

Sie fasste ihn zärtlich bei den Ohren und lachte leise.

«Es ist wundervoll, Euer Gnaden.»

Er küsste sie so stürmisch, dass sie ihn loslassen musste. Seine Lippen waren heiß, als sie ihren sehnsüchtigen Mund fanden, fordernd drang seine Zunge ein, erkundete frech ihre Mundhöhle und verlockte ihre Zunge zu zärtlichem Spiel. Dann riss er sich von ihren Lippen los, bedeckte ihre Wangen mit kleinen Küssen und tupfte zärtlich mit den Lippen ihren Hals hinunter bis zu ihrer Brust. Jeanne atmete heftig vor Entzücken.

«Sag ihn!», flüsterte er.

Sie begriff nicht und ließ es geschehen, dass er ihre Hände fortschob, die das Mieder vor den Brüsten zusammenrafften. Er schob ihr offenes Mieder auseinander und begrüßte die kleinen harten Brustspitzen mit seinen heißen, gierigen Lippen.

«Sag ihn. Ich will ihn aus deinem Mund hören. Sag meinen Namen!»

«Christian!», stöhnte sie. «Christian, was tust du mit mir?»

Sie standen zwischen hohen Bäumen, von Buschwerk halb verborgen. Jeanne hatte den Rücken an einen Stamm gelehnt und wand sich unter seinen zärtlichen Händen. Er hatte ihr das Mieder von den Schultern gestreift und spielte voller Hingabe mit ihren bloßen Brüsten.

«Die feindlichen Brüder», murmelte er. «Nie berühren sich die beiden süßen Gipfel. Jeder steht stolz in seine Richtung.»

Er umschloss ihre Brüste mit den Händen und ließ sie tanzen, saugte und knabberte an den kleinen rosigen Spitzen, betupfte sie mit seiner Zunge und leckte die zarte weiße Haut zwischen den beiden Hügeln. Er vergrub seinen Kopf zwischen ihren Brüsten, während seine beiden Hände die kleinen Nippel kraulten und reizten und er voller Entzücken ihr heftiges Atmen und das Klopfen ihres Herzens vernahm. Dann sank er vor ihr auf die Knie, und sie spürte, dass seine geschickten Finger sich an ihrem Rockbund zu schaffen machten.

«Nein», flehte sie. «Bitte, Christian. Nicht hier. Wenn uns jemand sieht …»

«Es ist niemand da, meine scheue Nymphe. Niemand außer uns beiden.»

«Bitte, Christian. Ich schäme mich …»

«Dazu hast du keinen Grund, meine Schöne.»

Der Bund öffnete sich, und der Rock rutschte hinab, ein Unterrock folgte. Sie trug nur noch das geöffnete Schnürleibchen und einen zarten Unterrock, der kaum bis an die Knie reichte. Christian ließ ihn ihr, schob den Bund ein wenig hinab und umschloss ihren Nabel mit seinen Lippen. Jeanne schrie leise auf, als er seine Zungenspitze in die kleine Öffnung grub und sie zärtlich betupfte. Ein süßes, erregendes Prickeln erfüllte ihren ganzen Körper und zog sich zwischen ihren Beinen zusammen.

«Christian», stöhnte sie, «hör auf! Ich flehe dich an. Ich vergehe …»

«Du willst wirklich, dass ich aufhöre?», murmelte er.

«Ich sterbe, Christian. Ich sterbe vor Wonne …»

Er löste den Mund von ihrem Nabel, umstrich ihn sanft mit dem Zeigefinger und grub sein Gesicht in die Falten des Rocks.

«Nichts gegen die Wonnen, die du jetzt erleben wirst, meine kleine Jeanne.»

Bebend ließ sie es geschehen, dass er seine Hände auf ihre Knie legte, sanft mit den Fingern die Kniekehlen kraulte und dann langsam streichelnd und massierend an den Innenseiten ihrer Beine aufwärtsglitt. Mit zärtlichen Bewegungen tauchten seine Hände unter ihren Rock, liebkosten ihre glatten, festen Oberschenkel, schoben sich langsam und bedächtig immer weiter hinauf. Er spürte ihr erwartungsvolles Zittern, hörte sie leise seufzen und musste sich beherrschen, um nicht zu schnell auf sein Ziel loszusteuern. Voller Leidenschaft spürte er den festen runden Ansatz ihres Pos, folgte der süßen Rundung ganz sacht und spielerisch mit dem Zeigefinger und umkreiste jede Pobacke mit einer zärtlichen Bewegung. Sie stand schwer atmend gegen den Stamm gelehnt, spürte seinen Händen nach und erbebte bei jeder neuen Berührung. Als seine Hände zart ihr Gesäß massierten, stieß sie einen kleinen spitzen Schrei aus. Die Berührung erschien ihr schrecklich peinlich, und sie versuchte, seine Hände fortzuschieben.

«Still, meine schamhafte Schöne. Weißt du nicht, wie sehr ich mich danach gesehnt habe, diese süßen Rundungen unter meinen Händen zu fühlen? Alles an dir ist verführerisch, und ich weiß kaum, wo ich mit meinen Zärtlichkeiten beginnen soll.»

Er streichelte ihr Gesäß voller Lust, fühlte den elastischen Widerstand der runden Pobacken, grub die Finger in die verführerischen Wölbungen und drückte dann sein erhitztes Gesicht in das dunkle Dreieck ihrer Scham, das noch von dem dünnen Rock verhüllt wurde. Das dunkle, lockige Schamhaar war durch den Stoff hindurch zu sehen, jetzt spürte er es dicht an seinem Mund, dieses verlockende, weiche Vlies, und er konnte den Geruch ihrer feuchten Scheide riechen. Er küsste den hochgewölbten Schamhügel durch den Stoff hindurch und stöhnte leise vor Verlangen, als seine Lippen dabei die kleine Spalte inmitten der dunklen Behaarung ertasteten. Sein Penis war jetzt so erregt, dass er fürchtete, sich nicht länger zurückhalten zu können, und er löste sich rasch von dem süßen Ort seiner Sehnsüchte.

«Du wirst jetzt ein Geheimnis erfahren, meine ahnungslose Geliebte. Versprich mir, dass du es ganz allein mit mir teilen wirst.»

Sie konnte kaum sprechen vor Erregung, ihr Atem flog, das dunkle Haar klebte an ihrer Stirn. Heiße, leidenschaftliche Ströme durchfluteten ihren Körper, und sie hatte eine wahnsinnige Furcht davor, dass dieses wundervolle, erschreckende Zucken zwischen ihren Beinen sie gleich wieder überfallen würde. Gleichzeitig strebte sie sehnsüchtig und mit allen Sinnen auf dieses Ereignis zu.

«Alles, was du willst, Christian …»

«Du versprichst es, meine brünstige Geliebte? Hoch und heilig?»

Sie stöhnte verzweifelt vor Sehnsucht, und er spürte voller Wonne, dass sie ihm ihre Scham entgegenwölbte. Zärtlich legte er seine Hände auf ihren erregten Hügel, als wollte er ihn begrüßen und zugleich beschirmen.

«Ich sterbe, Christian …»

«Aber nein, mein Liebstes. Ganz im Gegenteil. Du wirst jetzt das Leben spüren. Das heiße, volle Leben, so, wie du es noch nie erfahren hast.»

Seine Hände glitten unter den dünnen Unterrock, strichen über ihren Bauch, umkreisten zärtlich den Nabel und glitten zu dem dunklen Vlies hinab, das ihre Scham bedeckte. Seine Finger durchforschten streichelnd das lockige Haar, strichen spielerisch durch den dichten Urwald und berührten wie zufällig die kleine Spalte zwischen den Schamlippen. Er stöhnte leise und spürte die Nässe, die daraus hervorquoll. Jeanne zuckte zusammen, als sein Finger zwischen die feuchten gewölbten Lippen glitt und zart in ihnen entlangstrich. Sie spürte, wie ihr Unterleib sich lustvoll zusammenzog, wie ein heißer, rhythmischer Strom durch sie hindurchpulsierte, und sie gab leise gurrende Laute von sich. O Himmel, er musste es doch spüren, was jetzt mit ihr geschah.

«Ich wusste, dass dir mein Geheimnis gefallen würde», flüsterte er lächelnd.

Sein Finger glitt ein kleines Stück weiter und berührte eine Stelle, die so empfindlich war, dass Jeanne meinte, ein feuriger Blitz durchfahre sie. Er fuhr fort, die kleine Schwellung mit dem Finger zu reizen und zu liebkosen, küsste dabei ihren Schamhügel durch den Stoff hindurch und tastete mit der Zunge nach der kleinen Spalte, deren Feuchte den Stoff längst durchdrungen hatte. Wieder zuckte unsägliche Lust durch ihren Leib, sie bäumte sich keuchend auf und wand sich unter seinen Händen.

«Ist es schön, meine süße Jeanne?», flüsterte er. «Ich schwöre dir, dass dies nur der Anfang ist.»

Auch er atmete heftig und stoßweise. Es fiel ihm unendlich schwer, seine Hände jetzt zurückzuziehen und sich zu erheben. Er küsste ihre weichen Lippen, umfing diesen süßen Körper, der fast nackt und voll wollüstiger Hingabe vor ihm stand, und dann zwang er sich unerbittlich, ihr das Mieder wieder über die Schultern zu ziehen und die Röcke anzulegen. Er zog seine Jacke aus und hängte sie ihr über, damit das geöffnete Mieder und ihre Blöße nicht zu sehen waren.

«Heute Nacht, Liebste», hauchte er ihr ins Ohr, als sie die Arme sehnsuchtsvoll um seinen Nacken schlang. «Heute Nacht wirst du mir ganz gehören. Mit Haut und Haaren und allen Sinnen. Willst du das, Jeanne?»

Sie sah ihm in die Augen, und er spürte die Ernsthaftigkeit ihres Blickes. Es waren Glück und Erschrecken zugleich, die dieser Blick in ihm auslöste.

«Ja, ich will, Christian», sagte sie.

Er fing die Stute wieder ein, hob Jeanne in den Sattel und führte das Tier am Zügel zurück in den Park.

Auf dem kleinen gepflasterten Platz vor dem Pferdestall stand eine Reisekutsche. Eine jener Karossen, die hier auf dem Land nur selten zu sehen waren, da sie in der Hauptstadt eben erst in Mode gekommen waren. Auf den reichverzierten Türen war ein fürstliches Wappen eingearbeitet.

Christian starrte die Kutsche mit zusammengekniffenen Augen an, sagte aber kein Wort. Er half Jeanne beim Absteigen und übergab die Stute einem seiner Stallburschen.

«Es ist Besuch gekommen», bemerkte Jeanne, der sein Schweigen nicht gefiel. «Ich warte besser hier, bis du hineingegangen bist.»

«Warum?», fragte er fast schroff.

«Damit dein Besuch uns nicht zusammen sieht», sagte sie. «Es macht keinen guten Eindruck, wenn der Comte von einem Bauernmädchen begleitet das Schloss betritt.»

«Ich gehe in mein Schloss wann und mit wem es mir gefällt, Jeanne», gab er zurück und fasste sie fest am Arm. «Bleib an meiner Seite.»

Sie schritten über den schmalen Sandweg, der an den mit Liguster gesäumten Beeten entlangführte und in den breiten Mittelweg der Anlage mündete. Als sie das kreisrunde Becken des großen Brunnens passierten, hielt Christian immer noch ihren Arm. Der Ausdruck seines Gesichts war finster und trotzig. Jeanne spürte, dass der Besuch – wer auch immer es war – ihm keineswegs willkommen schien.

«Warte heute Nacht auf mich», sagte er leise zu ihr, als sie das Schloss durch das hintere Portal betraten. «Schlaf mir nur nicht ein, kleine Jeanne.»

Mehrere Diener eilten auf den Comte zu. Die Stimmung im Schloss war nervös – die Gäste waren unerwartet gekommen und schienen Ansprüche zu stellen. Jeanne lächelte Christian zu.

«Du wirst mich schon aufwecken – habe ich recht?»

Er küsste sie unter den Augen der Dienerschaft auf den Mund und hielt sie einen kleinen Moment lang in den Armen.

«Darauf kannst du dich verlassen.»

Er folgte Jeanne lächelnd mit den Augen, während sie die Treppe hinaufstieg und mit beiden Händen seine Jacke hielt, die um ihre Schultern lag. Erst als sie im oberen Stockwerk verschwunden war, wandte er sich an Bertrand.

«Wo ist sie?»

«Mme de Fador erwartet Euch im roten Salon, Euer Gnaden. Ich habe Kaffee und Konfekt servieren lassen.»

Christian nickte und eilte an ihm vorüber.

«Wollen Euer Gnaden sich denn nicht vorher umkleiden? Ich habe bereits angewiesen, den roten gestickten Rock und ...» Christian dachte nicht daran. Marguerite de Fador hätte zu Lebzeiten seiner Mutter niemals gewagt, auf Schloss Saumurat zu erscheinen. Mochte sie ihm in Paris noch so bereitwillig zur Seite gestanden haben – hier war sie ihm nicht willkommen.

Das würde er ihr zu verstehen geben.

Marguerite de Fador hatte sich in einem der Sessel niedergelassen und wirkte in dem altertümlichen Salon wie ein schillerndes Juwel auf einem abgeschabten Samtkissen. Sie trug ein tief ausgeschnittenes dunkelblaues Kleid, das reich mit goldenen Tressen bestickt war, der Rock öffnete sich zur Mitte hin und ließ den Unterrock aus leichtem hellen Stoff sehen. Das hellblonde Haar war sorgfältig gelockt und am Hinterkopf aufgesteckt, Augen und Mund waren geschminkt.

Als Christian in Lederwams und Reitstiefeln in den Salon trat, hob sie leicht indigniert die Augenbrauen. Dann lächelte sie ihm gewinnend zu.

«Lieber Christian – ich weiß, wie ungelegen mein Besuch dir sein muss. Verzeih mir! Ich bin unterwegs nach Rouen zu einer guten Freundin – der Marquise de Beaucluse –, du erinnerst dich sicher an sie. Und da ich ein wenig Sorge um dich hatte, plante ich einen kurzen Besuch bei dir. Aber diese grausamen Wege haben meinen Wagen ruiniert, es gab einen Aufenthalt, und nun sehe ich mich in der schwierigen Lage, dich für die Nacht um Asyl bitten zu müssen.»

Christian verneigte sich. Der prüfende Blick ihrer stets wachen grauen Augen war ihm lästig. Früher war es Marguerite ein Leichtes gewesen, ihn zu durchschauen.

«Es ist mir eine Ehre und ein Vergnügen, Euch auf meinem Schloss zu beherbergen, Madame», sagte er steif. «Wird es nötig sein, Euren Wagen zu reparieren?»

Ihr Lächeln wurde weicher.

«Wie förmlich, lieber Christian. Nun – ich denke, dass

mein Wagen morgen wieder fahrbereit sein wird. Zumindest hat mir das dein Freund René, der so freundlich
war, sich in deiner Abwesenheit meiner anzunehmen, versichert. Ich möchte früh aufbrechen – in der Morgenkühle
reist es sich am besten.»

«Ich möchte Euren Plänen nicht im Wege sein. So darf
ich mich wenigstens auf einen Abend in Eurer Gesellschaft
freuen?»

«Die Freude ist ganz meinerseits», gab sie mit leichtem
Neigen ihres Kopfes zurück. «Endlich habe ich ein Op-
fer gefunden, das ich mit den neuesten Neuigkeiten und
Klatschgeschichten vom Hof des Königs langweilen kann.
Tagtäglich ereignet sich so viel in Paris, dass ich kaum
weiß, womit ich anfangen soll.»

Wenn sie geglaubt hatte, mit dieser Eröffnung Christians Neugierde zu wecken, so hatte sie sich getäuscht. Der
junge Comte schien am Hofleben recht wenig interessiert
und bemühte sich nur um ein höfliches Lächeln.

«Dann werde ich einen sehr unterhaltsamen Abend
haben, Madame.»

Sie schien seine Gleichgültigkeit gar nicht zu bemerken,
sondern zog ein Papier aus dem weiten Ärmel und entfal-
tete es.

«Ich habe einen Brief zu mir gesteckt, der mir außerordentlich lieb und teuer ist. Er betrifft dich, lieber Christian, und daher halte ich es für meine Pflicht, ihn dir zu
lesen zu geben.»

Christian warf nicht einmal einen Blick auf das Schreiben.

«Ich lese nur ungern Briefe, die nicht an mich gerichtet
sind, Madame. Hier draußen auf dem Lande habe ich gelernt, wie sinnlos und überflüssig alle diese Hofintrigen in
Wahrheit sind.»

Ihr Lächeln schien warm und freundschaftlich, und ihre

grauen Augen hatten fast einen mütterlichen Ausdruck angenommen.

«Aber lieber Christian. Ich würde dich niemals mit boshaften Hofgeschichten belästigen. Du solltest mich besser kennen. Nein, dieser Brief wurde von deinem Vater geschrieben.»

«Von meinem Vater?»

«Er war schon von der Krankheit gezeichnet, als ich ihn das letzte Mal besuchte. Damals sprach er viel von dir und übergab mir dieses Schreiben.»

Christian war überrascht und bewegt. Die Züge seines verstorbenen Vaters traten auf einmal deutlich vor seine Augen. Die dunklen, buschigen Augenbrauen, die scharfe Nase, die schmalen Lippen, die an den Mundwinkeln leicht herabhingen. Er hatte seinen Vater verehrt und ihm nachgestrebt, stets bemüht, seine Erwartungen zu erfüllen. Väterliche Zuneigung hatte er jedoch niemals von ihm erfahren.

Das Blatt zitterte ein wenig, als er es in die Hand nahm. Er erkannte die Schrift seines Vaters, die kleinen geraden Buchstaben, die Schnörkel, die er an den Satzanfängen zu malen pflegte.

«Ich lasse dich jetzt allein. Lies in aller Ruhe. Ich werde mich oben in meinem Zimmer ein wenig frischmachen.»

Die letzten Worte hörte er schon nicht mehr, er hatte sich in das Schreiben vertieft.

Bertrand verbeugte sich tief und ging einige Schritte rückwärts zur Tür. Er hatte es nicht fertiggebracht, Mme de Fador in den Gemächern der verstorbenen Comtesse unterzubringen. Das Gästezimmer, in das er sie geführt hatte, war altmodisch eingerichtet und ein wenig vernachlässigt – keineswegs geeignet, einen so vornehmen Gast zu beherbergen. Er war sich jedoch sicher, dass der Comte seine Entscheidung billigen würde.

Mme de Fador schien diese offensichtliche Missachtung kaum zu bemerken.

«Wie lange ist sie schon hier?»

Bertrand blieb betroffen stehen. Die Marquise hatte leise gesprochen, jedoch war zu spüren, dass sie absoluten Gehorsam gewohnt war. Hinter ihrer gelassenen Miene verbarg sich ein kühler, beinharter Wille.

«Ihr sprecht von Mademoiselle Jeanne, Madame?»

«Jene dunkelhaarige Schönheit, die den Comte vorhin ins Schloss begleitet hat, meine ich. Sie heißt also Jeanne?»

«Ganz recht, Madame. Sie ist seit drei Tagen hier auf dem Schloss.»

Marguerite de Fador zog die Augenbrauen hoch und sah aus dem Fenster. So kurz erst. Und dann schon solche Vertrautheit.

«Wo kommt sie her?»

Bertrand machte einen verlegenen Kratzfuß. Er hatte kein gutes Gefühl bei diesen Fragen.

«Aus einem kleinen Dorf ganz in der Nähe.»

Marguerite schüttelte den Kopf. Ein Bauernmädel? Sehr unwahrscheinlich. Sie hatte die Kleine beobachtet, während sie neben Christian einherschritt. Sie hatte Haltung, eine natürliche Gelassenheit. Und sie hatte eine Art, sich zu bewegen, die Männer faszinierte. Eine gefährliche Kombination. Jetzt begriff sie, weshalb Christian alle Pläne umgeworfen hatte und nicht nach Paris gereist war. Dieses Spielzeug würde er nicht so einfach aus den Händen geben.

«Ich will mit ihr sprechen.»

Bertrand verneigte sich und ging, um den Befehl auszuführen. Schon wenige Minuten später erschien er wieder an der Tür. Sein Gesicht war unbeweglich.

«Ich bin untröstlich, Madame. Mademoiselle Jeanne lässt ausrichten, sie sehe sich außerstande, Euch aufzusuchen.»

Marguerites Augen weiteten sich für den Bruchteil einer Sekunde. Das war stark. Das Bauernmädel weigerte sich, ihrem Befehl zu gehorchen. Was für eine Dreistigkeit.

«Und weshalb?», fragte sie nervös.

«Sie müssen verstehen, Madame. Sie ist ein einfaches Kind vom Land – adelige Herrschaften schüchtern sie ein.»

Marguerite lachte kurz auf. Ein Kind vom Lande – möglich. Schüchtern hatte sie ganz und gar nicht gewirkt. So leicht würde sie ihr nicht davonkommen.

«Führe mich zu ihr!»

Jeanne saß an einem kleinen Tisch über ein Buch gebeugt. Als die Tür sich öffnete und die kostbar gekleidete Dame in ihr Zimmer trat, war sie so überrascht, dass sie unbeweglich sitzen blieb.

Marguerite de Fador lächelte.

«Wenn der Prophet nicht zum Berg kommt, dann muss der Berg eben zum Propheten eilen», sagte sie. «Mein liebes Kind – ich habe drei Takte mit dir zu reden.»

Jeanne erhob sich. Sie hatte noch nie zuvor eine so schöne und prächtig gekleidete Dame gesehen. Doch es war nicht das Kleid oder die Frisur, die sie beeindruckten. Es war die Verschmelzung. Die Kleider waren ein Teil dieser Dame, sie bewegte sich in ihnen mit größter Natürlichkeit wie in einer zweiten Haut.

«Ich ... bin erstaunt, Madame ... wir kennen uns nicht.»

Marguerite ließ sich auf einem kleinen Sofa nieder, wobei sie ihren weiten Rock mit einer leichten, lässigen Handbewegung drapierte.

«Ich bin Marguerite de Fador – eine gute Bekannte des

Comte aus Paris», erklärte sie bereitwillig und lächelte Jeanne an. «Mein Besuch hier ist rein zufällig – ich bin auf der Durchreise, und meine Kutsche hat einen Defekt. Eine gute Gelegenheit, einen alten Freund zu besuchen, habe ich mir gedacht.»

Jeanne schwieg und hörte dem Geplauder der Dame zu. Aus Paris kam sie – kein Wunder, dass sie so schön und so elegant war. Wie zierlich ihre Bewegungen waren, wie gekonnt geschminkt ihre Augen und ihr Mund. Es konnte jedoch nicht darüber hinwegtäuschen, dass sie nicht mehr ganz jung war.

«Ich habe eine seltsame Angewohnheit, liebes Kind», fuhr Marguerite fort, ohne Jeanne aus den Augen zu lassen. Das Mädel war neugierig. Und keineswegs dumm. Ob sie in jenem Buch etwa gelesen hatte?

«Ich nehme hin und wieder ein junges Ding in meinem Haus auf, biete ihr eine konvenable Erziehung und lasse sie an meinem Leben teilhaben», erklärte sie freundlich. «Nicht wenige junge Mädchen haben durch meine Protektion hervorragende Partien gemacht. Ich habe einen großen Bekanntenkreis in Paris, meine liebe Jeanne.»

«Sie kennen meinen Namen, Madame?»

«Ich habe mich erkundigt. Mein guter Freund, der Comte, ist deines Lobes voll. Ich glaube, du hättest es verdient, ein besseres Leben zu führen, als es dir durch deine Geburt bestimmt ist. Deine Eltern sind Bauern?»

Jeanne war verwirrt. Christian hatte eher den Eindruck erweckt, dass der Besuch dieser Frau ihm unangenehm war. Warum war sie jetzt so freundlich zu ihr? Weshalb dieses Angebot? Und warum hatte Christian über sie, Jeanne, mit dieser Frau gesprochen?

«Meine Eltern wohnen in einem kleinen Dorf, nicht weit von hier.»

«Und sie sind beide aus der Gegend?»

Die Kleine errötete und schaute unwillig. Aha – da stimmte etwas nicht. Ganz ohne Zweifel war da ein kleiner Fauxpas geschehen, über den sie nicht sprechen wollte. Nun ja, man konnte später darauf zurückkommen.

«Meine Eltern sind beide aus Kerrignan, Madame», beharrte Jeanne, und ihre Miene verfinsterte sich noch mehr.

Was hatte sie so viel zu fragen, diese Dame aus Paris? Sie war ihr unsympathisch. Sie hatte etwas vor, das spürte sie ganz deutlich.

«Mein liebes Kind», sagte Marguerite gönnerhaft und erhob sich. «Wir reisen morgen in aller Frühe. Du brauchst nichts mitzunehmen – es ist alles vorhanden.»

Jeanne stand noch am gleichen Fleck und sah der fremden Dame offen in die kühlen, grauen Augen.

«Ich danke Ihnen für Ihr Vertrauen, Madame. Aber ich möchte hierbleiben.»

Marguerite erstarrte. Dann lächelte sie, als wäre nichts geschehen. «Wir werden sehen», sagte sie gleichmütig und verließ das Zimmer.

Christian hatte den Brief bereits zum dritten Mal gelesen, nun ließ er ihn auf den Schoß sinken und vergrub das Gesicht in den Händen.

Er hatte seinem Vater ins Herz geblickt. In jenes Herz, das Bernhard de Saumurat zu Lebzeiten so sorgfältig vor seinem Sohn verschlossen gehalten hatte. Christian spürte, wie ihm die Tränen die Wangen hinabrannen, und er ließ ihnen freien Lauf.

Solange er lebte, waren seine schüchternen Versuche, sich dem Vater anzunähern, an einer eisenharten Wand abgeprallt. Bernhard de Saumurat hatte es für eine Schwäche gehalten, seine väterliche Zuneigung zu offenbaren.

Doch in diesem Schreiben, dem letzten aus seiner Feder, waren die Sorge und Zärtlichkeit um den einzigen Sohn aus ihm herausgeströmt. Er schrieb von seiner Freude über die Geburt des einzigen, langerhofften Kindes. Wie stolz er auf den klugen und wohlgestalteten Knaben war, den er im Alter von zehn Jahren zu sich nach Paris beorderte. Welche Sorgfalt er auf seine Erziehung verwandte, und welches Glück es für ihn war, zu sehen, wie Christian sich ganz nach seinen Wünschen entwickelte. Bernhard de Saumurat bekannte seinen Ehrgeiz, den Sohn in die Positionen zu heben, die er selbst bisher nicht hatte erreichen können. Und er schilderte seine Ängste um den jungen Mann, der sich gar zu oft seinen Launen hingab und auf die Stimme des Herzens hörte – anstatt die Vernunft zu befragen. Ein unbändiger Schmerz erfülle ihn, aus diesem Leben scheiden zu müssen und seinem Sohn Christian im Intrigenspiel des Hofes nicht mehr schützend und helfend zur Seite stehen zu können. Seine letzte Bitte galt Marguerite de Fador. Ihrer Klugheit und ihrem Weitblick empfahl er seinen Sohn Christian de Saumurat.

Eine Berührung ließ ihn auffahren – Marguerite war leise in den Raum getreten und streichelte tröstend seine Schulter.

«Ich wusste, dass dieser Brief in deine Hände gehört», sagte sie mit mütterlicher Zärtlichkeit. «Er ist an mich gerichtet, und ich habe mir das Vermächtnis deines Vaters immer zu Herzen genommen. Aber ich will, dass auch du den letzten Willen deines Vaters vor Augen hast, Christian.»

Er schämte sich seiner Tränen und wischte sie fort. Zugleich erfüllte ihn eine seltsame Eifersucht. Sein Vater hatte Marguerite diese Gefühle offenbart – warum nicht ihm, seinem Sohn?

Sie hatte sich auf einem Sessel niedergelassen und blickte ihn forschend an.

«Verstehst du nun, weshalb ich dich nach Paris zurückholen möchte?»

Er nickte. Natürlich. Alle Hoffnungen seines Vaters gingen in diese Richtung. Er fühlte deutlich, dass es ihn drängte, diese Hoffnungen zu erfüllen. Der Hof des jungen Königs war das glänzende Terrain, auf dem er sich bewähren musste.

«Ich verstehe Euch sehr gut, Madame. Ich bin Euch zu weit größerem Dank verpflichtet, als ich jemals ahnte. Dennoch ...»

Sie fiel ihm lächelnd ins Wort.

«... dennoch hält dich etwas hier auf dem Lande fest, nicht wahr? Ich weiß, was es ist, Christian. Und ich gestehe, dass ich das Mädchen bezaubernd finde.»

Er sah sie verblüfft an. Woher wusste sie das? Wie war es möglich, dass diesen klugen, grauen Augen nichts entging?

«Ihr habt Jeanne ... Ihr habt sie gesehen?»

«Eine ungewöhnlich schöne junge Person. Was jedoch noch viel mehr zählt: Sie hat Format. Ich gratuliere dir zu diesem Edelstein. Kaum zu glauben, dass du sie hier auf dem Land aufgetrieben hast.»

Christian schwieg. Er hatte wenig Lust, mit Mme de Fador über Jeanne zu sprechen. Es passte ihm nicht, dass sie überhaupt von ihr erfahren hatte.

«Ich gönne dir diese kleine Liebschaft von Herzen», sagte Marguerite freundlich. «Wir werden die Kleine mit nach Paris nehmen. So eine kleine Affäre will ausgelebt sein, bis sie ihr natürliches Ende gefunden hat.»

Er spürte einen Stich im Herzen. Ihr natürliches Ende. Eine kleine Affäre. Etwas in ihm lehnte sich dagegen auf.

«Und wenn diese ‹Affäre›, wie Ihr es zu nennen beliebt, kein natürliches Ende findet, Madame?»

Sie sah ihn mit ihren kühlen Augen durchdringend an.

Ja – sie hatte es befürchtet. Er war ernsthaft verliebt. Nun, man würde Mittel und Wege dagegen finden. Die Hauptsache war, dass er dieses Landleben aufgab und wieder nach Paris zurückkehrte.

«Mein lieber Christian», sagte sie mit der zärtlichen Besorgnis einer guten Freundin, «du weißt, dass dein Vater immer fürchtete, du könntest zu sehr deinem Herzen und zu wenig deinem Verstand folgen.»

«Allein dem Verstand zu folgen und das Herz zu verschließen ist nicht immer ratsam, Madame.»

Sie fasste seine Hand und hielt sie fest.

«Du hast nur zu recht, Christian. Dennoch ist es nötig, sich gut zu überlegen, wem man sein Herz öffnet. Eine Bauerndirne ist deiner nicht würdig, mein lieber Junge.»

Er entzog ihr gewaltsam seine Hand und erhob sich erregt.

«Ich weiß nicht, wovon Ihr redet, Madame», sagte er verärgert. «Im Übrigen bitte ich Euch herzlich, diese Angelegenheiten mir zu überlassen.»

Sie tat, als sei sie damit vollkommen einverstanden.

«Verzeih mir, Christian. Nur meine Sorge um dich hat mich zu diesen Worten verleitet. Die Liebe, verehrter Freund, ist eine Quelle der Freude und der Entspannung für denjenigen, dem es gelingt, Herr seiner Sinne zu bleiben. Wer sich zum Sklaven seiner Gefühle macht, wird bald nicht nur unglücklich, sondern auch ein Narr sein.»

«Danke für die Predigt», sagte Christian kühl.

Er hatte sich jetzt wieder in der Gewalt und lächelte. Doch sie wusste, dass sich hinter seinem Lächeln ein zorniger Aufruhr verbarg.

«Ich habe unserer Freundin bereits angeboten, sie mit nach Paris zu nehmen», sagte sie beiläufig. «Das Mädel ist etwas ganz Besonderes und gibt zu größten Hoffnungen Anlass. Sie kann uns sehr nützlich sein, lieber Freund.»

Er wusste, wovon sie sprach. Marguerite hatte bereits etliche junge Frauen erzogen und als Mätressen in die adelige Gesellschaft eingeschleust.

Er beherrschte seinen Ärger über ihre Eigenmächtigkeit. Er würde Jeanne für so etwas nicht hergeben.

«Und was hat sie dazu gesagt?»

«Sie war begeistert.»

Gegen elf Uhr in der Nacht eilte die kleine Nadine durch den Flur, um ihrer Herrin eine Tasse heiße Schokolade zu bringen. Marie behauptete, dass Schokolade die Eigenschaft habe, Kummer und Sorgen zu besänftigen – vielleicht war das ja nur Gerede, aber Nadine wusste, dass Jeanne sich in dieser Nacht ganz gewiss sorgen würde. Heiße Schokolade konnte da auf keinen Fall schaden.

Sie war schon fast vor Jeannes Zimmer angekommen, als am anderen Ende des Flurs ein Licht erschien. Ein Diener trug einen dreiarmigen Kerzenleuchter, hinter ihm schritt die Dame aus Paris. Nadine atmete erleichtert auf. Die fremde Dame war ohne Zweifel auf dem Weg in ihr Zimmer, um sich zu Bett zu begeben. Also würde Christian in Kürze im Schlafgemach ihrer Herrin erscheinen, die ihn bereits sehnsüchtig erwartete.

Sie versank in einem tiefen Knicks, als die schweren Brokatröcke der Dame an ihr vorüberrauschten. Als sie jedoch weitergehen wollte, hörte sie die leise, kühle Stimme der fremden Dame: «Kammerzofe...»

«Zu Diensten, Madame.»

Nadine knickste erneut und blickte die Fremde fragend an. Marguerite de Fador nahm von Nadines Persönlichkeit etwa so viel wahr wie von einer Fliege an der Wand.

«Schick den rothaarigen jungen Mann zu mir.»

«Euer Gnaden meinen Monsieur René de Bragnol?»

«Wenn er rote Haare hat, dann ja. Trödele nicht herum! Die Schokolade kannst du mir geben.»

Marguerite de Fador bemächtigte sich der Tasse, aus der ihr ein köstlicher Duft in die Nase gestiegen war, und gab Nadine einen kleinen Schubs mit der Hand, um sie zur Eile anzutreiben.

Nadine blieb nichts anderes übrig, als zu gehorchen. Während sie die Treppe hinaufhuschte, grübelte sie darüber nach, was diese hochnäsige Dame aus dem fernen Paris wohl von René wollte. Natürlich, er hatte sich ja um ihren Wagen kümmern wollen. Aber musste sie ihn deshalb mitten in der Nacht sprechen? Nadine mochte René sehr, sie war sogar ein wenig in ihn verliebt, und der Gedanke, dass der normannische Bär zu dieser nächtlichen Stunde ins Zimmer dieser Dame treten würde, war ihr nicht angenehm.

Auch René war wenig von dieser Aufforderung erbaut. Nadine fand ihn in der Waffenkammer, wo er an einer Jagdbüchse herumfeilte. Eisenspäne bedeckten Hose und Bluse, und seine Hände waren schwarz verschmiert.

«Was denkt diese Person eigentlich?», grunzte er und wischte sich die Finger an der Hose ab. «Bin ich ihr Laufbursche? Verdammt nochmal!»

«Ich finde auch, dass es eine Zumutung ist», sagte Nadine mit Empörung. «Sie tut gerade so, als sei sie hier zu Hause.»

René warf die Büchse auf den hölzernen Tisch, erhob sich widerwillig und schüttelte die Eisenspäne von der Kleidung. Dann wandte er sich grinsend an die kleine Nadine, die mit vor Empörung rosigen Wangen vor ihm stand. Er griff mit seiner breiten Hand behutsam unter ihr Kinn und hob ihr Gesicht ein wenig an.

«Lauf mir nicht weg, meine Kleine», sagte er mit seiner tiefen, etwas brummigen Stimme. «Wir beide sollten uns einmal wieder miteinander beschäftigen, meinst du nicht?»

Nadine löste sich mit einer leichten Bewegung von ihm und trat zwei Schritte zurück.

«O nein, Monsieur», gab sie energisch zurück. «Ich glaube, dass Ihr viel besser bei den Bauernmädchen aufgehoben seid, mit denen Ihr Euch so gern und bereitwillig vergnügt.»

«Komm schon, Nadine», knurrte er ärgerlich und versuchte sie um die Taille zu fassen. «Du warst doch früher nicht so zurückhaltend. Haben wir nicht aufregende Nächte miteinander gehabt, wir zwei?»

«Das ist vorbei», sagte sie kühl.

«Dickköpfige Person», polterte er. «Und wenn ich dir sage, dass die Geschichten mit den Bauernmädeln mir gar nichts bedeuten? Dass ich die ganze Zeit nur an dich gedacht habe?»

Nadine spürte, dass ihr Herz heftig klopfte. Aber sie ließ sich nichts anmerken.

«Ich bin nun einmal eine, die nicht gerne teilt, Monsieur», gab sie zurück. «Vielleicht liegt es daran, dass unsere Nächte damals ein wenig – zu schön waren.»

«Das hört sich doch schon besser an, mein süßes scheues Reh.»

Er grinste vergnügt, und jetzt gelang es ihm endlich, ihr die Hand um die Taille zu legen. Doch als er versuchte, sie zu küssen, wich sie ihm geschickt aus.

«Um dieses Reh zu fangen, muss der Herr Jäger viel Geduld an den Tag legen», meinte sie verschmitzt. «Und er sollte sich nicht allzu sehr mit anderem Wildbret zerstreuen.»

«Verstanden», murmelte er und küsste ihre Schulter. «Du wirst sehen, wie beständig dein Jäger sein Ziel ab jetzt verfolgen wird. Lauf mir nicht weg. Ich bin gleich wieder da.»

Lächelnd sah Nadine ihm nach, als er davonging, und sie überlegte, ob sie ihm schon am heutigen Abend nachgeben sollte. Oh, dieser gutmütige, tapsige Bär hatte keine Ahnung, dass er selbst das Wild war, das gezähmt werden sollte. Es würde sein Schaden nicht sein, denn die kleine Nadine war bis über beide Ohren in ihren Bären verliebt.

Marguerite de Fador hatte sich von ihrer Dienerin auskleiden lassen und ein dünnes seidenes Nachtkleid angelegt. Es war eines dieser sündhaft teuren Kleider, deren Stoff so fein war, dass man hindurchsehen konnte. Danach hatte sie genüsslich den heißen Kakao getrunken und Mutmaßungen darüber angestellt, für wen er wohl zubereitet worden war. Die Qualität war ausgezeichnet – falls das Zeug für die kleine Jeanne gedacht war, dann hatte sie das Herz der Dienerschaft erobert.

Ein Klopfen kündigte an, dass der rothaarige Bär ihrer Aufforderung nachkam. Sie gab der Kammerzofe einen Wink, die Tür zu öffnen, und zog die Bettdecke ein wenig höher hinauf. Gerade so weit, dass die dunklen Spitzen ihrer Brüste, die durch den Stoff hindurch zu sehen waren, nicht bedeckt wurden.

René hatte sich die Hände gewaschen und eine Jacke übergezogen, sein Gesicht war gerötet und drückte Unzufriedenheit aus. Er hatte anderes im Sinn, als hier Rede und Antwort zu stehen. Als er jedoch einen neugierigen Blick auf Marguerite geworfen hatte, stockte ihm der Atem. Sie hatte das blonde Haar gelöst, das nun ihr Gesicht weich umrahmte, Arme und Hals waren entblößt, und ihr Busen schien von einem durchsichtigen Schleier kaum verhüllt. Ihr Lächeln erweckte in seiner Phantasie eine Reihe von Vorstellungen, die er rasch wieder zurückdrängte, denn er hielt sie für unpassend.

Er blieb vor ihrem Bett stehen und hüstelte verlegen. Sie schien jedoch keineswegs daran zu denken, ihre verführerische Blöße zu bedecken. Stattdessen hob sie die Arme über den Kopf und verschränkte die Hände im Nacken.

«Es war ganz unverzeihlich von mir, Euch zu so später Stunde noch rufen zu lassen», erklärte sie scheinbar zerknirscht. «Ich bin aus Paris gewöhnt, bis in die frühen Morgenstunden wach zu sein. Vergebt mir bitte, René.»

Er wusste kaum ein Wort zu erwidern, denn der Anblick der sich ihm entgegenwölbenden Brüste verschlug ihm den Atem. Er kam sich täppisch vor, ein Landjunker, der keine Ahnung von den Gebräuchen in der großen Stadt hatte.

«Ich … ich bitte Euch – das ist doch keine Mühe», stammelte er, ohne den Blick von ihr wenden zu können. «Euer Wagen ist vollkommen fahrbereit.»

Marguerite besah sich den großen breitschultrigen Mann – der so rührend unbeholfen vor ihr stand – mit den erfahrenen Blicken einer nicht mehr ganz jungen Frau. Ein Leckerbissen, dieser schüchterne Riese. Ohne Zweifel liebte er wild und voller Leidenschaft, wenn er einmal die Hemmungen verloren hatte. Eine kleine Köstlichkeit, die man zwischendurch zu sich nahm, um sich Appetit auf das Hauptmenü zu machen.

«Warum starrt Ihr mich so an?», fragte sie lächelnd.

René fuhr zusammen. Er war so versunken gewesen, dass er alles um sich herum vergessen hatte. Seine Männlichkeit war bereits dabei, sich zu regen, was ihm jetzt auf einmal peinlich war. Sie war eine Dame aus Paris, kein Bauernmädel.

«Euer Gewand ist sehr schön …», stammelte er verwirrt. «Es ist gewiss aus Seide?»

«Überzeugt Euch selbst, René», antwortete sie und winkte auf sehr eindeutige Weise mit der Hand. «Es ist feinste China-Seide.»

Er näherte sich dem Bett und spürte dabei, dass das Blut in seinen Adern zu rauschen begann. Er wollte sie, diese feine Dame, die sich ihm darbot. Er wollte ihr dieses seidene Hemd vom Körper reißen und dann …

«Gebt mir Eure Hand», sagte sie, als er vor ihr stand.

Sie fasste seine rechte Hand und führte sie sacht über ihren bloßen Hals. Er hatte raue Hände, dieser Bär, und es war ein prickelndes Gefühl, sie an der Haut zu spüren. Langsam führte sie seine Finger ein wenig tiefer, umspielte den weiten Ausschnitt des seidenen Nachtkleides, fuhr daran entlang und genoss das Kribbeln, das langsam über ihren Bauch bis hinunter zum Zentrum ihrer Lust kroch.

Er stand über sie gebeugt und schien sie mit gierigen Augen verschlingen zu wollen. Was für ein Feuer dieser Mann hatte. Das war etwas anderes als die faden, blassen Jünglinge der verwöhnten Pariser Aristokratie.

«Spürt Ihr es?», flüsterte sie und schloss die Augen.

«Ja», gab er mit tiefer Stimme zurück. Es klang dunkel und ein wenig heiser wie aus der Kehle eines großen Tieres. Er sank auf ihre Bettkante, und gleich darauf spürte sie seinen warmen Atem auf ihrem Hals. Seine Lippen waren heiß und trocken, sein Bart kitzelte ihre Haut, und sie ließ sich für einige Sekunden von seinen ungeduldigen, begehrlichen Küssen verwöhnen. Dann schob sie ihn mit sanfter Entschiedenheit zurück.

Schwer atmend saß er über sie gebeugt, seine Augen irrten über ihren Hals, ihre Brüste, sahen sie dann unsicher – fragend an. Was hatte er falsch gemacht?

«Nicht in diesen schmutzigen Kleidern, mein wilder Bär», sagte sie lächelnd. «Zieh sie aus.»

Er riss sich die Jacke herunter, zog das Hemd über den Kopf und stand dann auf, um den Bund der culotte zu öffnen, wobei er ihr den Rücken zuwandte. Sie sah mit Wohlgefallen seinen breiten, muskelbepackten Rücken, der vom Nacken herunter bis zwischen die Schulterblätter einen krausen, rötlichen Flaum trug. Seine Pobacken waren klein im Verhältnis zu dem gewaltigen Körperbau, schön gewölbt und trugen kleine Grübchen, wenn er sie anspannte.

Er bemerkte nicht, dass sie aus dem Bett gestiegen war. Als ihre Arme sich um seine Taille schlangen und ihre Hände sein heißes, festes Glied umschlossen, stöhnte er wohlig auf. In seinem Rücken spürte er ihre Brüste, die sie an ihn schmiegte, und die Wölbung ihres Schamhügels berührte seinen Po.

«Gefällt dir das, mein rothaariger Wolf?»

Er stöhnte tief und kehlig, und sie lauschte verzückt auf seine dunkle Stimme, während sie seinen glatten geschwollenen Penis mit zärtlichen Händen verwöhnte. Sie tastete sich durch das dichte Gewirr seines Schamhaares zu seinen Hoden, die rund und voll in ihren Händen lagen wie zwei harte Bälle, und sie rieb und knetete sie voller Leidenschaft mit den Fingern. Er sog heftig die Luft ein und stieß sie wieder aus. Doch ganz unerwartet drehte er sich zu ihr herum.

«Hör zu, meine Schöne», raunte er ihr ins Ohr. «Bei uns auf dem Land wird nicht lange herumgespielt. Da geht's zur Sache.»

Er hatte jetzt jeglichen Respekt vor ihr verloren. Feine Dame oder nicht – sie war auch bloß ein wollüstiges Frauenzimmer. Voller Entzücken spürte Marguerite, dass seine feste raue Hand in den Ausschnitt des seidenen Hemdes fasste, und sie rührte sich nicht, als er es ihr mit einem einzigen Ruck vom Körper riss. Zitternd vor Begehren ließ sie sich von seinen gierigen Augen beschauen, fühlte seine festen Hände, die ihre Brüste fassten, sie mit wilder Lust massierten, sodass sie auf und nieder bebten und die dunklen Spitzen sich zusammenzogen. Er liebkoste ihren

Bauch, fuhr mit seinen mächtigen Händen an ihren Hüften entlang und drängte dann eine Hand zwischen ihre Beine. Für einen Moment spürte sie seinen Finger, der sich tief in ihre feuchte Höhle schob, und sie erbebte. Gleich darauf wurde sie von sehnigen Armen emporgehoben und auf ihr Bett geworfen. Sie stöhnte lüstern auf, als er über sie stieg, sein Glied stand steil von seinem Bauch ab und schwang mit der Bewegung seines Körpers hin und her. Es erschien ihr unglaublich groß, die Spitze war dick angeschwollen und glänzte vor Feuchtigkeit.

«Jetzt wirst du den wilden Bären spüren, nach dem du solches Verlangen hast», brummte er und schob seinen harten Penis langsam zwischen ihre Schenkel. Marguerite war wie berauscht von diesem wilden, zügellosen Liebhaber, der sie nahm, wie sie schon lange keiner mehr genommen hatte. Verzückt spürte sie die feste Spitze seines Gliedes, die den Eingang zu ihrem Schoß suchte, sich unaufhaltsam ihren Weg bahnte und langsam in sie eindrang. Er stöhnte tief und lustvoll, während er in sie hineinglitt, grub seine Pranken in ihre vollen Brüste und begann sich auf und nieder zu wiegen.

Was waren alle ausgeklügelten Spiele der Pariser Salonliebhaber gegen diesen wundervollen, gierigen Bären, der jetzt auf ihr einen tobenden, atemlosen Ritt vollführte und ihre Sinne so aufpeitschte, dass sie glaubte, gleich laut aufschreien zu müssen? Er steigerte den Rhythmus zu einem schier unglaublichen Fortissimo Furioso, stieß sein Glied wieder und wieder in sie hinein, sodass sie die Hand auf ihren Mund pressen musste, um nicht durch lautes, lustvolles Stöhnen die Dienerschaft in Unruhe zu versetzen.

«Komm!», keuchte seine tiefe, raue Stimme. «Komm jetzt. Nun komm schon.»

Sie bäumte sich unter ihm auf, als ihre Lust den höchsten Punkt erreicht hatte, und sie hatte das Gefühl, dass ein heißer, feuriger Strom ihr Inneres überschwemmte. René folgte ihr und stieß einen heiseren Schrei aus, während er sich in sie ergoss. Sein Oberkörper neigte sich langsam auf sie hinab, und sie spürte verzückt die roten Löckchen, die seine Brust bedeckten und aus feinem Draht zu sein schienen.

Nur wenige Minuten ruhten sie aus, dann hatte sie sich wieder völlig in der Gewalt.

«Ihr seid ein großartiger Liebhaber, mein Freund», sagte sie anerkennend. «Jetzt wäre ich allerdings sehr dankbar, wenn Ihr Eure Kleidung wieder anlegen und mich verlassen würdet. Ich brauche ein wenig Schlaf.»

René zog Hose und Hemd an, die Jacke hängte er über die Schulter. Als er ernüchtert auf dem dunklen Flur stand, bewegte sich ein kleines, zitterndes Licht auf ihn zu. Es war Nadine, die eine Kerze in der Hand trug – und, ohne ihn anzusehen, an ihm vorüberging. Er senkte beschämt den Kopf und eilte zu seinem Zimmer.

Nehmt Euch vor dieser Frau in Acht.»
Jeanne sah nachdenklich in den Spiegel. Das Bild einer blühenden jungen Frau blickte ihr entgegen. Weich und üppig fiel das schwarze Lockenhaar um ihre Schultern, die Wangen waren rosig, die Haut erschien im matten Abendlicht hell und zart. Sie hatte es nicht nötig, ihrer Schönheit mit Schminke und künstlichen Locken nachzuhelfen.

«Warum sagst du das, Nadine?»

Die kleine Zofe biss sich auf die Lippen und bearbeitete Jeannes langes Haar.

«Sie ist böse, Mademoiselle. Ich spüre es.»

Jeanne war der gleichen Ansicht. Doch sie sagte es nicht. Stattdessen zupfte sie an ihrem Dekolleté herum und schnürte das Mieder ein wenig weiter. Nadine deutete diese Hantierungen auf ihre Weise.

«Er wird gleich kommen, Mademoiselle.»

«O nein», gab Jeanne düster zurück. «Er wird den Abend mit Mme de Fador verbringen.»

Nadine erlaubte sich ein kleines, zufriedenes Lächeln.

«Ganz sicher nicht, Mademoiselle.»

Ihre Blicke trafen sich im Spiegel, und Jeanne stellte erstaunt fest, dass Nadine mit den Tränen kämpfte.

«Was ist los, Nadine?», fragte sie mitleidig und fasste die kleine Zofe an der Hand.

«Nichts, Mademoiselle.»

Christians leises Klopfen an der Tür hinderte Jeanne daran, dem Kummer ihrer Zofe nachzuspüren. Ein heißes Glücksgefühl erfasste sie, sodass sie alles andere darüber vergaß.

«Christian!»

Hastig trat er auf sie zu und riss sie in seine Arme.

«Jeanne, meine kleine Jeanne», flüsterte er und bedeckte ihr Gesicht mit Küssen. «Endlich.»

Sie gab sich den Zärtlichkeiten hin, nach denen sie sich so sehr gesehnt hatte. Und doch spürte sie plötzlich, dass das Fest der Liebe, das er ihr versprochen hatte, in dieser Nacht nicht stattfinden würde. Unstet kreiste sein Blick durch das Zimmer.

«War Claude etwa hier?», entfuhr es ihm.

«Claude?», fragte sie verblüfft zurück.

«Ich sehe das Falkenbuch dort auf dem Tisch. Hat er dir etwa wieder Unterricht gegeben?»

«Keineswegs», gab sie zurück, ein wenig ärgerlich über seinen Verdacht. «Ich übe mich im Lesen. Und zwar völlig ohne Hilfe.»

«Verzeih mir.»

Er küsste ihren Mund, ihre Augen, ihre Stirn. Dann

wollte er sie sanft auf das Bett schieben. Doch sie widerstand ihm. Die Hast, mit der er sie besitzen wollte, störte sie. «Lass mich dir etwas vorlesen, ja?»

«Später, meine Süße ... wir haben die ganze Nacht Zeit.»

Seine Küsse wurden drängender, er riss ungeduldig an dem Band, das ihr Mieder verschloss.

«Nein, jetzt. Bitte, Christian ...»

Er hörte gar nicht auf sie, sondern versuchte sie mit aller Kraft auf das breite Himmelbett zu drängen. Sein Atem ging hastig und roch nach Wein. Plötzlich erstarrte sie. Sein weites Hemd, das an der Brust halb geöffnet war, verströmte einen Duft, der nicht zu ihm gehörte. Jeanne erkannte das Parfüm sofort.

«Du warst mit ihr zusammen!»

«Was?»

Sie waren auf das Bett gesunken, doch Jeanne wand sich jetzt unter seinem Körper hervor und flüchtete auf die andere Seite des Lagers. Ihre Augen waren schmal und blitzten vor Zorn.

«Du riechst nach ihrem Parfüm!», fauchte sie.

Er lachte und wollte sie am Fuß fassen. Doch sie stieß nach ihm, und er gab seine Absicht auf.

«Es ist süß, wenn du eifersüchtig bist, kleine Hexe», sagte er stirnrunzelnd. «Deshalb musst du aber nicht um dich treten wie ein Pferd.»

«Hast du mit ihr geschlafen?», verhörte sie ihn.

«Nein!»

«Schwöre es bei deiner Mutter!»

«Was soll das?», fragte er ärgerlich. «Ich habe nicht mit ihr geschlafen, und ich würde es auch niemals tun. Das muss dir genügen.»

Plötzlich war wieder ein streitbarer Geist zwischen ihnen. Stärker als je zuvor.

119

«Und wieso riechst du nach ihrem Parfüm?»

Er hatte es satt, sich verhören zu lassen. Was wollte sie eigentlich? Den ganzen Abend über hatte er sich nach ihr gesehnt, hatte mit Marguerite geplaudert und sich um Höflichkeit bemüht, hatte den Augenblick herbeigewünscht, an dem sie sich endlich zurückziehen würde und er für Jeanne frei war. Und jetzt durfte er sich ihre Vorwürfe anhören!

«Gut», sagte er und setzte sich gerade hin. «Wenn du lieber reden willst – bitte! Du wirfst mir vor, mit Marguerite intim gewesen zu sein. Und was ist mit dir? Hast du nicht sogar vor, mit ihr nach Paris zu reisen?»

Jetzt war es heraus, was ihn die ganze Zeit über gequält hatte. Jeanne lernte mit Claude lesen, ließ sich von René das Reiten beibringen. Jeanne wollte mit Marguerite nach Paris. Ständig tat sie Dinge hinter seinem Rücken.

«Wie kommst du auf diese verrückte Idee?», rief sie empört. «Und selbst wenn ich es täte, so wäre das etwas völlig anderes.»

Sie hat es also wirklich vor, dachte er und fühlte sich tief verletzt. Er hatte sie vor dem Verhungern gerettet, sie zu sich in sein Schloss genommen, sie an seinem Leben teilhaben lassen. Und das war der Dank.

«Bitte sehr!», sagte er wütend. «Es steht dir frei zu gehen, wohin du willst. Ich will dir nicht im Weg sein.»

Sie begriff, dass er unglücklich und eifersüchtig war. Einen Augenblick lang war sie versucht, sich in seine Arme zu werfen, ihm zu versichern, dass sie nichts und niemanden auf der Welt begehre als nur ihn, dass sie keinen einzigen Moment daran gedacht hätte, ihn zu verlassen. Doch der zornige Blick seiner dunklen Augen hielt sie davon ab.

«Entscheide dich», begehrte er herrisch.

«Was meinst du?»

Er fegte mit dem Arm durch die Luft, als führe er eine Waffe.

«Wenn du hierbleibst, dann will ich, dass du es aus freien Stücken tust. Falls du lieber nach Paris reisen möchtest, dann lass es mich wissen.»

Sie biss sich auf die Lippen. Großartig machte er das. Er hatte mit dieser Frau Zärtlichkeiten ausgetauscht und wollte es nicht zugeben. Und jetzt drehte er die Geschichte um, und sie war plötzlich die Angeklagte. Das ließ sie nicht mit sich machen.

«Und was ist mit dir?», fragte sie zurück. «Was willst du? Ist es dir völlig gleichgültig, was ich tue?»

«Ich sagte bereits, dass ich dir nicht im Weg stehen werde», gab er kalt zurück.

Beide schwiegen verletzt. Auch wenn sie vor Sehnsucht und Liebe vergingen, keiner von beiden wollte nachgeben.

Nach einer Weile erhob sich Christian. Jeanne hatte sich am Kopfende des Bettes zusammengekauert und schaute aus dem Augenwinkel. Wollte er wirklich so von ihr gehen?

«Nun?», fragte er und sah von oben auf sie hinab. «Ich warte immer noch auf deine Entscheidung.»

«Du wirst sie morgen erfahren», sagte sie trotzig. «Gute Nacht, Christian!»

«Ich warne dich», drohte er wütend. «Wenn du mit mir deine Spielchen treiben willst, dann kann ich andere Seiten aufziehen. Vergiss nicht, dass du als Diebin angeklagt bist und ich dafür sorgen könnte, dass dir dein hübscher Po in aller Öffentlichkeit versohlt wird.»

Er sah, wie sie aufflammte, und bereute seine Drohung im gleichen Moment. Die Antwort kam prompt.

«Dann wird mir die Entscheidung ja nicht schwerfallen, Euer Gnaden!»

Er drehte sich wortlos um und verließ den Raum. Laut fiel die Tür hinter ihm ins Schloss.

Marguerite de Fador schob den Fenstervorhang der Reisekutsche zur Seite und genoss den Anblick des Flusses im Morgenlicht. Kleine Büsche und Bäume säumten den Flusslauf, an seichten Uferstränden spielten Kinder, Fischerboote trieben auf dem Wasser. Dazwischen sah man immer wieder mit Waren beladene Schiffe, die flussaufwärts gerudert oder getreidelt wurden. Paris verschlang eine schier unermessliche Menge an Gütern aus aller Welt.

Marguerite warf einen raschen Blick auf die junge Frau, die ihr blass und schweigend gegenübersaß. Sie hatten bisher kaum drei Worte miteinander gewechselt – die Kleine war mit sich selbst beschäftigt. Sie hatte keinen Blick zurückgeworfen, als sie das Schloss und die heimatlichen Felder hinter sich ließen – auch keine Träne geweint. Ein erstaunliches Mädchen.

Marguerite lehnte sich in das Polster und lächelte vor sich hin. Sie war mit sich sehr zufrieden. Zwar hatte Christian sie äußerst kühl verabschiedet, doch sie war sich sicher, dass er sehr bald in Paris auftauchen würde. Was sollte ihn hier auf dem Land noch halten? Sie hatte ihm neuen Ehrgeiz eingeflößt, und sein hübsches Spielzeug hatte sie mit nach Paris genommen. Wenn er seinen Trotz überwunden hatte, würde er kommen.

Sie musste nur dafür sorgen, dass die Kleine es sich nicht noch anders überlegte.

«Nun – wie geht es, Jeanne?», erkundigte sie sich.

«Danke, Madame. Es geht.»

«Wir werden später in einen Gasthof einkehren und

einen kleinen Imbiss zu uns nehmen», sagte Marguerite gönnerhaft. «Du wirst hungrig sein.»

«Eigentlich nicht, Madame.»

In Wahrheit fühlte Jeanne sich grauenhaft. Das für sie ungewohnte Schaukeln der gefederten Kutsche verursachte ihr solche Übelkeit, dass sie jeden Augenblick fürchtete, sich übergeben zu müssen. Schlimmer jedoch war die Reue, die sie plagte. Warum hatte sie sich in diese Lage begeben? Sie wollte doch gar nicht nach Paris. Alles, was sie sich wünschte, was sie ersehnte, blieb hinter ihr zurück. Vor ihr lag eine ungewisse Zukunft, die ihr Angst machte.

Ein dicker Stein versetzte der Reisekutsche einen Stoß, sodass man einen Augenblick umzukippen fürchtete. Jeanne musste sich heftig zusammennehmen, denn ihr Magen hob sich bedenklich. Wenn die Kutsche doch nur anhielte. Sie wollte aus diesem stickigen Kasten heraus, in dem es beständig nach dem Parfüm dieser Dame roch. Zum Fluss laufen und sich dort ins kühle Ufergras legen. Die kleinen Wellen an den bloßen Füßen spüren. Dann würde es ihr bestimmt gleich bessergehen.

Wie hart und gleichgültig Christian sie verabschiedet hatte. Er hatte durch sie hindurchgesehen, als sei sie gar nicht vorhanden. Nicht einmal die Hand hatte er ihr zum Abschied gereicht. Oh, sie hatte ihn verletzt, und er ließ es sie büßen.

«Deine kleine Kammerzofe scheint recht geschickt zu sein», unterbrach Marguerite ihre Gedanken. «Wir werden sehen, ob du sie behalten kannst. Sie hängt sehr an dir, nicht wahr?»

«Ja, Madame.»

«Nun – in Paris wirst du einen strengen Tagesplan haben, mein Kind. Du wirst alles lernen, was für eine junge Frau nötig ist, damit sie sich in der Gesellschaft bewegen kann. Manieren und Anstand, Tanz, Gesellschaftsspiele und vor allem die gebildete Konversation. Dazu wirst du lesen und schreiben lernen und über die wichtigsten künstlerischen Werke unterrichtet werden. Um einen Mann von Stand zu beeindrucken, reicht Schönheit allein nicht aus, liebe Jeanne.»

Jeanne nickte. Die Übelkeit war jetzt so stark, dass sie ihrer nicht mehr Herr wurde.

«Bitte lassen Sie anhalten», stöhnte sie, «ich muss mich übergeben.»

Ärgerlich starrte Marguerite sie an. War das ein Trick? Wollte sie etwa davonlaufen? Aber das Mädel sah so totenblass aus, dass sie wohl die Wahrheit gesagt hatte. Marguerite gab dem Kutscher ein Zeichen, und er zügelte die Pferde.

Jeanne riss den Schlag auf, stolperte aus der Kutsche und erbrach sich am Wegrand. Es war ihr alles gleich, so schlecht ging es ihr. Die Büsche vor ihren Augen kreisten, die glitzernde Wasserfläche des Flusses schien Funken zu sprühen. Der sandige Boden wollte ihr mit unheimlicher Geschwindigkeit entgegenkommen.

«Großer Gott!», murmelte Marguerite und hielt sich ihr Spitzentaschentuch vor die Nase.

Jeanne spürte eine Hand an ihrer Stirn. Jemand sprühte Wasser auf ein Tuch und reichte es ihr. Mechanisch wischte sie sich das Gesicht ab.

«Besser?», hörte sie Nadines mitleidige Stimme. «Trinkt das, Mademoiselle. Marie hat es mir gegeben. Es hilft gegen die Reisekrankheit.»

Jeanne schluckte etwas von dem bräunlichen Saft, den Nadine ihr in einem kleinen Fläschchen reichte. Es schmeckte bitter, und ihr Magen wollte gleich wieder rebellieren. Doch es gelang ihr, sich zusammenzunehmen.

«Er wird nach Paris kommen, Mademoiselle. Macht Euch keine Sorgen», flüsterte ihr die Zofe zu.

«Ach, Nadine», murmelte sie. «Du und deine Voraussagen.»

«Ihr werdet schon sehen, Mademoiselle.»

Marguerite ließ Jeanne den Rest der Fahrt über nicht mehr aus den Augen. Im Gasthaus wurde ihr eine Ecke zugewiesen, wo sie saß und wartete, bis Marguerite gespeist hatte. Die Gäste starrten sie verwundert an, junge Männer riefen ihr deftige Scherzworte zu und lachten. Jeanne war es gleichgültig. Der braune Saft hatte sie unsagbar schläfrig gemacht, und der Tag zog an ihr vorüber wie ein langer übler Traum.

Ich kann nicht mehr», stöhnte Claude.

Er hing völlig erschöpft auf seinem Pferd, das Haar klebte in der Stirn, das Gesicht schweißüberströmt. René drehte sich im Sattel nach ihm um, lachte und zügelte seine Stute.

«Schon müde, Kleiner? Wir fangen doch erst an!»

Claude stöhnte. Seit dem Morgen waren sie im Sattel, hatten Wiesen und Wälder durchkämmt – und außer einigen Hasen kein Wild zu sehen bekommen. Unbarmherzig brannte die Sonne auf die Reiter hernieder, kaum dass der Comte einmal eine kleine Rast erlaubte, um die Pferde am Bach zu tränken. Und jetzt stand die Sonne schon tief, es ging auf den Abend zu, und dieser Verrückte dachte gar nicht daran, zurückzureiten.

René mit seiner Bärennatur machte das alles nichts aus. Im Gegenteil, er konnte endlich einmal seine überschüssigen Kräfte ausleben. Aber er, Claude, war schließlich zarter besaitet. Der ganze Körper schmerzte ihn, ganz besonders derjenige Teil, der zum Reiten unbedingt erforderlich war.

Christian hatte sein Pferd unvermittelt angehalten und

machte den Begleitern ein Zeichen mit der Hand. Stillstehen und aufpassen. Dann deutete seine Hand auf das Wiesengrün, das zwischen den Baumzweigen hervorleuchtete. Claude blinzelte, um die Augen zu schärfen. Aus den Grashalmen ragte der dunkle Rücken eines Wildschweins hervor.

«Ein Keiler», flüsterte René, von Jagdeifer gepackt. «Ein kapitaler Kerl. Er muss verdammt hungrig sein, dass er jetzt schon herauskommt.»

«Wir kriegen ihn», flüsterte Christian zurück und zog seine Jagdbüchse aus der Halterung. «Ihr beide umreitet ihn und treibt ihn mir zu.»

René wollte einwenden, dass der Keiler ein hübscher Brocken sei und für einen einzelnen Jäger nicht ungefährlich. Doch mit Christian war heute nicht zu reden. Seitdem die Kutsche gestern das Schloss verlassen hatte, war der Comte unwirsch und verschlossen. René hatte nur einmal ganz harmlos erwähnt, dass es eigentlich schade um die hübsche Jeanne und die kleine Nadine sei. Daraufhin hatte der Comte ihn fast mit den Blicken erdolcht.

«Was für ein Brocken», stöhnte Claude, während er mit René den Waldweg weiter hinaufritt. «Wenn der sich entschließt, uns anzugreifen, haben wir schlechte Karten. Ich kenne einen Mann, der ist von einem angeschossenen Schwein zum Krüppel gebissen worden.»

René warf ihm einen verachtungsvollen Blick zu und bedeutete ihm zu schweigen. Ganz unrecht hatte Claude nicht – der Keiler war zu stark, um beim ersten Treffer schon tot zu sein. Und er, René, hatte berechtigte Zweifel daran, ob Christian heute überhaupt in der Lage war, einen guten Schuss abzugeben. Während sie langsam weiterritten, schaute er immer wieder durch die Zweige auf das Wiesengrün, wo der dunkle, bucklige Rücken sich langsam in Christians Richtung bewegte. Er zog die Jagdbüchse aus dem Köcher und kontrollierte das Radschloss. Er wollte auf jeden Fall zur Stelle sein, falls Christian in Schwierigkeiten kam.

Christian war wie vom Fieber gepackt. Was für ein Prachtkerl! Er würde nicht ruhen, bis er ihn hätte – auch wenn er ihn mit bloßen Händen packen müsste. Ungeduldig knirschte er mit den Zähnen und zügelte sein Pferd, das auf der Stelle tänzelte. Wie lange brauchten die beiden denn noch?

Da leuchtete Renés Rotschopf zwischen den Bäumen, gleich darauf brachen die beiden Reiter aus dem Wald heraus und stürmten in die Wiese. Der Keiler hob den Kopf, und Christian konnte seine spitzen buschigen Ohren und die gekrümmten Hauer erkennen. Dann galoppierte das Tier auf ihn zu.

Christian wartete, bis die Beute in Schussweite war. Der Knall der Büchse peitschte durch den Wald, Pulverdampf stieg auf und nahm dem Schützen für einen Augenblick die Sicht. Der Keiler war in wilder Panik, er brach seitlich aus und jagte dicht an Christians Pferd vorbei in den Wald hinein.

«Lasst ihn mir!», brüllte Christian den Gefährten zu, denn er hatte gesehen, dass René die Büchse im Anschlag hatte.

Er wendete das Pferd und setzte der Beute nach in den Wald hinein.

«Lass den Unsinn», brüllte René hinter ihm her.

Christian trieb sein Pferd unentwegt an. Das Unterholz war so dicht, dass das Tier Mühe hatte, sich einen Weg zu bahnen. Christian ritt weit vornübergebeugt, fast auf dem Pferdehals hängend, um den Ästen auszuweichen, die rechts und links an ihm vorüberpeitschten. Er keuchte, das Pferdemaul verspritzte weißen Schaum.

Da – ein großer Schatten bewegte sich im Unterholz.

Der Keiler musste in einer Mulde Schutz gesucht haben und kam jetzt wieder daraus hervor. Christian ergriff die Armbrust, während er sein Pferd erneut zu einer letzten Kraftanstrengung antrieb. Das Tier sprengte voraus, und Christian setzte zum Schuss an.

Da traf ihn ein gewaltiger Schlag am Kopf und riss ihn aus dem Sattel. Den Sturz auf den Waldboden bekam er schon nicht mehr mit. Längst war es Nacht um ihn geworden.

Der Duc Roger de Gironde stammte aus einem alten provinzialischen Adelsgeschlecht, das zwar wenig begütert, dafür aber durch eine geschickte Heiratspolitik zu Macht und Ansehen gekommen war. Er hatte in seiner Kindheit monatelang wegen einer unerklärlichen Wachstumsstörung zu Bett liegen müssen und während dieser Zeit gelernt, mit sich allein zurechtzukommen. Später hatten seine Eltern sich getrennt, und er verbrachte seine Jugend abwechselnd auf dem Schloss seines Vaters und im Pariser Stadthaus seiner Mutter, die dort ihre ständig wechselnden Liebhaber empfing. Roger de Gironde begriff sehr schnell, dass er in der Lage war, Menschen zu durchschauen, ihre Schwächen zu erkennen und sie für sein Fortkommen zu nutzen. Hatte er dem eher scheuen, zurückhaltenden Ludwig XIII. vor allem als Berater in Sachen Kunst zur Seite gestanden, so hatte er sich unter dem neuen König in einem Feld bewährt, das seinen Fähigkeiten von jeher am meisten entgegenkam: Er durchschaute das komplizierte Intrigengeflecht des Hofs und hielt den König darüber auf dem Laufenden.

Als Liebhaber war Roger äußerst klug und erfinderisch. Er war in der Lage, einer Frau unvergessliche Liebeserlebnisse zu vermitteln – er selbst war dabei jedoch immer gefühllos geblieben, denn im Grunde seines Herzens verachtete er die Frauen. Nur sehr selten gelang es ihm, für eine seiner Liebschaften Sympathie oder gar Respekt zu empfinden.

Eine dieser Ausnahmen war Marguerite de Fador. Roger de Gironde war seit vielen Jahren ihr Liebhaber und kehrte – zu seinem eigenen Erstaunen – immer wieder zu ihr zurück. Vielleicht war es die Gleichheit ihrer Charaktere, die ihn faszinierte. Marguerite war genau wie er eine hervorragende Kennerin aller menschlichen Schwächen und wusste sie unbarmherzig zu ihrem Vorteil zu nutzen. Ihr Verstand war hell, ihre Sinne wollüstig, ihr Herz kalt wie Eis.

Roger de Gironde trug an diesem Nachmittag trotz der sommerlichen Hitze Handschuhe aus feinem, braunem Leder, die seine Hände hauteng umschlossen. Marguerite sah fasziniert dabei zu, wie er mit der rechten Hand die Fingerspitzen des linken Handschuhs festhielt und einen Finger nach dem anderen herauszog.

«Ich hoffe, du befindest dich wohl, meine Liebe», sagte er höflich in ihre Richtung.

«Es könnte nicht besser sein», gab sie zurück und fuhr fort, das Spiel seiner Hände zu beobachten.

Man befand sich in Marguerites kleinem Privatsalon, der mit zierlichen Möbeln und einer goldfarbigen Brokattapete ausgestattet war. Neben einem kleinen Schreibtisch und einer verschnörkelten Sitzgruppe befanden sich dort auch eine mit Kissen bedeckte Chaiselongue und ein großer Kristallspiegel. Als Roger kurz von seiner Beschäftigung aufblickte, entdeckte er Marguerites wohlvertrautes Spiegelbild. Sie trug ein violettfarbiges, reich mit Spitzen verziertes Kleid, der Rock war nach der Mode vorn geteilt und ließ die leicht gerafften, seidenen Unterröcke sehen.

«Handschuhe?», fragte sie leise, «seit wann trägst du Handschuhe?»

Er lächelte und schlug mit dem ausgezogenen Handschuh leicht auf die Innenfläche seiner Hand. Es gab einen kurzen harten Knall, und Marguerite zuckte wohlig zusammen.

«Ich gedachte, dir damit eine Freude zu machen, meine Liebe.»

Er näherte sich ihr und fuhr mit der rechten behandschuhten Hand zart über ihr Dekolleté, glitt über ihren Hals und streichelte ihren Nacken. Sie warf den Kopf zurück und spürte wohlig, wie seine Hand mit einer leichten streichelnden Bewegung ihren Hinterkopf massierte und dort die Stelle suchte, die ihre Leidenschaft anfachte. Als ihr Busen sich immer heftiger hob und senkte, wusste er, dass er Erfolg hatte. Er reizte sie mit kleinen kreisenden Bewegungen und löste zugleich mit der Linken die Bänder, die das Oberteil ihres Kleides hielten.

«Die ersten Gäste des ‹Salons› kommen um fünf», murmelte sie unter genüsslichem Stöhnen. «Wir haben ein halbes Stündchen, chéri …»

«Dann müssen wir dafür sorgen, dass es ein unvergessliches halbes Stündchen wird, ma chère …»

Er hatte ihr das Oberteil ausgezogen und löste nun den weiten Überrock aus violettfarbigem Brokat. Ihre Corsage war aus hellem Stoff mit kleinen Spitzen am Dekolleté, das einen tiefen Einblick in den Busen gab und die dunklen Brustwarzen kaum verhüllte. Seine rechte Hand spürte der geschwungenen Linie des Dekolletés nach, fuhr in die Spalte zwischen ihren Brüsten und öffnete die Schleife der Miederschnur. Er ließ die Corsage nur wenig auseinandergleiten, denn er liebte den Anblick ihrer bloßen Brüste, wenn die Corsage sie noch umgab, aber nicht mehr verhüllte.

«Schön wie reife Früchte», murmelte er lächelnd und umkreiste die Brustspitzen mit dem Finger der rechten Hand. Marguerite atmete heftig, das Gefühl des kühlen Leders auf ihrem bloßen Busen war einmalig und sehr aufreizend. Sie schob ihm ihre Brüste entgegen und stöhnte leise.

«Mehr, chéri, mehr …»

Er nahm den ausgezogenen Lederhandschuh und fuhr damit schmeichelnd um ihren Busen, umkreiste jede Brust mit weichen Bewegungen und gab ihr dann spielerisch einen leichten Klaps auf die rechte Brustwarze. Marguerite zuckte leicht zusammen und sog die Luft ein.

«Oh, chéri …», stöhnte sie.

Er hatte gewusst, dass sie es mögen würde. Marguerite war eine anspruchsvolle Liebhaberin, die gern auf immer neue Weise gereizt werden wollte. Er fuhr fort, ihr mit dem ledernen Handschuh zärtliche Schläge auf die fest zusammengezogenen Brustspitzen zu geben, und sie keuchte vor Lust. Immer dichter prasselten die Liebesreize auf ihre vorgestreckten Brüste, fühlten sich an wie ein prickelnder Sturzregen aus winzigen, spitzen, aufreizenden Berührungen, ein Ungewitter aus heißen ungestümen Händen und leidenschaftlich glühenden Lippen. Sie wand sich vor Genuss, warf keuchend den Kopf zurück und bewegte ihren Oberkörper genießerisch hin und her. Als er endlich den Handschuh sinken ließ, liebkoste er ihren schwellenden Busen mit den Händen und küsste die gereizten Nippel mit großer Zärtlichkeit. Marguerite atmete rasch und stöhnte noch immer vor Vergnügen.

«Komm, meine süße Gespielin …»

Er ließ ihr etwas Zeit, um wieder zur Ruhe zu kommen, und trat dann hinter sie, um sie vor den großen Kristallspiegel zu schieben.

«Man kommt, Roger», flüsterte sie. «Ich habe die Türglocke gehört. Mon dieu – ich muss die Gäste empfangen ...»

«Aber nein, meine kleine Gazelle», wehrte er ab und schloss die Hände um ihre Brüste. «Du gehörst noch für fünf Minuten mir ...»

Sie spürte seine Erregung durch seine Kleider hindurch und war viel zu neugierig auf seine weiteren Einfälle, um sich jetzt schon von ihm zu trennen. Er zog nun auch den anderen Handschuh an und betrachtete fasziniert ihr Spiegelbild. Ihre nackten Brüste standen rosig und voll in der fast ganz geöffneten Corsage, und der wenige Stoff, der sie noch an einigen Stellen bedeckte, machte ihre Schönheit nur aufreizender. Er löste ihr den Unterrock und ließ ihn hinabgleiten, um das Dreieck ihrer Scham zu enthüllen. Ihre Schenkel waren voll und weich, er strich mit der behandschuhten Hand an den Innenseiten entlang, und sie verfolgte seine Bewegungen mit halbgeschlossenen Augen im Spiegel. Sie hatte das Schamhaar rasiert, und die Spalte war auf dem weichen Schamhügel wie ein leichter Schatten zu erkennen. Er presste seinen Unterleib mit dem geschwollenen Glied gegen ihren Po, suchte ihre Pospalte und drückte den Penis ein wenig hinein, um ihn zu reizen. Sie erwiderte den Druck und bewegte das Gesäß lustvoll hin und her, sodass sein Blut in Wallung geriet und er schon fürchtete, sich nicht mehr beherrschen zu können.

Sie verfolgte mit den Augen seine Bewegungen im Spiegel und verspürte dabei doppelten Genuss. Seine rechte Hand schob sich über ihren Bauch, und sie zitterte vor Erregung, als sie das kühle Leder des Handschuhs auf ihrer Bauchdecke spürte. Seine Finger kraulten zärtlich ihren Nabel, strichen über ihre Hüften, massierten ihre Lenden mit kräftigen, streichelnden Bewegungen. Sie sah im Spiegel, wie die braunledernen Hände sich zentimeterweise an ihr hinabarbeiteten, den Nabel umkreisten, die

Hüften liebkosten und dann verschwanden, um ihre beiden Pobacken zu umschließen und so fest zu massieren, dass ihre Brüste dabei bebten. Dann glitten die dunklen, glatten Hände wieder über ihre Hüften, strichen zart wie Federn über ihre Lenden und berührten den Schamhügel. Sie ließ ein wonnevolles Stöhnen hören und bäumte sich seinen Händen entgegen.

Er küsste ihre bloßen Schultern, ließ seine heiße Zunge über ihren Nacken gleiten, und sie konnte im Spiegel sehen, wie er ihren Hals mit kleinen Liebesbissen bedeckte. Doch seine Hände lagen immer noch leicht – und ohne sich zu regen – auf ihrer Scham, als wollte er diese Stelle vor ihren Blicken im Spiegel verbergen. Sie schob ihren Unterkörper ein wenig vor, wiegte sich in den Hüften, kam seinen Händen entgegen. Doch immer noch ließ er sie warten. Er leckte ihr Ohrläppchen und grub seine Zunge in ihre Ohrmuschel, sodass sie leise aufschrie.

«Roger … erlöse mich …», drängte sie sehnsüchtig.

Sie sah im Spiegel, dass er lächelte, und spürte die winzige Bewegung seines Zeigefingers, mit dem er jetzt die dunkle Spalte ihres Schamhügels leise berührte. Sie stöhnte auf und zitterte vor Ungeduld.

Das glatte dunkelbraune Leder strich jetzt zart über ihren schwellenden Hügel – leicht wie eine Flaumfeder war die Berührung und ließ sie doch erbeben. Er tupfte mit den Fingern auf die kleine Spalte, ohne in sie einzudringen, und kraulte sie voller Zärtlichkeit, streichelte außen an ihr entlang und drang ein Stück zwischen ihre Schenkel ein, um sich gleich wieder zurückzuziehen. Das dunkle Leder an seinem Finger glänzte von ihrer Feuchte, und sie spürte, dass ihre Schenkel an den Innenseiten benetzt waren.

«Zeig mir deine süße Höhle, meine brünstige Freundin. Lass sie mich sehen. Hier im Spiegel will ich sie sehen.»

Seufzend vor Erregung öffnete sie ihre Schenkel, stützte

einen Fuß auf einen kleinen Sessel auf und bot sich ihm mit gespreizten Beinen dar. Sie sah die dunkle Hand, die sich langsam zwischen ihre Beine schob und die vielen kleinen Geheimnisse ihres Lustzentrums ertastete. Weich und glatt schob sich die Hand in die Spalte, erregte dort die empfindliche Stelle, und heiße Wellen strömten durch ihren Körper, sodass sie sich keuchend gegen ihn lehnte. Er fand die hartgeschwollene Perle, reizte sie weiter mit sanftem Reiben, verließ sie wieder, um zu ihrer Öffnung zu gleiten und sie mit kreisenden Bewegungen zu erregen. Marguerite spürte, wie die Wellen der Lust sie durchfluteten, und konnte dabei die Augen nicht von dem Spiegel wenden, in dem sie das Spiel von Rogers Händen auf ihrem Körper genau verfolgen konnte. Sie sah, wie er seine Hände schmeichelnd über ihre Schenkel gleiten ließ, ihren Bauch liebkosend massierte und sich dann wieder ihrer Scham näherte, um sie mit seinen kundigen behandschuhten Fingern zart zu streicheln. Er begann nun fester zu reiben, glitt immer wieder mit dem Finger in ihre Öffnung, reizte ihre Klitoris mit sanften Stößen, und sie spürte, dass auch er kaum noch warten konnte. Als sie sich in der höchsten Ekstase stöhnend zurücklehnte, griff er ihre Schenkel mit beiden Händen, und sie hörte sein lustvolles Keuchen.

«Mon dieu», sagte sie nach einigen Sekunden der Erschöpfung. «Du warst wundervoll, mein kleiner Roger.»

«Immer zu deinen Diensten, meine süße Marguerite», erwiderte er und ließ ihre Schultern los.

Während Marguerite von ihrer Kammerzofe wieder angekleidet wurde, begab sich Roger auf die Seite, um seine Kleider zu richten. Danach ging er hinunter, um Marguerites «Salon» beizuwohnen.

Kompliment, meine Liebe. Euer neuer Schützling ist ganz bezaubernd.»

Marguerite de Fador neigte lächelnd das Haupt und fächelte sich Luft zu, denn es war stickig im Raum. Dichtgedrängt saßen die Gäste ihres «Salons» auf kleinen Stühlen und Hockern, die Roben der Damen bauschten sich in der Enge, auf den mit Spitzen umrandeten Dekolletés hatten sich kleine Schweißperlchen gebildet. Der Chevalier de Boudard, ein untersetzter junger Mann mit weichen Gesichtszügen und vollen Lippen, die permanent zu lächeln schienen, beugte sich zu Marguerite hinab und flüsterte: «Augen wie ein klarer Bergsee. Man möchte darin ertrinken, wenn sie einen anschaut. Ein ganz exquisites Wesen.»

«Aber, aber, lieber Charles. Meine kleine Schülerin hat noch viel zu lernen. Erzählt mir lieber von Eurer Nichte Louise.»

«Nun – sie besitzt nach wie vor das Herz des Königs. Wie ihr wisst, hat sie ihm einen Sohn geboren, und der König ist ganz vernarrt in das Kind.»

«Bestellt ihr meine allerherzlichsten Grüße, lieber Freund. Es wäre mir eine große Freude, Louise de La Vallière hier in meinem Salon zu empfangen.»

«Gewiss», meinte er höflich. «Zumal dieser Salon seit einigen Wochen über eine neue Attraktion verfügt.»

De Boudard blickte wieder zu der jungen Frau hinüber, die ihm gegenüber auf einem Schemel saß und mit einem der Kavaliere plauderte. Man hatte das Mädchen als Jeanne du Champs vorgestellt, über ihre Herkunft war bisher nur recht wenig zu erfahren gewesen. Zu seinem Leidwesen hatte sie ihn bisher kaum beachtet.

Ein Diener nahm die Aufmerksamkeit der Gastgeberin in Anspruch. Er wisperte ihr einige Worte zu, und Marguerite klatschte in die Hände.

«Mesdames und Messieurs – ich habe die große Ehre und das besondere Vergnügen, unseren Gast anzukündigen, der soeben angekommen ist und darauf brennt, in diesem Kreise eine weitere Probe seiner hohen Kunst zu geben.»

Aller Augen richteten sich auf die hohen weißen Türflügel, die nun geöffnet wurden und einen Mann mittleren Alters einließen. Er war weniger reichgekleidet als die übrigen Herren, sein Gesicht war schmal, die Nase groß, die Lippen hatten einen sinnlichen Schwung. Seine dunklen Augen unter den buschigen Brauen ergriffen sofort Besitz von allen Gästen des Salons. Er grüßte mit leichter Verbeugung in die erlauchte Runde und begab sich dann zu Marguerite, um ihr seine Aufwartung zu machen.

«M. Molière wird uns einige Szenen aus einer seiner neuesten Komödien vortragen, die bei Hofe außerordentlich geschätzt wurde», kündigte Marguerite an.

Man hörte erstauntes «Ah» und «Oh» aus den Reihen der Damen, die ihre Fächer in Tätigkeit setzten und den glutäugigen Dichter mit schmachtenden Blicken bedachten. Es gab jedoch auch verschlossene Gesichter, denn es war bekannt, dass der Komödienschreiber sich gern über den Adel und die Höflinge mokierte, um dem König Vergnügen zu bereiten.

Jeanne beobachtete fasziniert, wie der Gast sich veränderte, kaum dass er seinen Vortrag begonnen hatte. Bisher waren ihr die Dichtervorträge im Haus ihrer Gönnerin recht eintönig, einige sogar langweilig vorgekommen. Dieser Mann jedoch war ein Zauberer. Er las nicht – er lebte seine Szenen. Er schlüpfte in seine Figuren hinein, wechselte die Rollen, redete mal mit hoher Stimme, mal tief, grinste, kicherte, donnerte, wisperte, bewegte die Arme und sprang gar zwischen den atemlosen Zuhörern umher. Als er seinen Vortrag beendet hatte, schien ein

Bann zu brechen, und sogar diejenigen, die vorher skeptische Mienen zur Schau gestellt hatten, spendeten begeistert Beifall.

Was für eine Gabe, dachte Jeanne.

Man umringte Molière, redete auf ihn ein, machte ihm schöne Komplimente, und jede der Damen war stolz darauf, einige Worte aus seinem Munde an sich gerichtet zu hören. Auch Jeanne hätte ihm gern gesagt, wie sehr es ihr gefallen hatte, doch die begeisterten Damen und Herren umgaben ihn so hartnäckig, dass kein Durchkommen zu ihm war. Resigniert blieb sie auf ihrem Hocker sitzen und beobachtete das Treiben aus der Entfernung. Wie lächerlich doch einige dieser adeligen Herren waren. Dem einen war bei einer ungeschickten Bewegung die Allonge-Perücke verrutscht, sodass für einen Augenblick der kahlgeschorene Schädel zu sehen war. Ein anderer bohrte beständig mit einem Stäbchen in den Zähnen herum. Auch die Damen waren keineswegs alle so schön und perfekt gekleidet, wie sie es zunächst erwartet hatte. Einige waren unförmig dick, andere ungeschickt angezogen und mit Spitzen und Juwelen überladen. Alle aber waren im Gesicht und auf dem Dekolleté weißgepudert und trugen merkwürdige Schönheitspflästerchen.

«Nun, Mademoiselle? So ernst? Denkt Ihr über die Schlechtigkeiten dieser Welt nach?»

Der Sprecher war der Duc de Gironde, ein Mann um die vierzig, der im Salon wegen seiner kühlen, überlegenen Art gefürchtet war. Es hieß, er habe bei Hofe etliche seiner Feinde mit nur einer einzigen, scharfzüngigen Bemerkung so bloßgestellt, dass sie ihm fortan ängstlich aus dem Weg gingen. Er hatte Jeanne von Anfang an aufmerksam beobachtet und sie hin und wieder angesprochen.

«O nein, Euer Gnaden», antwortete sie lächelnd. «Ich habe vielmehr darüber nachgedacht, wie es möglich ist, dass ein einziger Mensch solche Macht über andere haben kann.»

Er sah lächelnd auf sie hinab.

«Ihr sprecht von Molière? Nehmt ihn nicht zu wichtig, Mademoiselle. Ein Komödiant, nichts weiter. Wirkliche Macht geht nicht von ihm aus.»

«Aber alle waren wie gebannt von seinem Vortrag», wandte sie ein.

In seinen Augen war nicht abzulesen, was er dachte.

«Für eine halbe Stunde – ja. Wenn Ihr ein wenig älter seid, Mademoiselle, werdet Ihr feststellen, dass hinter wirklicher Macht immer der unbeugsame Wille steht, die Welt nach eigenen Vorstellungen zu ordnen.»

Sie interessierte sich herzlich wenig für dieses Thema, jedoch hatte Marguerite sie gelehrt, auch in einem solchen Fall eine geistreiche Antwort zu finden.

«Somit genügt es nicht, Menschen faszinieren zu können? Man muss damit auch einen Plan verfolgen?»

«Kluges Kind», sagte er. «Ich werde mich bei Gelegenheit nach deinem Plan erkundigen, kleine Jeanne.»

«Nach was für einem Plan?», wunderte sie sich.

Doch Roger de Gironde war zu Marguerite getreten, die ihm mit einem kleinen Lächeln entgegenging. Gleich darauf waren sie in ein Gespräch vertieft, und Jeanne hatte den Eindruck, dass beide sich außerordentlich gut miteinander verstanden. Den Rest des Abends langweilte sich Jeanne. Die jüngeren Damen beachteten sie nicht, dafür fielen einige der älteren Damen mit mütterlicher Fürsorge über «Marguerites neuen Schützling» her und versorgten sie mit den neuesten Klatschgeschichten. Schlimmer noch waren die Herren, die allesamt großes Vergnügen daran hatten, sie in ein bedeutungsloses Gespräch zu ziehen, ihr alberne Komplimente zu machen und – wenn möglich – ihre Hand, ihren Fuß oder gar ihr Knie zu streicheln.

Am Abend lag sie mit offenen Augen auf ihrem Lager und schaute in den Betthimmel, der ein kunstvolles Ensemble aus gerafften Brokatstoffen, Goldfransen und Bändern war. Immer noch war sie von den Herrlichkeiten dieses Stadthauses am Ufer der Seine überwältigt. Gegen diese Zimmerfluchten, in denen sich reich ausgestattete Salons aneinanderreihten, wirkte das trutzige Schloss in der Normandie, das sie noch vor Wochen so ehrfürchtig bewundert hatte, schlicht und plump. Wenn sie tagsüber einige freie Minuten hatte, blieb sie immer wieder stehen, um eine eingelegte Kommode zu bewundern, einen kunstvoll verzierten Kamin oder die goldenen Stuckarbeiten an den Wänden, aus denen ihr kleine Engelsgesichter oder die Gestalten mythologischer Sagen entgegensahen. Ach – und erst all die feingewebten, glänzenden Stoffe, die überall in den Räumen auf phantastische Weise gerafft und drapiert waren. Wie musste es erst in den Schlössern des Königs aussehen, wenn schon ein Stadthaus wie dieses so überaus reich ausgestattet war?

Madame de Fador war streng zu ihr, und nach wie vor konnte Jeanne diese Frau nicht besonders gut leiden. Dennoch ließ sie sich bereitwillig in allem unterweisen, das ihre Gönnerin für wichtig hielt.

In den Nächten fühlte sie sich unsagbar einsam. Nadine hatte sich getäuscht – er kam nicht. Still lag sie in ihrem Bett, starrte auf das Spiel des Kerzenscheins auf den Stuckornamenten des Kamins und wartete auf den Schlaf. Sie hatte sich verboten, an Christian zu denken. Doch wenn sie im Reich der Träume war, waren alle Verbote nichtig. Dann war er ihr so nah, dass sie im Schlaf stöhnte und leise seinen Namen rief.

Die Gefährten hatten ihn bewusstlos im Wald gefunden – sein Pferd, das reiterlos umherlief, hatte ihnen den Weg gewiesen. Reglos lag er auf dem Rücken, die Augen geschlossen, Blut lief aus einer Wunde an der Stirn. Im ersten Augenblick hatten sie geglaubt, es sei mit ihm zu Ende. Claude hatte sich bekreuzigt und geflüstert, dass er es ja vorausgesehen habe. Als sie dann feststellten, dass Christian nur bewusstlos war, hatte René den Leblosen auf sein Pferd gehoben und war mit ihm zum Schloss geritten.

Wochen vergingen – Christian lag zu Bett, sein Kopf dröhnte, die Ohren sausten, sein ganzer Körper schmerzte. Ein breiter Ast hatte ihn vom Pferd gefegt. Bei dem Sturz hatte er sich mehrere Prellungen zugezogen, gebrochen war zum Glück nichts. Doch der gewaltige Schlag gegen den Schädel hatte seinen Hirnkasten ziemlich durcheinandergewirbelt. Tagelang konnte er sich nicht einmal im Bett aufsetzen, ohne dass das Zimmer um ihn kreiste.

«Unkraut vergeht nicht», tröstete ihn René, der Tag und Nacht an seinem Krankenlager saß. «Jeden anderen hätte dieser Ast unweigerlich ins Jenseits befördert. Aber dein harter Schädel hat nur ein paar kleine Dellen abbekommen.»

Christian, der eine kalte Kompresse auf der Stirn hatte, verzog das Gesicht zu einem mühsamen Grinsen.

«Vielen Dank. Das, was du ‹kleine Dellen› nennst, reicht mir fürs Erste. Zum Teufel mit diesem verdammten Ast.»

«Zum Teufel mit deinem Übereifer», knurrte René, der es trotz aller Sorge um Christian nicht lassen konnte, loszupoltern. «Nur ein kompletter Idiot reitet im Galopp durch dieses Dickicht. Was hast du dir dabei gedacht? Dass die Bäume zwei Schritte zurücktreten, wenn du vorbeikommst?»

«Ach was», brummte Christian und schloss die Augen, weil René das feuchte Tuch von seiner Stirn nahm und es durch ein frisches ersetzte. Maria hatte alle ihre Künste aufgeboten, um den jungen Herrn wieder gesund zu machen. Doch wirklich heilen konnten ihn nur absolute Ruhe und der gemächliche Lauf der Zeit.

In den Nächten dämmerte er vor sich hin, während René neben ihm auf einem improvisierten Lager kräftig schnarchte. Immer wieder kreisten Christians Gedanken und Träume um zwei Pole, die sich nicht miteinander vereinbaren lassen wollten. Der eine war das Vermächtnis seines Vaters: die glänzende Karriere am Hof des Königs. Die Vollendung dessen, was sein Vater einmal begonnen hatte. Es wurde ihm immer deutlicher, dass er diesem Auftrag nicht entkommen würde.

Der andere Pol war Jeanne. Die süße, verführerische Wildkatze, die er fast gezähmt und dann doch wieder verloren hatte. Jeanne, die während der vergangenen Tage sein ganzes Denken und Fühlen vereinnahmt hatte. Tausend Erinnerungen an sie durchzogen sein Hirn, abertausend Bilder tauchten vor ihm auf. Jeanne, die ihn wütend anblitzte und das Schloss hocherhobenen Hauptes verlassen wollte, Jeanne, die sich ihm im Dämmerlicht der Bibliothek so bereitwillig hingab, Jeanne, die ihm atemlos zuhörte, wenn er ihr Geschichten erzählte. Sie stand ihm vor Augen, wie sie fast nackt in seinen Armen gelegen hatte, und er meinte ihre Lippen zu spüren, ihr Haar zu riechen, ihr Herz schlagen zu hören.

Er hatte sie gehen lassen. Warum? Ein Wort hätte genügt, sie zurückzuhalten. Aber dieses Wort hatte er nicht über die Lippen gebracht. Stolz und Starrsinn hatten ihn daran gehindert, sie zu bitten. Stattdessen hatte er ihr Befehle erteilt und ihr gedroht.

Ja – den Schlag vor den Kopf hatte er sich redlich verdient. Er war nötig gewesen, damit die Dinge in seinem Hirn wieder in die rechte Reihenfolge kamen.

Er würde sich seine Jeanne zurückholen. Und zugleich auch den Willen seines Vaters erfüllen.

Er erholte sich merklich rascher, nachdem er diesen Entschluss gefasst hatte. Schon am folgenden Tag ließ er sich Feder und Papier bringen und schrieb, im Bett sitzend, einen ersten Brief.

Geliebte kleine Wildkatze,
da du inzwischen das Lesen gelernt hast, will ich der Erste sein, von dem du einen Brief erhältst. Ich hoffe sehr, dass du dich gut befindest in dem großen lärmenden Paris. Ohne Zweifel hat meine Freundin Marguerite dich liebevoll in ihrem Hause aufgenommen, und deine Tage sind mit vielen neuen und aufregenden Tätigkeiten ausgefüllt. Dennoch gebe ich mich der Hoffnung hin, dass du mich noch nicht völlig vergessen hast. Das Schicksal hat es inzwischen gut mit mir gemeint und mir einen festen Schlag verpasst, der mich zwar für einige Wochen ans Bett gefesselt, mir aber ansonsten die Augen geöffnet hat. Ich habe viel Zeit, nachzudenken, kleine Jeanne, und ich gebe zu, dass du keinen geringen Anteil an meinen Gedanken hast.

Sobald es mir bessergeht, werde ich nach Paris reisen, denn ich bin ungeduldig, dich wieder in meine Arme zu schließen. Ich küsse deine Hände und deine Schultern, streiche deine süßen Brüste und berühre dich überall dort, wo du es dir wünschst.

Sei mir treu, meine Jeanne, denn ich liebe dich.
Christian

»Drei Schritte ... und die Drehung ... nein, bitte zur anderen Seite, Mademoiselle. Und noch einmal von vorn. Et un, et deux, et trois ...«

Der kleine Tanzmeister schwitzte unter seiner Perücke und betupfte sich mit dem parfümierten Taschentuch die Stirn. Dann sprang er wieder vor, nahm Jeanne zierlich am Arm und vollführte die Tanzbewegung mit ihr zusammen. Was für eine kleine Grazie sie war. Welch ein Gang! Wie stolz sie das Köpfchen trug. Wie zierlich sie die Arme zu bewegen wusste. Es war geradezu ein Vergnügen, Mademoiselle Jeanne zu unterrichten. Ganz anders als die Plackerei mit diesen unmusikalischen Trampeltieren in manchen adeligen Familien, die seine Dienste als Tanzlehrer ihrer Töchter in Anspruch nahmen.

Marguerite beobachtete die Tanzstunde ihres Schützlings mit kritischen Augen. Sie hatte einige Kleider für die Kleine anfertigen lassen, die vor allem dazu dienen sollten, ihre körperlichen Vorzüge zur Geltung zu bringen. Das Dekolleté war offenherzig, um Einblick in ihren Busen zu geben, die Taille enggeschnürt, die Farben passend zu ihrem dunklen Haar gewählt. Gelb und Rosé standen ihr hervorragend, auch Weiß konnte sie tragen, sehr gut auch ein dunkles Rot. Nun – die Anschaffung lohnte sich, denn die kleine Schülerin trug die neuen Kleider mit einer Grazie, die einer Königin würdig gewesen wäre. Fast schien es Marguerite, als trüge sie den Kopf ein wenig zu hoch. Aber das würde ihr ohne Zweifel bald ausgetrieben werden.

Sie wartete, bis der Tanzlehrer die Lektion beendet hatte, und winkte Jeanne zu sich heran.

«Du machst das sehr gut», lobte sie. «Noch ein paar Stunden, und du bist perfekt.»

Jeanne glühte vor Eifer und war traurig, schon mit der Lektion aufhören zu müssen.

«Ich glaube, das Tanzen liegt mir im Blut», meinte sie. «Ich wünschte mir eigentlich, dass man richtig springen und herumwirbeln dürfte – anstatt immer nur diese langweiligen Schritte und Drehungen zu vollführen.»

Marguerite lächelte nachsichtig. Das Mädel hatte trotz allem immer noch sehr viel dörfliche Naivität und war mit ihren Äußerungen sehr direkt. Daran musste noch gearbeitet werden.

«Der höfische Tanz, liebe Jeanne, hat seine Regeln. Und die musst du beherzigen, wenn du eine Dame werden willst. Setz dich hier neben mich, ich habe mit dir zu reden.»

Jeanne gehorchte, obwohl sie diese Gespräche wenig liebte. Sie war Marguerite wirklich dankbar für alles, was sie in ihrem Hause lernen durfte. Aber sie hatte trotz allem Bemühen bisher keinerlei Sympathie für ihre Gönnerin aufbringen können. Solche Gespräche, wie Marguerite sie jetzt führen wollte, waren normalerweise eine Serie von Anweisungen, die Jeanne widerspruchslos auszuführen hatte.

Sie täuschte sich auch dieses Mal nicht.

«Ich sehe, dass du sehr häufig und gern das Gespräch suchst, wenn wir Gäste haben», begann Marguerite. «Das ist begrüßenswert, denn niemand mag sich mit einer jungen Dame beschäftigen, die düster und schweigsam in einer Ecke sitzt. Allerdings …»

Marguerite hob leise den Zeigefinger der rechten Hand, eine Geste, die anzeigte, dass sie jetzt besondere Aufmerksamkeit wünschte.

«… allerdings wünsche ich ab jetzt, dass du dir deine Gesprächspartner sorgfältig auswählst. Es hat wenig Sinn, seine Zeit mit unbedeutenden Menschen zu vergeuden – anstatt mit demjenigen zu sprechen, der von Wichtigkeit ist.»

Jeanne verstand zwar nicht ganz, was Marguerite damit meinte, doch sie nickte gehorsam. Während der letzten Tage war ihr immer deutlicher geworden, dass Marguerite selten etwas tat, das nicht wohlbedacht auf ein Ziel ausgerichtet war. Vielleicht hatte die kurze Unterredung mit dem Marquis de Gironde ihren Blick für diese Dinge geschärft. Es ging um Macht, die über andere Menschen ausgeübt werden konnte. Nicht, indem man herrische Befehle gab, sondern auf eine ganz andere, subtilere Weise …

«Vor allem wünsche ich, dass du dich ab jetzt häufiger dem Chevalier de Boudard widmest. Du kennst ihn, nicht wahr?»

«Der Mann mit der toupierten Perücke und dem angewachsenen Lächeln? Ja, den kenne ich.»

Marguerite hob unzufrieden die Augenbrauen.

«Solche Kommentare unterlässt du besser. Du wirst gleich heute Abend ein längeres Gespräch mit ihm führen und dich keinesfalls lächerlich benehmen, falls er dir eine Freundlichkeit erweist. Du weißt, was ich meine?»

Jeanne errötete. Der Chevalier de Boudard hatte ihr vor einigen Tagen die Hand geküsst und mit der anderen Hand versucht, ihr Bein unter dem weiten Rock zu ertasten. Sie hatte ihm daraufhin so heftig auf den Fuß getreten, dass sich die goldfarbige Schnalle von seinem Schuh löste.

«Aber … er hat kein Recht …», stammelte sie erschrocken.

«Mein liebes Kind. Es ist absolut unnötig, sich wie eine prüde alte Jungfer zu benehmen. Er wird dich schon nicht fressen, oder befürchtest du das?»

«Nein, aber …»

Marguerite hob den Kopf, zum Zeichen, dass das Gespräch beendet war.

«Wir haben uns also verstanden?»

Jeanne zögerte. Was sie gehört hatte, gefiel ihr sehr wenig. Dennoch nickte sie.

«Sehr schön», meinte Marguerite und schenkte ihr ein Lächeln.

«Ich denke, dass du dich meines Vertrauens würdig erweisen wirst, liebe Jeanne.»

«Ich werde mich bemühen, Madame.»

Jeanne erhob sich eilig und lief davon. Marguerite blieb noch einen Moment lang sitzen und dachte nach. Sie war heute ungehalten, die Morgenpost hatte ihr die Laune verdorben. Nach langen Wochen des Schweigens war endlich Nachricht von Christian gekommen. Ein Reitunfall – ihr klopfte immer noch das Herz vor Schreck. Er hätte tot sein können, der dumme Junge. Und alles nur wegen dieses Mädchens.

Er hatte nur wenige höfliche Zeilen an sie, Marguerite, gerichtet.

Meine liebe Freundin,
durch einen unglücklichen Reitunfall war ich während der vergangenen Wochen nicht in der Lage, Euch eine Nachricht zukommen zu lassen. Indes werde ich bald wiederhergestellt sein und so bald wie möglich nach Paris reisen.

Ich bin Euch sehr verbunden für Eure Bemühungen um Jeanne, denn ich bin davon überzeugt, dass ich meine Ziele nur erreichen werde, wenn sie an meiner Seite ist. Jeanne ist fest in meine Zukunftspläne eingeschlossen, und ich empfehle sie bis zu meiner Ankunft Eurer großmütigen und weitblickenden Fürsorge.

Ich bitte Euch, ihr das beiliegende Schreiben zu übergeben.

Seien Sie, Madame, meiner immerwährenden Zuneigung und Dankbarkeit versichert.

Christian de Saumurat

Marguerite lächelte. Manchmal war der arme Christian doch fürchterlich naiv. Glaubte er wirklich, sie würde den postillion d'amour für ihn spielen? Sie hatte das Siegel erbrochen und den Brief an Jeanne mit wachsendem Unmut gelesen. Welche Verschwendung von Zuneigung und Zärtlichkeit an dieses Bauernmädel.

Nun – er würde nach Paris reisen, sobald er wiederhergestellt war. Darauf kam es an.

Man musste behutsam vorgehen. Die Flammen einer Leidenschaft zu töten war keine große Kunst. Das Feuer einer Liebe hingegen war schwerer zu ersticken. Selten gelang es beim ersten Versuch – aber Marguerite de Fador verfügte über viel Erfahrung und große Beharrlichkeit.

Sie legte das Schreiben, das an sie selbst gerichtet war, sorgfältig in ein Fach ihres Schreibtischs. Den Brief an Jeanne zerriss sie in kleine Stücke und warf sie in den Kamin.

Nadine trug ein bezauberndes Kleid aus gestreiftem Stoff mit Spitzen an Ausschnitt und Ärmeln, dazu eine kleidsame Spitzenhaube, die ihrem schmalen Gesicht einen Ausdruck von Lieblichkeit gab.

«Der Chevalier de Boudard? Oh, ich erinnere mich, Mademoiselle. Dieser untersetzte Mensch mit der aufgebauschten Perücke. Er lässt keine Gelegenheit aus, den weiblichen Bediensteten nachzustellen.»

Die kleine Nadine war eifrig beschäftigt, Jeannes Frisur für die Nacht aufzulösen. Sorgfältig band sie alle Schleifen auf, hängte sie über den Spiegel, zog die Haarnadeln heraus und kämmte die befreiten Locken. Dann half sie Jeanne, das Kleid abzulegen und das Korsett aufzuschnüren. Jeanne hasste dieses steife, lästige Kleidungsstück, das sie bisher nicht gekannt hatte und das sie daran hinderte, sich frei zu bewegen. Als sie es endlich vom Körper hatte, massierte Nadine ihren Oberkörper, ihre Taille und Hüften mit einem wohlriechenden Öl. Sie tat dies voller Hingabe, bearbeitete Jeannes Brüste mit weichen, kreisenden Bewegungen, massierte ihren Bauch und ihre Hüften und strich mit den Händen so lange über ihren Rücken, bis auch das letzte Öltröpfchen einmassiert war. Jeanne spürte dabei eine seltsam wohlige, prickelnde Erregung, die sie ein wenig irritierte, die ihr aber sehr gefiel. Nadine war mehr als eine Kammerzofe, sie war eine zärtliche, verständnisvolle Begleiterin, die immer bereit war, ihr zuzuhören und Trost und Rat zu spenden.

«Du sagst es, Nadine. Er ist widerlich. Was ist Besonderes an ihm, dass Madame de Fador so große Stücke auf ihn hält?»

«Das kann ich Euch erklären, Mademoiselle. Der Chevalier de Boudard ist ein naher Verwandter von Louise de La Vallière.»

Jeanne zog die Stirn in Falten. Eine schier unendliche Zahl von Namen und Titeln war in letzter Zeit auf sie eingestürzt, und Marguerite legte viel Wert darauf, dass sie alle im Kopf behielt.

«Louise de La Vallière? Ist sie nicht die Geliebte des Königs?»

«Ganz recht, Mademoiselle. Sie ist nach der Königin die erste Frau bei Hofe.»

Jeanne schüttelte den Kopf. Natürlich hatte sie davon gehört, dass der König eine Mätresse hatte, die er öffentlich zeigte und der die Höflinge alle Ehren erwiesen. Was für eine Kränkung für die arme Königin.

«Wenn die La Vallière ebenso hässlich ist wie der Chevalier, dann wird sie nicht lange die Geliebte des Königs bleiben», meinte Jeanne abfällig.

Nadine lächelte ein wenig nachsichtig, die Gespräche unter der Dienerschaft hatten ihr über viele Dinge gründlich die Augen geöffnet.

«Louise de La Vallière hat das Ohr des Königs, Mademoiselle. Und sie schätzt den Chevalier sehr. Versteht Ihr nun?»

Jeanne verstand. Der Chevalier war deshalb so wichtig, weil man über ihn zum König gelangen konnte. Es ging wieder einmal darum, Macht auszuüben. Wie ihr das zuwider war!

«Was habe ich damit zu tun? Wieso muss gerade ich besonders freundlich zu diesem Menschen sein? Soll doch Mme de Fador liebenswürdig zu ihm sein …»

Nadine wurde ernst. Behutsam zog sie Jeanne das Nachtgewand über, strich es über ihrer Brust zurecht und knüpfte die Bänder zu.

«Ich fürchte, Ihr habt ihm gefallen, Mademoiselle.»

«Aber er gefällt mir nicht!», schimpfte Jeanne und stieg ins Bett. «Soll er sich doch zum Teufel scheren, dieser Lüstling! Das nächste Mal trete ich ihm nicht nur auf den Fuß, sondern ich verpasse ihm einen saftigen Tritt in den Allerwertesten.»

«Was auch immer geschieht», sagte Nadine ernsthaft und sah Jeanne mit ihren großen blauen Augen an. «Ich möchte bei Euch bleiben, Mademoiselle.»

Überrascht sah Jeanne sie an, dann lachte sie fröhlich.

«Aber natürlich, Nadine. Ich käme niemals auf die Idee, mich von dir zu trennen. Wir beide gehören doch zusammen.»

Nadine errötete vor Freude und wünschte ihrer Herrin eine gute Nacht.

Jeanne streckte sich wohlig in ihrem Bett aus – endlich war sie von diesem scheußlichen Korsett befreit und konnte die Glieder nach Herzenslust recken und dehnen. Eine Weile grübelte sie über Nadines seltsame Reaktion nach. Was meinte sie damit, dass sie auf jeden Fall bei ihr bleiben wollte? Gab es denn einen Anlass, daran zu zweifeln? Hatte Marguerite vielleicht gar vor, Nadine fortzuschicken?

Der Gedanke gefiel ihr nicht. Jetzt erst wurde ihr klar, wie sehr Nadines zärtliche Hingabe ihr über die Einsamkeit der vergangenen Wochen hinweggeholfen hatte. Marguerite war eine bewundernswerte Frau, eine große Persönlichkeit, die Menschen mit Klugheit und Charme bezaubern konnte. Dennoch spürte Jeanne hinter all ihrer Liebenswürdigkeit eine merkwürdige Kälte, die sie oft genug erschauern ließ. Ja, ohne die abendlichen vertrauten Gespräche mit der kleinen Nadine, ohne ihre Wärme und ihre sanften, liebevollen Hände hätte sie die letzten Wochen in diesem Haus nicht überstanden.

Ich lasse nicht zu, dass man sie fortschickt, dachte sie.

Sie rekelte sich und blinzelte in das weiche Dämmerlicht des Zimmers. Nadine hatte eine Kerze auf dem Kaminsims brennen lassen, die in einem matten Luftzug hin und her flackerte. Das Licht ließ die goldene Stuckumrandung des Kamins aufblitzen, Schatten bewegten sich, Blütenornamente, Figuren und Gesichter wurden lebendig. Jeanne hatte sich an diese Erscheinung gewöhnt und liebte sie inzwischen. Besonders die Figur eines jungen griechischen Gottes hatte es ihr angetan. Er lag lässig ausgestreckt auf einem Lager, den Oberkörper aufgestützt, ein Bein leicht angewinkelt, und sah zu ihr hinüber. Manchmal glaubte sie, er blinzle ihr zu und winke mit der Hand. Dann wieder ertappte sie sich bei dem Wunsch, er möge sich von seinem Lager erheben und zu ihr hinübergehen. Er war nackt, wie Vater Zeus ihn geschaffen hatte, und so schön, dass Jeanne bei dem Gedanken, er könne sich ihr nähern, der Atem wegblieb.

Heute jedoch drängten sich andere Gestalten in den Vordergrund. Aus einem Pflanzenornament lösten sich seltsame faunartige Wesen, dickbäuchige Zwerge mit schmalen, schrägen Augen, wulstigen Lippen und kleinen Hörnchen im struppigen Haar. Sie krochen über den Kaminsims, ließen sich an den gedrehten Säulchen auf den Boden hinab und näherten sich dem Bett. Jeanne versuchte, die Traumvorstellung abzuschütteln, doch es wollte trotz verzweifelten Bemühens nicht gelingen. Die Faune schienen zu wachsen, während sie zu ihrem Bett hinüberhüpften, bald waren sie so groß wie Kinder, dann wie erwachsene Männer. Sie schrie und zog sich die Bettdecke bis ans Kinn. Im gleichen Moment griff eine harte gekrümmte Hand den Stoff und riss ihn ihr vom Körper. Das Faunwesen stand vor ihr, nackt am ganzen Leib, Brust und Arme mit rötlich braunem Haar bedeckt. Unterhalb des Bauches hing ein übergroßes Gemächt – der unförmige, hochausgefahrene Schwengel stieß gegen ihre Bettkante. Der Faun grinste mit dickem, lüsternem Maul und leckte sich die Lippen.

Eisenharte Arme drückten sie auf das Lager, grobe Hände rissen ihr das Nachthemd in Fetzen. Sie stieß mit den Füßen, sie schrie und tobte ...

«Mademoiselle! So wachen Sie doch auf! Mademoiselle!»

Jemand rüttelte sie, strich ihr das Haar aus der Stirn, schlang die Arme um sie und küsste sie zärtlich auf Mund und Wangen. Sie schlug die Augen auf und erblickte Nadines ängstliches Gesicht, das über sie gebeugt war.

«Ich ... ich habe geträumt», stammelte sie.

«Sie haben ganz schrecklich geschrien. Ist es jetzt wieder gut?»

Jeanne nickte und setzte sich im Bett auf. Drüben am Stuckfries über dem Kamin lugten die Faunsgesichter winzig klein zwischen den Früchten und Pflanzen hervor, so klein, dass man sie kaum wahrnehmen konnte.

«Ich werde frische Luft hereinlassen, Mademoiselle», sagte Nadine, riss die Vorhänge beiseite und öffnete das Fenster. Ein kühler, runder Mond leuchtete einsam im sternlosen Himmel. Jeanne sog die Nachtluft ein, doch der

Traum wollte nicht weichen. Ein beängstigender Traum, grotesk und verwirrend – und doch war sie davon bis unter die Haarspitzen erregt. Sie schämte sich dafür.

«Bring mir Feder und Papier, Nadine», sagte sie, einem plötzlichen Einfall folgend. «Ich werde einen Brief schreiben.»

Nadine blieb erstaunt stehen, dann lächelte sie verstehend.

«Sofort, Mademoiselle. Und keine Sorge. Ich werde ihn selbst der Post geben. Aber ich bitte Euch um einen Gefallen.»

«Welchen?», fragte Jeanne ein wenig überrascht.

Nadine errötete und flüsterte verschämt:

«Schreibt dazu, dass ich René grüßen lasse. Dass ich oft an ihn denke. Werdet Ihr das tun, Mademoiselle?»

Jeanne lächelte vergnügt. Aha – die kleine Nadine war in René verliebt. Wie nett.

«Natürlich werde ich das tun.»

E s ist angespannt, Mademoiselle.»
Jeanne warf sich ein Cape über und eilte die Treppen hinunter. Unten in der Eingangshalle stand der Chevalier de Boudard und bot ihr mit einem Lächeln seinen Arm. Jeanne stellte fest, dass er sich besonders sorgfältig angekleidet hatte. Der hellgrüne Rock, besetzt mit Spitzen, hatte weite Ärmel mit breiten bestickten Aufschlägen, die Seidenstrümpfe waren rosafarben, und die hohen Schnallenschuhe hatten die roten Absätze der Höflinge. Er wirkte auf Jeanne wie ein lächerlicher, aufgeplusterter Modegeck. Doch sie verbiss sich das Lachen, neigte höflich den Kopf und ergriff den dargebotenen Arm. Marguerite hatte ihr diese Kutschfahrt mit dem Chevalier ganz besonders ans

Herz gelegt. Außerdem war es das erste Mal, dass sie das Haus ihrer Gönnerin verließ, und sie war neugierig auf das, was sie zu sehen bekommen würde.

«Ich schätze mich glücklich, Mademoiselle, Euch diese kleine Abwechslung bieten zu können.»

«Ich bin Euch außerordentlich dankbar dafür, Chevalier.»

Vor dem Haus wartete ein offener Wagen, ein Diener sprang herbei, um den Herrschaften den Schlag zu öffnen und beim Einsteigen behilflich zu sein. Der Chevalier ließ es sich allerdings nicht nehmen, Jeanne persönlich den Arm zu stützen, während sie in die Kutsche stieg.

Er setzte sich ihr gegenüber und gab das Zeichen zur Abfahrt. Die Peitsche des Kutschers knallte auf die Rücken der beiden Pferde, und das Gefährt setzte sich in Bewegung. Jeanne sah voller Entsetzen, dass der Wagen zentimeterdicht an einer Waschfrau vorüberrollte, die erschrocken mit ihrem schweren Korb zur Seite wich.

«Hat sie keine Augen im Kopf?», brüllte der Chevalier.

«Diese Leute sind wie die Lemminge», meinte er dann zu Jeanne gewandt und zog das Spitzentuch, um es vor die Nase zu halten. «Nicht rechts noch links schauen sie. Gestern rannte hier eine Bande Gassenkinder vorbei, und zwei davon kamen zwischen die Beine meiner Pferde.»

«Um Gottes willen!»

«Dieses Gesindel ist hartgesotten, liebe Jeanne. Ohne Zweifel rennen sie schon wieder durch die Gassen und richten andernorts Unheil an.»

Jeanne schwieg. Vor einigen Wochen hätte der Chevalier vermutlich auch sie selbst als «Gesindel» bezeichnet und wenig bedauert, wenn sie unter die Räder seiner Karosse geraten wäre. Sie zog sich das Cape enger um die Schultern und bemühte sich, an ihm vorbeizusehen.

Das also war Paris. Jeanne war entsetzt. Nie hätte sie

geglaubt, dass die hochgepriesene Hauptstadt, der Ort, an dem der königliche Hof residierte, so schmutzig und hässlich war. Zwischen mehrstöckigen, düster aussehenden Häusern zogen sich enge Straßen voller Schmutz und Fäkalien. Jetzt wusste sie, weshalb der Chevalier sich ein Taschentuch vorhielt – der Gestank dieser Kloaken war in der Tat kaum zu ertragen. Männer und Frauen eilten vorüber, zerlumpte und ärmliche Gestalten, die Schuhe im Kot, die Röcke der Frauen schleiften über den Dreck. Aus einem Hauseingang quoll eine Gruppe Kinder in abgerissenen Fetzen, die Gesichter schmutzig, die Augen gierig auf die Karosse gerichtet – einige hielten hoffnungsvoll die Hände auf. Als der Kutscher die Pferde vorantrieb, sprangen sie im letzten Augenblick zurück.

Der Chevalier hatte Jeanne aufmerksam betrachtet und reichte ihr jetzt ein kleines Fläschchen.

«Nehmt davon etwas auf Euer Taschentuch, Mademoiselle. Wir werden die Stadt bald hinter uns lassen, dann werdet Ihr die angenehmen Seiten unserer Fahrt erleben.»

Jeanne nickte und spürte, dass ihr wieder übel wurde. Sie sprengte einige Tropfen aus dem Fläschchen auf ihr Taschentuch und sog den Geruch des schweren Parfüms ein. Es wurde ihr nur wenig besser davon. Zum Glück bogen sie um eine Straßenecke und befanden sich nun auf einer breiten Avenue, die in einen kleinen Platz mündete.

«Das Palais Royal, meine Liebe», erklärte der Chevalier und wies auf die hohen Mauern zur Rechten. Das langgestreckte, zweistöckige Gebäude mit den hohen Fensterreihen wirkte düster und imposant, seine Ausdehnung erschien Jeanne schier unermesslich. Wollten denn diese Fensterfronten und Arkaden niemals enden?

«Wohnt dort der König?»

Der Chevalier lächelte. Sie war bezaubernd, diese kleine Jeanne. So ahnungslos. So unschuldig. Fast unmerklich schob er seinen linken Fuß weiter vor und berührte ihren kleinen Schuh.

«Zuweilen. Er hat hier seine Jugendjahre verbracht und ist auch jetzt noch häufig dort. Monsieur Molière führt hier seine Stücke auf.»

«Und wo ist der König jetzt?»

Die Kutsche bog nach links ab, und zu Jeannes Erleichterung fuhr man durch eine dichte Kastanienallee. Sie atmete auf. Nach der Hitze und dem Gestank der Stadt war es angenehm, im Schatten der Bäume zu fahren. Die Fußgänger, die hier promenierten, waren allesamt herrschaftlich gekleidet, man sah Männer mit breiten Hüten, den Degen an der Seite, die Damen bewegten bunte Fächer, einige schützten sich mit Sonnenschirmchen vor der sommerlichen Glut.

«Der König weilt abwechselnd an verschiedenen Orten. Vor allem hier im Louvre, mein Kind. Aber zuweilen auch in den Tuilerien oder im Palais du Luxembourg.»

Jeanne nickte und stellte verwirrt fest, dass der Chevalier sein Knie gegen das ihre drückte. Sie rutschte zur Seite.

Auf der linken Seite wurde der Blick nun frei auf weitausgedehnte Gärten. Entzückt betrachtete Jeanne die kunstvoll abgezirkelten Beete, zwischen denen sich Statuen und Wasserbecken befanden, aus denen helle, glitzernde Fontänen sprangen. Auch hier sah man zahlreiche Spaziergänger, die einzeln oder in kleinen Gruppen durch den Park wanderten.

«Der Garten der Tuilerien», erklärte der Chevalier.

«Wie schön!», rief sie begeistert. «Werden wir hier aussteigen?»

«Wenn Ihr erlaubt, Mademoiselle, so fahren wir noch ein wenig weiter.»

Die Karosse folgte dem Verlauf der Allee, und als sie an ihrem Ende angekommen war, führte der Weg durch

Wiesen und kleine Wäldchen hinunter ans Ufer des Flusses. Der Kutscher schien genaue Anweisungen zu haben, denn er hielt an einer lauschigen Stelle inmitten grünender Bäumchen. Glitzernd lag der große Fluss vor ihnen, matt trieben die kleinen Wellen dahin, einige Enten, die am Ufer gesessen hatten, flüchteten ins Wasser.

«Es ist sehr hübsch hier», meinte Jeanne, während der Kutscher sich beeilte, den Herrschaften den Schlag zu öffnen.

Der Chevalier stieg zuerst aus der Kutsche und ergriff ihren Arm, um ihr behilflich zu sein. Sie spürte für einen Augenblick seinen heißen Atem an ihrem Hals, dann war sie aus der Kutsche heraus und lief zum Ufer hinunter.

Der Fluss führte um diese Jahreszeit nur wenig Wasser, doch es floss kristallklar über die hellen Kiesel, und sie bekam Lust, Schuhe und Strümpfe auszuziehen und hindurchzuwaten, wie sie es als Kind getan hatte.

Der Chevalier war ihr gefolgt und sah zu, wie sie sich bückte, um einen kleinen Stein aufzuheben. Sie warf ihn geschickt über die Wasserfläche und zählte die Sprünge, die der flache Kiesel machte.

«Eins, zwei, drei, vier … jetzt ist er weg. Nicht schlecht, oder?», lachte sie.

Er sah ihr amüsiert zu. Was für eine bezaubernde kleine Unschuld. In seinem Hirn waren allerlei abgründige Gedanken, die er zu diesem Zeitpunkt leider noch für sich behalten musste.

«Wollt Ihr nicht dieses Cape ablegen, Mademoiselle? Es scheint mir viel zu warm dafür.»

Jeanne hatte schon den nächsten Kiesel im Auge und ließ sich bereitwillig den Umhang abnehmen. Er warf das Kleidungsstück ins Gras und sah zu, wie sie den Stein polierte, bespuckte und dann mit geschicktem Wurf über die Wasserfläche warf.

«Ihr gebt einen bezaubernden Anblick ab, wenn Ihr Euch so nach vorn neigt, Mademoiselle», flüsterte er.

Sie war so in ihr Spiel versunken, dass sie zuerst nicht verstand, was er meinte. Dann bedeckte sie ihr Dekolleté mit einer Hand und sah ihn ärgerlich an.

«Ihr seid sehr unhöflich, Chevalier!»

«Im Gegenteil, Mademoiselle. Ich bin ein großer Bewunderer Eurer Schönheit. Jeder Zentimeter, den Ihr mir offenbart, erweckt mein Entzücken und erhöht mein Verlangen.»

«Bitte, gebt mir mein Cape zurück.»

Er dachte nicht daran, dieser Bitte zu entsprechen. Stattdessen fasste er ihre Hand, zog sie von ihrer Brust und küsste sie. Jeanne schrie auf und wollte sich befreien, doch seine mit Brillanten geschmückten Finger hielten ihre Hand fest umklammert.

«Seid doch keine Närrin, Jeanne! Ihr bekommt von mir alles, was Ihr wollt. Kleider, Schuhe, modischen Tand, Geld und Juwelen. Ich habe eine Villa in St. Germain – dort werdet Ihr leben wie eine Fürstin. Und alles das für ein paar Zärtlichkeiten.»

Sie warf den Kopf hoch und fauchte ihn wütend an.

«Ich brauche Eure Geschenke nicht, Chevalier. Lasst mich jetzt los, oder ich kratze Euch die Augen aus.»

Er keuchte, sie war viel kräftiger, als er geglaubt hatte. Als sie sich mit einem Ruck von ihm losriss, stolperte er rückwärts und fiel ins Gras. Jeanne war einen Moment lang erschrocken, denn der Fall war recht heftig gewesen, und er hatte die Beine dabei hochgeworfen, was ihr Gelegenheit gab, seinen prallen Hintern in der engen culotte zu sehen. Auch war die Perücke dabei von seinem Kopf gerutscht und lag jetzt wie ein großes, wolliges Vogelnest im Gras. Trotz der peinlichen Situation hatte sie Lust, laut zu lachen.

Er hatte dichtes blondes Haar unter seiner Perücke, das

ihm eigentlich viel besser stand. Immer noch lag er auf dem Rücken, starrte sie verzückt an, und als sie schon glaubte, er habe sich verletzt, bewegte er sich schwerfällig, stützte sich mit den Händen auf und kroch auf den Knien zu ihr hinüber. Seine roséfarbigen Strümpfe bekamen dabei hässliche Grasflecke.

«Jeanne, ich flehe dich an», jammerte er und versuchte ihren Rock zu fassen. «Ich schmachte seit Wochen nach dir. Dein süßer Körper treibt mich in den Wahnsinn. Willst du an meinem vorzeitigen Tod schuldig sein?»

Sie eilte leichtfüßig davon, griff ihr Cape und hängte es sich um. Wie widerlich er war, wenn er sich so erniedrigte.

«Hört mit den Kindereien auf, Chevalier», sagte sie voller Verachtung. «Ich möchte jetzt zurückfahren.»

Er stand nur widerwillig auf, humpelte hinter ihr her und bestieg nach ihr die Kutsche. Dort stülpte er sich die Perücke auf, die der Kutscher ihm brachte. Überrascht stellte sie fest, dass ein seliges Lächeln auf seinem Gesicht lag, während er sie die Fahrt über fortwährend betrachtete. Was für ein seltsamer Mensch. Warum empfand er keine Scham über seine alberne Vorstellung? Machte es ihm Vergnügen, vor einer Frau im Gras zu liegen und ihr seinen Hintern zu zeigen?

Sie sprachen kein weiteres Wort während der Rückfahrt. Doch als der Wagen vor Marguerites Stadthaus anhielt, fasste er Jeanne am Ärmel.

«Wir sehen uns wieder», zischte er. «Und dann wirst du mir alle Süßigkeit der Welt bereiten, kleine Jeanne. Ich spüre jetzt schon am ganzen Körper, dass du mich zu nie gekannter Lust peitschen wirst, du herzlose, schmutzige Hure.»

Jeanne erschrak über das böse Feuer, das in seinen Augen glomm. Sie hatte ihn unterschätzt.

René saß bekümmert am Tisch, um ein letztes Glas mit dem Freund zu trinken. Während der vergangenen Monate war der junge Comte ihm ans Herz gewachsen, und er wusste, dass die Tage ohne ihn maßlos einsam sein würden. Ach, all die tollen verrückten Ideen, die sich sein eigenes Hirn nie und nimmer hätte ausdenken können. Was war der stille und immer etwas sauertöpfische Claude gegen Christian? Es war hart, jetzt auch noch Christian zu verlieren, nachdem die kleine Nadine mit Jeanne nach Paris gereist war. Verflucht, er vermisste Nadine. Als Christian ihm ihren Gruß vorlas, da hatte es ihn fast zerrissen. Warum hatte er sie nicht zurückgehalten, Idiot, der er war? Wie er dieses Paris hasste, diese gierige, lasterhafte Stadt, die alle jene Menschen verschlang, die ihm am Herzen lagen.

«Was willst du in Paris?», knurrte er missmutig. «Dem König das Nachtgeschirr reichen? Man hört, dass dieser Posten bei Hofe außerordentlich begehrt sei.»

Christian stand bereits in Reisekleidung vor ihm und schlug seinem Freund lachend auf die Schulter.

«Eine großartige Idee», scherzte er. «Falls meine Beziehungen zum Königshof sich positiv entwickeln sollten, werde ich an dich denken, lieber René.»

Der Freund verzog das Gesicht zu einem schiefen Grinsen und meinte, dass er hundertmal lieber in Freiheit auf dem Lande lebte, als einer jener lächerlichen, parfümierten Höflinge zu werden, die dem König den Allerwertesten abwischen mussten.

«Es ist diese Frau, nicht wahr?», brummte er. «Sie lässt dir keine Ruhe. Nimm dich in Acht vor dieser Person, Christian. Sie führt nichts Gutes im Schilde.»

Christian runzelte die Stirn.

«Von welcher Frau sprichst du?»

René machte eine ungeschickte Bewegung mit dem Arm und hätte fast einen Becher vom Tisch gekippt.

«Du weißt schon», murmelte er unsicher. «Diese Mode-puppe mit den Augen eines Steinmarders, die Jeanne und Nadine mit nach Paris genommen hat.»

Jetzt musste Christian herzlich lachen. Er wusste längst, wie es um René und die kleine Nadine stand.

«Wer weiß?», meinte Christian lächelnd. «Vielleicht kehren sie ja eines Tages hierher zurück. Jeanne und auch Nadine, die dich so freundlich grüßen ließ.»

René fühlte sich ertappt und wurde rot, dann meinte er treuherzig:

«Gemeinsam mit dir, Christian, das wäre schön. Ihr werdet mir alle sehr fehlen.»

Christian war gerührt und klopfte seinem Freund auf die Schulter. René fasste jetzt allen Mut zusammen und zog einen Brief aus der Tasche.

«Gib ihn Nadine, ja?», murmelte er errötend.

Christian grinste verständnisvoll und verstaute das Schreiben in seiner Jacke.

«Verlass dich nur auf mich, mein Freund.»

Claude hatte dafür gesorgt, dass die Reisekutsche mit dem Gepäck beladen wurde, hatte den beiden Dienern, die den Comte begleiten würden, Anweisungen gegeben und schließlich den Kutscher instruiert. Er war von Christian mit der Verwaltung des Besitzes beauftragt worden und floss über vor Stolz auf die neuen Würden. Damit würde er Marie ordentlich beeindrucken, und sie würde endlich aufhören, ihn wie einen kleinen Jungen zu behandeln. Das Einzige, das er im Moment fürchtete, war die Möglichkeit, dass Christian es sich noch einmal anders überlegen und wieder zurückkommen könnte.

Aber Christian war fest entschlossen und brannte dar-auf, seine Reise anzutreten. Er schloss René und Claude in seine Arme und bestieg die wartende Reisekutsche. Während die Pferde munter trabten und sein Schloss langsam den Blicken entschwand, zog er ein Papier aus seiner Westentasche und las die Zeilen, die ihn so beglückt und beflügelt hatten. Dabei hatte er sie während des vergangenen Tages und der Nacht so oft gelesen, dass er sie längst auswendig kannte.

Lieber Christian,

ich habe lange gezögert, dir zu schreiben, weil ich eine sture und dickköpfige Person bin und darauf gewartet habe, dass du den ersten Schritt tun würdest. Nadine hat behauptet, du würdest ganz sicher bald nach Paris kommen, ich müsste mir keine Gedanken machen. Sie hatte unrecht – du bist nicht gekommen.

Vermutlich hast du mich inzwischen längst vergessen und dir eine andere gesucht. Sicher ist sie eine sanfte und zärtliche Person, die nicht im Traum daran denken würde, dich zu beißen, zu kratzen oder zu treten. Die Wildkatze, wie du mich zu nennen pflegtest, hatte die Krallen ein wenig zu weit vorgestreckt, und ich kann verstehen, dass sie dir schließlich lästig geworden ist. Die Wildkatze bereut zwar ihre Bosheiten und gesteht, dass sie unendliche Sehnsucht nach dir hat – doch es ist ohne Zweifel zu spät.

In meinem Schlafzimmer gibt es einen Kamin, über dem goldfarbene Götterwesen tanzen. Manchmal steigen sie von der Wand zu mir herunter und stehen vor meinem Bett. Einige sind so schön, dass mir schwindelig wird, wenn ich sie ansehe. Andere aber sind sehr schrecklich, und ich fürchte mich vor ihnen.

Es gibt niemanden, der diese seltsamen Figuren bannen könnte, und ich fürchte, dass ich ihnen ganz und gar ausgeliefert bin.

Lebe wohl,

deine böse, undankbare Jeanne.

Er küsste ihre Unterschrift und sah nachdenklich aus dem Fenster. Ihre Briefe mussten sich gekreuzt haben – umso besser. Sie hatten beide zum gleichen Zeitpunkt einen Schritt aufeinander zugemacht. Ein gutes Omen.

Nadine stand am Fenster des roten Salons und schaute auf die Uferstraße hinunter, wo sich Fußgänger, Wagen und Karossen drängten. Es ging dem Abend zu – um diese Zeit ließen sich die vornehmen Einwohner der Stadt zu verschiedenen Gesellschaften und Salons kutschieren. Wagen mit bunten Wappen an den Schlägen – mit vier bis sechs Pferden bespannt – suchten ihren Weg durch den Verkehr, livrierte Diener saßen mit wichtigen Mienen auf den Außensitzen, Kutscher fluchten, spuckten und schwangen die Peitschen. Dazwischen eilten Bedienstete, die irgendwelche Aufträge zu erfüllen hatten, Waschfrauen, die Schürzen noch umgebunden, schleppten ihre vollen Körbe, Marktfrauen kehrten nach Hause zurück und zogen beladene Leiterwagen hinter sich her.

Nadine liebte es, dieses Gewimmel aus sicherer Entfernung heraus zu betrachten. Weitaus weniger gefiel es ihr, wenn sie genötigt war, selbst in Erfüllung eines Auftrags durch die belebte Straße zu hasten. In den ersten Wochen hatte sie vor den vielen eilig dahinrollenden Wagen solche Angst gehabt, dass sie wie ein scheues Mäuschen dicht an den Hauswänden entlangschlich und immer wieder in einen Hauseingang flüchtete, um einen Passanten oder eine Kutsche vorüberzulassen. Inzwischen hatte sie sich ein wenig an das laute, bedrohliche Straßenbild gewöhnt – heimisch würde sie in dieser großen Stadt jedoch niemals werden.

Sie stand nicht ohne Grund am Fenster. Vor einer guten Woche hatte sie Jeannes Brief unter die Post der Herrschaft geschmuggelt und dem Postillion ausgehändigt. Seitdem hatte sie es so eingerichtet, dass sie bei der Ankunft der Post als Erste am Hauseingang auftauchte und die Briefe zu Mme de Fador hinauftrug. Bisher war kein Brief mit dem Siegel des Comte darunter gewesen. Und dabei wusste sie doch, dass ihre junge Herrin ungeduldig auf eine Antwort wartete.

Gerade, als sie die Postkutsche zwischen den heranrollenden Wagen erkannte, hörte sie hinter sich das Geräusch von kräftigen Schritten und das Rascheln eines Kleides. Mme de Fador hatte in Begleitung eines Herrn den Raum betreten. Nadine erschrak – sie wollte auf ihrem Beobachtungsposten ungern von Mme de Fador entdeckt werden. Noch verbarg sie der lange Fenstervorhang – vielleicht würde man sie gar nicht bemerken, wenn sie sich nicht bewegte.

Sie mussten in der Nähe des Kamins stehengeblieben sein und sprachen mit gedämpfter Stimme. Der Herr – Nadine war sich sicher, ihn zu kennen, konnte ihn aber nicht einordnen – antwortete gar im Flüsterton. Nadine spitzte unwillkürlich die Ohren und hoffte inständig, dass die beiden kein allzu langes Gespräch miteinander führen wollten.

«Ich sagte bereits, lieber Chevalier, dass die Angelegenheit nicht ganz einfach sein wird. Das Mädchen ist völlig unerfahren.»

«Eine kleine Wilde ist sie, Madame. Ich muss allerdings zugeben, dass ihr Widerstand mich ganz besonders reizt.»

«Genau das habe ich vermutet, lieber Chevalier. Im Übrigen bin ich sicher, dass sie noch Jungfrau ist.»

«Ihr seht mich aufs äußerste entzückt, Madame. Allerdings wird das Wild nicht freiwillig in die Falle gehen.»

«Überlasst alles mir, bester Freund. Ich sorge dafür, dass Ihr nicht enttäuscht werdet.»

«Und wann?»

«Ihr könnt es kaum erwarten, wie?»

«Ich gestehe, dass ich vor Ungeduld brenne. Das, was ich erfahren habe, war so erregend, dass die Vorstellung dessen, was mir noch vorenthalten wurde, mich fast um den Verstand bringt. Sagt mir, wann ich auf Erlösung hoffen kann.»

«Ihr werdet nicht vergessen, was wir miteinander vereinbart haben?»

«Madame! Habe ich mich jemals undankbar gezeigt?»

«Ich vertraue Euch, Chevalier. Ihr werdet bald von Euren Qualen frei sein. Sehr bald sogar, Chevalier.»

«Ich bin Euer ergebenster Diener, Madame.»

Nadine stand unbeweglich hinter dem Fenstervorhang und versuchte ihre Aufregung zu beherrschen. Jetzt war das Geräusch einer sich öffnenden Tür zu hören, Seide raschelte, die Holzdielen knarrten unter schweren Schritten, dann schloss sich die Tür wieder. War sie allein? Oder war Mme de Fador immer noch im Raum?

Ihr Herz klopfte so stark, dass sie kaum Atem holen konnte. Es ging um Jeanne, man hatte etwas mit ihr vor. Sie hatte es längst geahnt – auch in der Dienerschaft waren Andeutungen gemacht worden. Der Chevalier sei vor Liebe ganz närrisch und habe Mme de Fador große Summen Geldes angeboten. Bisher hatte ihn die Marquise jedoch freundlich, aber bestimmt in seine Schranken gewiesen. Nun schienen die beiden sich einig geworden zu sein.

Nadine wagte einen Blick durch einen Schlitz des Vorhangs. Der Salon war leer. Sie schlüpfte aus ihrem Versteck, schlich sich aus dem Raum und eilte die Treppe hinauf. Sie musste Jeanne warnen – es gab böse Gerüchte über den Chevalier.

«Nadine!»

Sie blieb mitten auf der Treppe stehen und erzitterte. Die gerufen hatte, war Mme de Fador.

«Madame?»

Die Marquise sah mit kühlen grauen Augen zu ihr hinauf. «Wo kommst du her?»

Nadine spürte, wie sie errötete. Ihre Hände begannen zu zittern.

«Aus ... der Küche, Madame.»

Der kühle Blick schien in sie einzudringen und ihr Inneres zu Eis gefrieren zu lassen.

«Die Tischtücher im Speisezimmer müssen gewechselt werden.»

„Ja, Madame.»

Erleichtert lief sie die Treppe hinunter. Diese Arbeit gehörte zwar nicht zu ihren Aufgaben, aber das war ihr im Moment gleich. Vermutlich war jemand krank geworden oder mit einem Auftrag außer Haus. Sie nahm die großen silbernen Kandelaber von den Tischen und postierte sie auf den Kamin. Dann entfernte sie die Tischtücher und stieg hinauf in die Wäschekammer, um frische Tücher zu holen. Sie liebte die Wäschekammer, den schmalen, fensterlosen Raum, in dem die schöngewebten Stoffe und Decken in großen Schränken aufbewahrt wurden. Jedes einzelne Wäschestück trug das Wappen und Monogramm der Marquise – stilisiertes Eichenlaub, kunstvoll mit den Buchstaben M und F verschlungen. Wenn man die Schränke öffnete, sah man hohe Wäschestapel, einige davon mit bunten Bändern umwunden, und ein starker Duft nach Rosen und Bergamotte wehte einem entgegen.

Sie musste sich auf einen Schemel stellen, um an die großen Tischtücher heranzureichen, die in einem der oberen Schrankfächer untergebracht waren. Als sie eines der schweren Tücher mühevoll hervorzog, hörte sie hinter sich ein Geräusch. Jemand hatte die Tür der Kammer zugemacht. Gleich darauf drehte sich ein Schlüssel im Schloss.

Sie sprang vom Schemel und rüttelte an der Tür. Sie rief um Hilfe. Niemand kam. Sie war in die Falle gelaufen.

Christian hatte eine Unterkunft in einem der Stadthäuser unweit des Palais Royal gemietet und überließ es seinen Bediensteten, für das Gepäck zu sorgen und die nötigen Besorgungen zu erledigen. Morgen würde er eine Dienstmagd und eine Köchin einstellen und sich vor allem darum kümmern, dass alles vorbereitet war, sollte Jeanne bei ihm einziehen. Er hatte fest vor, seine kleine Wildkatze als offizielle Mätresse zu sich zu nehmen – auch wenn Marguerite vermutlich Gift und Galle spucken würde.

Es war spät geworden, und in den Straßen hatte die Dämmerung eingesetzt. Die beiden Bediensteten und der Kutscher saßen in der Küche, um das Abendessen einzunehmen und noch einen guten Schluck vorm Schlafengehen zu trinken. Die lange, anstrengende Reise in der Hitze des Sommers hatte sie ermüdet, die Augen fielen ihnen jetzt schon zu.

Christian hingegen war glockenwach. Die Vorstellung, seiner süßen Jeanne so nahe zu sein, dass nur noch wenige Straßenzüge zwischen ihnen lagen, war aufregend genug. Er kleidete sich zum Ausgehen an und verließ die Wohnung.

Er näherte sich Mme de Fadors Haus von der rückwärtigen Seite, denn er hatte an diesem späten Abend wenig Lust, Marguerite zu begegnen. Er hatte ganz andere Dinge im Sinn. Wie ein Lausbub stieg er über den Gartenzaun, schlich sich im Schatten der Bäume zum Haus hinüber und stellte nach kurzem Versuch fest, dass der Weinstock, der sich am Haus emporrankte, stark genug war, um sein Gewicht zu tragen. Die Kletterpartie führte zuerst auf einen

Balkon im ersten Stock, der zu Marguerites Schlafraum gehörte. Christian hoffte inständig, dass Mme de Fador – falls sie sich in ihrem Schlafzimmer aufhielt – anderweitig in Anspruch genommen war. Sonst hätte dieser kühne Aufstieg möglicherweise zu einem fatalen Missverständnis geführt. Sein Glücksstern war ihm hold – niemand bemerkte seinen kurzen Aufenthalt auf dem Balkon.

Jeanne musste in einem der Gästezimmer untergebracht sein, die im zweiten Stock lagen. In welchem – das würde er herausfinden müssen.

Jeanne hatte sich an diesem Abend mit einem Roman in ihr Zimmer zurückgezogen. Sie war nachdenklich. Marguerites Fragen nach der Kutschfahrt mit dem Chevalier hatte sie ausweichend beantwortet, doch spürte sie recht gut, dass ihre Gönnerin die Wahrheit ahnte und unzufrieden mit ihr war. Aber was erwartete sie eigentlich von ihr? Dass sie sich von diesem hässlichen Dickwanst betatschen ließ? Wozu hatte sie sie dann in all diesen schönen Dingen unterrichten lassen? Ihr diese eleganten Kleider gegeben?

Sie fuhr zusammen, als etwas gegen ihr Fenster klopfte. Ein Zweig, den der Wind bewegt hatte? Draußen war es fast dunkel, und sie verspürte plötzlich eine unbestimmte Furcht. Die Drohung des Chevaliers kam ihr in den Sinn. Eigentlich war er viel zu lächerlich, als dass man Angst vor ihm haben müsste – und doch kroch ihr eine Gänsehaut den Rücken hinab.

Wieder schlug etwas gegen ihr Fenster. Sie schloss das Buch und erhob sich entschlossen. Wer auch immer da seine Scherze mit ihr trieb – er sollte sie kennenlernen. Sie griff nach einem Feuerhaken, der in einer Ecke neben dem Kamin hing, und ging damit zum Fenster.

«Jeanne! Bist du das?»

Sie glaubte eine Wahnvorstellung zu haben. Es war seine Stimme. Christians Stimme. Jeanne ließ ihre Waffe fallen, öffnete das Fenster mit hastigen Händen und sah hinaus. «Christian?»

«Hier bin ich», flüsterte er dicht neben ihr.

«Wo?»

Es raschelte und knackte im Weinlaub, ein Arm war zu erkennen, eine Hand klammerte sich an eine Weinranke. Dann erkannte sie sein Gesicht.

«Christian!», flüsterte sie. «Um Himmels willen! Was treibst du da?»

«Hilf mir. Das verdammte Zeug reißt von der Wand herunter.»

Sie ergriff seinen Arm, und er schwang sich zum Fenster hinüber. Mit einem raschen Sprung war er auf der Fensterbank und stieg zu ihr hinein.

«Das war knapp», meinte er aufatmend und zog die Vorhänge vor das Fenster. «Um ein Haar wäre ich mitsamt dem halben Weinstock auf Marguerites Balkon gestürzt.»

Sie war einige Schritte zurückgetreten und betrachtete ihn entzückt. War es die Wirklichkeit oder nur einer ihrer Träume? Aber nein, er stand leibhaftig vor ihr, grinste sie fröhlich an wie ein Schuljunge, das Gewand voller Flecken und Weinlaub im blonden Haar.

«Nun?», meinte er heiter. «Was ist das für eine Begrüßung? Schriebst du mir nicht, dass du sehnsüchtig auf mich gewartet hättest?»

Sie verkniff sich das Lachen und sah ihn mit gespielt strengem Blick an.

«Ich habe nicht damit gerechnet, dass du wie ein Dieb in mein Schlafzimmer einsteigen würdest. Was, wenn ich nun schon im Bett gelegen hätte?»

Sein Blick leuchtete im Schein der Kerzen. Langsam trat er auf sie zu.

«Das hätte mich keineswegs gestört, meine süße Jeanne.»

«Es ist unhöflich, eine Dame in ihrem Schlafgemach aufzusuchen», wehrte sie sich.

«Aber Jeanne», lächelte er. «Was lernst du hier in Paris,
kleine Dorfschönheit? Hast du noch nie vom ‹lever› und
‹coucher› des Königs und der Königin gehört?»

«Das ist etwas anderes.»

Er lachte und zog sie in seine Arme. Vorsichtig und fast
schüchtern wanderten seine Lippen über ihre Stirn und
Wangen und fanden schließlich ihren Mund. Der erste
Kuss nach langer Zeit war unendlich zärtlich, so als fürchte er, sie mit der Glut seiner Begierde zu erschrecken.

«Vom ‹lever› und ‹coucher› des Königs weiß ich eine
ganze Menge», prahlte sie, ihre Lippen von den seinen lö-
send. «Im Salon von Madame de Fador wird häufig davon
erzählt. Es sind nur Herrschaften aus den höchsten Adels-
kreisen zugelassen, und jeder hat seine Aufgabe.»

«Wie klug du geworden bist», witzelte er und umschlang
ihre Taille. «Und was für Aufgaben sind das?»

Sie nahm ein Weinblatt aus seinem Haar und kitzelte ihn
damit an der Nase.

«Willst du mich jetzt abfragen?»

Er nieste und wollte ihr das Blatt entreißen, doch sie
hielt es fest. Schließlich fasste er ihre Hand und küsste
sie.

«Nun …», meinte sie und zog die Stirn kraus, «einer darf
dem König das Waschgeschirr reichen, ein anderer hat die
Ehre, ihm das Hemd so zu halten, dass er hineinschlüpfen
kann. Der Nächste reicht ihm die culotte, die Weste, den
Rock, die Schuhe. Eben alles, was er so anhat.»

«Sehr gut», schmunzelte er, «ich sehe, dass du eine ge-
lehrige Schülerin bist. Und beim ‹coucher›?»

Sie zuckte die Schultern.

«Da geht alles genauso. Nur in umgekehrter Reihenfolge.»

Er hatte jenes Glitzern in den Augen, das sie bereits kannte, und sie ahnte, dass er etwas im Sinn hatte.

«Du bist heute Nacht meine Königin», flüsterte er ihr ins Ohr, «und ich werde dein ‹coucher› inszenieren.»

«Du ganz allein?», meinte sie verschmitzt.

Er blitzte sie mit dunklen Augen an und zog sie dicht zu sich heran.

«Für diese vorwitzige Frage sollte ich dir deinen hübschen Po versohlen, Wildkätzchen. Falls du jemals auf die Idee kommen solltest, einem anderen diese Inszenierung zu gestatten, bringe ich ihn um. Hast du mich verstanden?»

Sie spürte, dass er es ernst meinte, und erschauerte. Zärtlich legte sie ihre Hände um seinen Nacken und bog seinen Kopf zu sich herab.

«Es gab nie einen anderen als dich, Christian», flüsterte sie. «Und ich will keinen anderen.»

Seine Lippen legten sich heiß und besitzergreifend auf die ihren, und sie spürte seine Zunge, die tief in ihre Mundhöhle eindrang. So fest hatte er sie noch nie zuvor an sich gepresst – sie glaubte fast, ersticken zu müssen.

Völlig überraschend schob er seinen rechten Arm unter ihre Kniekehlen und hob sie empor wie ein kleines Kind. Er stellte sie vor ihrem Bett ab, trat zwei Schritte zurück und machte mit ernsthafter Miene eine komplizierte Reverenz. Dann ließ er sich auf die Knie vor ihr nieder. Jeanne spürte die Glut seiner dunklen Augen, die den Stoff ihres Kleides mühelos durchdrangen, und sie erzitterte leise.

«Erlauben Hoheit, dass ich nun mit dem ‹coucher› beginne?»

Zart und kaum fühlbar berührte seine Hand ihren Rocksaum – und schon allein diese Berührung ließ sie zusammenzucken.

«Ihr dürft mir die Schuhe ausziehen», sagte sie hoheitsvoll.

Sie hielt ihm ihren Fuß hin, an dem ein kleiner hellblauer Pantoffel steckte. Er umschloss ihr Fußgelenk mit einer
Hand und löste mit der anderen Hand langsam den Schuh
von ihrem Fuß. Mit einer sanften, streichelnden Bewegung
zog er den Schuh herab und stellte ihn beiseite. Dann neigte er sich über den bloßen Fuß und küsste ihn.

«Gehört das auch dazu?», kicherte sie.

«Den anderen Fuß, Majestät», verlangte er unbeirrt.

Sie gehorchte. Dieses Mal entfernte er den kleinen Pantoffel mit einer raschen Bewegung, warf ihn beiseite, und
seine Hand glitt ihre Wade hinauf. Gleich darauf spürte sie
seine Lippen, die ihr Knie küssten, und seine Hände wanderten hoch bis weit unter ihren Rock.

«Zurück!», kommandierte sie. «Ihr verletzt das Protokoll, Comte!»

Er gehorchte, erhob sich von seiner knienden Position
und verneigte sich vor ihr leicht und elegant wie ein Höfling. Als er den Blick zu ihr hob, tanzten glühende Funken
der Begierde in seinen schwarzen Augen.

«Das Kleid, Majestät!»

Langsam und mit wildklopfendem Herzen wandte sie
sich um, bis sie ihm den Rücken zukehrte. Seine Hände
glitten weich und zärtlich über ihre Schultern, berührten
sachte ihren Nacken, fuhren durch ihr langes offenes Haar
und spielten damit. Sie legte den Kopf zurück und ließ es
geschehen, dass er ihre Locken zerzauste und mit den Fingern die Umrisse ihrer Ohrmuscheln nachzeichnete. Dann
fühlte sie, wie ihr Gewand sich lockerte. Mit geschickten
Fingern löste er einen Haken nach dem anderen, glitt mit
den Händen unter den Stoff, streichelte ihre bloßen Schultern und schob ihr das offene Kleid herunter. Langsam glitt
der schwere Stoff an ihr hinab und sank zu Boden.

Sie spürte seinen Atem in ihrem Nacken, seine Lippen
berührten heiß und feucht ihren Hals, bedeckten ihn mit

kleinen Liebesbissen, seine vorwitzige Zunge bohrte sich in ihre Ohrmuschel, und sie erschauerte. Leise und zärtlich strichen seine Finger über ihr Dekolleté, massierten in kleinen Kreisen ihre zarte Haut und drangen in die verführerische Mulde zwischen ihren schwellenden Brüsten ein, um sie dort spielerisch zu kraulen.

«Majestät sind bezaubernd in diesem engen Korsett, dass Eure Brüste mehr entblößen als bedecken lässt. Ich bitte um die gnädige Erlaubnis, Euch von diesem Panzer befreien zu dürfen.»

«Nur, wenn Ihr dabei die Augen geschlossen haltet», forderte sie.

«Ihr seid grausam, schöne Herrin», seufzte er. «Doch vertraue ich darauf, dass meine Hände mir mitteilen werden, was meine Augen nicht sehen dürfen.»

Er ging um sie herum und betrachtete sie von allen Seiten. Jeanne spürte erneut die Macht seiner dunklen Blicke, die ihren Körper versengen wollten. Sie zitterte vor Verlangen, in ihrem Schoß zuckte es bereits, und sie presste die Schenkel eng zusammen – was jedoch wenig half, um das Zucken zu beruhigen. Er blieb dicht vor ihr stehen.

«Wenn Hoheit die Arme hinter dem Nacken verschränken, werde ich meine Aufgabe leichter erfüllen können», forderte er.

Sie tat, was er begehrte. Ihre Brüste hoben sich durch die Bewegung, und eine der kleinen Spitzen schob sich vorwitzig aus der Corsage heraus. Ganz gegen das Protokoll heftete er die Lippen darauf, und sie spürte seine wirbelnde Zunge. Voller Genuss fühlte er, wie die weiche, rosige Brustspitze sich in seinem Mund zusammenzog und der Nippel zwischen seinen Lippen hart und fest wurde.

«Die Augen schließen!», ordnete sie an und bedeckte die kleine Brustspitze wieder. Doch ihre Stimme bebte bereits vor Wonne und Sehnsucht.

Er gehorchte. Seine Hände glitten über ihr Dekolleté, streichelten über die Brüste und fanden die Schnur, mit der das Korsett verschlossen wurde. Er löste den Knoten und zog die Schnur langsam auf, genoss jeden Zentimeter Haut, der ihm jetzt offenbar wurde, und begrüßte ihn mit kleinen zärtlichen Küssen. Ihre prallen Brüste schienen sich ihm entgegenzustrecken und lustvoll aus der Gefangenschaft herauszustreben, doch er ließ sich Zeit. Nur langsam zog er die Corsage auseinander, bewunderte zuerst nur die schwellenden Rundungen und fuhr mit streichelnden Bewegungen an ihnen entlang, während die Spitzen der Brüste noch von der Corsage verborgen waren. Dann zog er den Stoff so weit auseinander, dass die Brustwarzen knapp unter dem Stoff hervorlugten und er sie unter seinen streichelnden Händen als harte, elastische Erhebungen spüren konnte. Er reizte sie mit sachten Tupfern seines Zeigefingers und spürte voller Entzücken, wie Jeanne bei jeder Berührung erbebte. Endlich öffnete er die Corsage bis hinunter zur Taille und entblößte ihren Busen ganz. Seine Hände fanden die beiden runden Hügel, umkreisten und liebkosten sie, betupften und kitzelten die harten Spitzen und wollten die süßen Rundungen nur ungern wieder verlassen.

«Ich bitte um Erlaubnis, die Augen öffnen zu dürfen, Majestät», flüsterte er.

«Wozu?»

«Weil ich sterben würde, wenn ich diese Schönheit, die meine Hände fühlen, nicht auch mit den Augen sehen dürfte.»

«Gestattet», seufzte sie wohlig und erschauerte unter seinen heißen, gierigen Blicken. Er musste sich Gewalt antun, um das schöne Spiel nicht abzukürzen, denn seine Lenden zuckten vor ungeduldigem Verlangen, und sein Glied war längst bereit zum zärtlichen Angriff.

«Die Unterröcke», befahl er, sich zusammenreißend.

Sie stand unbeweglich, als die beiden seidenen Röcke an ihr hinabglitten. Sie trug jetzt nur noch das halbgeöffnete Korsett, das kaum ihren Nabel bedeckte und ihren Schoß völlig frei ließ, sodass der Schamhügel seinen Blicken preisgegeben war. Sie stieß sehnsüchtige Seufzer aus, während sie seinen heißen Blick auf ihrer Scham verspürte, und die prickelnden Lustwogen, die durch ihren Körper strömten, vereinigten sich auf fatale Weise zwischen ihren Beinen. Warme Feuchtigkeit verbreitete sich dort und floss sogar an den Innenseiten ihrer Schenkel hinab.

Er sank auf die Knie, umfasste ihre Pobacken mit beiden Händen, zog ihren Körper ganz nahe zu sich heran und küsste ihre Scham. Sie stöhnte leise auf, als sie seine heißen Lippen spürte, die sich zwischen ihr Schamhaar wühlten, bis sie die Spalte berührten. Wie eine kleine Schlange züngelte er in die Vertiefung hinein, betupfte die empfindliche Haut in ihrem Inneren mit der Zunge und ließ Jeanne vor Wonne keuchen. Dann löste er seine Lippen, erhob sich, nahm ihren nackten Körper auf die Arme und legte sie sanft auf ihr Bett.

«Warte auf mich.»

Er ließ sie nicht aus den Augen, während er sich die Jacke abstreifte und die Weste auszog. Jeanne sah wie gebannt zu, als er jetzt seine Kleider ablegte. Noch nie zuvor hatte sie ihn nackt gesehen, und ein unbändiges Verlangen erfasste sie, seinen Körper zu berühren. Er zog sich das weite Hemd aus, und sie sah seinen geschmeidigen Oberkörper, der viel muskulöser war, als sie geglaubt hatte. Seine Haut war hell und zart, ein Vlies aus goldenem Haar bedeckte seine Brust und zog sich in einem schmalen Band über den Bauch hinab. Als er die Hose hinunterstreifte, sah sie, dass sein Geschlecht ebenfalls von weichem, blondem Flaum umhüllt war. Er versuchte sein Glied mit einer Hand zu verbergen, denn es war hoch aufgerichtet, und er fürchtete immer noch, sie zu erschrecken.

Sie lag zitternd da und wartete darauf, dass er zu ihr ins Bett stieg. Er tat es mit langsamen, vorsichtigen Bewegungen, legte sich neben sie und strich voller Zärtlichkeit über die weiche, geschwungene Linie ihres Körpers, angefangen von ihrer Schulter, über den Arm, die Hüfte, den Oberschenkel bis hinab zu ihrem Knie. Von dort glitt seine Hand wie von selbst zwischen ihre Schenkel, und gleich darauf spürte sie seine Finger, die sie zärtlich erkundeten.

«Christian!», stöhnte sie leise. «Nimm mich bitte. Nimm mich jetzt. Ich halte es nicht mehr aus.»

«Nur Geduld, süße Wildkatze», hauchte er ihr ins Ohr. «Ich habe mich so lange danach gesehnt, dies tun zu dürfen, dass ich es ganz genießen will.»

Sie schrie leise auf, weil sein Finger die kleine angeschwollene Perle ihrer Lust berührt hatte und sie mit vibrierenden Stößen reizte. Heiße Glut schoss durch ihre Adern, sie bäumte sich auf, wand sich unter seinen Händen und wimmerte vor Sehnsucht. Lächelnd betrachtete er sie, beugte sich über sie, um ihren halbgeöffneten Mund zu küssen, in ihn einzudringen und das süße Spiel mit ihrer streitbaren Zunge zu beginnen. Ihre Hände befühlten jetzt zum ersten Mal seinen sehnigen Körper, und sie spürte unsagbaren Genuss dabei. Zärtlich glitten ihre Finger über die muskulösen Arme und Schultern, fühlten das Spiel der Muskeln, glitten liebevoll durch seine Brusthaare, betasteten seine winzigen, rosigen Nippel und erkannte voller Entzücken, dass auch sie sich verhärteten, wenn sie mit dem Finger daran rieb. Dann glitten ihre Hände über seinen festen Bauch, und sie hielt erschrocken inne, denn vor ihr erhob sich sein harter, glänzender Penis. Er erschien ihr so ungeheuer groß und angsteinflößend, dass sie einen Augenblick wie erstarrt war. Christian nahm sanft ihre Hand und legte sie sacht auf seinen erregten Schaft, während er ihr Gesicht mit zarten Küssen bedeckte. Erschauernd spürte sie die zarte glatte Oberfläche und die pulsierende Wärme unter ihrer Hand.

«Er gehört dir, mein Engel», flüsterte er heiser. «Erkunde deinen Besitz.»

Sie wurde mutiger und strich mit dem Finger über das aufgerichtete Glied, fühlte die Erhebung an seiner Spitze, betastete die winzige Öffnung und umschloss das Glied schließlich mit der Hand. Christian atmete hastig und stöhnte leise, als sie seinen Penis zärtlich in der Umschließung zu reiben begann und immer wieder mit den Fingern über die heiße, geschwollene Spitze glitt.

«Weißt du, dass du mich gleich umbringst vor Lust», keuchte er. «Halt ein, du kleine Verführerin, sonst kann ich mich nicht mehr beherrschen.»

Er stützte sich auf und legte sich vorsichtig mit gespreizten Beinen über sie. Gleich darauf spürte sie wieder seine Finger zwischen ihren Schenkeln, fühlte, wie sie die kleine Perle berührten, sie rieben und stupsten, dann glitt sein Finger weiter, umkreiste die Öffnung in ihrem Schoß und drang frech ein kleines Stück in sie hinein. Sie wand sich unter ihm, seine freie Hand fasste ihre rechte Brust, sie spürte seinen Mund, der die kleine Brustspitze umschloss und an ihr saugte.

«Ich kann nicht mehr, Christian! Ich sterbe vor Lust …»

Er bewegte sich ein wenig nach unten, und sie fühlte seinen harten Penis an ihrem Bauch.

«Es wird ein kleiner Schmerz sein, mein süßer Engel», flüsterte er. «Ich bitte dich schon jetzt um Verzeihung dafür.»

«Tu mit mir, was du willst», hauchte sie. «Ich gehöre dir.»

Etwas in ihr zwang sie, ihm ihren Schoß entgegenzuheben, ihre Schenkel zu öffnen, sich ihm mit gespreizten Beinen und angewinkelten Knien ganz und gar darzubieten. Sie bebte vor Scham über das, was sie tat, und doch war es so ungeheuer süß, dass sie erschauerte. Sie hörte, wie sein Atem stoßweise kam, tiefe kehlige Laute drangen aus seiner Brust, sein Penis berührte ihre sehnsüchtig wartende Vagina und drang ein winziges Stückchen in sie ein. Jeanne spürte ein heißes Zucken, das ihren Schoß ganz und gar erfasste, und vor ihren Augen sprühten bunte, feurige Fontänen.

«Warte auf mich, du kleine Wilde», hörte sie seine unwillige Stimme an ihrem Ohr.

Sie spürte wieder sein hartes, spitzes Glied, und dieses Mal drang es so tief in sie ein, dass es schmerzte. Oh, wie stark er war. Nie hätte sie geglaubt, dass er so wild und zügellos sein würde. Sie sah, wie er den Kopf zurückwarf, wie ihm das blonde Haar ins Gesicht fiel, als er unbeherrscht in sie hineinstieß. Sie spürte, wie der Rhythmus sie beide erfasste, wie die Wellen eines tobenden Ozeans sie auf und nieder warfen, und als sie unter den heftigen Zuckungen ihres Schoßes aufschrie, drang auch aus seiner Kehle ein tiefes Stöhnen.

Eine Weile blieben sie liegen, immer noch miteinander verbunden, sein Kopf ruhte erschöpft auf ihrer Schulter, ihr Arm war zärtlich um seinen Nacken geschlungen.

«Es tut mir leid», flüsterte er. «Ich wollte es ganz sanft tun. Aber es war stärker als ich. Verzeih mir, Geliebte.»

Er hörte ihr leises Lachen und war verblüfft.

«Es war wundervoll», flüsterte sie. «Ich liebe dich unendlich, wenn du so wild bist, mein starker Tiger.»

Verdutzt betrachtete er sie. Das Betttuch sprach eine deutliche Sprache – es war wirklich ihre erste Liebesnacht.

«Du hast keinen Schmerz gespürt?», fragte er verwundert.

«Doch», gestand sie. «Aber alles andere war so überwältigend, dass ich den Schmerz schon vergessen habe.»

Er küsste sie und löste sich sacht von ihr, um sich neben sie zu legen.

«Schlafen wir jetzt?», wollte sie wissen.

Er strich mit dem Finger über die beiden rosigen Halbkugeln, die sich seinen Blicken boten, und erreichte mit zärtlichem Streicheln, dass sie von kecken, harten Spitzen gekrönt wurden.

«Schlafen?», meinte er. «Wo denkst du hin? Gib mir fünf Minuten, Liebste, dann sage ich dir, was wir mit dieser Nacht weiterhin anfangen werden.»

Sie lächelte und küsste ihn auf die Nase.

«Ich kann es kaum erwarten. Wird es aufregend sein?»

Er packte sie um die Taille und zog sie zu sich heran, bis sie über ihm zu liegen kam.

«Ich werde damit anfangen, dir deinen frechen Po zu versohlen», schimpfte er und klatschte zärtlich auf ihre wohlgerundete Kehrseite. «Und jetzt wirst du mir zeigen, wie du reiten kannst, kleine Amazone. Setz dich hoch, damit ich dich dabei sehen kann.»

Sie tat wie geheißen.

«Mademoiselle?»

Die junge Dienerin ging auf Zehenspitzen zum Bett, lugte hinein und erstarrte. In einem Gewühl von Kissen und Decken lag ein zärtlich umschlungenes Paar in unschuldig schimmernder Nacktheit. Jeannes langes Haar hatte sich wie ein dunkles Samtvlies über dem Laken ausgebreitet, Christians blonder Lockenkopf ruhte auf ihrer Schulter. Beide schliefen tief.

Die Dienerin trat verunsichert vom Bett zurück und

ging, um die Fenstervorhänge aufzuziehen. Die Morgensonne ergoss sich in den Raum und offenbarte, dass der Boden mit Kleidungsstücken übersät war. Die junge Dienerin bückte sich und hob das Kleid der Herrin auf, um es über einen Stuhl zu hängen. Dann erinnerte sie sich ihres Auftrags.

«Mademoiselle? Es ist Zeit aufzustehen. Madame erwartet Euch im Speisezimmer zum petit déjeuner.»

Jeanne regte sich, eine blonde Locke kitzelte sie an der Nase, sie musste niesen. Christian grunzte leise, fasste sie um die Taille und machte Miene, sich über sie zu schieben.

«Christian, ich muss jetzt aufstehen», flüsterte sie.

«Unsinn», knurrte er, «du stehst dann auf, wenn ich es dir gestatte.»

Sie spürte, dass seine Männlichkeit sich schon wieder regte, und sie lachte leise.

«Bitte, Christian. Möchtest du, dass Mme de Fador uns so findet?»

«Warum nicht?»

Er hätte es ihr gegönnt. Er hatte einmal – ohne Absicht – seinen Vater mit Marguerite überrascht, und ihr triumphierender und zugleich lüsterner Blick verfolgte ihn heute noch in seinen schlimmsten Träumen. Aber man sollte die Dinge nicht auf die Spitze treiben – schließlich wollte er, dass sie ihm bei seinen Plänen behilflich war.

«Na schön», brummte er und rollte sich auf die Seite. «Geh zu deinem Frühstück mit deiner gestrengen Erzieherin. Ich werde ihr später meine Aufwartung machen.»

Jeanne erhob sich und schüttelte das schwere, lange Haar. Erst jetzt fiel ihr auf, dass es nicht Nadine war, die sie geweckt hatte.

«Wo ist Nadine? Ist sie etwa krank?»

Die Dienerin war ein pummeliges, blondes Wesen mit

kleinen Augen und breiten Wangen. Jeanne hatte sie hin und wieder beim Auftragen der Speisen beobachtet, auch kümmerte sie sich um die Wäsche und reinigte die Zimmer. Eine Zofe war sie jedenfalls nicht.

«Nadine ist mit einem Auftrag von Madame unterwegs», sagte sie. «Sie wird erst am Nachmittag wieder hier sein.»

Jeanne war nicht böse darüber. Sie hätte sich ein wenig vor Nadine geniert, wenn sie sie so mit Christian gesehen hätte. Für die Adeligen waren Bedienstete keine Menschen – man ließ sich von ihnen baden und ankleiden, sie leerten die Nachtstühle aus und wuschen die Leibwäsche. Sie kannten die intimsten Geheimnisse ihrer Herrschaft, und niemand schämte sich vor ihnen, weil sie nicht zählten. Jeanne hatte sich an diese Einstellung nicht gewöhnen können. Vor allem Nadine war ihr immer mehr zu einer Freundin geworden. Dieses junge Mädel aber war eine von vielen Bediensteten im Haus, und es war ihr gleichgültig, was sie über sie dachte.

Sie ließ sich bei der Morgenwäsche und beim Ankleiden helfen und setzte sich dann vor den Spiegel, um sich das Haar kämmen zu lassen. Das war freilich eine sehr mühsame und schmerzhafte Angelegenheit, denn das üppige Lockenhaar war von der aufregenden Nacht verwuschelt und wollte sich absolut nicht bändigen lassen. Schließlich ergriff sie selbst die Haarbürste und glättete die Haarpracht, damit sie geflochten und aufgesteckt werden konnte.

Christian hatte sich indessen im Bett aufgerichtet, gähnend die Arme gereckt und das Hemd übergezogen. Schmunzelnd betrachtete er die Morgentoilette seiner Jeanne, und er stellte sich vor, dass er von jetzt an jeden Tag dieses Schauspiel genießen würde. Wie bezaubernd es war, wenn die kleine Dienerin ihr das Korsett schnürte und Jeanne gurrende Seufzer dabei von sich gab. Sie neigte sich ein wenig nach vorn dabei, und er konnte sich noch einmal an der Pracht ihrer Brüste erfreuen. Er nahm sich vor, demnächst auch ein «lever» mit ihr zu veranstalten, denn es lockte ihn, ihr dieses Kleidungsstück anzulegen und damit zu spielen.

Als sie fertig angekleidet, frisiert und gepudert war, beeilte auch er sich, die Kleider wieder anzulegen, und trat dann zum Fenster.

«Du willst doch nicht etwa dort hinaussteigen?»

Er grinste und zog sie an sich.

«Ich habe wenig Lust auf Madame de Fador an diesem Morgen, mein Liebling. Deshalb ziehe ich es vor, das Haus genau so zu verlassen, wie ich gekommen bin.»

Sie schüttelte den Kopf. Himmel, was war er für ein Kindskopf.

«Aber es ist heller Tag, Christian. Man wird dich sehen. Am Ende wirst du noch für einen Dieb gehalten und von den Dienern eingefangen.»

Er nahm ihren Kopf zwischen die Hände und küsste sie auf die Stirn, zwischen die Augen und auf den Mund.

«Mich fängt so schnell keiner ein, mein Schatz», sagte er ernst. «Sei hübsch brav heute und mache mir keine Schande. Du wirst bald erfahren, was ich mit dir vorhabe, meine Süße.»

«Ich wüsste es lieber schon jetzt», wandte sie ein. Seine Geheimniskrämerei gefiel ihr wenig.

«Lass dich überraschen!»

Lächelnd legte er ihr den Finger auf die Lippen. Dann zog er sie an sich und presste sie so heftig, dass sie nach Luft rang.

«Bis bald, mein Liebling», flüsterte er ihr ins Ohr.

Rasch öffnete er das Fenster, warf einen Blick über den Garten, der still und einsam in der Morgensonne lag, und schwang sich auf das Fensterbrett. Angstvoll sah Jeanne zu, wie er sich hinabhangelte und in einem Beet landete.

Er lachte, klopfte sich das Weinlaub aus der Kleidung und warf ihr eine Kusshand zu. Dann lief er durch den Garten davon.

Jeanne spürte eine tiefe Traurigkeit, als er verschwunden war und sie allein im Zimmer stand. Zaghaft sah sie auf das zerwühlte Bett, das Zeuge dieser wundervollen, unvergleichlichen Nacht gewesen war. Nein, es war kein Traum gewesen. Aber so schön, wie eigentlich nur ein Traum sein konnte.

«Madame hat schon nach Euch gefragt, Mademoiselle», vermeldete die Dienerin, die an der Tür erschien. Ihr pummeliges Gesicht war stark gerötet, vermutlich hatte Mme de Fador sie gescholten.

«Ich komme.»

Jeanne eilte durch den langen Flur zur Treppe und ging eiligen Schrittes hinunter. Das Speisezimmer lag im ersten Stock, und um dorthin zu gelangen, musste sie eine Flucht von drei Zimmern durchqueren. Sie hatte gerade den ersten Raum, einen kleinen Salon – wo meist die Kartentische aufgebaut waren –, hinter sich gelassen, da schlossen sich plötzlich vor ihr die großen Flügeltüren. Verwundert blieb sie stehen, zuckte die Schultern und wandte sich um.

Hinter ihr standen zwei Männer in dunklen Mänteln, die Hüte tief in die Gesichter gezogen. Blitzschnell warfen sie ein großes Tuch über sie und zogen es so eng um ihren Körper, dass sie sich kaum rühren konnte. Ihre Schreie verhallten ungehört – sie hoben sie auf, und obgleich sie sich wand wie eine Katze, wurde sie fortgeschleppt.

Sie hatten ihr einen Strick um den Oberkörper und um die Füße gebunden, sodass sie hilflos ihren Entführern ausgeliefert war. Immer noch steckte sie unter dem dunklen Tuch und konnte ihre Umgebung nur schemenhaft erkennen. Sie spürte die Bewegung einer Kutsche, hörte die Räder knarren, das Geräusch der Pferdehufe, die Peitsche des Kutschers. Ab und zu stieg ihr ein wohlbekannter Geruch in die Nase: Branntwein. Auch Pierre hatte dieses Zeug getrunken, meist war er dann zudringlich geworden, später hatte er in der Scheune gelegen und vor sich hin geschnarcht.

Ihre Entführer ließen sich auf kein Gespräch ein. Sie hatte zuerst geschrien und getobt, dann hatte sie sich darauf verlegt, sie auszufragen. Schließlich war ihr angedroht worden, sie zu knebeln. Sie beschloss daraufhin, zu schweigen und abzuwarten, wohin man sie bringen würde. Ab und zu vernahm sie ein Schnaufen und Husten, jemand spuckte aus, dann wieder war ein Schluckgeräusch zu hören, und der Branntweingeruch verstärkte sich. Die Kutsche bewegte sich unbeirrt durch die Stadt und rumpelte dann einen Feldweg entlang.

Als der Wagen anhielt, packte man sie und zog sie heraus.

«Ich kann allein laufen», protestierte sie. «Nehmt mir endlich dieses Tuch ab!»

«Das könnte dir so passen!»

Sie wurde hochgehoben und wie ein Bündel getragen. Durch den Stoff konnte sie die Umrisse eines großen Hauses erkennen. Man schleppte sie durch den Eingang und dann eine Treppe hinauf.

«Hier entlang!»

Die Stimme gehörte einer alten Frau, sie war rau und wenig liebenswürdig. Ihr Träger setzte Jeanne auf dem Fußboden ab, und sie spürte unter sich einen Teppich.

«Nehmt ihr die Fesseln und das Tuch ab.»

«Vorsicht, Susanne. Sie schlägt um sich und tritt wie ein Kutschpferd.»

«Das soll sie nur versuchen. Tut, was ich sage!»

«Aber beschwer dich nicht, wenn du hinterher blaue Flecken auf deinem hübschen Hintern hast.»

«Mein Hintern geht dich einen Dreck an, Saufgesicht!»

«Oho! Ich erinnere mich noch recht gut an die Zeiten, als du mir deinen geilen Arsch recht bereitwillig gewiesen hast.»

«Halt dein Maul und tu endlich, was ich sage!»

Jemand säbelte an dem Seil herum, das ihre Füße zusammenband, dann löste man die Fesseln um ihren Oberkörper. Das Tuch wurde weggerissen, und sie blinzelte ins Licht.

«Ein hübsches Täubchen habt ihr gefangen», hörte sie die Stimme der Alten.

Jeanne erschrak fast vor ihrer Hässlichkeit. Das Gesicht der Frau war knochig, der Mund hatte keine Lippen, und die Augenlider hingen herab. Aus dem Blick ihrer hellen Augen sprachen jedoch ein wacher Geist und eine gute Dosis Bosheit.

«Wie ein nacktes Vögelchen hockt sie da, frisch aus dem Ei gekrochen», witzelte einer der Männer.

Jeanne bemerkte, dass sich ihre Röcke hochgestülpt hatten, als man ihr das Tuch vom Körper riss, und sie schlug rasch den Stoff über die Beine. Wütend blitzte sie die beiden Männer an, die sie mit lüsternen Gesichtern anstarrten und nun in lautes Gelächter ausbrachen.

«Was gibt's da zu glotzen?», keifte die Alte. «Raus mit euch.»

Nur widerwillig ließen sich die beiden aus dem Zimmer schieben, doch schien deutlich, dass sie gehörigen Respekt vor der Alten hatten und sich keinesfalls ernsthaft mit ihr anlegen wollten.

Die Frau, die einer der Männer mit Susanne angeredet hatte, verriegelte sorgfältig die Tür und wandte sich

Jeanne zu, die sich vom Fußboden erhob und ihre Kleider ordnete.

«So, meine Hübsche», sagte sie zu Jeanne. «Denke nicht etwa daran, von hier wegzulaufen. Sonst sorge ich dafür, dass dich so bald kein Mann mehr anschauen mag. Hast du mich verstanden?»

Jeanne erschauerte bei der Drohung, denn sie spürte, dass mit dieser Frau nicht zu spaßen war. Dennoch regte sich Widerstand in ihr. Sie musste vorsichtig sein – aber die hässliche Vettel sollte nicht glauben, sie herumkommandieren zu können.

«Wo bin ich?», wollte sie wissen.

«Von mir erfährst du gar nichts», gab die Alte gleichmütig zurück. «Da ist ein Spiegel und alles andere, was du brauchst. Mach dich zurecht, du schaust zerzaust aus wie ein Huhn in der Mauser.»

Damit verließ sie den Raum durch eine Seitentür, das metallische Schaben eines Riegels war zu hören, der vorgeschoben wurde. Jeanne stand allein und sah sich in ihrem Gefängnis um.

Für ein Gefängnis war es sehr luxuriös. Der Raum war nicht allzu groß – aber schön und kostbar ausgestattet. Ein Kamin aus rotem Marmor zog die Blicke auf sich, darüber waren goldfarbige Medaillons mit Gemälden angebracht, die unbekleidete Frauen in verschiedenen Körperhaltungen zeigten. Dunkelrote Brokatstoffe waren an den Türen drapiert, über einer Kommode mit geschwungenen Beinen hing ein großer Spiegel, den ein Rahmen aus kunstvoll aneinandergesetzten Kristallornamenten umgab. Auf der Kommode waren kleine Glasfläschchen, Puderdöschen, Schachteln und andere Utensilien angeordnet, die für die Toilette einer Dame unerlässlich waren.

Was hatte die Alte gesagt? Sie sollte sich zurechtmachen? Weshalb? Für wen?

Ein Geräusch an der Tür ließ sie zusammenfahren. Ein Mann betrat den Raum mit schwerem Schritt. Er blieb stehen und machte eine kleine Reverenz in ihre Richtung. «Willkommen, Mademoiselle», sagte der Chevalier de Boudard, und sein Gesicht konnte die Befriedigung über ihr Entsetzen nur schwer verbergen. «Ich hoffe, Ihr hattet eine angenehme Reise?»

Einen Moment lang blieb ihr die Sprache weg. Dieser widerliche alte Lüstling hatte es gewagt, sie entführen zu lassen. Was bildete er sich ein? Dass sie sich ihm hingeben würde, wenn er sie nur genügend einschüchterte? Da kannte er sie schlecht. Sie hatte schon ganz andere Kerle in die Schranken gewiesen.

«Spart Euch die Scherze», fauchte sie ihn an. «Ich verlange, dass Ihr mich sofort zurück nach Paris bringt. Man wird nach mir suchen.»

Er betrachtete sie eingehend und schien es nicht eilig zu haben, eine Antwort auf ihre Forderung zu geben. Stattdessen begann er um sie herumzugehen, um sie von allen Seiten ansehen zu können.

«Habt Ihr nicht gehört?», rief sie zornig und stampfte mit dem Fuß auf. «Ich will auf der Stelle zurück nach Paris. Mme de Fador wird die Gendarmerie benachrichtigt haben. Möchtet Ihr gern in der Bastille landen?»

Er lächelte und blieb stehen, um eine Fluse von ihrem Ärmel zu nehmen. Sie schlug blitzschnell zu und hätte ihm fast eine Ohrfeige verpasst, wenn er sich nicht rasch zurückgezogen hätte.

«Aber, aber, junge Dame. Ihr ereifert Euch ganz umsonst. Niemand wird nach Euch suchen. Ihr seid in meinem bescheidenen Heim in vollkommener Ruhe und Sicherheit.»

Jeanne bebte vor Wut und hätte sich am liebsten auf ihn gestürzt, um ihm das Gesicht zu zerkratzen.

«Lügner», rief sie. «Glaubt Ihr, ich falle auf Euer Geschwätz herein? Ihr seid ein Verbrecher, Ihr habt mich gewaltsam entführen lassen. Noch dazu aus dem Haus einer Dame, zu der Ihr in freundschaftlicher Beziehung steht!»

Er sah ein, dass sie ihn unter keinen Umständen an sich heranlassen würde, und gab den Versuch auf. Stattdessen ließ er sich in einem Sessel nieder.

«Ihr scheint Euch über Eure Lage nicht ganz klar zu sein, Mademoiselle Jeanne», meinte er gelassen. «Ich sagte: Niemand wird nach Euch suchen. Meine von mir sehr verehrte Freundin Marguerite de Fador ist über Euren Aufenthalt hier unterrichtet.»

Jeanne wurde blass. Sagte er die Wahrheit? Das konnte doch nicht sein. Mme de Fador hatte sie aufgefordert, freundlich zu ihm zu sein. Aber sie konnte doch niemals eine Entführung gebilligt haben!

«Ihr glaubt mir nicht? Nun, dann seht Euch um. Dort steht das Gepäck, dass sie für Euch zusammengestellt hat. Eure Kleider vor allem, liebste Jeanne. Und noch ein paar private Kleinigkeiten, auf die eine Dame ungern verzichtet.»

In der Tat befanden sich neben der Tür zwei Reisetaschen mit dem eingearbeiteten Monogramm der Marquise. Jeanne schüttelte energisch den Kopf. Mit solchen Tricks konnte er sie nicht hereinlegen.

«Ihr schenkt meinen Worten immer noch keinen Glauben», meinte er bedauernd. «Dann muss ich deutlicher werden.»

Jeanne hatte genug. Sie wollte von hier fort, notfalls auch zu Fuß. Sie sprang mit einem Satz zur Tür und rüttelte daran. Umsonst – man hatte die Tür von der anderen Seite verriegelt.

«Ihr bemüht Euch unnötig», sagte er mit Triumph in der Stimme. «Hört mir lieber zu.»

«Ich will nichts von Euch hören!»

«Es handelt sich um eine Art Geschäft», fuhr er unbeirrt fort. «Ich werde meiner guten Freundin Mme de Fador einen Gefallen erweisen und empfange dafür von ihr ebenfalls eine Gefälligkeit. Eine Hand wäscht die andere – vielleicht kennt Ihr diesen Spruch? Er ist sehr wahr und sehr nützlich.»

Verständnislos starrte sie ihn an. Wovon sprach dieser Teufel?

«Die Gefälligkeit der Marquise mir gegenüber besteht in diesem kleinen – zugegeben, nicht ganz freiwilligen – Besuch, den Ihr mir abstattet. Ich gedenke, Euch für eine geraume Weile in meinem Haus zu behalten, und erwarte, dass Ihr mir während dieser Zeit einige Freundlichkeiten erweisen werdet, Mademoiselle.»

Sie erzitterte und erinnerte sich an die Worte, die er ihr in der Kutsche gesagt hatte. Hier in diesem Haus war sie ihm ausgeliefert.

«Ich denke nicht daran», sagte sie. «Lieber sterbe ich.»

Über sein Gesicht glitt ein hämisches Grinsen.

«Welch große Worte, Jeanne! Ihr spielt die Heldin ohne Not. Anstatt Euch zu sträuben, solltet Ihr besser daran denken, dass der Gefallen, den ich meinerseits Mme de Fador erweisen werde, ein sehr großer und wichtiger ist.»

Sie warf den Kopf hoch. Er konnte reden, was er wollte, sie würde ihm kein einziges Wort glauben.

«Es geht dabei um die Zukunft eines jungen Mannes, der gerade Euch, liebe Jeanne, sehr am Herzen liegt.»

Verwirrt sah sie ihn an.

«Was meint Ihr?»

«Ich spreche von Christian de Saumurat.»

Der Boden unter ihr schien zu wanken. Was hatte Christian mit diesem üblen Menschen zu tun?

«Ich verstehe nicht …»

Er sah, dass sie den Köder geschnappt hatte, den er mit so viel Bedacht ausgelegt hatte, und er genoss es, wie sie an der Leine zappelte.

«Christian de Saumurat ist ein ehrgeiziger junger Mann, der einen Weg zum Hof des Königs sucht. Ich kann ihm diesen Weg über meine Beziehungen ebnen. Daher haben wir diese kleine Absprache getroffen.»

Mit flammendem Blick sah sie ihn an.

«Das ist ungeheuerlich. Christian wird niemals einem solchen Handel zustimmen!»

Die Stimme des Marquis war hart und schneidend, als er sie unterbrach.

«Er hat ihn selbst abgeschlossen, Mademoiselle. Christian de Saumurat ist sicher, dass Ihr ihm diesen kleinen Gefallen erweisen werdet. Einzig aus diesem Grund hat er Euch in die Obhut der Marquise de Fador gegeben.»

«Lüge! Was für eine niederträchtige Lüge!»

«Ihr glaubt mir immer noch nicht? Nun, dann lest dieses Schreiben. Es ist an Mme de Fador gerichtet, und sie gab es in meine Hand.»

Er zog einen Brief aus dem Ärmel und reichte ihn ihr. Jeanne spürte in ihrem Inneren eine Stimme, die sie warnte, dieses Schreiben zu lesen. Doch sie war viel zu aufgeregt, um auf diese Warnung zu hören.

«… Ich bin Euch sehr verbunden für Eure Bemühungen um Jeanne, denn ich bin davon überzeugt, dass ich meine Ziele nur erreichen werde, wenn sie an meiner Seite ist. Jeanne ist fest in meine Zukunftspläne eingeschlossen, und ich empfehle sie bis zu meiner Ankunft Eurer großmütigen und weitblickenden Fürsorge …»

Die Buchstaben tanzten vor ihren Augen. Einen Moment lang schien ihr Verstand auszusetzen. Sie wusste plötzlich nicht mehr, wovon die Rede war. Wer hatte doch mit wem welches Geschäft abgeschlossen? Und was hatte Christian damit zu tun? Christian hatte sie fest in seine Zukunftspläne eingeschlossen ... Was hieß das?

Er hatte – als er heute Morgen fortging – davon gesprochen, dass er etwas mit ihr vorhabe. Und er hatte ihr nicht sagen wollen, was er damit meinte.

Plötzlich stand der Chevalier dicht neben ihr, und sie hörte seine dunkle, heisere Stimme an ihrem Ohr.

«Vielleicht habt Ihr den falschen Freunden vertraut, Jeanne?»

Roger durchquerte eilig den langen Flur auf dem Weg zu Marguerites Privatsalon, denn er war zu dem üblichen kleinen Stelldichein bereits ein wenig verspätet. Plötzlich stutzte er, denn er glaubte, eine weibliche Stimme gehört zu haben. Er blieb stehen und lauschte. Kein Zweifel, aus dem Geschoss über ihm drangen ängstliche, fast verzweifelte Rufe.

War es Jeanne? Marguerite hatte sich ihm gegenüber zwar nicht konkret geäußert, doch ihm war klar, was sie plante. Hatte man Jeanne dort oben eingesperrt, weil sie sich gegen den Chevalier de Boudard gewehrt hatte? Roger war beunruhigt. Diese bezaubernde junge Frau war zu schade für Marguerites Intrigen – sie hatte das Zeug für weit Größeres. Es wäre außerordentlich bedauerlich, wenn der hübschen Jeanne etwas zugestoßen war.

Er zögerte einen Moment. Es war nicht klug, sich in Marguerites Machenschaften einzumischen, denn er wollte sie sich auf keinen Fall zur Feindin machen. Als jedoch wieder ein langgezogener Hilferuf zu hören war, entschied er sich dafür, ihm Folge zu leisten.

Er stieg eine Treppe hinauf, die eigentlich nur für die Dienstboten bestimmt war, erreichte einen zweiten, wesentlich schmaleren Flur und folgte den verzweifelten Rufen, bis er vor einer Tür stand, die von außen verriegelt worden war.

Es war nicht Jeanne, das erkannte er jetzt, da er die Stimme aus der Nähe hörte, ganz deutlich. Er schalt sich einen Narren und war froh, dass niemand in der Nähe war, der sich über seine Anwesenheit hätte lustig machen können. Denn er befand sich hier im obersten Stockwerk des Hauses, wo die Kammern der Dienstboten lagen.

«Hilfe! Um Gottes willen. Lasst mich heraus, ich ersticke ...», rief die Eingesperrte.

Roger war eigentlich der Meinung, dass er mit den Scherzen und Intrigen der Dienerschaft nichts zu tun hatte und besser den Rückweg antreten sollte. Zumal er erwartet wurde. Dann aber erfasste ihn schlagartig eine Erkenntnis. Er kannte diese Stimme – natürlich, es war Jeannes kleine Kammerzofe. Dieses niedliche, zarte Geschöpf mit den großen blauen Augen, das ihrer schönen Herrin treu wie ein kleines Hündchen ergeben war. Wie hieß sie doch gleich? Richtig: Nadine.

Sofort war ihm auch klar, weshalb man das arme Mädchen hier eingesperrt hatte, und ein Gefühl des Ärgers überkam ihn. Marguerite musste einen Plan ersonnen haben, bei dem die kleine anhängliche Zofe im Weg stand. Also hatte man sie für eine gewisse Zeit beiseitegeschafft. Das bedeutete, dass Jeanne vermutlich längst fort war.

Er zog den Riegel zurück und öffnete die Tür. Der Raum war stickig, denn es gab kein Fenster. Nadine hatte hinter der Tür gesessen und sich mit dem Rücken daran angelehnt. Als die Tür sich dann überraschend öffnete, war sie hastig aufgesprungen. Jetzt stand sie mit verweintem Gesicht und am ganzen Körper zitternd gegen einen der breiten Wäscheschränke gelehnt – und starrte ihn mit großen

Augen an. Wen hatte sie erwartet? Marguerite? Jeanne? Nun, jedenfalls nicht ihn.

Roger lächelte die Kleine freundlich an, um sie zu beruhigen, und stellte dabei fest, dass ihr verheultes Gesicht ungeheuer rührend aussah. Was für ein niedliches Geschöpf.

«Hast du dich erschreckt?», fragte er sie sanft. «Keine Bange, ich habe deine Hilferufe gehört und bin gekommen, um dich aus dieser Kammer zu befreien.»

Sie kannte ihn natürlich, wusste auch, dass er Marguerite regelmäßig besuchte. Ganz sicher wusste sie auch, was er und Marguerite dann miteinander taten. Sie war schließlich nicht dumm, diese nette kleine Zofe. Im Gegenteil, sie schien sogar recht verständig zu sein.

«Ich weiß kaum, wie ich Euch danken soll, Euer Gnaden», sagte sie jetzt leise. «Verzeiht mir – ich muss rasch zu meiner Herrin.»

Sie wollte sich an ihm vorbei in den Flur schieben, doch er hielt sie an der Schulter zurück. Was für eine zierliche Schulter das war. Man spürte sie kaum in der Hand – die Kleine war schlank wie ein Reh.

«Es ist zu spät, Nadine», sagte er ernst. «Besser, du bleibst hier.»

Entsetzt starrte sie ihn an. Sie öffnete den Mund, um etwas zu sagen, unterließ es aber doch und schüttelte nur energisch den Kopf.

«Aber nein», flüsterte sie.

«Seit wann steckst du in dieser Kammer?»

«Seit gestern Abend, Euer Gnaden.»

Er zog sie an beiden Schultern von der Tür zurück und schob sie wieder in die Kammer hinein. Dann blickte er ihr eindringlich in die Augen. Sie hatte schöne Augen, die Kleine. Groß und unschuldig wie ein Kind. Und taubenblau. Sie hatte überhaupt etwas von einer kleinen Taube.

«Seit gestern Abend? Dann ist deine Herrin längst fort, Nadine.»

«Nein», flüsterte sie und sah ihn verzweifelt an. «Das kann nicht sein.»

«Es ist aber leider so, Nadine. Ich wünschte auch, es wäre anders gekommen. Aber was geschehen ist, lässt sich nicht rückgängig machen.»

Ihre Augen füllten sich mit Tränen, und sie begann hilflos zu schluchzen. Ganz gegen seine sonstige Gewohnheit überkam ihn plötzlich tiefes Mitleid, und er zog sie an seine Brust. Sie weinte um Jeanne, die Kleine. Sie duftete sogar ein wenig nach Jeanne. Sie war diejenige, die die bezaubernde Jeanne am Abend entkleidete, ihr das Nachtgewand über den bloßen Körper zog, sie zudeckte und ihr eine gute Nacht wünschte. Sie kleidete sie am Morgen an, schnürte ihr die Corsage, kämmte ihr das Haar ... Er hatte auf einmal die völlig irrwitzige Illusion, Jeanne in den Armen zu halten und sie zu trösten, und er strich mit zärtlichen Bewegungen über Nadines Rücken.

«Nun, nun – nur nicht verzweifeln. Sie wird zurückkommen. Sie wird ganz sicher zurückkommen», murmelte er ihr ins Ohr und spürte dabei, dass er sich lächerlich benahm. Da stand er in einer Wäschekammer und hielt eine Kammerzofe im Arm, um sie über den Verlust ihrer Herrin hinwegzutrösten. Er – der Duc de Gironde, ein Edelmann, der im Rang nur zwei Stufen unter dem König war!

Sie war jedoch so rührend in ihrem Kummer, dass er sie festhielt, denn dieser schlanke, biegsame Körper in seinen Armen gefiel ihm zunehmend gut. Eine zierliche Nymphe – wie sie wohl ausschaute, wenn man ihr die Kleider auszog?

«Wo hat man sie hingebracht, Euer Gnaden?», jammerte sie verzweifelt und hob ihr Gesicht zu ihm empor.

Er zog ein spitzenbesetztes Taschentuch hervor und

wischte ihr damit die Tränen ab, die über ihre Wangen liefen. Auch an seinem Rock waren feuchte Spuren, die hoffentlich bald trocknen würden, denn er legte keinen Wert darauf, dass Marguerite sie entdeckte.

«Woher soll ich das wissen, Nadine?»

Nadine sah ihn prüfend an, und trotz ihrer Verzweiflung begriff sie, dass er log. Der Duc de Gironde, der so häufig bei Madame de Fador im Privatsalon weilte und mit ihr alle nur möglichen Spielchen trieb, er wusste mit Sicherheit, wohin man Jeanne gebracht hatte.

«Ich möchte zu ihr gehen», gestand sie. «Ich bin ihre Zofe und habe ihr versprochen, sie niemals zu verlassen. Bitte sagt mir, wo sie ist, Euer Gnaden.»

Er überlegte. Konnte man der Kleinen trauen? Wo gab es denn solche Treue, die einer Herrin sogar noch in die Gefangenschaft folgte? Nun ja – so etwas kam vor.

«Was bekomme ich dafür, wenn ich es dir sage?», fragte er lächelnd.

Sie sah mit unschuldiger Miene zu ihm auf.

«Was soll ich Euch geben, Euer Gnaden? Ich habe ja nichts.»

Er zog sie ein wenig fester an sich, und seine Hand suchte ihren Po unter den Röcken. Sie wehrte sich nicht, sondern schien sein Tun sogar zu mögen.

«Du hast schon etwas, kleine Nadine», flüsterte er. «Du könntest mir eine ganze Menge bieten …»

Sie schmiegte sich an ihn und ließ ihn gewähren. Seine Hand zog ihren Rock in die Höhe und glitt sanft und streichelnd über ihren Oberschenkel. Ihre Haut war zart und glatt, ihr Po straff und hübschgewölbt. O ja – sie war es durchaus wert, dass er Marguerite um ihretwillen warten ließ.

«Und Ihr versprecht mir, dass Ihr mir sagt, wo meine Herrin sich aufhält?»

Er löste bereits die Bänder ihres Kleides, denn er war besessen von dem Wunsch, sie ganz nackt vor sich zu sehen.

«Misstraust du dem Wort eines Edelmannes, Nadine?»

Sie widerstrebte ein wenig, als er die Haube herunterzog und sich ihr langes blondes Haar auflöste. Wie reizend sie war, wenn sie sich widersetzte. Er hätte sie gern in eine Wanne gesetzt und mit ihr gebadet. Irgendwann würde er das gewiss tun.

«Oh, Euer Gnaden», seufzte sie. «Wenn Ihr Euer Wort an eine edle Dame gebt, dann lege ich meine Hand dafür ins Feuer, dass Ihr es haltet. Wenn es sich jedoch nur um eine Kammerzofe handelt ...»

Er hatte ihr jetzt Rock und Oberteil ausgezogen, und sie stand im Unterrock vor ihm.

«Ich halte mein Wort, Nadine. Gleich, ob ich es einer Zofe oder einer Herrin gebe. Zieh dich jetzt aus.»

Nadine entschied sich dafür, ihm zu glauben. Sie begann an den Bändern zu nesteln, die ihre Corsage zusammenhielten, und der lüsterne Blick, mit dem er sie beobachtete, ließ sie wohlig erschauern. Sie hatte schon einige Male hinter der Tür gestanden, wenn er mit Mme de Fador seine Liebesspiele trieb, und sie wusste nur zu gut von der übrigen Dienerschaft, dass dieser Mann einer der besten Liebhaber von ganz Paris war.

Langsam zog sie die Bänder auf und gab ihm Einblick in ihr Dekolleté. Sie sah die brennende Ungeduld in seinen Augen und ließ sich Zeit. Ohne Hast zog sie die Corsage auseinander, löste die Bänder und bot erst die eine, dann die andere Brust seinen Blicken. Roger spürte, wie seine Leidenschaft entfacht wurde. Sie hatte runde und feste Brüste, die kleinen Spitzen erhoben sich keck in die Höhe und hatten sich, während sie sich entblößte, bereits fest zusammengezogen. Sie genoss es also, sich vor ihm auszuziehen, die kleine Zofe. Unschuldig war sie ganz sicher nicht mehr, aber sie hatte etwas von einer jugendlichen Nymphe, etwas Frisches, Unverdorbenes, das seine Sinne ungeheuer aufpeitschte.

«Herunter damit», zischte er. «Zieh dich ganz aus.»

Sie errötete, was ihr bezaubernd stand, löste die Bänder der Corsage ganz, sodass das Kleidungsstück zu Boden fiel.

«Dreh dich zur Seite!»

Ihr Oberkörper war jetzt völlig nackt, und er betrachtete das aufreizende Halbrund ihrer Brüste von der Seite, ließ sie die Arme hinter dem Kopf verschränken, sodass die Nippel steil emporstanden und sich deutlich gegen die helle Wand im Hintergrund abzeichneten. Seine Finger zuckten förmlich danach, diese süßen Dinger zu berühren, sie zu kitzeln und zu reizen – doch er ließ sich Zeit.

«Weiter!», befahl er.

Sie löste den Bund des Unterrocks und zog den Rock so weit hinab, dass ihre schlanken Hüften und der Bauchnabel zu sehen waren.

«Dreh dich mit dem Rücken zu mir!»

Sie gehorchte. Langsam senkte sie den Rockbund nach unten und bewegte dabei ihren Po aufreizend hin und her. Wo hatte sie das gelernt, zum Teufel? Er spürte, dass sein Glied jetzt heftig nach oben strebte, und griff an seine culotte, um den Stoff ein wenig zurechtzuzupfen. Jetzt wurde ihre Pospalte sichtbar, ihr Gesäß war fest und rund, sodass man Lust bekam, es mit der Hand zu berühren.

«Bück dich ein wenig.»

Nadine gehorchte auch diesmal und zuckte zusammen, als sie seine Hände an ihrem Gesäß spürte. Er streichelte ihre Pobacken, drückte sie zusammen und massierte sie, und als er mit den Fingern ein kleines Stück zwischen ihre Beine glitt, schrie sie leise auf vor Lust.

«Still, kleine Nymphe. Oder möchtest du gern Zuschauer anlocken?»

Sie presste sich die Hand auf den Mund und stöhnte leise, als er über ihre Hüften streichelte und dann mit beiden Händen über das lockige Vlies ihrer Scham strich. Es war bereits so feucht, dass er jetzt ganz sicher war, dass sie die Situation genoss. Er glitt langsam mit dem Finger zwischen ihre Schamlippen und fühlte, wie sie erbebte, als er die Klitoris berührte. Er konnte die Lustwellen – die sie überliefen – an ihrem schlanken Körper spüren bis hinauf zu den Brüsten. Vorsichtig nahm er die Hände von ihrer Scham, drehte Nadine zu sich und küsste ihre erhitzten Wangen, bis er ihre Lippen fand. Ihr Kuss war zart und fast kindlich. Nur zögernd erwiderte sie das Spiel seiner fordernden Zunge und ließ zu, dass diese wie eine feurige Schlange ihre Mundhöhle erforschte.

Er hielt es jetzt nicht mehr aus. Hastig zog er einen Stuhl herbei und setzte sich darauf. Dann zog er die nackte kleine Nymphe zu sich heran.

«Komm, meine Süße. Auf meinen Schoß.»

Sie verstand ihn und setzte sich mit gespreizten Beinen auf seinen Schoß, sodass ihre süße Weiblichkeit ganz ungeschützt und höchst verführerisch vor ihm offen lag. Leicht wie eine Feder wiegte sie sich auf seinen Knien, zeigte ihm immer wieder den verlockenden Ort seiner Begierde, bog den Oberkörper vor und bot ihm ihre Brüste an. Er umschloss sie mit den Händen, knetete und liebkoste sie, bis Nadine vor Lust aufstöhnte. Sie rutschte dicht zu ihm heran und ließ ihn ihre vorwitzigen kleinen Brustspitzen mit dem Mund fassen und daran saugen, sie mit der wirbelnden Zunge reizen, bis sie vor Wollust keuchte.

«Löse mir die culotte, kleine Nymphe», bat er stöhnend, denn ihr Schoß hatte bereits mehrere Male sein Glied berührt, das unter dem Stoff der Hose gefangen war. Nadine zeigte, dass sie nur zu gut wusste, wie eine culotte geöffnet wird, denn sie erlöste seinen schwellenden Penis mit nur wenigen raschen Bewegungen.

Gleich darauf glitt sie mit einer geschickten Bewegung von seinem Schoß hinab und kniete vor ihm auf dem Boden. Er erriet, was sie tun wollte, und schob in wollüstiger Erwartung die Beine auseinander, sodass sie seinen entblößten Penis mit den Händen fassen konnte. Zärtlich strichen ihre kleinen festen Hände über seinen Phallus, fühlten an ihm entlang bis hinauf zu der länglichen, geschwollenen Spitze, wo sich die Vorhaut jetzt zurückziehen wollte, und streichelten sie sanft, fast ohne sie zu berühren. Heiße Blitze schienen seinen Körper zu durchzucken, als sie die empfindliche Eichel betastete, und er konnte das Stöhnen kaum unterdrücken. Sie warf nur einen kurzen Blick zu seinem Gesicht hinauf, begriff seinen Wunsch und führte sein Glied langsam zu ihrem Mund. Als ihre heiße, feuchte Zunge über seine Eichel leckte, war seine Lust so unbändig, dass er fast schon gekommen wäre. Zärtlich führte sie die Lippen über seinen glänzenden Stab, bedeckte ihn mit Küsschen, knabberte vorsichtig daran und reizte ihn mit kreisenden Bewegungen ihrer feuchten Zunge. Als er schließlich spürte, dass er sich kaum noch beherrschen konnte, zog er sie an beiden Armen wieder auf seinen Schoß und umfasste ihren Po mit beiden Händen.

«Zeig ihm den Weg, süße Verführerin», hauchte er ihr ins Ohr.

Sie rutschte dicht an ihn heran, näherte ihre verlockende Vagina seinem aufgerichteten Glied und brachte es mit zärtlichen Händen in die richtige Position. Er zitterte bereits vor Sehnsucht, endlich in sie hineingleiten zu können, und umklammerte ihren Po mit festem Griff, schob sie immer dichter zu sich heran, während der Rhythmus der

Liebesekstase ihn bereits erfasst hatte. Ihre Scheide war eng, doch die Feuchte half ihm, sein erregtes Glied langsam einzuführen, ohne ihr wehzutun. Immer weiter drang er in sie vor, zog sich hie und da wieder ein kleines Stückchen zurück, um dann mit neugesteigerter Lust in sie hineinzustoßen. Sie stieß kleine helle Schreie aus, während er sie im Rhythmus auf und nieder wiegte und sein Glied sich in ihrer Scheide bewegte und ihre Leidenschaft aufpeitschte. Er sah ihre runden Brüste vor sich hüpfen und beben, fasste mit dem Mund nach den kleinen festen Spitzen, die vor seinen Augen einen wilden Tanz vollführten – und endlich überflutete ihn die Woge ungezügelter Wollust. Als sie sich mit wildem Stöhnen hintenüberbog, spürte er das Zucken in ihrer Scheide, das ihren Höhepunkt ankündigte, und er überließ sich der Ekstase.

Er atmete noch heftig, als sie schon wieder von seinem Schoß hinunterrutschte und ihren Unterrock anzog. Mit einem Lächeln sah er zu, wie sie ihre bloßen Brüste unter dem Mieder versteckte und die Bänder zusammenzog. Er dachte an Jeanne, die von ihr angekleidet wurde, und überlegte, dass er gern dabei zusehen würde.

«Sie ist beim Chevalier de Boudard in St. Germain. Die Adresse musst du erfragen, ich kenne sie nicht genau.»

Sie schloss das Kleid und machte einen kleinen Knicks, wobei sie den Rock an beiden Seiten mit den Händen fasste. Er fand die Bewegung allerliebst und bedauerte sehr, dass sie nun wohl nach St. Germain davonlaufen würde.

Marguerite war keineswegs ungehalten über die Verspätung – im Gegenteil. Sie saß in glänzender Laune in einem Sessel, nur mit einem seidenen Morgenmantel angetan, das Haar bereits aufgesteckt und frisiert, und nach ihrem zufriedenen Gesichtsausdruck zu urteilen, hatte sie seine Unpünktlichkeit auf ihre Weise genutzt. Der kleine Tanzmeister hatte sie kurz zuvor verlassen und war an der Tür – zu seinem großen Erschrecken – mit Roger zusammengeprallt. Marguerite lächelte amüsiert und nippte an einer Tasse Kaffee.

Der Duc nahm auf dem Sessel ihr gegenüber Platz, ein Diener beeilte sich, ihm einzuschenken. Roger erwähnte das kleine Missgeschick mit keinem Wort – ihre Beziehung war derart, dass man einander nicht dergleichen nachtrug.

Marguerite sah ihn über die kleine Tasse hinweg an und lächelte ihr kühles Lächeln, das er so gut kannte.

«So nachdenklich?», fragte sie ironisch.

«Es ist ein wenig schade», gab er zurück und griff nach einem Hörnchen.

«Sie tut dir leid? Oh, ich vergaß, dass du eine kleine Schwäche für sie hast.»

Ihr spöttischer Ton bedeutete ihm, dass er auf der Hut sein musste.

«Man hätte sie zu besseren Dingen gebrauchen können», meinte er bedauernd. «Sie hat Format, die Kleine.»

Marguerite nickte und stellte mit einer zierlichen Bewegung ihre Tasse ab. Er musste zugeben, dass sie immer noch eine ungewöhnlich schöne Frau war. Ihr Nacken und ihre Arme waren untadelig.

«Um so gefügiger wird sie später sein», gab Marguerite achselzuckend zurück. «Der Chevalier wird sich in jedem Fall sehr dankbar erweisen.»

«Möglich. Und doch gibt es noch einen anderen Grund, nicht wahr?»

Belustigt sah sie ihn an.

«Was meinst du?»

Jetzt war es an ihm, ihr ein kühles Lächeln zu zeigen.

«Du wolltest sie aus dem Weg haben, bevor Christian zurückkommt. Habe ich recht?»

Sie ließ sich nichts anmerken.

«Du hast mich wie immer durchschaut, lieber Roger. Ja, ich denke, dass der arme Christian ein wenig zu sehr den Kopf verloren hat.»

«Zwei Fliegen mit einer Klappe», bemerkte er. «Was wirst du Christian erzählen, wenn er hier ankommt?»

«Das überlasse nur getrost mir», meinte sie freundlich und winkte dem Diener zu, er möge ihr noch ein Tässchen eingießen.

Die Frage war rhetorisch gewesen – er wusste natürlich genau, was sie erzählen würde. Dass die kleine Jeanne beschlossen habe, ihrem Christian zu einer grandiosen Karriere bei Hof zu verhelfen, und dass sie dafür all ihre Begabungen einsetzen würde. Als Dank erhoffe sie sich, von ihm geheiratet zu werden, um dann als Comtesse da Saumurat selbst bei Hof Karriere zu machen. Ganz und gar illusorisch war diese Vorstellung keineswegs, denn der Vater des Mädchens war unbekannt, und man müsste nur einen Adeligen finden, der für Geld oder andere Dienste bereit war, sich zu der Vaterschaft zu bekennen.

So ähnlich würde Marguerite argumentieren. Es blieb abzuwarten, wie der junge Mann die Nachricht aufnehmen würde. Christian de Saumurat war nicht dumm, aber keineswegs ein Mensch von kühlem Verstand. Eher ein junger Feuerkopf.

«Wir werden sehen, wie das Spiel sich anlässt», sagte Roger vieldeutig und lächelte Marguerite zu.

Sie spielte um Christian – das wusste er nur zu gut. Aber auch er, Roger, hatte einen Einsatz in diesem Spiel. Und er würde seine Chancen wahren.

Jeanne hatte den ganzen Tag über unbeweglich auf einem Stuhl gesessen und an die Wand gestarrt. Hin und wieder war die Alte aufgetaucht, hatte ihr schweigend etwas zu essen und zu trinken hingestellt und war wieder gegangen. Jeanne hatte alles unberührt gelassen. Eine tiefe Gleichgültigkeit hatte sie erfasst. Nichts gab es mehr, das von Bedeutung war. Nichts, was sie erfreuen oder worüber sie hätte weinen können. Nichts, was sie ängstigen konnte. Alles, worauf sie bisher gesetzt hatte, war vor ihren Augen zerbrochen.

Gegen Abend schossen ihr plötzlich die Tränen in die Augen, und obgleich sie versuchte, sie zurückzuhalten, war nichts gegen diese Flut zu unternehmen, die sich ihre Bahn brach. Schluchzend hockte sie da, hielt die Knie mit den Armen umschlungen und ließ dem Kummer, der aus ihr herausfließen wollte, freien Lauf. Lange weinte sie – erst als alle Tränen versiegt waren, spürte sie, dass es ihr leichter ums Herz war.

Sie stand auf, reckte die steif gewordenen Glieder und ging im Zimmer auf und ab. Trotz regte sich in ihr. Er hatte sie verraten. Hinterhältig verraten und an den Chevalier verkauft. Warum? Nur um seiner Eitelkeit willen. Ein Höfling wollte er werden. Eine wichtige Rolle am Hof des Königs spielen.

Er war nicht besser als alle anderen. Auch Christian spielte dieses Spiel, bei dem es um Macht ging. Wieso hatte sie geglaubt, dass er etwas Besseres sei?

Weil er sie mit seiner zärtlichen, ungestümen Liebe umfangen hatte? Weil er an ihrem Bett gesessen und ihr Geschichten erzählt hatte? Weil er ihr eine solche traumhafte Liebesnacht bereitet hatte?

Zornig trat sie mit dem Fuß gegen einen kleinen Sessel. Er hatte alles genau kalkuliert. Diese Liebesnacht, die sie für den Beweis seiner zärtlichsten Gefühle zu ihr gehalten hatte, war nichts als kalte Berechnung gewesen. Er wollte sie gefügig machen, ihm hörig, bereit, alles für den geliebten Mann zu tun.

Wütend warf sie den Kopf hoch. Wenn er das beabsichtigt hatte, dann sollte er nicht enttäuscht werden. O ja – sie würde freundlich zu diesem widerwärtigen alten Fettwanst sein. Aber Christian würde daraus kein Vorteil erwachsen. Dafür würde sie sorgen.

Der Zorn bekam ihr gut – sie spürte wieder Leben in sich. Jetzt merkte sie auch, dass sie hungrig war, und besah sich die Speisen, die die Alte ihr hingestellt hatte – auserlesene Köstlichkeiten, wie sie noch nicht einmal bei Mme de Fador auf den Tisch gekommen waren. Verschiedene Fleischpasteten, gedünsteter Fisch in einer würzigen Soße, eingelegte Früchte und weißes Brot von feinster Sorte. Sie setzte sich zu Tisch und begann zu essen. Was hatte sie noch heute Morgen behauptet? Lieber sterben zu wollen, als sich dem Chevalier hinzugeben? Sie spülte die Scham über ihre Dummheit mit einigen Schlucken Wein hinunter. Wie lächerlich das war. Die Liebe war es nicht wert, dass man ihretwegen ans Sterben dachte. Kein Mann war das wert. Kein einziger auf der ganzen Welt. Und Christian schon gar nicht.

Sie war beim Dessert angelangt, als sich die Tür öffnete. Auf der Schwelle stand der Chevalier de Boudard, und der Blick, mit dem er sie betrachtete, drückte Erleichterung und Zufriedenheit aus.

«Lasst Euch nicht stören, meine Liebe. Ich fürchtete schon, dass Ihr bei lebendigem Leibe verhungern wolltet. Aber dieser Besorgnis bin ich nun zum Glück enthoben.»

Sie löffelte eine Schale mit eingelegten Früchten, die so köstlich schmeckten, dass sie fast geschmatzt hätte. Sie leckte sich die Lippen mit der Zunge und lächelte den Chevalier verführerisch an.

«Euer Koch ist ein Zauberer, Chevalier», lobte sie. «Ich habe selten so gut gespeist.»

Er schien sich zu freuen und wagte sich einige Schritte näher an sie heran.

«Ich bin ein begeisterter Sammler aller Kochrezepte, Mademoiselle. Ganz besonders die Nachspeisen sind meine ganze Leidenschaft.»

«Ja, das glaube ich», gab sie unverfroren zurück und ließ den Blick über seinen kleinen Bauch gleiten.

Zu ihrer Überraschung schien ihm dieser spöttische Blick zu gefallen. Er errötete.

«Ich bin kein Adonis, Jeanne», sagte er. «Aber ich bin großzügig, wenn man meine Wünsche erfüllt.»

Sie goss ein zweites Glas Wein ein und reichte es ihm. Zögernd nahm er es aus ihrer Hand, dem Umschwung ihrer Stimmung noch nicht ganz vertrauend.

«Auf Euer Wohl», sagte sie und lächelte ihn an.

«Auf das Eure, Jeanne. Seid willkommen in meinem Hause.»

Sie tranken, und er versank in dem verführerischen Glanz ihrer blauen Augen. Wie machtvoll ihr Blick war, wie diese Augen ihn durchdrangen. Es schauerte ihn, und tausend Wünsche wurden in ihm wach.

«Ich denke, dass wir uns gut miteinander verstehen werden», sagte sie und fuhr fort, ihn abschätzend zu betrachten.

Er wand sich unter ihrem forschenden Blick, sein Atem ging rascher, seine Hand, die noch das Glas hielt, begann zu zittern.

«Ich bin Euer ergebenster Diener, Mademoiselle», flüsterte er. «Euer Sklave, der bereit ist, Euch jeden noch so geheimsten Wunsch zu erfüllen. Alles will ich für Euch tun, Jeanne.»

Sie trank ein weiteres Glas und spürte, wie der Wein ihr

Blut in Wallung brachte. Eine merkwürdige Lust überkam sie, ihn zu demütigen.

«Kniet vor mir, Chevalier!»

Ein seliges Lächeln überflog sein Gesicht, und er ließ sich auf die Knie plumpsen.

«Verlangt von mir, im Staub zu kriechen und den Boden abzulecken», keuchte er. «Ich gehorche Euch aufs Wort, liebste Jeanne.»

Das Spiel gefiel ihr außerordentlich. Es war genau das, worauf sie Lust hatte.

«Auf alle viere! Lauft herum wie ein Hund.»

Er beeilte sich, ihren Befehl auszuführen. Es war komisch genug, den großen, breiten Mann mit halbverrutschter Perücke schnaufend auf der Erde herumkriechen zu sehen.

«Sehr schön. Macht Männchen und bellt wie ein Hund.»

Er hob den Oberkörper, hockte mit gespreizten Schenkeln und angewinkelten Armen vor ihr. Unter der Hose erkannte sie eine Wölbung, und sie begriff, dass dieses seltsame Spiel ihm große Lustbefriedigung bereitete. Er bellte mit hoher Fistelstimme, bis sie ihm gebot, damit aufzuhören.

«Und jetzt kommt her und leckt mir die Schuhe.»

Er kroch herbei, hechelnd vor Wollust, und beschnüffelte ihre kleinen blauen Pantöffelchen. Dann streckte er genüsslich die Zunge heraus und beleckte ihren Knöchel.

«Süßeste Jeanne, meine Königin, mein Engelchen», keuchte er und begann voller Inbrunst ihre Wade abzuküssen. Sie ließ ihn eine kurze Weile gewähren, dann setzte sie den Fuß gegen seine Brust und stieß ihn zurück.

Er fiel gegen einen Stuhl und verlor die Perücke, was er jedoch gar nicht bemerkte. Vor Lust stöhnend, schien er den Schmerz als höchsten Reiz zu empfinden.

«Schlagt mich, meine kleine Herrin. Meine gestrenge Königin. Straft mich. Ich bin ein widerlicher Verräter. Ich habe mich gegen meine Königin vergangen ...», flehte er.

Jeanne hielt diesen Vorschlag für eine hervorragende Idee. Sie riss eine der goldenen Kordeln, die einen Brokatvorhang drapierte, von der Wand und näherte sich ihm. Er röchelte, sein Gesicht war dunkelrot, er atmete stoßweise mit geöffnetem Mund.

«Schlagt mich!», jauchzte er und riss sich den Rock herunter. Sein Hemd quoll aus der halbgeöffneten Weste hervor, seine rechte Hand war zwischen den Beinen vergraben und bewegte sich dort hastig auf und ab.

Sie schlug so fest sie konnte auf seinen Bauch und beobachtete, wie er den Kopf zurückwarf und in Verzückung ächzte, wenn die Schläge auf ihn herniederprasselten.

«Fester, noch fester. Ich bin ein ekelhafter Sünder. Eine Ausgeburt der Hölle. Ich muss bestraft werden. Ahhh!»

Er nestelte an seinem Hosenbund herum und streifte sein Beinkleid ein Stück hinunter. Sein geschwollenes Glied sprang förmlich hervor, und er hielt es zwischen seinen beiden Händen, als wolle er es ihr präsentieren.

«Schlagt zu. So ist es schön. Noch einmal. Fest! Ganz fest!»

Sie tat ihm den Gefallen und bemühte sich, ihn nicht gar so fest zu treffen, doch er riss sich Weste und Hemd herunter und bot seinen Körper mit steigender Wollust ihren Schlägen. Seine Haut war hell, an den Schultern und im oberen Brustbereich hatte er unzählige Sommersprossen, die Brustbehaarung war licht und hörte über dem Bauch auf. Rote Striemen erschienen auf seiner Haut, doch er wand sich in Ekstase hin und her und streckte immer wieder seinen Penis vor, damit sie ihn mit dem Seil traf. Wenn sie das tat, jauchzte er in wilder Leidenschaft, zuckte wollüstig zusammen und stöhnte vor Genuss.

Ihr tat schon fast der Arm weh, doch ließ sie keinesfalls nach. Er stieß jetzt Laute aus, die an ein sterbendes Tier erinnerten, und bäumte sich unter ihren Schlägen auf. Immer wieder traf sie seinen entblößten Penis, den er ihr liebestoll darbot. Geschickt fing er mit den Händen die heftigsten Schläge ab, ließ aber so viel Schmerz zu, dass das zuckende Glied genügend gereizt wurde.

«O Jeanne, du bist wundervoll», keuchte er in seliger Verzückung. «Du, meine gestrenge Herrin. Du, mein strafender Engel. Meine süße Scharfrichterin. Meine Geißel ...»

Als der weißliche Saft aus dem dickgeschwollenen Schwengel hervorspritzte, brüllte er wie ein Stier vor Lust und krümmte sich zusammen. Jeanne war froh, dass sie mit den Schlägen aufhören konnte, denn ihr Arm war schon ganz gefühllos. Sie sah zu, wie er atemlos vor ihr kniete, die Hände immer noch um den erschlaffenden Penis gelegt. Auf seinem schweißüberströmten Gesicht lag ein seliges Lächeln.

«Wir werden wundervolle Momente miteinander verbringen», sagte er und zog die Hose ohne Scham wieder hoch.

Jeanne wandte sich ab, als ein Diener erschien, um den Chevalier anzukleiden und ihm die Perücke wieder aufzusetzen. Sie begriff, dass man hier solche Ereignisse gewohnt war.

Die Szene war widerlich gewesen, aber dennoch spürte sie eine seltsame Erregung. Lust konnte auch dunkel sein. Dunkel und abgründig.

Marguerite war darauf vorbereitet gewesen, Unwillen und Enttäuschung zu ernten. Vielleicht auch Zorn –

nur zu verständlich, denn der junge Mann war in sein hübsches Spielzeug verliebt. Allerdings hatte sie diese heftige Reaktion nicht erwartet.

Er hatte sie angestarrt wie ein wildes Tier. Dann war er ohne Erklärung davongerannt, hatte das Haus durchsucht, die Dienerschaft verschreckt und beim Versuch, hinter einen Alkoven zu sehen, zwei kostbare Vasen zerbrochen. Gleich darauf war er völlig aufgelöst und mit wirrem Haar in den Salon zurückgekehrt. Sie war vor ihm zurückgewichen, denn er machte Miene, als wollte er sich gleich auf sie stürzen.

«Wo ist sie? Wo habt Ihr sie versteckt?»

Sie brachte sich hinter einem Sessel in Sicherheit und betrachtete ihn fasziniert. Wie wild und ungestüm er war. Sie hatte nicht übel Lust, sich ihm entgegenzuwerfen, um die Kraft seiner jungen Muskeln an ihrem Körper zu verspüren.

«Aber liebster Freund. Ich begreife deine Aufregung nicht. Es geht um deine Zukunft, um das Vermächtnis deines Vaters.»

Er glühte vor Zorn. Fast fürchtete sie, er würde gleich den Degen ziehen und damit Unheil anrichten.

«Es geht um Jeanne!», tobte er. «Nie und nimmer kann sie mit diesem widerlichen Plan einverstanden gewesen sein!»

«Jeanne ist eine kluge junge Frau, die weiß, was sie will. Zudem tut sie es für dich, Christian.»

Er legte verzweifelt die Hände über das Gesicht und stöhnte.

«Das kann nicht sein. Niemals. Noch heute Nacht hat sie mir geschworen, dass sie nur mir gehören will. Ich weiß, dass sie die Wahrheit gesagt hat.»

Marguerite begriff voller Verblüffung, dass ihr in dieser Nacht offensichtlich etwas entgangen war, denn diese beiden hatten ein heimliches Rendezvous gehabt. Das erklärte möglicherweise seine Gemütsbewegung. Sie tat indes, als habe sie nichts gehört.

«Aber natürlich will sie nur dir gehören, lieber Christian», sagte sie begütigend. «Sie hat fest vor, einmal die Comtesse de Saumurat zu werden. Dafür setzt sie ihre Fähigkeiten ein. Ich sagte ja: Sie tut es für dich, Christian. Genauer gesagt: für euer gemeinsames Glück.»

Er starrte sie wortlos an, und sie erschrak vor seinem Blick. Es war unverhohlener Hass darin.

«Eure hinterhältigen Pläne, Madame, werden nicht aufgehen!», zischte er. «Gehabt Euch wohl. Ihr seht mich nie wieder!»

«Christian! Ich flehe dich an. Christian!»

Sie packte ihn am Ärmel. Wenn er in dieser Aufregung fortlief, würde er wohlmöglich ein Unheil heraufbeschwören. Doch Christian riss sich unwillig von ihr los und stieß sie zurück, als sie sich an seinem Arm festklammern wollte. Sie fiel gegen einen Tisch und wäre um ein Haar zu Boden gestürzt. Die Tür schlug hinter ihm zu.

«Christian!»

Himmel, er würde möglicherweise in sein Verderben rennen. Sie wies die Dienerschaft an, sofort einen Boten nach St. Germain zu schicken, wo sich das Haus des Chevaliers befand. Sie traf ihre Anordnungen mit kühlem Kopf wie ein erfahrener Stratege. Innerlich jedoch war sie aufgewühlt. Was für ein temperamentvoller Liebhaber er war. Und er hatte die Nacht mit dieser Bauerndirne verbracht!

Christian war aus dem Haus gerannt und in seine Kutsche gestiegen, die auf der Gasse gewartet hatte. Der Kutscher hatte vor sich hin gedöst und begriff zunächst nichts.

«Fahr zu!»

«Und die junge Dame, die Euer Gnaden mitnehmen wollten?»

«Fahr zu!»

«Wohin, Herr?»

«Irgendwohin.»

Der Kutscher zuckte die Schultern und trieb die Pferde an. Langsam rumpelte der Wagen über das schlechte Straßenpflaster, ein Hund kläffte sie an, zwei Frauen gingen mit ihren schweren Marktkörben eine Weile vor der Kutsche her und wichen erst zur Seite, als der Kutscher ihnen einige Schimpfworte zurief.

Christian versuchte die Gedanken und Gefühle zu ordnen, die auf ihn einstürmten. Noch in dieser Nacht hatte sie ihm gesagt, dass sie ihn liebte. Wie konnte sie sich dann einem anderen an den Hals werfen? Um ihm, Christian, den Weg zum Hof zu ebnen? Das war nicht seine Jeanne! Die Jeanne, die er liebte, hätte sich niemals für solch eine Intrige hergegeben. Es konnte nur eine infame Lüge sein. Warum war er nicht gleich darauf gekommen? Marguerite hatte sie fortgeschafft und log ihm etwas vor. Warum? Nun, das war nicht schwer zu erraten. Aus Eifersucht natürlich.

Aber wo war Jeanne? Wohin hatte Marguerite sie verschleppen lassen? Er sah aus dem Fenster auf die zahlreichen Passanten, die sich auf der engen Gasse drängten. Kutschen fuhren an ihnen vorbei, einige hatten die Fenster verhängt. Schwerbeladene Ochsenwagen waren der Grund dafür, dass eine rasche Durchfahrt nicht möglich war.

Jeanne konnte überall sein. Marguerite konnte sie irgendwo in einer Mietwohnung untergebracht haben. Im Haus einer ihrer Freundinnen. Vielleicht war Jeanne ja auch davongelaufen und irrte nun hilflos in dieser großen Stadt umher? Die wildesten Visionen schossen ihm durch den Kopf, und er versuchte die schlimmsten Bilder zu verdrängen. Er würde sie finden, und wenn er jedes Haus einzeln durchsuchen müsste. Er würde seine Jeanne finden und sie zu sich nehmen, so, wie er es von Anfang an vorgehabt hatte. Mochte Marguerite ihre Intrigen spinnen – er würde auch ohne ihre Protektion den Willen seines Vaters erfüllen.

Der Kutscher stieß einen bösen Fluch aus, weil eine Karosse unvermittelt um eine Ecke gebogen war und ihnen den Weg abschnitt. Eines der Pferde erschreckte sich, versuchte zu steigen, und er hatte alle Hände voll zu tun, um das Tier wieder zu beruhigen.

Christian war aufgesprungen und hatte aus dem Kutschenfenster auf die vorbeipreschende Karosse gesehen. Einen Moment lang glaubte er an eine Wahnvorstellung. In der Karosse saß der Chevalier de Boudard und an seiner Seite – Jeanne.

Bilder und Farben tanzten vor seinen Augen. Ein Trugbild. Seine Phantasie spielte ihm einen Streich. Und doch konnte er sich auf seine Augen im Allgemeinen verlassen.

«Fahr der Karosse nach!»

Die Fahrt führte durch einige enge Gassen, dann hielt die Karosse vor einer Boutique, die Modeutensilien aller Art führte. Christian musste sich mit der bitteren Tatsache abfinden, dass es wirklich seine Jeanne war, die nun an der Hand des Chevaliers aus der Kutsche stieg und die Boutique betrat.

Wie vor den Kopf geschlagen, saß er und starrte vor sich hin. Was hatte das zu bedeuten?

Zorn und Eifersucht brandeten in ihm hoch. Konnte es sein, dass er sich so getäuscht hatte? Dass er sich zum Narren hatte machen lassen?

Er entschied, dass er Gewissheit haben musste. Wenn sie tatsächlich ein doppeltes Spiel mit ihm getrieben hatte – dann wehe ihr.

Er betrat die Boutique, die ihm keineswegs unbekannt war. Damen und Herren aus höchsten Kreisen versorgten sich hier mit Spitzenkragen, Manschetten, Jabots, Handschuhen oder Fächern, die in hohen Regalen entlang der Wände gestapelt waren. Auch er selbst hatte hier früher Einkäufe getätigt – nicht nur zum eigenen Gebrauch, sondern auch für die Dame, der er gerade gewogen war.

Jeanne stand an dem langen Auslagetisch, prüfte eine Auswahl feinster Spitzen und beriet sich mit dem Chevalier, welche davon am besten zu ihrem neuen Kleid passen würde. De Boudard stand lächelnd neben ihr, schob ihr diese oder jene Ware zu und verströmte den zufriedenen Stolz des Besitzers.

Christian hätte gern den Degen gezogen, doch er beherrschte sich. Man war nicht allein. Drei Damen, von einem jungen Höfling begleitet, ließen sich Seidenstoffe vorlegen. Ein älterer Herr in weitem Mantel und breitem Hut probierte Handschuhe.

Jeanne erbleichte, als sie Christian erkannte. Doch sie presste die Lippen aufeinander, und in ihren Zügen erschien jener trotzige Ausdruck, den er nur zu gut kannte.

Er selbst war auf einmal völlig ruhig. Nun, da das Unglück nicht mehr zu leugnen war, hatte ihn aller Zorn verlassen. Die Verzweiflung, die in ihm wuchs, verbarg er hinter einer Maske aus kühler Gelassenheit.

«Welch ein Zufall», sagte er und verneigte sich vor ihr. «Ich glaubte, Euch bei meiner Freundin Marguerite zu finden. Doch wie ich sehe, seid Ihr in guter Gesellschaft.»

Er machte dem Chevalier eine höfliche und zugleich spöttische Reverenz, die dieser mit leichter Verärgerung erwiderte. Er mochte diesen gutaussehenden jungen Mann, auf den Marguerite so große Stücke hielt, nicht besonders leiden. Mit leichter Besorgnis sah er zu Jeanne hinüber, doch sie schien den Comte kaum zu beachten und wühlte stattdessen in den Spitzen herum.

«Diese hier wird Euch besonders gut kleiden», sagte Christian und zog eine der Klöppelarbeiten aus dem Stapel.

«Ich kaufte ein ähnliches Stück vor einiger Zeit für eine Dame, die mir sehr am Herzen lag. Sie war entzückt.»

Jeannes Wimpern zitterten, sie sah jedoch nicht auf.

«Wie schön für die Dame», gab sie zurück. «Trägt sie die Spitze immer noch?»

«Oh, sie will sich gar nicht davon trennen», meinte Christian mit falscher Freundlichkeit. «Sie trägt sie sozusagen Tag und Nacht.»

Er sah, wie das Blut in ihre Wangen stieg, und frohlockte.

«Richtet der Dame meinen Gruß aus», sagte sie, und er konnte an ihrer Stimme erkennen, wie zornig sie war. «Mein Kompliment für ihren auserlesenen Geschmack. Wie schade, dass sie in Bezug auf ihren Begleiter keine ähnlich gute Wahl getroffen hat.»

Er erblasste vor Ärger über diese Frechheit und suchte nach Worten, um sie ihr zu vergelten. Doch als sie jetzt die Augen zu ihm hob und ihn ansah, verwirrte ihr Blick ihn derart, dass er verstummte.

Er verbeugte sich und verließ den Laden mit hastigen Schritten. Sie war eine ganz gewöhnliche Hure. Nichts anderes. Es wurde Zeit, dass er aus seinen Träumereien erwachte.

Der Chevalier hatte sich während der Heimfahrt laut und ärgerlich über die unerzogenen jungen Leute ausgelassen. Keine Contenance, keine Erziehung, verrohte Landexistenzen, die von feinem Benehmen und Respekt einer Dame gegenüber keine Vorstellung hätten. Jeanne hatte dazu geschwiegen und nur hin und wieder beifällig genickt. Sie war froh, dass er die Unterhaltung alleine bestritt, denn es gab ihr Zeit, den Schrecken zu überwinden, der sie bei Christians plötzlichem Auftauchen ergriffen hatte. Noch gestern hatte sie geglaubt, sie empfände ihm gegenüber nur noch Verachtung. Doch als er so unerwartet vor ihr stand, war sie unversehens in ein Chaos der Gefühle gestürzt. Es war der gleiche Mann, der ihr noch vor einigen Tagen alles bedeutet hatte. Jede Bewegung, jede Miene war ihr vertraut. Seine dunklen Augen, seine schöngeschwungenen Lippen, die Hände, die so fest und doch geschmeidig waren. Seine Stimme, die so süße, berauschende Worte in ihr Ohr geflüstert hatte.

Ach, all das musste sie vergessen. Er hatte sie getäuscht und verraten. Christian war nicht der Mensch, in den sie sich verliebt hatte. Wie kühl er gewesen war. Wie boshaft. Reichte es ihm nicht, dass sie tat, was er sich von ihr erhoffte? Wozu noch dieser Hohn?

Sie gab sich einen Ruck und zwang sich, ihren Kummer beiseitezuschieben. Machte er es ihr nicht sogar leichter, wenn er sie verspottete? Ab jetzt würde sie ihn nur noch hassen.

Der Chevalier hatte sich inzwischen wieder beruhigt und beobachtete seine schöne Begleiterin. Sie erschien ihm recht still und bekümmert. Die Frechheiten dieses jungen Mannes hatten sie wohl mehr getroffen, als sie es in der Boutique merken ließ. Charles de Boudard war ein guter Menschenkenner, und die Eifersucht des alternden Liebhabers hatte seine Sinne zusätzlich geschärft. Christian de Saumurat war ihm früher in den Salons der Marguerite de Fador häufig begegnet. Ein unerhört gutaussehender junger Teufel, der bei den Damen sehr erfolgreich war. Man musste auf der Hut vor ihm sein.

«So schweigsam, meine Liebe?», wandte er sich an Jeanne, die versonnen in die Landschaft schaute, während die Karosse die Brücke über die Seine passierte. Man nahm den Weg nach St. Germain.

«Oh, der Fluss ist traumhaft schön im Mittagslicht», gab sie zurück und lächelte ihm zu.

«Traumhaft schön bist du, meine kleine Jeanne», gab er artig zurück und fasste ihre Hand, um seine Lippen darauf zu heften. Jeanne ließ ihn gewähren. Sie hatte vor, sich mit ihm zu arrangieren und abzuwarten, wie die Dinge sich entwickeln würden. Bisher schien alles, was er von ihr verlangte, recht einfach zu sein. Seine Art der Lustbefriedigung hatte sie zwar abgestoßen, aber solange er sie dabei nicht einmal berührte, fand sie nichts dabei, seine Wünsche zu erfüllen.

Er hatte nicht gelogen: Charles de Boudard zeigte sich tatsächlich sehr großzügig. Er hatte ihr gleich nach der ersten Liebesbegegnung – die ihn über alle Maßen begeistert hatte – ein wertvolles Collier geschenkt, dazu die passenden Ohrgehänge und einen Ring mit einem großen hellblauen Stein. Sie war im ersten Stock der geräumigen Villa in einer Flucht von drei geräumigen und aufwendig eingerichteten Zimmern einquartiert worden, und die Dienerschaft erwies ihr den gleichen Respekt wie dem Hausherrn selbst. Die Alte, die sie bei ihrer Ankunft so erschreckt hatte, hatte sie bisher nicht wieder zu sehen bekommen.

Der Chevalier hatte den heutigen Tag einzig und allein damit verbracht, nach ihren Wünschen zu fragen und sie auszuführen. Man war zu den Tuilerien gefahren, und er hatte sie in den Gärten herumgeführt. Zum ersten Mal in ihrem Leben hatten vornehme Damen und Herren von ihr Notiz genommen, hatten sie wie ihresgleichen gegrüßt, freundliche Worte mit ihr gewechselt, sie mit «Mademoiselle» angeredet. Der Chevalier de Boudard hatte keine Probleme, sich mit seiner jungen Mätresse öffentlich zu zeigen und sie seinen Bekannten zu präsentieren. Im Gegenteil – Jeanne spürte, dass der reiche Lebemann sie mit Stolz herumzeigte und die bewundernden Blicke der

Herren ebenso genoss wie die abschätzenden Gesichter der Damen und ihre hochgezogenen Augenbrauen.

«Du hast Haltung, meine Schöne», sagte er, während er ihr beim Einsteigen in die Karosse half. «An dir ist eine Königin verlorengegangen.

Anschließend hatte er sie zur Schneiderin gefahren und drei Kleider in Auftrag gegeben, dazu zwei Capes, spitzenbesetzte Nachtgewänder, Unterröcke und einen seidenen Morgenmantel. Jeanne hatte leise protestiert, doch er ließ sich von seiner Kaufwut nicht abbringen. Bänder und Schleifen mussten her, kleine seidene Pantöffelchen, Spitzentücher und -schleier, einige Fächer und künstliche Blüten für ihr Haar. Die Karosse war mit Päckchen beladen, als man wieder zurück nach St. Germain fuhr, und Jeanne hatte das Gefühl, wie eine Prinzessin ausgestattet zu sein. Eine Prinzessin im goldenen Käfig, von einem hässlichen, abstoßenden Tier bewacht.

Als die Karosse vor der Villa anhielt und die Diener ihnen entgegeneilten, um das Gepäck abzuladen, sah Jeanne eine kleine Gestalt, die vor dem Eingang auf einem Stein hockte.

«Nadine!»

Sie sprang aus der Karosse, eilte an der verblüfften Dienerschaft vorbei und schloss die kleine Zofe in ihre Arme. Nadine war völlig ausgehungert und zu Tode erschöpft. Zwei Tage und eine Nacht lang war sie umhergeirrt, hatte nach der Adresse des Chevaliers de Godelin gefragt, war mehrfach in die falsche Richtung geschickt worden und hatte die Nacht am Seineufer unter einem Baum verbracht.

«Nadine ist meine Zofe, und ich möchte mich nicht mehr von ihr trennen», sagte Jeanne und bedachte den Chevalier mit einem strahlenden Lächeln.

Er nickte zustimmend und küsste Jeanne die Hand.

«Alles, was du willst, meine kleine Königin», murmelte er, und sie spürte seine Zunge, die ihren Handrücken leckte.

Am Abend erschien er in ihrem Salon. Jeanne hatte ihn um Bücher gebeten, und er war bereitwillig in seine Bibliothek gegangen, um ihr das Gewünschte zu beschaffen. Er brachte einen Band mit Reiseberichten und eine Gedichtsammlung von Ronsard, gestand jedoch, dass er selbst noch nicht darin gelesen hatte.

«Ich bin zu sehr mit der Gegenwart beschäftigt, um Muße zum Lesen zu haben», erklärte er. «Lesen ist etwas für Frauen und Greise. Noch bin ich nicht so alt, dass ich meine Zeit nur den Büchern widmen müsste.»

Er lächelte Jeanne auf seltsame Art an, und sie sah, dass seine Wangen gerötet waren. Sie begriff, dass es jetzt an ihr war, sich für die erhaltenen Geschenke zu revanchieren.

«Das Leben, liebe Jeanne, hält für denjenigen, der seiner Phantasie keine Schranken auferlegt, eine unendliche Menge an Genüssen bereit», fuhr er fort.

Er zog etwas aus seiner Rocktasche und legte es vor ihr auf den Boden. Es war ein zusammengerolltes Seil aus Hanf, dick wie ein Finger und einige Meter lang.

«Meine süße Herrin wird meine geheimsten Wünsche ohne Zweifel erfüllen.»

Ein seliges Lächeln – in Vorfreude kommender Genüsse – lag auf seinen Lippen, und Jeanne grübelte verzweifelt darüber nach, was er wohl für geheime Wünsche haben mochte, die sie mit Hilfe dieses simplen Gegenstandes erfüllen könnte.

Seine Züge hatten jetzt etwas Flehendes und zugleich Wollüstiges angenommen. Jeanne beschloss, sich von ihrer Intuition führen zu lassen.

«Auf die Knie!», befahl sie energisch und stampfte mit dem Fuß auf. «Wird's bald?»

Sie hatte das Richtige getroffen. Er beeilte sich, ihr zu gehorchen, und keuchte dabei vor Erwartung.

«Bestraft mich, meine Herrin», stöhnte er und lächelte dabei vor Glück. «Ich habe Euch warten lassen. Ich war ungeschickt …»

«Du wirst deine Strafe bekommen!», tobte sie. «Und du wirst sie nicht so rasch vergessen!»

Sein Atem ging rascher, sein Gesicht glühte. Was mochte er sich erhoffen? Sie sah, wie seine Lippen bebten, und spürte plötzlich, dass auch sie selbst von einer dunklen Lust erfasst wurde.

«Zieh dich aus, Sklave!»

«Herrin – ich flehe Euch an!», stöhnte er selig.

«Gehorche!»

Mit bebenden Fingern öffnete er die Knöpfe seines Rocks und entledigte sich des Kleidungsstücks. Sie stieß es mit dem Fuß ein Stück über den Teppich, bis es in einer Ecke lag. Dann ging sie mit langsamen Schritten um ihn herum.

«Was ist los? Schläfst du ein, Sklave? Soll ich dich aufwecken?»

Sie trat ihn mit dem Fuß ins Gesäß, und er quiekte vor Wonne.

«Ich gehorche, meine Königin. Oh, wie seid Ihr hart zu mir!»

«Noch lange nicht hart genug, Sklave!»

Er riss sich die Weste herunter, die sie in eine Ecke feuerte. Dann nestelte er an der Schleife der Bluse herum und zerrte sich das spitzenbesetzte Kleidungsstück über den Kopf.

«Weiter!», kommandierte sie. «Zieh dich ganz aus!»

Er stöhnte voller Lust und öffnete den Bund der Hose.

Sein Gesicht war gerötet, der Mund in seliger Verzückung geöffnet, er atmete in raschen Stößen. Genießerisch schob er die culotte herunter und bedeckte sein steil aufgerichtetes Glied scheinbar schamhaft mit beiden Händen. Jeanne erschauerte, und doch spürte sie, dass auch ihr Puls in Aufregung geriet. Sie genoss es, ihn zu quälen. Sie wollte sehen, wie er vor Wollust verging, wenn sie ihn schlug. Atemlos sah sie zu, wie er jetzt die Hände zur Seite schob und seine Männlichkeit entblößte. Sein Glied glänzte schon vor Feuchtigkeit an der verdickten Spitze. Er spielte damit, bewegte es hin und her und reizte es mit seinen Händen, bot es ihren Blicken dar und schien unendlichen Genuss dabei zu empfinden.

Er kniete immer noch vor ihr, den Körper bis auf die herabgezogenen Hosen entblößt, an den Beinen noch die roséfarbigen Seidenstrümpfe. Der ganze Leib bebte und zitterte vor Geilheit, sein Atem ging keuchend, sein Gesicht glänzte von Schweiß.

«Straft mich, o meine hartherzige Königin. Straft mich jetzt, wie ich es verdient habe!»

Jeanne griff zu dem Seil und wog es in der Hand. Sein Mund öffnete sich genussvoll, die Zunge leckte über die trockenen Lippen.

«Ja», flüsterte er. «Foltert mich, mein süßer Engel. Ich bin Euch ausgeliefert und muss alles erdulden, was Ihr über mich verhängt.»

«Die Hände auf den Rücken!»

Sie wand das Seil grob um seine Handgelenke und zog es fest. Er stieß dabei animalische Geräusche aus, die mal wie ein tiefes, kehliges Brummen, mal wie das helle Wiehern eines Fohlens klangen. Dann zog sie an dem Seilende und befahl ihm aufzustehen.

«Krieche vor mir, du Hund!»

Er rutschte auf Knien eine Runde durch den Raum, und

sie konnte sehen, wie sein erregtes Glied dabei auf und nieder wippte. Er stöhnte in seiner Ekstase, stieß jauchzende Laute aus, flüsterte mit seligem Gesichtsausdruck, dass er ihr niedrigster Sklave und untertänigster Diener sei. Dann sank er vornüber und bot ihr sein nacktes Gesäß. Jeanne zögerte nicht lange und schlug ihn mit dem Seilende, bis sich Striemen auf der Haut zeigten und er in wilder Verzückung keuchte.

«Noch einmal! Ich elender, ungehorsamer Sklave. Straf mich. Auf den nackten Po … Ohhh …»

Als ihr Arm müde wurde, band sie eine Schlinge in das Seilende und fuhr damit zwischen seine Beine. Er kreischte vor Geilheit, als sie seine Hoden mit dem harten Seil erfasste und einschnürte. Langsam zog sie an dem Seil, bewegte seine Hoden vor und zurück, ließ sie hin und her baumeln und vollführte dann ruckartige Bewegungen, die ihn so erregten, dass er jauchzte. Sein Becken stieß ruckartig vor und zurück, der Penis schwang hin und her, und er brüllte in höchster Lust.

«Mehr, mehr. Fester!», keuchte er.

Sie zog die Schlinge enger und schüttelte seine Hoden so heftig, dass er stöhnend die Augen schloss. Dann zog sie die Schlinge auseinander, befreite seine dickgeschwollenen Bälle und legte das Seil um sein vor Erregung zitterndes Glied. Langsam zog sich die Schlinge zusammen, schloss sich eng um seinen Stab und rutschte ein Stückchen an ihm hinauf, bis sie die Wölbung der Eichel aufhielt. Er bäumte sich rückwärts, schrie vor Begeisterung, stemmte sich mit dem Gewicht seines Körpers gegen das Seil, das Jeanne fest in ihren Händen hielt, und genoss den unbändigen Reiz an seinem Glied. Der Penis tropfte schon vor Feuchtigkeit, die Vorhaut war weit zurückgeschoben, jetzt zuckte er wild und stieß die weißliche Samenflüssigkeit aus, die sich auf dem Teppich verteilte.

Der schwere Mann bäumte sich auf, brüllte in höchster Ekstase, dann sank er selig erschöpft in sich zusammen.

Jeanne ließ das Seilende los und versuchte ihrer Aufregung Herr zu werden. Es war eine Art Lust, die sie bei dieser scheußlichen Zeremonie empfunden hatte, eine seltsame Erregung, für die sie sich schämte, deren sie sich aber nicht erwehren konnte.

Sie überließ es den beiden Dienern, ihn von seinen Fesseln loszubinden, und ging stumm aus dem Raum.

Als Christian die Einladung mit dem Wappen des Königs überbracht wurde, war seine erste Regung, das schönbedruckte und zierlich ausgeschmückte Papier in tausend Fetzen zu reißen, um sie Marguerite ins Gesicht zu werfen. Doch er besann sich. Wozu ereiferte er sich? Für wen? Für eine kleine Hure, die glaubte, ihn an der Nase herumführen zu können?

Er kleidete sich festlich und ließ den Kutscher anspannen. Wozu war er nach Paris gekommen? Um die Hoffnungen seines Vaters zu erfüllen. Der erste Schritt dazu war getan: Er hatte eine Einladung zum «jour d'appartement» des Königs erhalten, jene dreimal in der Woche stattfindenden Empfänge in den Prunkgemächern des Königs, zu denen nur der engste Kreis der Höflinge geladen war. Es war eine jener Veranstaltungen am königlichen Hof, von der er nach seinem Fauxpas ausgeschlossen worden war.

Verwunderte Blicke streiften ihn, als er von einem Diener durch die weitläufigen Räume des Louvre zum Vorzimmer des Königs geleitet wurde. Bekannte und unbekannte Gesichter lächelten ihm zu, man taxierte den jungen Mann, flüsterte sich zu, dass er offensichtlich eine mächtige Protektion gefunden hatte, die ihm die Rückkehr an den Hof ermöglichte. Christian spürte deutlich, dass er befangen war. Höflich antwortete er auf die Begrüßungsworte seiner Bekannten, blieb hie und da stehen, um kurze, belanglose Gespräche zu führen, ließ sich Damen und Herren vorstellen, die während seiner Abwesenheit Zugang zum Hof gefunden hatten. Zugleich war ihm jedoch bewusst, dass alle, die ihn jetzt so bereitwillig wieder in ihren Kreis aufnahmen, damals bei seiner Verbannung höhnisch über ihn gelästert hatten. Wie unbefangen er damals noch war, als sein Vater ihn bei Hofe einführte. Wie ahnungslos und vertrauensvoll hatte er Freundschaften geschlossen, Liebesabenteuer angesponnen, sich im Kreis der Höflinge, zu denen sein Vater zählte, in Sicherheit gewiegt. Jetzt ahnte er hinter den schmeichelnden Worten die Falschheit, spürte den doppelten Boden des höfischen Intrigenspiels.

Während die Damen sich im Gemach der Königin einfanden, hatten die Herren im Vorzimmer des Königs auf den offiziellen Beginn des Empfangs zu warten. Christian spürte den argwöhnischen Blick des Chevaliers de Boudard auf sich gerichtet und grüßte ihn mit einer flüchtigen Neigung des Kopfes. Die Tatsache, dass er ihm die Einladung zu verdanken hatte, erfüllte ihn mit Wut und Scham. Für einen Augenblick dachte er daran, kehrtzumachen und den Raum zu verlassen, doch er schalt sich einen Narren und blieb. Stattdessen begann er ein Gespräch mit dem Duc de Gironde, der einmal ein enger Vertrauter seines Vaters gewesen war und auch in Marguerites Salons verkehrte. Christian hatte den verschlossenen, immer etwas hochnäsig wirkenden Mann nie besonders gemocht. Roger de Gironde war ein gutes Stück jünger als sein Vater, und eine Weile hatte Christian eine Art Eifersucht gespürt, denn Roger de Gironde führte mit seinem Vater vertrauliche Gespräche, von denen er, Christian, aufgrund seiner Jugend und Unerfahrenheit ausgeschlossen gewesen war.

Indes hatte der Duc offensichtlich beschlossen, an diesem Abend nicht von Christians Seite zu weichen und ihn mit den wichtigsten Hofnachrichten zu versorgen.

«Ihr müsst wissen», flüsterte de Gironde ihm zu, «die La Vallière ist nur noch pro forma die offizielle Mätresse des Königs. Sein Herz gehört seit vielen Monaten der Marquise de Montespan.»

Christian hörte die Information mit gemischten Gefühlen. Er hatte die zarte, zurückhaltende Louise de la Vallière, die ihre Position als erste Dame bei Hofe niemals ausnutzte, sehr geschätzt. Auf der anderen Seite gefiel ihm der Gedanke, dass der Chevalier de Boudard als enger Verwandter der La Vallière nun ebenfalls bald seinen Einfluss verlieren würde. Jeanne hatte sich ihm ganz umsonst an den Hals geworfen, ihre schlau kalkulierten Pläne würden nicht aufgehen.

Die Unterhaltung der Höflinge verstummte, als die großen Flügeltüren aufschwangen und der Zugang zum Kabinett des Herrschers freigegeben wurde. Ein unwürdiges Geschiebe und Gedränge entstand, man beeilte sich, die beste Position zu ergattern, um dem König möglichst vorteilhaft unter die Augen zu treten. Christian hielt sich mit de Gironde im Hintergrund, und sie betraten das königliche Kabinett als Letzte.

Auch König Ludwig hatte sich verändert. Christian stellte fest, dass die Züge des Königs den jugendlichen Charme verloren hatten – die scharfe Nase trat jetzt hervor, das leicht spitze Kinn, die Unterlippe, die breiter als die Oberlippe war. Seit dem Tod seiner Mutter, Anna von Österreich, hatte er selbst den Vorsitz des königlichen Rats übernommen. Seine ganze Haltung drückte jetzt die selbstsichere Würde eines Herrschers aus, der die Zügel fest in den Händen hält.

Die scharfen Augen des Königs hatten Christian auch

in den hinteren Reihen der Höflinge schnell erspäht. Er winkte ihn herbei – man machte ihm Platz –, und Christian erwies dem Herrscher seine Reverenz.

«Wir haben Euch die Dummheiten vergeben», sagte Ludwig ernst. «Von nun an erwarte ich, dass Ihr Euch Eures Vaters, den wir sehr geschätzt haben, würdig erweist. Wir haben Aufgaben für Euch. Davon später mehr.»

Christian verneigte sich und tauchte in die Menge der lächelnden und applaudierenden Höflinge ein. Während hinter ihm bereits der nächste Höfling mit lobenden Worten bedacht wurde, schwamm Christian im Glück seines leichten Sieges. Man hatte Aufgaben für ihn – er war wieder in Gnaden aufgenommen. Fast konnte er nicht glauben, dass es so einfach gewesen war. Warum hatte er so lange Zeit auf seinem einsamen, düsteren Schloss in der Normandie gesessen? Vielleicht hatte Marguerite doch damit recht gehabt, den König gleich um Vergebung zu bitten. Dann hätte er sich manchen Irrweg ersparen können.

Der Abend verlief in der üblichen Art und Weise. Nach festgelegtem Zeremoniell begaben sich die Herren in einen Salon, in dem auch die Damen zugegen waren, von dort aus zog man in den Saal, in dem getanzt wurde. Christian genoss dieses langentbehrte Vergnügen. Er war ein hervorragender Tänzer, und die feurigen Blicke mancher Damen bewiesen ihm, dass er nichts von seiner Wirkung auf das weibliche Geschlecht eingebüßt hatte. Zarte Hände in seidenen Handschuhen berührten wie zufällig seine Schultern, Röcke streiften seine Beine, rotgeschminkte Lippen lächelten ihm Bereitschaft zu Liebesabenteuern entgegen. Er gab das Lächeln zurück, spürte jedoch wenig Lust, alte Beziehungen wieder anzuknüpfen. Auch er hatte sich verändert.

Diener reichten Erfrischungen, kleine Köstlichkeiten, Zuckerwerk und kandierte Früchte, wie der König es liebte. Ein neues Getränk, der Champagner, hatte den Hof erobert, man trank ihn aus Kristallgläsern, in denen man die winzigen Perlchen aufsteigen sah. Auch Kaffee und duftende Schokolade erfreuten sich großer Beliebtheit. Obgleich immer wieder darüber geredet wurde, dass der Kaffee eine schädliche Wirkung auf den Organismus habe, gab es Höflinge, die zwanzig oder mehr Tässchen des schwarzen Trankes zu sich nahmen. Später saß man beim Konzert, hörte die Musik des großen Italieners Lully, der mit Feuereifer und großer Gestik dirigierte, und der König, der in heiterer Stimmung war, griff selbst zur Laute, um einige Lieder vorzutragen. Die Schar der Höflinge applaudierte voller Enthusiasmus, man hörte kaum auf, die musikalische Darbietung des Herrschers zu loben. Christian verordnete sich weises Schweigen, denn die königliche Stimme war laut und wenig schön anzuhören.

«Ich sehe, dass Ihr dazugelernt habt», flüsterte ihm Roger de Gironde schmunzelnd zu. «Was haltet Ihr davon, ein Spielchen zu wagen?»

Christian hatte in früheren Jahren oft große Summen verspielt, was seinen Vater zu Zornesausbrüchen veranlasst hatte – doch er war am heutigen Abend zu allem bereit. Er folgte dem Duc in das Kabinett, in dem drei Spieltische aufgebaut waren, und man setzte sich an einen frei werdenden Tisch zum Kartenspiel.

«Mein lieber Père Ernest – macht uns das Vergnügen», rief de Gironde einem ältlich aussehenden Herrn zu, der ein geistliches Gewand trug und – ein wenig abseits stehend – die Spielenden beobachtet hatte.

«Das Kartenspiel steht einem Mann Gottes nicht an», widersprach de la Solle und wollte sich mit einer leichten Verbeugung verabschieden. In diesem Moment betrat der König das Kabinett.

«Er wird sich doch nicht aus dem Staube machen wollen», sagte Ludwig mit einem vergnügten Lächeln zu de la Solle. «Ich bestehe darauf, mit dem Beichtvater der Königin ein Spielchen zu machen.»

De la Solle beeilte sich zu sofortigem Gehorsam, und man ließ sich am Spieltisch nieder. Christian wusste, wie sehr der König das Kartenspiel liebte, und er sah eine neue, wenn auch kostspielige Möglichkeit, Ludwigs Sympathie zurückzugewinnen. Christian war zwar ein hervorragender Tänzer – jedoch hatte er beim Kartenspiel bisher immer kläglich versagt.

Das Spiel begann. Es war rasch zu erkennen, dass de Gironde sich klug zurückhielt und seine Trümpfe sogar schonte, um den König gewinnen zu lassen. Auch Ernest de la Solle achtete sorgfältig darauf, den königlichen Unwillen nicht auf sich zu ziehen. Ludwig gewann die erste Partie.

«Ich habe mehr von Ihrer guten Beziehung zum Himmel erwartet», scherzte Ludwig zu de la Solle gewandt und teilte die Karten neu aus.

«Gott der Herr wird einem sündigen Spieler gewiss nicht beistehen, Sire», erwiderte de la Solle demütig. «Im Gegenteil – ich werde mit schlechten Karten und herben Verlusten für diese Sünde gestraft werden.»

Der König lachte – es schien ihm großes Vergnügen zu bereiten, den Geistlichen ein wenig aufzuziehen.

Die nächste Partie gewann de Gironde, wofür er von Ludwig einen anerkennenden Blick erhielt.

«Er ist ein schlauer Fuchs – doch er wird seinen Meister finden», scherzte Ludwig.

«Ohne Zweifel, Sire», gab der Gironde bescheiden zurück. «Fortuna ist eine launische Dame.»

Christian hatte bisher kaum auf seine Karten geachtet, noch besondere Taktiken verfolgt. Viel zu sehr hatte ihn das Verhalten der drei Männer an seinem Tisch fasziniert. Jetzt allerdings stellte er fest, dass er ein geradezu phänomenales Blatt hatte und unter allen Umständen gewinnen würde.

So geschah es. Ludwig bescheinigte dem «normannischen Feuerkopf», wie er ihn nannte, großes Glück und scherzte, dass er offensichtlich im Himmel höher angeschrieben sei als der Geistliche. De la Solles dünne Lippen zeigten ein etwas gequältes Lächeln.

Das Spielglück wollte Christian nicht verlassen. Er gewann die folgende Partie, erreichte dann unter Aufbietung aller Raffinesse, dass der König ein Spiel gewann, danach blieb er in allen weiteren Partien unbestrittener Sieger. Es war wie verhext – wer auch die Karten austeilte, immer versammelten sich die besten Trümpfe in Christians Händen.

«Ich begreife das nicht», stöhnte er. «Ich habe sonst niemals Glück im Spiel.»

Der König hatte mannhaft einige Verluste verkraftet. Langsam begann er sich jedoch zu ärgern. Eine solche Glückssträhne war höchst ungewöhnlich und deprimierend. Er, Ludwig, war gewohnt zu gewinnen.

«Seid Ihr am Ende in eine unglückliche Leidenschaft verstrickt, die Ihr uns nicht gestehen wollt?», knurrte Ludwig. «Sagt man nicht: ‹Glück im Spiel, Pech in der Liebe›?»

Christian errötete und senkte den Blick auf die Karten in seinen Händen. Es war wie verhext – er würde auch diese Partie gewinnen.

«Parbleu!», platzte er los. «Diese verdammten Karten wollen mich zum Narren halten. Sire – ich versuche verzweifelt, Euch gewinnen zu lassen. Aber es klappt einfach nicht!»

Der König lehnte sich im Stuhl zurück und zeigte sich amüsiert. Er mochte diesen normannischen Feuerkopf. Er war kein Höfling wie sein Vater. Aber ohne Zweifel ein treuer und ehrlicher Bursche, den man an den richtigen Platz stellen musste.

«Euer Glück ist in der Tat frappierend», sagte der König. «Wir werden Euch Gelegenheit geben, es für Euren König auf die Probe zu stellen. Wir haben Krieg, Comte, und meine Armee braucht tapfere und glückreiche Offiziere. Macht Euch reisefertig – in einigen Tagen wird Euch der Marschbefehl erreichen.»

Christian verbeugte sich – ohne einer Antwort fähig zu sein. Als er sich wieder aufrichtete, sah er in die kühlen, belustigten Augen des Duc de Gironde.

«Das ist dein Werk!»
Nie hatte er Marguerite so unbeherrscht erlebt. Roger de Gironde sah sich einer zornigen Furie gegenüber, die nichts mehr mit der kühlen, berechnenden Frau zu tun hatte, die er bisher gekannt hatte.

«Aber liebe Freundin …», versuchte er sie zu beschwichtigen. Doch sie schnitt ihm das Wort ab.

«Ich kenne dich, Roger. Du hast auf deine unvergleichliche Art und Weise irgendwann einmal beiläufig erwähnt, dass Christian de Saumurat einen hervorragenden Offizier abgeben würde, und der König hat sich deine Worte gemerkt.»

Roger hatte auf einem Sessel Platz genommen und schmunzelte vor sich hin – er fühlte sich ausnahmsweise einmal völlig unschuldig. Nur würde sie es ihm leider nicht glauben.

«Ich schwöre dir, liebe Marguerite, dass ich nichts dergleichen gesagt habe. Wenn du im Übrigen glaubst, dass der König seine Entscheidungen nach meinen Wünschen trifft, dann überschätzt du meinen Einfluss ganz gewaltig.»

Sie ging aufgeregt im Schlafzimmer auf und ab und fegte dabei mit ihrem Rock eine Kristallkaraffe von einem

Tischchen. Die Karaffe zerbrach am Boden, und der Inhalt floss über das eingelegte Parkett.

«Man hätte ihn genauso gut gleich standrechtlich erschießen lassen können», stöhnte sie. «Christian ist ein junger Draufgänger – er wird Ruhm und Ehre suchen und sich dabei den Schädel einrennen.»

Auch Roger hielt das für sehr wahrscheinlich. Er schwieg jedoch, um sie nicht noch mehr aufzubringen. Es war in der Tat ein wenig schade um den jungen Mann, denn Christian war eine der wenigen sympathischen Erscheinungen an diesem von Intrigen durchsetzten Hof. Roger hatte zwar nichts gegen Intrigen, im Gegenteil, er liebte dieses aufregende Spiel, bei dem es nicht selten um Kopf und Kragen ging. Doch mit wenigen Ausnahmen verachtete er alle Intriganten.

Marguerite war stehengeblieben und hatte sich um Fassung bemüht. Warum benahm sie sich wie eine 18-Jährige? Sie erschrak selbst darüber, wie sehr Christian ihre Sinne verwirrt hatte. Es gab Tage, da konnte sie nur allein an ihn denken. Sein wundervoll ungestümes Wesen, sein schlanker und doch so muskulöser Körper – oh, er war wie ein geschmeidiger junger Tiger: kostbar und gefährlich. Sie hätte alles für eine einzige Liebesnacht mit ihm gegeben.

«Hör zu, Roger», ergriff sie das Wort. «Ich verlange, dass du ihn wieder zurückbringst.»

Der Duc begann zu lachen.

«Bin ich der liebe Gott?»

Sie drehte sich auf dem Absatz herum und trat dicht vor ihn hin. Er konnte das bedrohliche Funkeln ihrer grauen Augen sehen, und er begriff, dass sie ihre Forderung bitter ernst meinte.

«Du bist der Berater des Königs», sagte sie leise. «Und du wirst tun, was ich von dir verlange. Oder …»

Er war gespannt, was sie sich ausgedacht hatte.

«Oder?», fragte er mit hochgezogenen Augenbrauen, als sie den Satz nicht gleich beendete.

Sie hob das Kinn und sah ihn von oben herab mit eisgrauen Augen an.

«Oder ich sorge dafür, dass die kleine Jeanne, die dir so am Herzen liegt, auf Nimmerwiedersehen aus Paris verschwindet.»

Die Entschlossenheit in ihrer Stimme gefiel ihm wenig. Dennoch lächelte er ironisch.

«Wie willst du das anstellen, liebe Freundin? Jeanne befindet sich in der Obhut des Chevaliers de Boudard, und es sieht nicht so aus, als ob er sie so bald daraus entlassen wollte. Ganz im Gegenteil – er scheint von ihr begeistert zu sein.»

Ein überlegenes Lächeln umspielte ihre Lippen.

«Ich habe Möglichkeiten, ihn zu zwingen.»

«Ach?»

Er tat erstaunt, in Wirklichkeit war er jedoch sehr besorgt. Es gab Gerüchte um Marguerite und Charles de Boudard. Boshafte Lügen, denen er bisher keinen Glauben hatte schenken wollen. Sie sollten angeblich zum Kundenkreis einer gewissen «La Voisin» gehören, die verschiedene Kräuteressenzen herstellte, darunter auch solche, die zum Tode führen konnten.

«Glaube es, oder glaube es nicht», sagte Marguerite. «Aber wenn dir etwas an der Kleinen liegt, solltest du vorsichtig sein.»

Roger entschied, dass es besser war, sie nicht noch mehr zu reizen. Welchen Trumpf sie auch immer in der Hinterhand hatte – es war klüger, sie nicht dazu zu nötigen, ihn auszuspielen. Er wollte auf keinen Fall, dass Jeanne etwas geschah.

«Ich würde niemals daran denken, dir zu misstrauen, liebe Marguerite», versicherte er ihr. «Lass uns also darüber nachdenken, was wir mit deinem heißblütigen Schützling beginnen werden.»

Sie nickte zufrieden und ließ sich neben ihm auf einem Sofa nieder.

«Er braucht eine Position bei Hof, auf die Ludwig nicht verzichten möchte», forderte sie.

Roger schlug die Beine übereinander und gab sich ironisch.

«Welche Begabungen hat er? Ich meine außer seinen außerordentlichen Talenten als Tänzer und Liebhaber, die ihm bei dieser Geschichte nicht zustatten kommen werden. Auch seine aufbrausende Art und sein Heldenmut werden ihm nicht viel helfen.»

Marguerite warf ihm einen vernichtenden Blick zu.

«Er ist ein hervorragender Jäger und versteht eine Menge von Pferden und Jagdhunden.»

«Hunde – nicht schlecht», meinte Roger. «Der König ist ein begeisterter Hundefreund. Fast immer hat er trockenes Brot in den Taschen, um seine Lieblinge damit zu füttern. Der junge Hitzkopf könnte sich in Versailles als königlicher Hundeführer nützlich machen.»

Marguerite verzog das Gesicht – was für eine Idee! Doch dann bemerkte sie, dass der Duc in vollkommenem Ernst sprach.

«Es ist deine Sache», sagte sie kühl. «Ich hoffe für uns alle, dass du Erfolg haben wirst.»

Roger erhob sich. Das übliche Schäferstündchen würde heute ohne Zweifel ausfallen – die Lust darauf war ihm gründlich vergangen.

«Ich hoffe es auch, meine Liebe», sagte er und verbeugte sich zum Abschied.

Jeanne hatte viel mit Nadine gestritten während der vergangenen Tage. O ja – die kleine Zofe war ihr ans Herz gewachsen, und sie war froh und glücklich, dass sie wieder bei ihr war. Aber Nadines Sturheit brachte Jeanne in Rage.

«Niemals hat er so etwas getan, Mademoiselle. Ich kenne den Comte doch länger als Ihr. Nie wäre er zu so einer Gemeinheit fähig!»

«Ach, Nadine, du kleines Schäfchen. Ich weiß es leider besser. Also hör bitte auf, mir zu widersprechen.»

«Das kann ich nicht, Mademoiselle», jammerte die kleine Zofe unglücklich. «Und wenn Ihr mich fortjagt – ich werde bis zum letzten Atemzug meinen Herrn verteidigen. Der Comte ist ein Ehrenmann …»

«Ein Betrüger ist er, Nadine. Verkauft hat er mich. Für seinen Aufstieg am Hof des Königs hat er mich an diesen Menschen verhandelt.»

Nadine weinte fast, aber sie gab nicht nach.

«Das hat diese Frau getan, Mademoiselle. Nicht der Comte. Ich lege meine Hand dafür ins Feuer, dass der Comte nichts davon gewusst hat.»

Jeanne stampfte mit dem Fuß auf.

«Du machst mich rasend mit deiner Halsstarrigkeit, Nadine. Kümmere dich um meine Frisur und höre auf, mir zu widersprechen.»

«Ja, Mademoiselle …»

Nadine wischte die Tränen ab, und Jeanne sah lächelnd zu, wie die Zofe mit geschickten Händen ihr langes Haar aufsteckte. Sie war so naiv, die kleine Zofe, sie glaubte immer noch an das Gute in dieser Welt. Jeanne war ihr nicht böse – im Gegenteil, sie war ihr dankbar. Die tagtäglichen Streitgespräche halfen ihr, den Kummer und die Enttäuschung zu meistern und sich einzureden, dass sie, Jeanne, auch ohne Christian würde leben können.

Er sollte sie kennenlernen, dieser Verräter. Oh, sie würde ihm die Hinterhältigkeit eines Tages heimzahlen. Wer war sie denn? Sein Geschöpf? Seine Schachfigur? O nein – sie war Jeanne du Champs, und er würde sie noch kennenlernen!

Der Chevalier las ihr nach wie vor jeden Wunsch von den Augen ab, nahm sie auf Spazierfahrten mit und stellte sie seinen Bekannten vor. Sie kleidete sich wie eine Adelige, speiste erlesene Köstlichkeiten, verfügte sogar über Geld für kleinere Einkäufe. Die Dienerschaft im Haus beeilte sich, ihre Anordnungen zu erfüllen. Jeanne genoss es, bewundert und anerkannt zu werden. Hier war sie längst nicht mehr das kleine Mädel aus dem Dorf – hier wurde ihr Respekt entgegengebracht, hier war sie die Herrin.

Freilich bezahlte sie dieses neue Ansehen mit den Stunden dunkler und abgründiger Lust, die sie dem Chevalier täglich bereiten musste. Aber sie hatte ihre Träume begraben und griff trotzig nach dem, was das Leben ihr zu bieten bereit war.

Der Chevalier gab nur selten Gesellschaften, doch er hatte beschlossen, in diesem Jahr seinen Geburtstag mit einer großen Einladung zu feiern.

«Du, meine kleine Herrin, wirst die Königin dieses Festes sein», sagte er und schob die Hand unter ihr Kinn, um ihren Kopf anzuheben und ihr in die Augen zu sehen. «Ich gebe dieses Fest, um dich zu zeigen, Jeanne. Alle sollen mich um dich beneiden.»

Sie lächelte scheinbar geschmeichelt. In Wirklichkeit gingen ihr seine Besitzerallüren schrecklich auf die Nerven. Dieses ständige An-der-Hand-geführt-Werden, dieses Präsentiert-Werden und die neugierigen Blicke der Männer, denen er sie vorstellte. Sicher waren die adeligen Herren höflich und zuvorkommend zu ihr – aber insgeheim fragte sie sich, ob sie nicht alle wussten, auf welche Weise sie den Chevalier so glücklich machte.

Für die Feier hatte der Chevalier eine große Anzahl zusätzlicher Bediensteter engagiert. Zwei Köche und ein ganzes Bataillon von Küchenhilfen bereitete die Speisen vor, Kutscher luden Kisten und Fässer mit Wein ab, die Villa wurde mit Blüten und Stoffen festlich dekoriert, und da das Wetter angenehm war, stellte man auch im Garten Tische auf. Musiker erschienen und stimmten ihre Instrumente – Schauspieler probierten ihre Texte und Gesten – ein kleines Theaterspiel sollte später bei Fackelbeleuchtung im Garten stattfinden.

Jeanne war fasziniert von all den Vorbereitungen. Den ganzen Tag über lief sie mal hierhin, mal dorthin, sah zu, gab Anweisungen und legte hin und wieder sogar selbst mit Hand an. Erst kurz vor dem Eintreffen der Gäste zog sie sich zurück, um sich von Nadine ankleiden und zurechtmachen zu lassen.

«Schön wie eine Prinzessin», sagte der Chevalier, als sie in ihrem neuen Kleid die Treppe hinunterschritt. Das Kleid war roséfarben mit tiefem Dekolleté und zarten, elfenbeinfarbenen Spitzen an den weiten Ärmeln.

«Dreh dich um», befahl er.

Sie gehorchte und spürte seine dicken Finger, die ihr ein Geschmeide aus Rosenquarz um den Hals legten. Die Steine waren mit kleinen Perlen verarbeitet und in Gold gefasst, eine kostbare und teure Arbeit, die er passend zu diesem Kleid hatte anfertigen lassen.

«Ich danke Euch», sagte sie artig und ließ prüfend ihre Hände über den Schmuck an ihrem Hals gleiten.

«Den Dank werde ich heute Nacht empfangen, meine gestrenge Herrin», flüsterte er, den Mund dicht an ihrem Hals.

Abscheu erfasste sie, und sie hätte ihm gern sein Geschmeide vor die Füße geworfen. Stattdessen schenkte sie ihm ein Lächeln und lief dann davon, um sich im Spiegel zu bewundern.

Wenige Minuten später stand sie an seiner Seite im Saal, um die Gäste zu begrüßen und ihre Glückwünsche entgegenzunehmen. Sie entledigte sich dieser Aufgabe mit dem Charme und der Haltung einer geborenen Prinzessin, und doch zitterte sie innerlich mit dem Eintreten eines jeden Gastes. War er es? Würde er kommen? Sie hatte Christians Namen auf der Gästeliste gesehen, und sie war darauf vorbereitet, ihm zu begegnen. Jedoch ging das Defilee der Gäste zu Ende, ohne dass Christian erschienen war.

Sie verspürte Enttäuschung und Erleichterung zugleich und widmete sich ausgiebig ihren Pflichten als Gastgeberin. Oft hatte sie Marguerite de Fador in dieser Rolle bewundert – nun konnte sie selbst sich darin versuchen. Es fiel ihr leicht, denn sie hatte die Fähigkeit, anderen Menschen unbefangen und fröhlich gegenüberzutreten. Sie machte Gäste miteinander bekannt, zog sie in Gespräche hinein, sorgte dafür, dass man sich unterhielt und die Stunden genoss.

Auch Mme de Fador war erschienen, begleitet von Roger de Gironde. Mit übertriebener Freudengeste begrüßte sie ihre «kleine Schülerin», die sich inzwischen so großartig «gemausert» habe.

«Ich bin stolz darauf, einmal deine Lehrmeisterin gewesen zu sein», sagte Marguerite und lächelte sie kühl an.

Jeanne zeigte mit keiner Miene, dass sie diese Frau abgrundtief hasste und verachtete.

«Oh, Madame, ich weiß sehr wohl, dass ich Euch noch lange nicht das Wasser reichen kann», sagte sie und senkte bescheiden den Kopf, während sie Marguerite und den Duc in den Garten geleitete.

Während des Gartenkonzerts saß sie neben dem Cheva-

lier, der zum heutigen Festtag eine dunkelrote, mit Gold-
tressen besetzte Robe angelegt hatte. Hin und wieder legte
sich seine feuchte Hand auf ihren Rock und strich an ihrem Bein entlang. Er tat es vor allen Dingen dann, wenn
die Blicke anderer Herren auf seiner schönen Mätresse
ruhten.

Das Konzert hatte gerade geendet, man applaudierte,
und der Chevalier erhob sich, um die Gesellschaft zu Tisch
zu bitten. In diesem Augenblick erblickte Jeanne einen ver-
späteten Gast, der soeben aus dem Haus in den Garten
trat.

Sein blondes, lockiges Haar war im Licht der Fackeln
deutlich zu erkennen. Christian stieg ohne Hast die Stufen
der Veranda hinab, und Jeanne hatte gerade noch die Zeit,
tief durchzuatmen, um ihr Herzklopfen zu beherrschen –
da stand er schon vor ihr.

Seine dunklen Augen schienen zu brennen, als er sie ansah. Jeanne fühlte, dass sie bis ins Mark erzitterte. Ach, sie
hatte so stark sein wollen, und nun war sie so schwach wie
noch nie zuvor.

«Ich bedaure, zu spät gekommen zu sein», sagte er mit
leichtem Spott. «Es ist verhängnisvoll, bei einer schönen
Frau den rechten Zeitpunkt zu versäumen.»

«Der Abend ist noch lang, Comte», gab sie zurück. «Ihr
seid keinesfalls zu spät.»

Sie wusste den Chevalier zwei Schritte neben sich, eine
Gruppe Neugieriger war bei ihnen stehengeblieben, unter
ihnen der Duc de Gironde und Mme de Fador. Doch all
das registrierte sie nur am Rande, denn sie war von Christians Gegenwart wie gebannt.

Sie hörte ihn leise lachen, sah, wie seine dunklen Augen aufblitzten. Völlig überraschend packte er sie bei den
Schultern und riss sie an sich, sie spürte seine heißen Lippen so fest auf den ihren, dass es schmerzte. Im gleichen

Augenblick stieß er sie wieder zurück und lachte wie ein Wahnsinniger.

«Dieser Kuss war noch Euer Eigentum», rief er wild. «Ich hatte ihn Euch in unserer Liebesnacht geraubt und gebe ihn jetzt zurück.»

Entsetztes Schweigen folgte auf diese unglaubliche Beleidigung. Jeanne stand einen Moment wie erstarrt. Dann schlug sie ihm mit der flachen Hand ins Gesicht.

Er nahm den Schlag an, ohne sich zu bewegen. Nur seine Augen glühten, als sei er im Fieber.

«Bravo, Jeanne», sagte er leise. «Möchtest du die andere Wange auch?»

Sie hörte sein wahnsinniges Lachen, dann die wütende Stimme des Chevaliers, die aufgeregten Rufe der Umstehenden, die scharfe Stimme der Mme de Fador. Alles mischte sich, sie konnte plötzlich die Worte und Rufe nicht mehr voneinander unterscheiden. Jemand fasste ihren Arm und zog sie beiseite.

«Ihr wollt mich fordern? Macht Euch nicht lächerlich!»

«Wählt die Waffen, de Saumurat!»

«Ich fechte nicht gegen einen Schwächling, Chevalier.»

«Ihr seid ein Feigling, de Saumurat. Euch schlottern die Hosen vor Angst. Jämmerliche Memme!»

«Es reicht, Chevalier.»

«Wählt die Waffen, Hasenfuß.»

«Den Degen. Ort und Zeitpunkt werden Euch mitgeteilt.»

Eine Frau schrie gellend auf, Gestalten eilten an Jeanne vorüber, nahmen ihr die Sicht, der Fackelschein wurde unstet, der ganze Garten schien in roter Glut zu brennen.

Ein Arm legte sich um ihre Schultern, jemand zog sie sanft mit sich fort, drückte sie in einen Sessel, schob ihr ein Glas mit Wasser an die Lippen.

«Trink, Jeanne», sagte Roger de Gironde. «Es wird dir gleich wieder bessergehen.»

Sie hatte sich von der Gesellschaft zurückgezogen und in ihrem Schlafzimmer verbarrikadiert. Schluchzend war sie auf ihr Bett gefallen, hatte die Kissen in alle Richtungen gefeuert und wütend mit den Fäusten auf die Polster getrommelt. Warum hatte er ihr das angetan? Warum diese Demütigung vor aller Welt? Vor all diesen edlen Herrschaften, die sie bisher geachtet und respektiert hatten. Niemals wieder würde sie diesen Leuten unbefangen gegenübertreten können. Sie war als Hure abgestempelt und würde hinfort auch so behandelt werden.

Erst, als sie ihren Zorn an den unschuldigen Kissen und Polstern ausgetobt hatte, sank sie in sich zusammen und weinte hilflos. Das Schlimmste waren nicht seine beleidigenden Worte gewesen – auch nicht sein schreckliches, irrsinniges Lachen. Das Schlimmste an dieser Begegnung war die Erkenntnis, dass sie diesen Mann trotz all seiner Niederträchtigkeit immer noch liebte. Als er so plötzlich vor ihr stand, hätte er nur die Hand auszustrecken brauchen, und sie hätte sie geküsst. Ein Wort von ihm, und sie wäre ihm gefolgt wie ein Hündchen, wohin auch immer, und sei es bis ans Ende der Welt. Aber er hatte es vorgezogen, sie bloßzustellen und zu beleidigen.

Sie schreckte hoch, weil jemand an der Tür rüttelte. Sie hatte sich eingeschlossen, hatte nicht einmal Nadine einlassen wollen. Aber vor ihrer Tür stand nicht die kleine Nadine.

«Mach auf!»

Die Stimme des Chevaliers war heiser, und sie spürte, wie die kleinen Härchen in ihrem Nacken sich aufrichteten. Einen Augenblick war sie versucht, ihn abzuweisen. Doch sie besann sich. Schließlich war dieser Vorfall nicht ihre Schuld gewesen. Niemand konnte sie für die Bosheiten des Comte de Saumurat verantwortlich machen.

Das Gesicht des Chevaliers war dunkelrot vor Wut. Er packte sie am Arm und riss sie zu sich heran. Sie war so überrascht, dass sie nicht an Gegenwehr dachte. Voller Entsetzen spürte sie seinen alkoholgeschwängerten Atem, roch den Geruch seines schweißgetränkten Hemdes.

«Dreckige Hure», zischte er sie an. «Vor aller Welt hast du mich lächerlich gemacht. Das wirst du mir büßen!»

Sie versuchte vergeblich, sich seinem harten Griff zu entwinden. Er war viel stärker, als sie gedacht hatte. Wie mit eiserner Faust hielt er ihren Arm umklammert, stieß sie jetzt quer durch das Zimmer und warf sie auf das Bett.

«Was kann ich dafür?», rief sie. «Warum glaubt Ihr diese Lügen?»

Er stand vor ihr und starrte mit vorquellenden Augen auf sie herab. Plötzlich erschien er ihr riesig groß, ein gewaltiger Berg aus Fleisch und Muskeln. Sie begriff voller Panik, dass sie ihm hilflos ausgeliefert war.

Er griff in ihr Dekolleté und riss ihr den Schmuck vom Hals.

«Juwelen für eine kleine Nutte!», keuchte er. «Seidene Kleider, Brokatpantöffelchen, Brüssler Spitzen. Her mit allem, was mir gehört!»

Er zerrte ihr das Oberteil des Kleides herunter. Sie schrie auf und versuchte, ihm zu entkommen, doch er bekam ihre Röcke zu fassen. Wie ein Wilder zerfetzte er die seidenen Stoffe, riss an Schnüren und Haken und schälte sie aus dem Korsett heraus, bis sie völlig nackt war.

«Nichts gehört dir!», tobte er. «Auf die Straße werfe ich dich. So, wie du bist.»

Sie wehrte sich verzweifelt, kratzte ihn mit den Fingernägeln, versuchte, ihn zu beißen. Er schlug ihr mit der Hand ins Gesicht, und sie spürte das warme Blut an ihrer Lippe. Wut erfasste sie – er wagte es, sie zu schlagen, dieser elende Feigling. Sie bog ein Knie an und trat nach ihm mit aller Kraft. Er schrie und krümmte sich zusammen, denn sie hatte ihn an empfindlicher Stelle getroffen. Dieses Mal bereitete es ihm keine Lust, sondern heftigen Schmerz. Er wurde leichenblass, stierte sie an, sodass sie schon fürchtete, er werde gleich mit Fäusten über sie herfallen. Doch stattdessen rutschte er rückwärts von ihrem Lager herunter, stand einen Moment schwankend vor dem Bett, die Hände auf sein Geschlecht gepresst, und keuchte vor Schmerz.

«Das wirst du mir büßen, Hure», zischte er. «Ich werde dafür sorgen, dass du für immer verschwindest. Es gibt genügend Kerker in Frankreich, in denen du verhungern kannst.»

Mit schleppenden Schritten verließ er das Zimmer. Dann hörte Jeanne, wie sich ein Riegel vor die Tür schob. Sie war gefangen.

Im Morgengrauen bewegte sich eine Kutsche mit verhängten Fenstern auf dem Fahrweg entlang der Seine. Schläfrig hockte der Kutscher auf dem Bock und starrte in die weißlichen Flussnebel, die der Wind in allerlei seltsame Formen verwehte. Eine Gruppe Enten wurde vom Geräusch der Kutsche aus dem Schlummer geschreckt, eilig watschelten die Tiere ins rettende Wasser. Das Licht war unstet und wechselte zwischen hellem Grau und fahlem, bläulichem Weiß, nur zögernd brachen hie und da erste Sonnenstrahlen durch die Wolken.

Die beiden Männer im Inneren der Kutsche hatten sich gegen die Morgenkühle in dunkle Umhänge gewickelt und schwiegen sich an. Roger de Gironde fragte sich, welcher Teufel ihn geritten habe, bei diesem unseligen Duell als Sekundant mitzuwirken und sich dabei möglicherweise den Zorn des Königs einzuhandeln. Duelle waren streng verboten – wer sich dabei erwischen ließ, konnte mit Festungshaft bestraft werden. Roger warf einen Blick zu dem ihm gegenübersitzenden Comte de Saumurat und stellte fest, dass dieser tief in Gedanken versunken war. Mit einem leisen Seufzer schob der Duc den Fenstervorhang ein wenig beiseite und spähte hinaus. Nichts Auffälliges war zu sehen, außer einem schwerbeladenen Boot, das mühsam von mehreren Männern flussaufwärts gerudert wurde.

Christian grübelte vor sich hin und schalt sich selbst wohl zum hundertsten Mal einen Narren. Warum hatte er gestern Abend nicht getan, was er sich vorgenommen hatte? Er hatte Jeanne noch einmal sehen wollen, bevor er in den Krieg zog. Ruhig und freundlich hatte er von ihr Abschied nehmen wollen, es sollte kein Hass zwischen ihnen bleiben, was auch immer geschehen war. Aber alles war anders gekommen.

Er hatte kaum den Garten betreten, da sah er sie neben dem Chevalier, und brennende Eifersucht erfasste ihn. Es war seine Jeanne, die dort saß, in diesem verfluchten schönen Kleid, das dieser Lump ihr bezahlt hatte. Oh, sie hatte sich verändert. Selbstbewusster war sie geworden, sicherer, nicht mehr seine kleine Wildkatze. Eine junge Dame saß dort, strahlend schön – und doch war es seine Jeanne.

Als er ihr gegenüberstand, war es um ihn geschehen. Er hatte sie grüßen wollen, ein paar Belanglosigkeiten austauschen. Doch es war stärker gewesen als er. Alle Verzweiflung, aller Zorn brachen mit einem Mal aus ihm heraus. Er musste sie berühren, sie an sich reißen, sie küssen. Er musste ihr entgegenschleudern, wie sehr sie ihn verraten hatte. Er bereute seine Unbeherrschtheit noch im selben Augenblick, doch es war geschehen.

Sie hatte ihn nur zu Recht geohrfeigt. Doch das Gesagte konnte auch dadurch nicht aus der Welt geschafft werden. Er würde sie um Verzeihung bitten. So bald wie möglich würde er das tun …

Roger de Gironde hielt es jetzt – da man sich dem verabredeten Ort näherte – für angebracht, das Schweigen zu brechen.

«Nehmt die Geschichte nicht auf die leichte Schulter», warnte er Christian. «Der Chevalier ist ein kaltblütiger und trickreicher Fechter.»

Christian lächelte verächtlich.

«Glaubt Ihr, ich hätte Angst vor ihm? Auch ich habe zu fechten gelernt, Duc.»

Roger zuckte die Schultern und zog es vor, nicht weiter darüber zu sprechen. In der Fechtkunst war der Chevalier de Boudard dem jungen Mann ohne Zweifel unterlegen – aber Roger de Gironde kannte den Chevalier viel zu gut, um nicht zu wissen, dass er diesen Nachteil durch Kaltblütigkeit und Hinterlist ausgleichen würde. In diesem Punkt war de Boudard gegenüber dem aufbrausenden und ehrlichen Christian haushoch im Vorteil.

Die Kutsche kam zum Stehen, und die beiden Männer stiegen aus. Links ragten die Gipfel einiger Bäume schemenhaft aus den Morgennebeln hervor, die schwarze Form einer wartenden Kutsche wurde sichtbar. Ihre Gegner waren bereits eingetroffen.

Schweigend schritten die beiden nebeneinanderher. Christian wurde jetzt von der Unruhe und Spannung ergriffen, die ihn jedes Mal vor einem Ehrenhandel packte und die seiner Ansicht nach vor einem Kampf unbedingt notwendig war. Ja, er war bereit, diesem widerlichen Lustmolch zu beweisen, dass er sich nicht ungestraft einen

Feigling schimpfen ließ. Er brannte förmlich darauf. Dieser Mensch hatte ihm seine Jeanne genommen, und er würde dafür büßen.

De Boudard stand wie ein unförmiger dunkler Schatten im Morgendunst, ein schwacher Wind bewegte den Rand seines Mantels. Sein Sekundant, ein junger Adeliger mit rötlichem Haar und blasser Gesichtshaut, ging den Ankommenden mit langen Schritten entgegen. Man merkte dem jungen Mann an, dass er die Angelegenheit rasch über die Bühne bringen wollte, denn man hatte erst kürzlich wieder zwei Duellanten in Haft genommen.

Während die Sekundanten die vorgeschriebenen Zeremonien erfüllten, warteten die beiden Kämpfer schweigend. Ein Vermittlungsversuch scheiterte wie erwartet. Christian de Saumurat war unter keinen Umständen dazu bereit, für angebliche Frechheiten untertänig um Vergebung zu bitten. Die Waffen wurden geprüft und für angemessen erklärt, man legte fest, dass der Kampf beendet war, sobald einer der Gegner sich als besiegt erklären würde. Dann bat man die Gegner, sich zum Kampf bereit zu machen. Christian legte Mantel und Jacke ab, ergriff seinen Degen und fuhr damit probeweise einige Male durch die Luft. Der Chevalier auf der anderen Seite wog die Waffe in der Hand und maß den Gegner mit scharfem Blick.

«En garde, Messieurs!»

Mit langsamen Schritten bewegten sich die beiden Männer aufeinander zu. Ein Windstoß blies eine Nebelbank über den Fluss und hüllte die Gegner für einen Moment in weißen Dunst. Als ihre dunklen Körper wieder zu sehen waren, hatte der Kampf bereits begonnen.

Zunächst geschah nicht viel, die Fechter trachteten danach, den Gegner einzuschätzen. Christian startete einige Attacken, die der Chevalier mit Geschick parierte. Roger hatte nicht gelogen: Der Chevalier war zwar kein hervorragender Fechter, jedoch beherrschte er die Kunst der klugen, ausdauernden Verteidigung, die den Gegner zermürben sollte. Der Kampf war ungleich, denn Christian blieb nur die Rolle des Angreifers, das sich blitzschnelle Hervorwagen und wieder Zurückziehen, während der Chevalier sich darauf beschränkte, die Attacken abzuwehren und darauf zu warten, dass der Angreifer sich eine Blöße gab.

Roger sah mit Unbehagen, dass der junge Mann mehr und mehr in Hitze geriet, da seine Angriffe immer wieder wirkungslos an der gelassenen Abwehr des Gegners abprallten. Er wusste nur zu gut, dass der Chevalier blitzschnell bei der Hand sein würde, wenn sein junger Gegner in seiner Ungeduld einen Fehler machte.

Ein ärgerlicher Ruf erklang – Christians Degenspitze hatte den Ärmel des Chevaliers durchstochen und zerrissen. Erneut drang Christian auf den Gegner ein, nötigte ihn sogar dazu, einige Schritte zurückzuweichen, sprang geschickt über eine Baumwurzel und griff erneut an. Unerwartet machte der Chevalier einen Ausfall, stach zu – und Christians Hemd färbte sich unterhalb der Schulter rot.

«Gebt Ihr auf, de Saumurat?», fragte der Sekundant des Chevaliers hoffnungsvoll.

«Keineswegs», rief Christian zornig und startete die nächste Attacke.

In diesem Augenblick tauchte eine Kutsche aus dem Ufernebel auf, und eine helle Frauenstimme tönte zu ihnen hinüber:

«Aufhören! Im Namen des Königs!»

Christian hielt verblüfft mitten in der Attacke inne und blickte sich nach der Ruferin um. Der Chevalier sah seine Chance gekommen. Mit aller Kraft warf er sich nach vorn, um den Gegner mit dem Degen zu durchbohren. Hätte

Christian sich nicht blitzschnell zur Seite bewegt, so wäre diese hinterhältige Aktion gelungen. So aber wurde der Chevalier durch die Wucht seines Angriffs selbst zu Boden gerissen. Man vernahm ein lautes metallenes Geräusch – der Chevalier blieb bewegungslos liegen.

Marguerite riss den Kutschenschlag auf und eilte voller Entsetzen herbei, um sich zwischen die Kämpfenden zu stellen. Doch es war unnötig.

Der Duc kniete neben de Boudard am Boden und versuchte den schweren Körper auf den Rücken zu drehen.

«Ihr unbedachtes Geschrei, Madame, hat Ihren Schützling fast das Leben gekostet», bemerkte er.

Auch der junge Adelige war herbeigelaufen. Christian, den Degen von sich werfend, kniete voller Entsetzen neben de Boudards bewegungslosem Körper.

Marguerite starrte auf den Degen, den der Tote noch immer umklammert hielt. Die Waffe war wenige Zentimeter unterhalb des Griffes zerbrochen. Die abgebrochene Schneide war im Boden stecken geblieben und dem Chevalier bei seinem Fall ins Herz gedrungen.

Jeanne hatte sich noch nie in ihrem Leben so elend gefühlt. Ihr ganzer Körper war wie zerschlagen, ihr Kopf dröhnte, und als sie in den Spiegel sah, stellte sie entsetzt fest, dass ihre Lippe dick geschwollen war. Über ihrer rechten Schläfe bis zur Wange hinunter zog sich ein dunkler Bluterguss. Der Chevalier hatte sie in ihrem Schlafzimmer eingeschlossen, nicht einmal Nadine durfte zu ihr. Sie hatte an der Türklinke gerüttelt und gerufen – daraufhin war die Tür geöffnet worden, und die Alte stand auf der Schwelle.

«Was willst du?», fuhr sie sie boshaft an.

«Ich will hier raus», fauchte Jeanne. «Niemand hat das Recht, mich einzusperren!»

«Du bleibst hier so lange drin, wie es der Herr befiehlt», gab die Alte kurz angebunden zurück und schlug ihr die Tür vor der Nase zu. Jeanne hörte, wie auf der anderen Seite der Riegel vorgeschoben wurde, dann entfernte sich die Alte mit schlurfenden Schritten.

Verzweifelt irrte Jeanne im Raum umher wie ein gefangenes Tier. Sie war der Willkür dieses Mannes ausgeliefert, er konnte mit ihr tun und lassen, was ihm beliebte. Schreckliche Visionen schossen durch ihr Hirn. Dieser Mensch, der ihr zuerst so harmlos erschienen war, hatte eine teuflisch perverse Phantasie. Nadine hatte nur zu recht gehabt, sie vor ihm zu warnen. Er würde seine Freude daran haben, sie auf alle möglichen Arten zu quälen und zu demütigen.

Sie ließ sich auf einen Sessel fallen und kauerte sich fröstelnd zusammen. Niemand würde ihr helfen – sie war ganz allein auf sich selbst angewiesen. Es gab nur eine einzige Möglichkeit, diesem Menschen beizukommen: Sie musste seine Sinne erregen. Sie musste ihn verführen, sodass er alle Vorsicht vergaß. Nur dann würde sie eine Chance haben, ihm zu entkommen.

Mit dieser schwachen Hoffnung im Herzen war sie gegen Morgen völlig erschöpft in ihrem Sessel eingeschlummert.

Sie erwachte von einem lauten Geräusch – die Tür ihres Zimmers wurde aufgerissen.

«Jeanne – um Gottes willen. Was hat er mit dir getan?»

Sie blinzelte ins Licht und erkannte zu ihrer größten Verblüffung, dass es Christian war, der sich über sie gebeugt hatte. Mit zitternden Händen strich er ihr das Haar aus der Stirn.

«Es ist alles meine Schuld. Ich war eifersüchtig und

habe dich beleidigt. Vergib mir, Jeanne. Bitte, vergib mir, Liebste …»

Er sank auf die Knie vor ihr und umfing sie, drückte seinen Kopf in ihren Schoß. Sie begriff nichts, sah hinab auf seinen blonden Haarschopf, und seine Verzweiflung überwältigte sie so, dass sie voller Zärtlichkeit mit der Hand durch seine Locken fuhr.

«Genug», sagte eine energische Stimme. «Jede Minute ist kostbar, Comte.»

Jetzt erst sah Jeanne, dass sie nicht allein waren. Der Duc de Gironde war ins Zimmer getreten, hatte unruhig aus dem Fenster geblickt und fasste jetzt Christians Arm.

«Keine langen Szenen», sagte er unerbittlich. «Es wird sich wie ein Lauffeuer in der Stadt herumsprechen. Die Soldaten des Königs können schon unterwegs sein, Euch zu arretieren.»

Christian erhob sich widerwillig und fasste Jeannes Hand.

«Ich reite in den Krieg, Jeanne. Auf Befehl des Königs und in der Hoffnung, mich glückreich in der Schlacht zu bewähren und seine Vergebung zu erlangen.»

Entsetzt sah sie ihn an. Was auch immer geschehen war – jetzt spürte sie plötzlich eine unsagbare Angst um ihn.

«In den Krieg?», stammelte sie. «Du willst in den Krieg ziehen? Aber warum?»

Er küsste ihre Hand, und sie konnte sehen, dass er Tränen in den Augen hatte.

«So Gott will, werden wir uns wiedersehen, Jeanne.»

Der Duc machte eine ungeduldige Bewegung, und Christian riss sich von ihr los. Mit hastigen Schritten verließ er das Zimmer – ohne sich noch einmal nach ihr umzusehen.

«Christian!»

Sie wollte ihm nachstürzen, doch der Duc de Gironde

stellte sich ihr in den Weg. Sanft fasste er sie bei den Schultern und hielt sie zurück.

«Ihr werdet nichts daran ändern können, Mademoiselle. Seid also vernünftig.»

Sie schluchzte und wehrte sich gegen seinen Griff. Da schlang er die Arme um sie und presste sie an sich.

«Aber Mademoiselle», sagte er leise. «Habt Ihr so wenig Vertrauen zu Eurem Freund?»

«Er rennt in sein Verderben», schluchzte sie an seiner Schulter. «Sie werden ihn töten, ich weiß es.»

Er ließ sie erst los, als draußen die Geräusche der abfahrenden Kutsche zu hören waren. Jeanne lief zum Fenster und konnte gerade noch sehen, wie das Gefährt hinter der Wegbiegung verschwand.

«Pack ihre Sachen zusammen», wies der Duc Nadine an. «Mademoiselle kommt mit mir.»

Jeanne wandte sich um. Was war überhaupt los? Der Duc stand im Zimmer und traf seine Anordnungen, als wäre er hier zu Hause. Irgendetwas musste geschehen sein. Welch glücklicher Umstand war eingetreten, der sie aus ihrem Gefängnis befreite?

«Wo ist der Chevalier?»

Roger de Gironde trat auf sie zu und betrachtete ihr geschundenes Gesicht.

«Der Chevalier de Boudard ist im Duell gegen Christian de Saumurat zu Tode gekommen», sagte er kurz und knapp.

Seine Miene blieb dabei unbeweglich. Weder schien er diesen Vorfall zu bedauern noch darüber erfreut zu sein.

Jeanne spürte, wie sich das Zimmer vor ihren Augen zu drehen begann.

«Christian hat ihn getötet?», flüsterte sie. «Um Gottes willen. Man wird ihn verurteilen …»

Der Boden unter ihr schwankte und schien ihr plötzlich

mit wahnsinniger Geschwindigkeit entgegenzukommen. Sie war schon ohne Bewusstsein, als der Duc sie in seinen Armen auffing.

Roger hatte nicht angeklopft, denn er war gewohnt, dass Marguerite ihn zu dieser Stunde erwartete. Als er jedoch in den Raum trat, stellte er fest, dass seine Anwesenheit an diesem Nachmittag offensichtlich überflüssig war.

«Bonjour, Marguerite», grüßte er amüsiert. «Wie ich sehe, bist du sehr beschäftigt.»

Marguerite de Fador seufzte befriedigt und blieb noch einige Sekunden reglos liegen, der gerade genossenen Ekstase nachspürend. Erst als sie die Augen öffnete und eine kleine Bewegung mit dem rechten Knie machte, löste sich ihr Galan von ihr und rollte sich auf die Seite. Der kleine Tanzmeister war von Rogers Anwesenheit ein wenig geniert, er zog die seidene Decke über seine Blöße und sah unruhig von Marguerite zu Roger. Würde es am Ende eine Szene geben? Er hasste Eifersuchtsszenen. Sie waren so unnötig.

«Roger», rief Marguerite lächelnd und ohne die geringste Scham. «Wie angenehm, dich zu sehen, mein Freund.»

«Ganz meinerseits», erwiderte Roger und trat in den Raum, um sich auf einem der kleinen, mit Gold verzierten Stühlchen niederzulassen. «Störe ich?»

«Aber nein ...»

Er lehnte sich zurück und überflog die zerwühlte Chaiselongue mit interessierten Blicken. Marguerites nackter Körper wirkte sehr weiß, die Knospen ihrer Brüste hatten sich zusammengezogen, der Bauch nur wenig gewölbt, das Schamhaar hatte sie rasiert, sodass ihre Schamlippen deutlich hervortraten.

Marguerite genoss seinen Blick, richtete sich ein wenig auf und zog ihrem Galan die Decke vom Körper. Der Tanzmeister war schlank, doch muskulös gebaut, seine Taille schmal wie die eines Mädchens, das Gesäß besaß eine kräftige, aufreizende Wölbung. Er ließ sich die «Zur-Schau-Stellung» nur widerwillig gefallen, denn Rogers unverfrorene Blicke waren ihm peinlich.

«Mein lieber Simon», sagte Marguerite und strich mit dem Zeigefinger auffordernd über seine Pobacke. «Du bist doch noch nicht müde, oder?»

Simon war keineswegs müde, doch zögerte er, das Liebesspiel von neuem zu beginnen, weil die Anwesenheit seines Rivalen ihn irritierte.

«Du meinst ...», stotterte er unsicher.

«Genau, das meine ich», sagte sie mit einem Lächeln, das ihm bedeutete, dass Widerspruch keinesfalls akzeptiert werden würde. Er begriff, dass er dieses Spiel mitmachen musste, ob er wollte oder nicht, und er gab sich Mühe, seinen Unmut darüber zu verbergen.

Er zog Marguerite neben sich auf das Lager und begann ihre Hüften zu streicheln, fuhr genießerisch mit den Händen über ihr Gesäß und massierte ihre üppigen Pobacken mit Hingabe. Sie streckte sich wohlig unter seinen Liebkosungen, bot ihm ihre Brüste und gurrte vor Vergnügen, als er die Spitzen mit der herausgestreckten Zunge reizte. Die Warzen zogen sich zusammen, um sich ihm verführerisch entgegenzustrecken. Er umschloss sie mit seinem Mund und saugte daran, umkreiste sie mit der leckenden Zunge, fasste sie vorsichtig mit den Zähnen und knabberte daran, um sie dann wieder mit Lippen und Zunge zu betupfen. Marguerite fuhr indessen mit den Fingern über seine Brust, folgte streichelnd den Muskelsträngen seiner Schultern, spielte mit den feinen Härchen in seinem Nacken und massierte seinen Hinterkopf dicht am Haaransatz. Simon war jetzt schon so intensiv mit Marguerite beschäftigt, dass er Roger fast vergessen hatte. Er war längst wieder erregt, sein Penis begann zu schwellen und zu wachsen, was den aufmerksamen Augen des stillen Beobachters nicht entging.

Roger saß ruhig mit übereinandergeschlagenen Beinen auf seinem Platz und sah dem Liebesspiel zu. Er wusste nur zu gut, dass Marguerite seine Blicke genoss, dass es sie ganz besonders erregte, von dem einen Liebhaber liebkost zu werden, während der andere sie dabei beobachtete. Roger verspürte ebenfalls ein prickelndes Vergnügen dabei, und er wartete geduldig auf seinen Einsatz.

Simon atmete bereits rasch und heftig. Er begann Marguerites weichen Bauch mit kleinen Küssen zu bedecken, bohrte seine Zunge in ihren Nabel und ließ sie dort vibrieren, setzte kleine Liebesbisse in ihre weiße Haut und ließ dabei leises, dunkles Stöhnen vernehmen. Seine Hände umfassten ihre Hüften, massierten und streichelten sie, dann glitten sie in kleinen spielerischen Kreisen immer näher an ihren Schamhügel.

Spielerisch tasteten seine Finger darüber, während Marguerite ihm leise stöhnend entgegenkam. Er zog ihre Schamlippen mit zwei Fingern auseinander, beugte sich über ihre Scham, um die rosige Perle mit der Zunge zu berühren. Marguerite stieß jauchzende Laute aus, als er die Zunge spielen ließ und das Zentrum ihrer Lüste mit kleinen raschen Vibrationen zum Glühen brachte. Als er das Zucken in ihrem Schoß spüren konnte, begann er, ihre weichen Schamlippen mit genießerischen Küssen zu bedecken. Marguerite atmete in kurzen Stößen, ganz dem Liebesgenuss hingegeben – während sie Rogers Augen spürte, der das Tun ihres Liebhabers voller Entzücken verfolgte. Genießerisch bog Simon ihr die Schenkel auseinander, um ihre Vagina gänzlich zu enthüllen, und er küsste die Öffnung mit heißen Lippen. Als er sich nun ein wenig zurückbeugte, um die Höhle mit dem Finger zu umkreisen und zu reizen, hatte auch Roger Einblick in Marguerites erregte Muschel, und er verspürte dabei eine schon lange nicht mehr erlebte Lüsternheit. Auch sein Penis war inzwischen hart und fest geworden, und er bebte innerlich vor Verlangen, an dem Spiel teilzunehmen.

Marguerite war seinem Blick gefolgt und schob nun Simons Körper ein wenig beiseite und nötigte ihn, sich auf den Rücken zu legen, wobei Roger der Anblick seines steil aufgerichteten, roséfarbenen Penis zuteil wurde. Erst jetzt wurde sich Simon wieder dessen bewusst, dass er nicht mit Marguerite allein war, und er versuchte, sein Glied vor seinem Rivalen mit den Händen zu verbergen, denn es war ihm peinlich, von Roger angestarrt zu werden. Doch Marguerite stand ihm bei, indem sie sich mit gespreizten Beinen über ihn setzte und seinen aufrecht stehenden Stab mit beiden Händen besitzergreifend umfasste. Simon schloss genießerisch die Augen – und genoss Marguerites Liebkosungen. Während Roger sich am Anblick ihres nackten Gesäßes erfreute, das bei ihren Bemühungen auf und nieder wippte, streichelte sie Simons Glied mit kundigen Fingern. Simon wand sich unter ihr hin und her, stieß dunkle, gurrende Laute aus und stöhnte tief vor Lust. Als sie sich niederbeugte, um mit den Lippen an seinem Penis zu saugen und die empfindliche Eichel mit rasendem Zungenspiel herauszufordern, keuchte er und wäre fast schon gekommen. Doch Marguerite war erfahren genug, um ihre Liebkosungen im letzten Moment zu unterbrechen und ihn ein wenig zur Ruhe kommen zu lassen.

Sie hatte gemerkt, dass Roger sich von seinem Platz erhoben hatte und nun hinter ihr stand. Voller Entzücken spürte sie jetzt seine Hände auf ihren Hüften, und gleich darauf strichen sie fordernd über ihr Gesäß. Sie stöhnte leise auf und bog sich ihm entgegen, genoss die kreisenden Bewegungen seiner Hände auf ihrem nackten Po und zuckte erregt zusammen, als er mit dem Finger ein wenig in ihre Vagina eindrang. Roger spürte ihre Feuchtigkeit und konnte sich kaum noch zurückhalten, denn die Situation war für ihn ungeheuer erregend. Immer wieder glitt er mit den Fingern zwischen ihre Schenkel, reizte ihre empfindliche Klitoris und spürte, wie sie vor Wollust erbebte.

Inzwischen hatte Simon Marguerites volle Brüste, die über ihm wie verlockende Früchte hingen, mit den Händen gefasst, schnappte mit dem Mund nach den Nippeln und saugte daran.

Roger hörte Marguerites Stöhnen, während er ihren Busen – von Simons Händen umfasst – in köstlicher, aufreizender Bewegung erblickte. Ihr Po wölbte sich dicht vor ihm in Höhe seines Hosenbunds, und während seine linke Hand ihre feuchte Scheide reizte, befreite er mit der Rechten seinen Penis. Die culotte glitt an seinen Beinen hinunter, und er führte sein gieriges Glied auf das Ziel zu.

Als er mit der harten feuchten Spitze ein kleines Stück in ihre Grotte eindrang, hörte er einen befriedigten Seufzer aus Marguerites Mund. Simon, der von den Vorgängen hinter Marguerite keine Ahnung hatte, leckte ihre Brustwarzen – und Roger weidete sich am Anblick der wogenden Brüste. Er zog sein Glied genießerisch wieder ein wenig zurück und stieß erneut zu, spürte die Reibung und keuchte leise vor Wollust. Er ertastete ihren Schamhügel und spielte zärtlich mit ihren weichen Schamlippen, während sein Stab immer tiefer in die feuchte Vagina eindrang. Eine lange nicht mehr gekannte Geilheit packte ihn, aufstöhnend verfiel er in den aufpeitschenden Rhythmus des Liebesakts, stieß in sie hinein und zog das Glied wieder zurück, immer wieder, immer noch einmal – während

Marguerite Simons Glied jetzt wieder umfasst hatte und es mit ihren Händen bis zur Ekstase reizte. Simon öffnete die Augen und begriff, was geschah. Doch Marguerites kundige Hände an seinem Glied hatten ihn längst bis an den Rand der Erfüllung gebracht, und er überließ sich dem Rausch der Wollust.

Roger wartete ab, bis Marguerites Körper zu beben begann – dann gab auch er seiner Erregung nach, und sein Penis sprühte den warmen Liebessaft in sie hinein. Kurz danach bäumte sich auch Simon in höchster Lust empor, und sein bebendes Glied explodierte in Marguerites Händen.

Marguerite hatte Simon verabschiedet und sich ein Bad bereiten lassen. Roger wartete im Salon auf einem Sessel, las in einem Journal und spürte voller Behagen dem unerwartet leidenschaftlichen Genuss nach. Als sie in einem weiten seidenen Hauskleid erschien, sah er im Spiegel ihre kühlen grauen Augen, die auf ihn gerichtet waren, und er wusste, dass das nun folgende Gespräch weit weniger lustvoll sein würde.

«Nun hast du also, was du wolltest», meinte sie spitz.

«Du sprichst von Jeanne?»

«Von dieser höchst gefährlichen kleinen Bestie, die du inzwischen in dein Haus aufgenommen hast, rede ich. Du solltest dich vor ihr in Acht nehmen, Roger.»

Er schmunzelte. Sie konnte Jeanne nicht leiden, was kein Wunder war. Ärgerlicher war für Marguerite jedoch, dass er, Roger, sein Ziel erreicht hatte, während Christian noch immer nicht in Marguerites Armen gelandet war. Es sah momentan auch wenig danach aus, dass er jemals dort landen würde.

«Du übertreibst, Marguerite. Das Mädchen ist bezaubernd, und wir werden uns gut miteinander verstehen.»

«Was hast du mit ihr vor?»

Sie wandte ihm ihr Gesicht zu, und er sah die kleinen Fältchen um ihre Augen und Mundwinkel, die sie sonst mit Puder zudeckte. Ihre Augen blickten jetzt kühl und fast feindselig.

«Die Neugier steht dir schlecht, liebe Freundin», gab er lächelnd zurück.

Sie biss sich auf die Lippen und ärgerte sich über die Blöße, die sie sich gegeben hatte.

«Vergiss nicht, Roger, dass dieses harmlose kleine Mädchen bereits zwei Männer auf dem Gewissen hat.»

Er lachte.

«Wer hat sie denn dem armen Charles vermittelt, meine Liebe? Du warst es doch, die dafür gesorgt hat, dass der Chevalier den Kopf verlor.»

«Du vergisst Christian. Ohne dieses unglückselige Duell wäre es möglich gewesen, seinen Marschbefehl noch zu verhindern. Aber nun ist alles zu spät.»

De Gironde hatte auch ein wenig Mitleid mit dem jungen Mann, andererseits jedoch kam ihm seine Abwesenheit außerordentlich gelegen. Deshalb grämte er sich keineswegs darüber, dass Christian inzwischen sein Leben als Offizier des Königs riskierte.

«Der junge Mann ist nicht dumm – er wird schon durchkommen», meinte er achselzuckend und erhob sich vom Lager, um sich anzukleiden.

«Es ist nicht nur das», fuhr Marguerite ärgerlich fort. «Die kleine Teufelin hat Christian völlig verändert. Ich erkenne ihn kaum wieder.»

In der Tat, das hatte Roger de Gironde auch schon festgestellt. Christian hatte früher in jeder Hinsicht seinem Vater nachgeeifert, vor allem, was die Liebesabenteuer betraf.

Noch immer gab es zahllose Damen, die den verflossenen Abenteuern nachweinten und sich nach dem feurigen, aber leichtlebigen jungen Draufgänger vor Sehnsucht verzehrten. Christian war ein Herzensbrecher gewesen.

Jetzt aber war der arme Kerl verliebt. Die kleine Jeanne hatte Amors Pfeil tief in sein Herz gestoßen, so tief, dass er ihn wohl ohne größere Lebensgefahr nicht mehr würde herausziehen können.

«Die Liebe ist wie eine ansteckende Krankheit», sagte Roger leichthin und zog seine Weste über. «Wen sie erwischt, der muss leiden.»

Sie maß ihn mit einem kühlen, forschenden Blick, um ihren Mund war ein boshafter Zug.

«Wie gut, dass du, mein lieber Roger, gegen solch eine Krankheit immun bist.»

«Ebenso wie du, liebe Marguerite», gab er liebenswürdig zurück und neigte sich über sie, um sich mit einem Kuss zu verabschieden.

Jeanne war von Roger de Gironde in einer großzügigen Stadtwohnung einquartiert worden – er selbst wohnte wie die meisten Adeligen in der unmittelbaren Nähe des Königs, im Louvre. Sie war ihm dankbar, dass er sie einige Tage ungestört Nadines Obhut überließ und nur hin und wieder einen kurzen Besuch abstattete. Die kleine Zofe machte ihrer Herrin Umschläge, legte Kräuterkompressen auf und verordnete strenge Ruhe. Jeanne fügte sich. Stundenlang lag sie unbeweglich auf ihrem Bett und grübelte vor sich hin.

Der Tod des Chevaliers hatte sie erschüttert. Charles de Boudard hatte sie großzügig beschenkt, dennoch hatte sie ihn verachtet, am Ende sogar gehasst. Doch der Gedanke, mehr oder weniger für seinen Tod verantwortlich zu sein, war schrecklich. Nadine hatte erzählt, dass man den Leichnam des Chevaliers in seine Heimat, nach Burgund, überführen würde, um ihn dort beizusetzen. Da hatte Jeanne an die Beerdigung der Comtesse de Saumurat denken müssen, die Anfang des Jahres in der Familiengruft im Schlossgarten zur letzten Ruhe gebettet worden war. Auch die Dorfbewohner waren festlich gekleidet und mit entblößten Häuptern dem Sarg gefolgt, und sie hatte an diesem kalten Januarmorgen zum ersten Mal den jungen Comte de Saumurat gesehen. Er wirkte fremd und abweisend in dem feierlichen Trauergewand, seine Züge ernst, die Lippen waren fest zusammengepresst.

Sie dachte daran, dass das Opfer dieses unsinnigen Duells genauso gut Christian hätte sein können, und sie spürte, wie ihr Herz sich zusammenzog. Er hatte sie betrogen und in aller Öffentlichkeit beleidigt. Warum bangte sie jetzt um ihn? Schön, er hatte zu ihren Füßen gekniet und sie um Verzeihung gebeten. Aber war das ein Grund, alles zu vergessen, was er ihr angetan hatte?

Aber wenn sie daran dachte, dass er sich vielleicht in diesem Augenblick todesmutig in den Kampf stürzte, war plötzlich aller Zorn vorbei. Es gab nur noch eine brennende, schmerzhafte Sehnsucht nach ihm und die Angst, dass es vielleicht zu spät sein könnte.

Als Roger de Gironde von seinen Obliegenheiten bei Hofe zurückkehrte, fand er Jeanne im Salon. Erstaunt stellte er fest, dass sie sich reisefertig gekleidet hatte.

«Ihr wollt mich doch nicht etwa verlassen, Jeanne?»

Es klang unwillig und zugleich ein wenig spöttisch. Jeanne errötete, sie hatte das Gefühl, sehr undankbar zu sein.

«Bitte, versteht mich, Sire. Ich kann nicht anders – ich muss ihn sehen und mit ihm sprechen.»

Fast hätte er gelacht. Sie hatte doch tatsächlich vor, ihrem Christian in den Krieg zu folgen. Eine mutige kleine Person. Mutig – aber unbedacht.

«Aber Jeanne», sagte er sanft. «Wollt Ihr dem Comte wirklich diese Peinlichkeit zumuten?»

«Nennt es, wie Ihr wollt – ich bin fest entschlossen.»

Er betrachtete sie lächelnd. Wie eigensinnig sie war. Sie würde für den Geliebten durchs Feuer gehen oder ins kalte Wasser springen. Es war bezaubernd, wenn auch völlig sinnlos.

«Erlaubt mir dennoch, Euch aufzuklären», meinte er und stellte sich ihr vorsichtshalber in den Weg. «Der Krieg ist kein Ort für eine Dame. Es gibt zwar durchaus Frauen, die sich in der Nähe der Truppen aufhalten, doch das sind – besondere Frauen. Ihr versteht mich?»

Jeanne errötete abermals. Er verwirrte sie. Hatte er sie wirklich als «Dame» bezeichnet? Oder trieb er seine Scherze mit ihr?

«Das ist mir ganz gleich, Euer Gnaden. Ich will mich auch nicht lange bei den Truppen aufhalten. Ich will mit Christian sprechen, und dann werde ich wieder abreisen.»

Er musste anders vorgehen. Nachdenklich sah er sie an, wie sie glühend vor Entschlossenheit vor ihm stand, jeder Zoll eine Heldin.

«Wollt Ihr den Comte wirklich in Gefahr bringen?», fragte er kopfschüttelnd.

«In Gefahr? Wieso bringe ich ihn in Gefahr?»

Er setzte ein wissendes Lächeln auf und tat, als erzähle er ihr ein wichtiges Geheimnis.

«Habt Ihr einmal in den Spiegel gesehen, liebe Jeanne? Eure Lieblichkeit, die – wie ich sehe – vollständig wiederhergestellt ist, würde dem Comte zum Verhängnis werden. Ein verliebter Offizier ist ein schlechter Offizier. Unbedacht und leichtsinnig würde er eine rasche Beute seiner Feinde,

Mademoiselle. Das solltet Ihr bedenken, bevor Ihr solch unüberlegte Schritte unternehmt.»

«Diese Gefahr ist äußerst gering, Euer Gnaden», sagte sie und hob das Kinn. «Der Comte liebt mich nämlich nicht.»

Er parierte sofort.

«Warum wollt Ihr Euch dann solcher Gefahr aussetzen? Für einen Mann, der Euch gar nicht liebt?»

Ärgerlich wandte sie sich um und ging ein paar Schritte durch den Raum.

«Ich muss etwas richtigstellen», sagte sie stur. «Ich will nicht, dass er schlecht von mir denkt.»

«Dazu ist noch genügend Zeit, wenn er zurückkommt, Mademoiselle. Ich verbürge mich dafür, dass dies sehr bald geschehen wird.»

Sie sah ihn ungläubig an. War das ein leeres Versprechen, oder steckte etwas dahinter? Sie hatte davon gehört, dass der Duc de Gironde großen Einfluss auf den König hatte.

«Vertraut mir, Jeanne», sagte er sanft. «Ich habe diese Wohnung eigens für Euch eingerichtet, und es wäre schade, wenn Ihr mich so rasch verlassen würdet.»

«Ich habe nicht die Absicht, Eure Mätresse zu werden!», platzte sie heraus.

Wie trotzig ihre Augen blitzen konnten. Wie entschlossen sie vor ihm stand, die Hände vor der Brust gekreuzt, die Wangen gerötet.

«Liebe Jeanne», gab er freundlich zurück. «Das ist ein großes Missverständnis. Ich habe keineswegs vor, Euch zu meiner Mätresse zu machen.»

Das Erstaunen stand ihr ebenso gut wie der Trotz. Eine gefährliche kleine Person – Marguerite hatte nicht unrecht.

«Aber … aber weshalb tut Ihr das alles?», stammelte sie. «Diese Wohnung, die Bediensteten, die Kleider …»

Er lächelte undurchsichtig und winkte einem Bediensteten, der ihr den Reisemantel abnehmen sollte.

«Sagen wir so, Mademoiselle: Ich erhoffe mir eine kleine Gefälligkeit von Euch.»

«Eine ... Gefälligkeit?», fragte sie verständnislos.

«Wir reden später darüber, Mademoiselle. Jetzt wäre ich glücklich, wenn Ihr mir die Güte erweisen würdet, mit mir zu Abend zu speisen.»

Christian,
wie konntest du mir das antun? So völlig unerwartet bei mir hereinschneien? Mir solch wundervolle, zärtliche Dinge sagen? Mich deine Hände, dein Haar, deinen Körper wieder spüren lassen?

Weißt du nicht, wie viele Nächte lang ich mich in der Kunst geübt habe, dich zu hassen? Wie viel Mühe es mich gekostet hat, dich endlich, endlich zu vergessen?

Oh, ich glaubte schon mein Ziel erreicht zu haben. Ich war nahezu davon überzeugt, auch ohne dich leben zu können.

Und dann kommst du daher, schlingst den Arm um mich, bittest mich um Verzeihung, sagst, dass du in den Krieg ziehen wirst.

Alles, was ich mühsam erarbeitet hatte, hast du in wenigen Sekunden zerstört.

Ich weiß jetzt nur noch, dass ich vor Angst um dich vergehe. Ich bete jede Nacht darum, dass der Krieg dich verschonen möge und dass wir uns wiedersehen.

Lass mich dir sagen, dass ich dich liebe.
Deine Jeanne

Roger de Gironde besuchte Jeanne regelmäßig zu bestimmten Zeiten. Fast immer erschien er am späten Vormittag für kurze Zeit, nahm jedoch niemals das Mittagessen mit ihr gemeinsam ein, da er bei Hofe speiste. Am Nachmittag tauchte er gegen drei Uhr in der Wohnung auf und blieb für zwei Stunden. Hin und wieder verbrachte er auch einen Abend mit ihr – dann ließ er auserlesene Speisen und Getränke kommen, und sie unterhielten sich bis spät in die Nacht hinein. Gegen Mitternacht verließ er sie – niemals übernachtete er bei ihr in der Wohnung.

Nach einigen Wochen begann Jeanne seine Gegenwart zu genießen. Roger de Gironde war stets mit auserlesenem Geschmack gekleidet, er behandelte Jeanne mit großer Höflichkeit, und die Gespräche mit ihm waren interessant. Niemals machte er den Versuch, sie zu berühren oder Zärtlichkeiten von ihr zu verlangen. Das Einzige, das Jeanne immer wieder irritierte, war sein Lächeln und die Art, wie er sie betrachtete.

Er brachte ihr Geschenke, die er mit viel Überlegung für sie ausgewählt hatte und die ihr ausnahmslos gefielen. Mal war es ein Korb mit Feigen und Erdbeeren, dann wieder eine Kristallschale, ein schöngeformter Edelstein, ein Strauß bunter Blüten. Einmal brachte er eine glänzende, roséfarbige Muschel, groß wie eine Faust, und hielt sie ihr ans Ohr.

«Kannst du das Geräusch des Meeres hören?», fragte er leise.

Jeanne lauschte in die längliche, von wulstigen Lippen umschlossene Öffnung hinein und vernahm ein geheimnisvolles Rauschen.

«So klingt das Meer?», rief sie entzückt. «Oh, wie wunderschön. So geheimnisvoll und gewaltig zugleich. Wie kann es in der Muschel sein?»

Er nahm die Muschel in die Hand und ließ seine Finger

mit einer zärtlichen Bewegung über die schmale Öffnung gleiten, als wollte er sie streicheln.

«Das Meer, das diese schöne Muschel in sich trägt, ist ein Teil von uns allen, Jeanne. Und wenn du seine Wellen und sein Rauschen vernimmst, dann hörst du die Melodie deines eigenen sehnsüchtigen Herzens.»

Jeanne nahm die Muschel in die Hände und befühlte die seltsam geschwungenen, wulstigen Formen des geheimnisvollen Gebildes aus rosigem Kalk. Er sah ihr lächelnd dabei zu.

Stets ließ er sich etwas Neues einfallen, und alle seine Geschenke waren Anlass zu Gesprächen, in denen sich für Jeanne andere Welten auftaten. Er konnte faszinierend von den blauen Tiefen des Meeres erzählen, von den fernen Ländern weit im Süden, in denen die Feigen wuchsen, von den Bergwerken tief unter der Erde, in denen Erze und seltene Steine abgebaut wurden. Die Geschenke, mit denen der Chevalier sie überschüttet hatte, langweilten sie – jetzt wartete sie mit kindlicher Neugier auf das, was Roger de Gironde ihr mitbrachte.

Er stellte ihr Fragen, die sie bereitwillig beantwortete. Nach ihren Eltern, ihrem Dorf, er ließ sich beschreiben, wo es sich befand, und lächelte über ihre Schilderungen der Dorfbewohner.

«Euer Vater war also nicht Pierre Chabrot?»

«Nein. Man sagt, er sei ein Zigeuner gewesen. Mehr weiß ich nicht.»

«Ein Zigeuner. Das würde Euer schwarzes Haar erklären, kleine Schönheit. Und vielleicht auch das überschäumende Temperament.»

Sie lachte fröhlich.

«Das wäre schon möglich!»

Er berichtete häufig vom Hof des Königs, und sie hörte aufmerksam zu. Viel war ihr schon über die prächtige

Hofhaltung des jungen Ludwig XIV. zu Ohren gekommen, doch Rogers Schilderungen waren völlig anders. Sachlich waren sie und sehr genau, niemals hatte sie das Gefühl, dass er übertrieb oder sie durch pompöse Beschreibungen beeindrucken wollte. Sie erfuhr, dass man den König um acht Uhr am Morgen weckte, dass dann eine auserwählte Schar von Dienern und Adeligen an seinem «lever» teilnahmen, dass der König sich sodann zum Frühstück begab und anschließend die Messe hörte. Nach dem Frühstück pflegte Ludwig sich zu Beratungen mit seinen Ministern zu begeben, danach speiste man zu Mittag, wobei stets eine große Menge an Höflingen zugegen war. Als besondere Auszeichnung galt es, an den Tisch des Königs gebeten zu werden. Viele waren jedoch froh, wenigstens einen Schemel in Sichtweite des Monarchen zu ergattern. Nach dem Mahl pflegte Ludwig sich für weitere zwei Stunden zu Beratungen zurückzuziehen, danach begannen die Vergnügungen, die bis in den Abend währten.

«Womit vergnügt sich der König?»

«Er liebt die Jagd und die Spaziergänge. Außerdem ist er ein großer Freund der Künste. Musik, Tanz, Theater – und dann natürlich …»

«… seine Mätressen, ich weiß. Die La Vallière, nicht wahr?»

«Nur noch offiziell. Die Marquise de Montespan hat längst ihre Stelle eingenommen. Es gibt jedoch immer wieder andere Damen, denen es gelingt, das Herz des Königs zu erobern.»

«Und was sagt die Königin dazu?»

«Die arme Königin ist hoffnungslos in ihren Gatten verliebt und leidet.»

«Und das ist ihm ganz gleich? Was ist das nur für ein Mensch!»

«Oh, niemals lässt er es der Königin gegenüber an Respekt fehlen. Liebe jedoch hat ihre eigenen Gesetze …»

«Und was sagt die Kirche dazu?»

Roger de Gironde seufzte leise.

«Nun, der König hat hin und wieder Verdruss, da der Beichtvater der Königin seinen Gegnern in die Hände arbeitet und die Unmoral bei Hofe beklagt.»

«Der König hat auch Gegner?»

«Wie jeder große Mann. Er hat jedoch auch Freunde, die für seinen Ruf Sorge tragen und seinen Gegnern die Waffen aus den Händen nehmen.»

Jeanne sah ihn aufmerksam an.

«Ist das eine Eurer Aufgaben am Hof des Königs, Duc?»

Er lächelte. Sie war ein kluges Mädchen.

«Allerdings, Jeanne. Es ist eine meiner wichtigsten Aufgaben.»

Sie zog die Nase kraus.

«Ihr spioniert die Höflinge aus und meldet es dem König, wenn sie gegen ihn arbeiten?»

Er hob abwehrend die Hände.

«Nicht doch, Jeanne. Ich halte Augen und Ohren offen und sorge dafür, dass mein König von unliebsamen Intrigen und boshaften Anschlägen verschont bleibt.»

«Und wie macht Ihr das?»

«Menschen sind beeinflussbar, Jeanne. Jeder von uns hat seine schwache Stelle. Oft genügen nur ein paar Worte, um einen Menschen in eine andere Richtung zu lenken.»

Sie runzelte die Stirn.

«Es geht um Macht, nicht wahr?»

«Richtig erkannt, Jeanne.»

Sie fand, dass sein Lächeln ziemlich kühl war. Fast bekam sie eine Gänsehaut davon.

«Ihr mögt die Menschen nicht, stimmt's? Ihr benutzt sie nur als Schachfiguren.»

Er war ein wenig besorgt über ihre Reaktion.
«Höflinge sind keine Menschen, liebe Jeanne.»

Eines Tages erschien de Gironde wie üblich zu seinem kurzen Vormittagsbesuch und überreichte Jeanne eine große Schachtel.

«Was ist das?», fragte sie neugierig, als er das Geschenk auf einem Tisch abstellte.

«Eine Überraschung. Hebt den Deckel ab und seht nach.»

Schmunzelnd sah er zu, wie sie sich an der Schachtel zu schaffen machte. Es gefiel ihm, dass sie vor Freude über ein gelungenes Geschenk in die Hände klatschen konnte wie ein Kind. Dieses Mal stand sie allerdings etwas ratlos vor seiner Gabe und sah ihn fragend an.

«Das ist ein Rock für einen Mann. Und ein Hut. Sogar die culotte ...»

Sie begann zu lachen.

«Soll ich das vielleicht anziehen?»

«Allerdings. Und es wird Euch ausgezeichnet stehen. Wir werden heute Nachmittag einen Ausflug zu Pferde unternehmen.»

Ihre Augen leuchteten vor Begeisterung, genau, wie er erwartet hatte.

«Wohin reiten wir?»

«In den Bois de Boulogne.»

Er kam zur verabredeten Stunde ebenfalls zum Ausritt gekleidet und begutachtete Jeannes Aufzug. Sie trug das lange Haar offen, den Hut mit der wallenden Feder keck aufgesetzt, Rock und Weste passten wie für sie gemacht, ebenso wie die hohen Stulpenstiefel aus weichem Leder. Er hatte ein gutes Augenmaß, darauf war er immer stolz gewesen.

«Perfekt, meine Liebe. Gehen wir, die Pferde sind unten.»

Er hatte eine brave Stute für die hübsche Amazone ausgewählt und stellte erstaunt fest, dass Jeanne nicht zufrieden war.

«Was soll ich mit diesem albernen Sattel?»

«Liebe Jeanne, auch wenn Ihr Männerkleider tragt, so ist es doch angebracht, einen Damensattel zu benutzen. Ihr könntet sonst leicht Unmut erregen.»

Sie rollte die Augen und schob enttäuscht die Lippen vor, doch sie fügte sich.

Neugierig sah er zu, wie sie aufs Pferd stieg. Jeanne zeigte sich geschickt und beweglich, die Hilfe des bereitstehenden Dieners benötigte sie nicht.

Der Ritt führte ein kurzes Stück durch die Stadt, wobei er vorausritt, um den Weg für sie frei zu machen. Später folgten sie dem Lauf der Seine auf einem Uferweg, wo sie nebeneinanderritten und sich unterhalten konnten. Bauern mit Ochsenkarren kamen ihnen entgegen, Reiter, eine Karosse, in der ein Adeliger mit seiner Familie ausfuhr. Das Land um sie herum war weit und flach, nur in der Ferne grüßten sanfte bewaldete Hügel, auf denen bläulicher Dunst lag. Als Jeanne sich umwandte, sah sie die Stadt hinter sich liegen wie ein braunes, atmendes Steinmonster, das in der Sonne dampfte – von spitzen Kirchtürmen überragt.

«Nun – wie befindet Ihr Euch?», wollte er wissen.

«Wundervoll», sagte sie beglückt. «Es war eine großartige Idee, Eure Hoheit. Um ehrlich zu sein: Ich fühle mich in dieser engen, lärmenden Stadt oft so beengt, so eingesperrt. Mir fehlen die weiten Wiesen, die Wäldchen, der Bachlauf – meine Heimat, die Normandie ...»

Er lächelte wie gewohnt und verbarg die aufkommende Welle der Sympathie. Wie offen und ehrlich sie war, wie unbefangen sie einem anderen Menschen ihr Herz öffnen konnte. Hatte er schon jemals eine solche Frau gekannt? Für einen Augenblick spürte er etwas, von dem er eigentlich geglaubt hatte, dass er es gar nicht besaß. Er spürte sein Gewissen.

Es war Spätsommer, und der Fluss führte nur wenig Wasser. Buschwerk und Uferweiden neigten sich über den Flusslauf und tauchten ihre Zweige in die Flut. Hie und da schnappte ein Fisch nach Luft, und im träge dahinfließenden Strom bildete sich ein kleiner Strudel. Jeanne bestand darauf, abzusteigen und ans Ufer zu gehen, bevor sie den Flusslauf verließen. Er willigte ein, hielt ihr höflich den Steigbügel und spürte für einen Moment ihre kleine Hand auf seiner Schulter.

Sie hockte bereits am Ufer und warf ein Stückchen Holz in die Wellen. Gemächlich trug der Fluss es davon.

«Als ich ein Kind war, habe ich kleine Schiffe geschnitzt und sie im Bach schwimmen lassen. Richtige Segelboote waren das mit Waren darauf und Passagieren», erzählte sie fröhlich.

«Die Passagiere waren vermutlich Käfer oder Ameisen», meinte er amüsiert. «Und die Waren?»

«Kirschen, manchmal auch Heidelbeeren», kicherte sie.

Er hockte sich neben sie und setzte vorsichtig ein kleines Hölzchen auf die Wasserfläche. Es drehte sich um sich selbst und wurde davongeschwemmt.

«Ich erinnere mich ebenfalls an solche Kinderspiele», meinte er und sah nachdenklich ins Wasser. «Allerdings ist es schon sehr lange her. Ich hatte es vergessen.»

Sie schaute ihn von der Seite an und lächelte.

«Wie alt seid Ihr?»

«Zweiundvierzig. Ein uralter Mann, nicht wahr?»

Sie schüttelte den Kopf.

«Ihr seht viel jünger aus, finde ich. Ihr seid sehr schlank und habt fast keine Falten im Gesicht.»

Er musste schmunzeln, denn er war davon überzeugt, dass sie nicht schmeichelte, sondern ehrlich war.

«Reiten wir weiter, Jeanne», bat er und reichte ihr die Hand.

«Gern.»

Sie richtete sich ohne seine Hilfe auf.

Man ließ die Pferde traben, und als der Wald sie mit schattiger Kühle umfing, atmeten beide auf. Es roch nach Moder, nach Pilzen und nach frischem Laub, die Pferde gingen im Schritt, und ihre Hufschläge klangen dumpf auf dem dunklen Waldboden. Jeanne nahm den Hut ab, um damit die kleinen Mücken zu vertreiben, die sie umschwirrten. Ein leichter Wind fuhr durch ihr langes Haar und bewegte ein paar Locken. Er ließ sie vorausreiten und betrachtete sie mit Wohlgefallen. Sie saß aufrecht zu Pferd, passte sich der Bewegung der Stute an, und es kam ihm in den Sinn, dass sie im Herrensattel eine recht gute Reiterin abgeben würde.

Der schmale Pfad verbreiterte sich, und die Pferde hoben unruhig die Köpfe. Unversehens erschien eine Gruppe Reiter aus einem Seitenweg und hielt auf sie zu. Jeanne zügelte die Stute und lenkte sie auf die Seite, um die Herren vorbeireiten zu lassen – doch die Reiter hielten dicht vor ihnen an. Auf den ersten Blick erkannte Jeanne, dass es eine adelige Jagdgesellschaft war, denn die reichgekleideten Reiter trugen Flinten und Jagdtaschen mit sich.

Man musterte sie mit Erstaunen und Wohlwollen, die Herren tauschten beziehungsvolle Blicke und flüsterten sich leise Bemerkungen zu. Einer der Reiter trug einen braunen Hut mit breiten weißen Federn daran, die Jagdflinte, die aus dem Köcher an seinem Sattel ragte, zeigte eine kostbare Einlegearbeit.

«Diana muss uns heute gewogen sein», redete er sie

lächelnd an. «Da sie uns eine so bezaubernd schöne Jagdgöttin sendet.»

Jeanne lachte unbefangen und warf das Haar zurück.

«Oh, ich bin keineswegs eine Jagdgöttin, edler Herr. Ich finde es im Gegenteil sehr grausam, unschuldige Tiere zu töten.»

«Wie schade, Mademoiselle. Ich hätte Euch sonst gebeten, Euch unserer Jagdgesellschaft anzuschließen», meinte er galant.

Sie stellte fest, dass er schöne braune Augen und eine scharfgeschnittene Nase hatte. Die Art, wie er sprach, zeigte, dass er gewohnt war zu gefallen.

«Oh, vielen Dank», gab sie lächelnd zurück. «Aber ich würde die Herren bei ihrer Jagd nur behindern. Weil ich auf jeden Fall versuchen würde, Ihnen das Wild zu vertreiben.»

Der Reiter lachte belustigt, und alle übrigen stimmten eifrig in sein Gelächter ein. Offensichtlich waren sie gewohnt, nur dann zu lachen, wenn der Reiter mit den weißen Federn am Hut belustigt war. Als er zu lachen aufhörte, waren auch die anderen still.

«De Gironde», sagte der Reiter. «Warum habt Ihr mir diese bezaubernde Amazone bisher vorenthalten?»

«Ich bitte um Vergebung, Sire», hörte Jeanne die Stimme des Duc de Gironde hinter sich. Sie klang sehr weich und untertänig.

«Mademoiselle du Champs ist eine entfernte Verwandte und erst vor einigen Wochen in Paris eingetroffen.»

«Ich wünsche sie bei Gelegenheit bei Hofe zu sehen, Duc.»

Der Reiter neigte sich leicht im Sattel vor und machte mit seinem Hut eine zierliche Reverenz in Jeannes Richtung. Dann gab er seinem Pferd die Sporen, und die Gruppe ritt an ihnen vorbei.

Jeanne wandte sich im Sattel um und sah ihnen nach. Was für Pferde! Noch nie hatte sie solch wunderbare, kraftvolle Tiere gesehen.

«Wer war das?»

De Gironde hatte ein zufriedenes, ja fast triumphierendes Lächeln auf den Lippen, als er zu ihr aufritt.

«Der König, meine kleine Jeanne.»

Sie erstarrte.

«Der König? O Gott, warum habt Ihr mir das nicht gesagt? Ich habe ein fürchterliches Zeug geredet. Er wird zornig auf mich sein.»

De Gironde lachte sie aus.

«Ganz im Gegenteil, Jeanne. Er war sehr angetan von Euch. Habt Ihr nicht gehört, dass er Euch sehen will?»

«Ja ... aber ...»

Seine Züge waren jetzt auf einmal ernst, und er lenkte sein Pferd dicht an ihre Seite.

«Ich habe Euch einmal gefragt, welche Pläne Ihr verfolgt, Jeanne. Ich wäre Euch jetzt sehr verbunden, wenn Ihr Eure Interessen mit den meinen vereinen würdet.»

Ungläubig sah sie ihn an. Wovon sprach er?

«Ihr haltet eine große Macht in Euren kleinen Händen, Jeanne.»

Sie sah in seine Augen, die eine merkwürdige Färbung zwischen braun und grün hatten, und sie begann zu begreifen. Er hatte diesen Ausritt genau geplant.

Es war bereits Abend geworden, als sie vor Jeannes Wohnung anlangten. De Gironde half ihr vom Pferd und hielt für einen Moment ihre Hand fest.

«Ich danke Euch für diesen Nachmittag, Jeanne», sagte er. «Verzeiht, wenn ich Euch nun allein lasse – ich muss bei

Hofe erscheinen. Erwartet mich morgen – dann werden wir Gelegenheit haben, über die Zukunft zu sprechen.»

«Gern», gab sie kurz und höflich zurück.

Sie sah ihm nach, wie er durch die Gasse davonritt, bis ihn die Dämmerung verschluckte, dann stieg sie nachdenklich die Stufen zu ihrer Wohnung empor. Was auch immer er ihr morgen vorschlagen würde – sie würde vorsichtig sein. Niemals wieder wollte sie sich zum Opfer einer Intrige machen lassen. Dieses Mal würde sie mitspielen.

Als sie in die Wohnung trat, stürzte Nadine auf sie zu. Die kleine Zofe hatte leuchtende Augen und zitterte vor Aufregung.

«Es ist Besuch für Euch gekommen, Mademoiselle», flüsterte sie.

«Besuch?»

Das war ungewöhnlich, denn sie empfing so gut wie niemals Besucher. Noch dazu um diese späte Stunde.

«Er ist im Salon.»

Nadines Gesicht glühte, fast triumphierend sah sie ihre Herrin an.

«Ich habe es gewusst, Mademoiselle», flüsterte sie.

Jeanne starrte sie an, ihr Herz schien plötzlich stehenzubleiben. War es möglich? Sie stürzte zur Tür und riss sie auf.

Er war gekommen! Stand am Fenster, von wo aus er ihre Ankunft in der Gasse beobachtet hatte, und sah ihr mit vor Zorn blitzenden Augen entgegen.

«Christian!»

Ihr Ausruf war so voller Glück und Erleichterung, dass er sich besänftigte und ihr entgegenging.

«Jeanne, meine geliebte kleine Jeanne!»

Er zog sie in seine Arme, riss ihr den Hut vom Kopf und küsste sie wild und zärtlich. Sie umschlang ihn so fest sie konnte und begann – vom Glück überwältigt – zu schluchzen.

«Oh, Christian, ich hatte solche Angst um dich. Ich glaubte, sie würden dich töten. Ich lasse dich nie wieder fort. Nie wieder!»

Er hielt sie fest, ließ sie an seiner Schulter ausweinen und küsste die Tränen fort, die ihr die Wangen hinabliefen.

«Jeanne, süße kleine Wildkatze», flüsterte er ihr ins Ohr. «Du schreibst solch wundervolle Briefe, ich konnte nicht anders, als zu dir zu reiten. Sag mir, ob es wahr ist, was du mir geschrieben hast. Sag mir, dass du mich liebst. Sag es. Ich will es hören …»

Sie schluchzte immer noch, und er spürte gerührt, wie ihr Körper in seinen Armen zitterte.

«Ich … liebe dich, Christian. Nur dich. Keinen anderen. Ganz gleich, was du mir antust. Ich gehöre dir.»

Er schloss die Augen und tauchte sein Gesicht in ihr Haar, sog den warmen Geruch ein, den ihr Körper verströmte, und vergaß alle Eifersucht, die ihn befallen hatte, als er sie unten auf der Gasse mit De Gironde beobachtete. Es gab jetzt nur noch sie, ihre zärtliche Hingabe, ihre leidenschaftliche Umarmung, ihr süßer, duftender Körper.

«Du gehörst mir, Jeanne, und ich gehöre dir. Nichts wird uns mehr trennen.»

Er hob sie auf seine Arme und trug sie ins Nebenzimmer. Auf dem Bett setzte er sie ab, kniete vor ihr nieder und zog ihr die Stiefel aus.

«Eine kleine Amazone – oh, ich wusste, dass du einmal eine wilde Reiterin werden würdest», murmelte er.

Er küsste ihre Knie, und seine Hände schoben sich langsam über ihre Oberschenkel bis zu ihrem Bauch. Sie trug kein Korsett unter der Kleidung.

«Euer Aufzug ist skandalös, Mademoiselle», lächelte er.

«Aber er gefällt mir. Von nun an wünsche ich, dass du mir immer so begegnest, meine süße, freche Geliebte ...»

Sie kicherte und packte den Aufschlag seines Rocks.

«Und ich wünsche, dass der edle Herr diese scheußliche, schmutzige Kleidung ablegt, bevor er das Bett mit mir teilt.»

Er wollte den Rock ausziehen, doch sie hielt ihn fest.

«Lass mich das tun.»

Sie schob ihm das Kleidungsstück von den Schultern und ließ es zu Boden gleiten. Dann öffnete sie die Knöpfe seiner Weste.

«Du bist frecher, als ich dachte, mein Kätzchen», murmelte er überrascht und lehnte sich zurück, um ihre Berührungen zu genießen. Sie hatte die Weste geöffnet und streifte sie ihm ab, dann spürte er, wie ihre Hände neugierig die Wölbung erkundeten, die sich unter seiner Hose gebildet hatte. Zärtlich strich sie darüber, betastete die harte Schwellung unter dem Stoff, wagte sich zwischen seine Beine, um ihn dort zu streicheln und zu massieren. Sein Atem ging rascher, und er legte sanft die Hand auf ihre streichelnden Finger.

«Befreie mich», flüsterte er und leitete ihre Hand zum Bund der culotte.

Sie hatte ein wenig Schwierigkeiten mit dem Verschluss, er musste nachhelfen, dann aber entblößte sie seine Männlichkeit, und sein hartes Glied sprang ihr förmlich entgegen. Zärtlich umschloss sie es mit den Händen, beugte sich vor und küsste die Spitze. Dann tasteten ihre Hände frech zwischen seine Beine und fanden die prallen Hoden. Er stöhnte vor Lust, als ihre kleinen festen Hände sie massierten und kneteten. Dann plötzlich fühlte er ihre heiße Zunge, die seinen Penis forschend berührte, ihn in kreisenden Bewegungen leckte und schließlich die dickgeschwollene Spitze mit der Zunge umspielte. In all seinen Träumen hatte er sich diese Liebkosung herbeigesehnt, doch er hatte nicht geglaubt, dass sie es so bereitwillig tun würde.

«Ich will dich sehen, meine Liebste», flüsterte er heiser vor Lust. «Zeig dich mir ganz, kleine Schönheit.»

Immer noch kniete er am Boden, die Augen fasziniert auf Jeanne gerichtet, die jetzt mit langsamen, aufreizenden Bewegungen ihre Kleidung auszog. Der Reiterrock fiel von ihren Schultern, und er fasste das Kleidungsstück, um es zu annektieren.

«Weiter, meine Süße. Ich will dich ganz bewundern.»

Sie öffnete die Weste, schob sie langsam herunter, und er konnte kaum erwarten, sie ihr fortzunehmen. Unter dem weiten Hemd waren die Rundungen ihrer Brüste zu ahnen, und er wartete atemlos darauf, dass sie sich weiter entkleidete. Vorsichtig glitten seine Hände zum Bund ihrer Hose und lösten den Verschluss.

Sie strich sich das Haar aus dem erhitzten Gesicht und fasste das weite, mit Spitzen besetzte Hemd, um es anzuheben. Ihr fester flacher Bauch war zu sehen, der Nabel, dann die weiche Rundung der Brüste und die rosigen Spitzen. Sie zog das Hemd über den Kopf, und er riss es an sich wie eine langersehnte Beute.

«Wie schön du bist», stöhnte er. «Schöner als in all meinen Träumen.»

Sie spürte seinen streichelnden Blick auf ihrem halbentblößten Leib und wiegte den Oberkörper wie eine Tänzerin hin und her. Lächelnd umfasste sie ihre Brüste mit den Händen, spielte ein wenig mit ihnen, hob sie an und ließ sie tanzen. Dann verbarg sie die Nippel mit ihren Fingern, strich mit aufreizenden Bewegungen darüber und überließ sie dann wieder seinen glühenden Blicken. Die culotte glitt vorn auseinander, und das dunkel behaarte Dreieck ihrer Scham wurde sichtbar. Er hielt es nicht mehr aus.

«Ich sterbe, wenn ich dich jetzt nicht berühren darf»,

stöhnte er und fuhr empor. Mit raschen Bewegungen entledigte er sich der restlichen Kleidung, dann fasste er sie sanft um die Taille und zog sie in die Mitte des Lagers. Sie schrie leise auf vor Lust, als sie seinen Körper spürte, der sich hart und fordernd gegen sie drängte. Seine weiche Haut, sein Geruch, seine Hände, die ihren Körper erkundeten – wie sehr hatte sie sich danach gesehnt. Sein hartes Glied berührte ihren Bauch, und sie umschloss es mit ihren Händen. Er stöhnte laut auf.

«Kleine Verführerin, du. Was hast du mit mir vor?»

Er legte sich auf den Rücken und ließ es geschehen, dass sie mit gespreizten Schenkeln über ihm kniete und ihm ihre Scham zeigte. Spielerisch bewegte sie sein pralles Glied, strich mit dem Finger streichelnd über die erregte Wölbung, ließ ihn vor Lust erbeben und berührte dann mit der Spitze seines Gliedes ihre gespreizte Scham. Er spürte ihre Feuchte, die lockende Wärme ihrer Vagina und verlor fast den Kopf vor Begierde.

«Lass mich ein, kleine Teufelin. Ich halte es nicht mehr aus. Ich vergehe vor Lust», flehte er.

«Hab noch ein wenig Geduld, Liebster ...»

Sie beugte sich vor, um seinen Penis mit kleinen Küssen zu betupfen. Er spürte ihre Zunge, die über die heiße, geschwollene Eichel leckte, und stieß tiefe, sehnsüchtige Laute aus. Sie führte sein Glied streichelnd über ihre feuchten Schamlippen, bewegte es genüsslich hin und her, lenkte es mit der Hand zu der empfindlichen Klitoris und warf vor Lust den Kopf zurück, als sie der Reiz durchzuckte. Christian glaubte, im Paradies zu sein. Stöhnend überließ er sich ihrer Führung, streichelte dabei voller Lust ihre Pobacken und spürte, wie die Erregung in seinen Lenden bis ins Unendliche anwuchs.

«Du tötest mich, wenn du mich jetzt nicht einlässt. Ich flehe dich an, süße kleine Jeanne. Ich kann nicht mehr ...»

Sie tat, was er wünschte. Mit kleinen Stößen schob sie sich vor, lenkte sein Glied in die feuchte Höhle der Lust, die es zärtlich aufnahm. Sie glühte vor Verlangen, bewegte sich vor und zurück, schloss die Augen vor Erregung, und er konnte ihre Brüste im Rhythmus der Bewegung auf und nieder tanzen sehen.

«Komm, meine süße Amazone», stöhnte er. «Komm und sei mein.»

Er haschte nach ihren Brüsten, umfasste sie mit den Händen, beugte sich empor und nahm die Nippel einen nach dem anderen in den Mund, um zärtlich an ihnen zu saugen. Zugleich steigerte er den Liebesrhythmus und stieß nun selbst mit entfesselter Leidenschaft in ihre Scheide hinein. Jeanne spürte, wie ihr Leib zu zucken begann, und schrie auf. Sie spürte eine warme Feuchtigkeit, die sich in ihren Schoß ergoss, und sank keuchend vornüber auf seine Brust. Er atmete in heftigen Stößen und legte zärtlich beide Arme um sie.

«Jeanne», flüsterte er und hielt sie fest umschlungen. «Jeanne, wie habe ich mich nach dir gesehnt.»

Eng aneinandergeschmiegt lagen sie in seliger Erschöpfung. Christians blonder Schopf ruhte an Jeannes Schulter, seine Hand hielt die ihre gefasst, sie atmeten beide im gleichen, ruhigen Takt. Alles um sie herum – die Wohnung, die lärmende Straße, die große, wimmelnde Stadt – war bedeutungslos geworden. Ihre Liebe schien sie einzuhüllen wie ein schützender Kokon.

Endlich schlug er die Augen auf und bewegte sich.

«Willst du wirklich mir gehören, Jeanne?», flüsterte er zärtlich.

Sie küsste ihn auf die Nase.

«Weißt du das immer noch nicht, du Ungläubiger? Wie soll ich es dir noch beweisen?»

«Indem du jetzt deine Sachen zusammenpackst und in die Normandie reist.»

«Ich? Ganz allein? Und was ist mit dir?»

Er seufzte und strich sich das Haar aus der Stirn.

«Ich muss zurück in die Franche-Comté, wo mein Regiment steht. Ich werde die Nacht durchreiten, um morgen um die Mittagszeit dort einzutreffen.»

Sie erschrak.

«Du bist ohne Befehl einfach davongeritten?»

Er hatte ein spitzbübisches Lächeln auf den Lippen, als er sie jetzt an den Haaren zupfte.

«Ich konnte nicht anders, meine kleine Geliebte. Dein süßer Brief hat mir vollkommen den Verstand geraubt.»

«Wenn das herauskommt, wird man dich bestrafen», rief sie entsetzt. «Oh, Christian! Erst dieses dumme Duell – und dann wirst du auch noch fahnenflüchtig!»

Seine Lippen schlossen sich um ihren Mund, sodass sie für einen Moment schweigen musste.

«Wer hat mir denn den Kopf so verwirrt, dass ich all diese Dummheiten begehen musste?», fragte er dann lächelnd.

Jeanne runzelte die Stirn. So einfach durfte er es sich nicht machen. Dagegen wehrte sich ihr Gerechtigkeitsgefühl.

«Wer hat mich denn im Garten des Chevaliers öffentlich beleidigt? Und wer hat mich an den Chevalier überhaupt erst verhandelt? Nein, mein Lieber. Du hast dir deine Dummheiten zum großen Teil selbst zuzuschreiben.»

Er schob sie ein Stückchen von sich ab und starrte sie erschrocken an.

«Was sagst du da? Ich hätte dich an den Chevalier verhandelt? Wie kommst du darauf? War es nicht viel eher so, dass du zu ihm gegangen bist, weil du glaubtest, mit seiner Hilfe eine Karriere bei Hof zu machen?»

«Was? Bist du verrückt geworden?»

Sie riss sich aus seinen Armen und richtete sich zum Sitzen auf. Der Kokon, der sie umhüllt hatte, war zerrissen. Auch Christian setzte sich auf und sah sie zornig an.

«Warum sollte ich dich verhandelt haben, verdammt nochmal?», schimpfte er.

«Weil du dir erhofft hast, über den Chevalier einen Weg zum König zu finden. Darum!»

Er dachte an die Einladung zum Appartement des Königs, und er bereute nun tief, sie angenommen zu haben. Mit festem Griff packte er Jeannes bloße Schultern und zog die Widerstrebende zu sich heran.

«Jeanne, bei allem, was mir heilig ist, schwöre ich dir: Ich habe nie Derartiges getan. Bitte glaube mir.»

Sie spürte, dass er die Wahrheit sagte, und erzitterte.

«Aber ... dein Brief an Mme de Fador. Dass du deine Pläne nur erreichen kannst, wenn ich an deiner Seite bin.»

Schon während sie die Worte sagte, wurde ihr bewusst, dass sie einer Täuschung anheimgefallen war. Er hatte alles ganz anders gemeint.

«Sie hat mich belogen», flüsterte sie. «Oh, Christian, vergib mir, dass ich so schlecht von dir gedacht habe.»

Sie schluchzte, während er sie an sich presste. Er malmte die Unterkiefer vor Zorn.

«Sie hat uns beide betrogen, die intrigante alte Hexe. Oh, ich Idiot! Ich kannte sie doch und habe sie nicht durchschaut.»

«Sie haben mich entführt ...»

«Dafür drehe ich ihr den Hals rum», zischte er, rot vor Zorn.

Dann nahm er ihr verweintes Gesicht in seine Hände und sah ihr in die Augen.

«Hör mir zu, Jeanne. Ich lasse dich nicht länger hier – diesen boshaften Intriganten ausgeliefert. Vor allem will ich nicht, dass du mit de Gironde ausreitest. Diesem Menschen ist am allerwenigsten zu trauen. Meine Kutsche bringt dich in die Normandie auf mein Schloss – dort warte auf mich.»

«Aber dein Vater … deine Karriere bei Hof …»

«Ich pfeife auf eine Hofkarriere. Dieser hinterhältige, intrigante Königshof ist mir verhasst. Dieses ganze verlogene Pack. Lass uns in meinem Schloss miteinander leben und glücklich sein, Jeanne.»

Sie schmiegte sich an ihn, erleichtert und zornig zugleich. Er hatte recht – wie sollten zwei Menschen, die sich liebten, zwischen all diesen Lügnern und Betrügern glücklich werden? Und doch …

«Du wirst nach Paris zurückkehren, Christian. Irgendwann wirst du dich auf dem Lande langweilen und daran denken, dass dein Vater dir ein anderes Leben bestimmt hat.»

Er wiegte sie in seinen Armen und schüttelte den Kopf.

«Niemals werde ich das tun, Liebste. Ich schwöre dir …»

Sie hielt ihm den Mund zu.

«Schwöre besser nichts, Christian. Ich habe Angst, dich wieder zu verlieren.»

«Wir werden heiraten, Jeanne.»

Sie erzitterte. Was sagte er da?

«Das ist nicht möglich, Christian.»

«Nicht möglich?», rief er lachend. «Ich bitte dich um deine Hand, und du sagst, dass es nicht möglich ist?»

«Niemals kann der Comte de Saumurat ein Bauernmädchen heiraten.»

«Gut», gab er zu. «Es wird eine heimliche Trauung sein, und du wirst auch nicht zur Duchesse dadurch. Aber es ist für uns beide die Versicherung, dass wir einander gehören.»

Sie schwieg nachdenklich und sah zu, wie er aus dem Bett stieg und seine Kleider anzog. Er hatte sie nicht einmal gefragt, ob sie ihn überhaupt heiraten wollte.

«Tu, was ich gesagt habe, Jeanne. Meine Kutsche wird dich morgen um zehn Uhr abholen und auf mein Schloss bringen. Ich werde zu dir kommen, sobald ich kann.»

Er umschlang sie und küsste sie so heiß, dass sie glaubte, vergehen zu müssen. Ja, sie wollte ihm gehören. Sie wollte seine Frau werden und mit ihm leben. Nichts anderes wünschte sie sich in diesem Dasein.

«Sieh dich vor, Christian», flehte sie, als er zärtlich eine Decke über sie zog und ihr den letzten Kuss gab. «Sei bitte nicht zu mutig.»

«Ich liebe dich, Jeanne», flüsterte er. «Was auch geschieht – ich werde dich ewig lieben.»

Dann riss er sich von ihr los und eilte davon.

Nadine hatte noch in der Nacht alle Koffer und Taschen gepackt. Sie war glücklich und geschwätzig wie selten.

Jeanne hatte ihr erzählt, dass Christian an dem Betrug unschuldig gewesen war, und Nadine hatte diese Nachricht mit großer Befriedigung aufgenommen. Sie war so aufgeregt über diese glückliche Wendung, dass sie ganz gegen ihre Gewohnheit immer wieder bei Jeanne im Schlafzimmer erschien und das Gespräch suchte.

«Wir werden das Schloss ein wenig moderner einrichten, Mademoiselle», phantasierte sie mit glühenden Wangen. «Mit Spiegeln und Brokatstoffen und mit diesen schönen, geschwungenen Möbeln, die so ausschauen, als wolle sich der Raum zum Tanz bewegen.»

Jeanne lag auf ihrem Bett, spürte immer noch Christians

Berührungen nach, atmete noch seinen Geruch und hörte seine Stimme, wenn sie die Augen schloss.

Im Gegensatz zu ihrer Zofe hatte sie es mit der Abreise nicht besonders eilig. Christian war sowieso nicht auf seinem Schloss – er war im Krieg. Dieser Gedanke ließ sie immer wieder erzittern. Was nutzten alle glücklichen Pläne, wenn sie von einer tödlichen Kugel in einem einzigen Augenblick zunichte gemacht werden konnten?

Geduldig hörte sie zu, wie Nadine schwatzte, wusste sie doch, dass die kleine Zofe vor allem deshalb so glücklich war, weil sie ihren René wiedersehen würde. Sie gönnte es ihr von Herzen. Nach einer Weile machte sie Nadine dann klar, dass es jetzt Zeit sei, ein wenig zu schlafen. Schließlich wolle man schon morgen Vormittag reisen.

Das sah Nadine augenblicklich ein.

Jeanne lag mit offenen Augen in den Kissen – an Schlaf war nicht zu denken. Sie schämte sich dafür, dass sie so kleinmütig gedacht hatte. Wie konnte sie nur glauben, dass Christian ein Betrüger sei? Schon in der Boutique hätte sie spüren müssen, dass seine Beleidigungen nur aufgrund seiner Eifersucht stattfanden. Und noch viel deutlicher hätte sein zorniger Kuss im Garten in St. Germain ihr sagen müssen, dass er sie liebte. Oh, wie dumm sie war.

Wütend dachte sie an Mme de Fador, die sie für ihre Gönnerin gehalten – und die diese hinterhältige Intrige ersonnen hatte. Warum? Jeanne stand es jetzt ganz klar vor Augen: Diese Frau hatte es von Anfang an auf Christian abgesehen. Schon, als sie so plötzlich in der Normandie auftauchte, hatte sie, Jeanne, gespürt, dass Marguerite de Fador eine gefährliche Person war. Und dennoch hatte sie sich, dumm wie ein Schaf, in ihre Machenschaften einbinden lassen.

Und der Duc de Gironde? Jeanne seufzte und drehte sich im Bett auf die andere Seite. Es war nicht einfach, sich über diesen Menschen klar zu werden. Ganz gewiss konnte man ihm nicht vertrauen. Und doch zögerte sie, ihn gleich zu verdammen. Er war ein guter Bekannter von Marguerite de Fador, das sprach gegen ihn. Auf der anderen Seite hatte er Christian bei seinem Duell als Sekundant beigestanden. Er hatte sie, Jeanne, immer mit Respekt behandelt. Sie dachte an seine Geschenke, die sie so fasziniert hatten, an die heiteren Gespräche, wenn sie gemeinsam tafelten, auch an den gestrigen Tag, als sie am Fluss standen und sie plötzlich das Gefühl hatte, ihm sehr nahe zu sein. Aber konnte sie ihm vertrauen? Schließlich hatte er diesen Ausritt aus einem ganz besonderen Grund unternommen und benötigte dazu ihr Wohlwollen. War es nicht eher so, dass dieser Mann gar keine wirklichen Gefühle kannte? Keinen Hass, keine Freude, keine Liebe? Bestand er nicht ganz und gar aus seiner überlegenen Klugheit und der Gabe, Menschen zu beeinflussen und für seine Zwecke zu nutzen?

Oh, er war ganz sicher ein gefährlicher Mensch. Und doch war er faszinierend, und sie war immer noch neugierig auf das, was er ihr vorschlagen wollte.

Warum also sollte sie überstürzt in die Normandie abreisen? Sie würde abwarten, was Roger de Gironde mit «über die Zukunft reden» gemeint hatte. Danach konnte sie Paris immer noch verlassen.

Der Duc de Gironde erschien ungewöhnlich früh am folgenden Tag. Jeanne hatte eben erst ihr Frühstück eingenommen und versuchte die ungeduldige Nadine zu beruhigen, die immer wieder zum Fenster lief, um nachzusehen, ob denn die versprochene Kutsche noch nicht angekommen sei.

Roger de Gironde betrachtete die Ansammlung von Koffern und Reisetaschen im Flur mit erstaunten Blicken.

«Wie ich sehe, seid Ihr wieder einmal zur Abreise entschlossen», sagte er statt eines Grußes zu Jeanne. «Wohin soll es denn dieses Mal gehen? Doch nicht wieder in den Krieg?»

Seine Miene war heiter und ironisch. Jeanne kannte ihn inzwischen jedoch gut genug, um zu wissen, dass sich Unwillen dahinter verbarg.

«Ich werde in die Normandie reisen», gab sie zurück. «Die Kutsche wird in Kürze hier eintreffen. Aber ich wollte nicht abreisen, ohne Euch für Eure Güte und Freigiebigkeit zu danken, Euer Durchlaucht.»

Er ließ sich auf einen Stuhl nieder und schlug die Beine übereinander. Seine Züge blieben unbeweglich, immer noch stand das ironische Lächeln darin.

«In die Normandie ...», wiederholte er. «Darf ich raten? Ihr hattet gestern Abend Besuch?»

Sie errötete. Wie rasch er alles durchschauen konnte.

«Wie kommt Ihr darauf?»

Auf keinen Fall durfte sie zugeben, dass Christian bei ihr gewesen war. Schließlich hatte er sich ohne Erlaubnis von seinem Regiment entfernt.

Er achtete nicht auf ihre Frage, sondern sah nachdenklich vor sich hin. Es war ärgerlich, dass dieser junge Hitzkopf seine Pläne durchkreuzen wollte. Wie kam er dazu, so unerwartet hier aufzutauchen?

«Wir haben gestern darüber gesprochen, dass Euch große Möglichkeiten eröffnet wurden, Jeanne. Warum wollt Ihr diese Chance ungenutzt lassen? Der König wünscht Euch zu sehen. Habt Ihr das vergessen?»

Sie zuckte die Schultern und schob gedankenverloren ihre Kaffeetasse hin und her.

«Was hätte ich davon, wenn er mich sieht?»

Er schmunzelte.

«Nun, es gibt junge Damen, die dafür ihre Seligkeit und noch mehr verkauft hätten. Euch hat das Schicksal dieses

Glück sozusagen zu Füßen gelegt, und Ihr wollt es nicht haben. Schade. Sehr schade.»

«Ich ziehe eine andere Art von Glück vor, Eure Hoheit.»

Man hörte, dass unten auf der Straße eine Kutsche angehalten wurde. Jeanne erhob sich, um ans Fenster zu treten.

«Ihr seid also entschlossen?»

«Ich werde soeben abgeholt.»

Er ließ einen ärgerlichen Laut hören und sah zu, wie sie das Fenster öffnete und sich hinausbeugte. Wollte sie tatsächlich abreisen? Dann hätte er sie völlig falsch eingeschätzt.

«Was hat er Euch geboten, Jeanne? Seine Mätresse zu sein? Ist das alles, was Ihr vom Leben erhofft? Den Launen eines jungen Mannes ausgeliefert, der Euch verlassen kann, wann immer es ihm beliebt?»

Sie fuhr zornig herum.

«Es mag vielleicht nicht im Bereich Eures Begriffsvermögens sein. Aber Christian de Saumurat liebt mich, und ich liebe ihn.»

Langsam erhob auch er sich und ging zu ihr ans Fenster. Unten in der belebten Straße wartete die Kutsche mit dem Wappen des Comte am Türschlag. Es gab keinen Zweifel mehr.

«Ich bin davon überzeugt, dass es so ist, Jeanne», sagte er sanft. «Mehr noch: Ich schätze den jungen Mann als einen ehrlichen, gutherzigen Menschen. Und doch wünschte ich mir für Euch ein besseres Los als das, nur die Mätresse Eures Christians zu sein.»

«Ihr könnt ganz beruhigt sein. Christian will mich heiraten, sobald er aus dem Krieg zurückkommt.»

Roger war keineswegs überrascht. Er hatte Ähnliches bereits vermutet. Der junge Mann war bis über beide Ohren verliebt, und er hatte allen Grund, es zu sein.

«Was für eine Art Ehe hat er Euch versprochen?», fragte er spöttisch.

«Nun – eine Ehe vor Gott. Ein Versprechen, das wir einander geben und das bindend für uns sein wird. Etwas anderes kann ich mir nicht erhoffen, denn wir sind nicht gleichen Standes.»

Er war so kühn, ihre Hand zu nehmen. Sie ließ es geschehen und sah ihn fragend an. Oh, sie war keineswegs zur Abreise entschlossen, das wurde ihm jetzt klar. Sie hatte Feuer gefangen und wollte das Spiel. Nun – sie würde nicht enttäuscht werden.

«Ich biete Euch tausendmal mehr, Jeanne.»

Sie blitzte ihn aus ihren schönen Augen an, und er hätte fast gelacht.

«Ich habe nicht die Absicht, Christian untreu zu werden, Euer Gnaden. Ihr bemüht Euch vergebens.»

Er lächelte und hielt ihre Hand fest.

«Ihr seid auf falscher Fährte, Jeanne», sagte er leise. «Ich sagte bereits, dass ich keineswegs die Absicht habe, Euch zu meiner Mätresse zu machen. Ich biete Euch etwas viel Wertvolleres.»

«Was?»

«Ich bin bereit, mich vor aller Öffentlichkeit als Euer Vater zu bekennen und Euch als meine Erbin einzusetzen.»

Sie war verblüfft, das hatte sie nicht erwartet.

«Aber … wie wäre das möglich?»

Er neigte sich über ihre Hand und berührte sie leicht mit seinen Lippen.

«Eine kleine Korrektur im Kirchenbuch und eine Erklärung meinerseits, die rechtlich beglaubigt und festgelegt wird. Es ist kein Problem, wenn man gute Freunde hat, Jeanne.»

Sie konnte es immer noch nicht glauben – und wusste nichts zu sagen.

«Als Duchesse de Gironde wäre es überhaupt keine Frage, dass Euer Christian die Ehe mit Euch eingehen und Euch zur Comtesse de Saumurat machen kann», fuhr er fort.

«Aber ... aber warum wollt Ihr das tun?», stammelte sie.

Er musste sich zwingen, ihre kleine Hand freizugeben. Dieses Mädchen hatte eine ungewöhnliche Anziehungskraft, der nur schwer zu widerstehen war.

«Ich erwarte natürlich eine Gegenleistung, liebe Jeanne. Es gibt einen Mann bei Hofe, der mich vernichten will, und ich benötige Eure Hilfe, um mich von ihm zu befreien.»

«Meine Hilfe?» Sie sah ihn verständnislos an. «Wie könnte ich Euch helfen?»

«Das werde ich Euch wissen lassen, wenn es so weit ist. Sagt mir jetzt, ob Ihr mit meinen Plänen einverstanden seid. Dann werde ich sofort alles Nötige einleiten und Euch zu meiner Tochter machen.»

Sie zögerte. Es war eine ungeheure Versuchung – Comtesse de Saumurat – Christians rechtmäßige Ehefrau.

«Ja», sagte sie schlicht. «Ich bin einverstanden.»

«Die Duchesse de Gironde.»

Jeanne versank in einem tiefen Hofknicks. Sie hatte Schwierigkeiten zu atmen, denn Nadine hatte ihr das Korsett so eng gezogen, dass ihre Taille kaum 35 Zentimeter umfasste.

«Ich bin entzückt, Duchesse», hörte sie die Stimme des Königs. «Wir hatten bereits einmal das Vergnügen, glaube ich?»

«Ich fühle mich außerordentlich geehrt, dass Ihr Euch an mich erinnert, Sire.»

«Eine Dame von solcher Schönheit kann niemand vergessen. Nicht einmal der König», gab er galant zurück und bot ihr die Hand, damit sie sich aufrichten konnte.

Geflüster ringsum, scharfe Blicke aus schwarzumrandeten Augen, Lächeln auf rotgeschminkten Lippen, weißgepuderte Gesichter mit abschätzenden und misstrauenden Mienen. Jeanne hatte den Eindruck, dass in diesem äußerst kostbar ausgestatteten Raum im Inneren des Louvres ein Rudel Wölfe hauste, das die Zähne nach ihr fletschte und nur darauf wartete, sie bei lebendigem Leib zu zerreißen.

«Erlaubt, Euch zum Konzert zu führen, Duchesse», sagte der König gutgelaunt und schritt mit ihr durch die Menge der Höflinge und fächernden Damen hindurch. Man wich zurück, bildete eine Gasse, verneigte sich. Jeanne kam es vor, als würde sie an einer langen Reihe weißer Masken vorbeidefilieren. Der Einzige, der sich inmitten dieser Schar höflicher Raubtiere unbefangen und selbstbewusst verhielt, war der König.

Sie stellte fest, dass er kleiner war, als sie geglaubt hatte, und sein Gesicht war voller überschminkter Narben. Aber seine Art, sich zu bewegen, sein leichter Gang, die knappen, aber wirkungsvollen Gesten hatten etwas Großartiges an sich. Dieser Mann, der nur knapp über dreißig Jahre alt war, strahlte mit jedem Zoll seines Körpers königliche Majestät aus.

«Ihr liebt die Musik, Duchesse?»

«O ja, Sire. Ich liebe sie sehr.»

«Wir hoffen, Euch später beim Tanz zu begegnen.»

Auch er hatte sie während des kurzen Ganges eingehend betrachtet, und sein Lächeln deutete darauf hin, dass sie sein Wohlgefallen gefunden hatte. Er wandte sich nun von ihr ab, um den Arm einer anderen Dame zu bieten. Es war eine zarte junge Frau mit blauen Augen und kindhaftem

Ausdruck, die nun von ihm zu einem Fauteuil geführt wurde, um sich dort an seiner Seite niederzulassen.

«Louise de la Vallière», flüsterte de Gironde Jeanne zu. «Die offizielle Mätresse seiner Majestät.»

«Und die Königin?»

«Sie sitzt bereits auf dem Fauteuil links. Die Dame mit dem schwarzen Fächer.»

Jeanne erblickte eine mollige kleine Frau mit wasserblauen Augen und einem breiten, unschönen Gesicht. Sie hielt die eine Schulter ein wenig schief.

«Das ist die Königin Marie-Thérèse?», flüsterte Jeanne enttäuscht.

«Dort drüben, die schöne junge Dame mit den blonden Locken, das ist Henriette-Anne, die Schwägerin des Königs, Gattin seines jüngeren Bruders Philippe», fuhr de Gironde mit seinen Erklärungen fort. «Man munkelt, dass der König Gefühle für sie hegt und sie heimlich besucht. Sein Bruder muss es dulden und wird für die Hörner, die ihm aufgesetzt werden, auch noch ausgelacht.»

De Gironde war zum heutigen Appartement höfisch gekleidet und nach der Mode geschminkt, sodass er ihr fast fremd vorkam. Auch ihr eigenes Spiegelbild, das sie hin und wieder in einem der vielen Wandspiegel zu sehen bekam, erschien ihr seltsam ungewohnt. Das dunkelrote, dezent ausgeschnittene und mit teuersten Spitzen verzierte Kleid, die weißgepuderte Haut, das kunstvoll gelockte und am Hinterkopf aufgesteckte Haar. Erstaunt stellte sie fest, dass nicht nur die Herren, sondern auch viele Damen Perücken trugen – nur diejenigen, die sich eines üppigen natürlichen Haarwuchses erfreuten, hatten ihr eigenes Haar frisiert.

Jeanne bekam nun zu spüren, dass sie keinerlei Rang in diesem Machtgefüge der Höflinge besaß. Während einige Damen in Fauteuils saßen, erhielten andere in der zweiten Reihe nur einen Stuhl, weitere einen Schemel, und der Rest musste stehen. Auch die Herren – außer dem König – standen während des Konzertvortrags, schauten den Damen über die Schultern und flüsterten mit ihnen. Jeanne hatte einen Platz dicht an der Wand ergattert, sodass sie sich wenigstens anlehnen konnte, und sie versuchte den Klängen zu lauschen, die ein junger Mann auf einem kostbar eingelegten Cembalo erzeugte. Es war jedoch nicht einfach, sich auf die Musik zu konzentrieren, da rings um sie beständig geflüstert und gewispert wurde.

«Ein strahlender junger Held», hörte sie neben sich die Stimme einer Dame. Sie kicherte. «Er soll ja wie Gott Mars persönlich in die Schlacht geritten sein. Der König hat ihn lobend erwähnt.»

«Dann haben wir die Hoffnung, den bezaubernden Blondschopf bald wieder bei Hofe zu sehen», flüsterte eine andere Dame.

Jeanne wandte das Gesicht ab, denn ein Schwall Parfümduft drang an ihre Nase. Die Luft war ohnehin schrecklich in dieser Enge, dazu schnürte sie das Korsett so ein, dass ihr fast schlecht wurde. Dennoch war sie neugierig, von wem die Rede war.

«Oh, der hübsche Christian wird ohne Zweifel demnächst hier auftauchen. Aber denke nicht, dass du dir wieder Hoffnungen machen kannst, liebe Freundin.»

«Was weißt du von meinen Hoffnungen?»

«Nichts. Aber ich kenne deine süßen Erinnerungen.»

Die beiden kicherten wieder. Einer der Herren, ein ältlich aussehender Mann in dunklem Gewand, zischte nach hinten, dass das Geflüster eingestellt werden sollte. Der König habe bereits die Stirn gerunzelt.

Sein Blick blieb an Jeanne mit einer seltsamen Mischung aus Abscheu und Bewunderung hängen, einen Augenblick lang schienen seine Augen sich an ihr festzusaugen, dann wandte er sich rasch wieder ab.

«Wer ist das?», flüsterte Jeanne Roger de Gironde zu, der sich unauffällig an ihre Seite begeben hatte.

«Das ist der Kardinal Ernest de la Solle, Beichtvater der Königin.»

Die Art, wie Roger de Gironde diesen Namen flüsterte, war ungewöhnlich. Sie sah neugierig hinüber zu dem ältlichen Geistlichen, der sich jetzt leise und eifrig mit der Königin austauschte. Ernest de la Solle war von bleicher Gesichtsfarbe, das halblange weiße Haar hing bis auf den weißen Kragen hinab, die Augen waren dunkel und sehr beweglich. Sein schwarzes Gewand war aus Seide gefertigt, hatte weite, spitzenbesetzte Ärmel und schillerte im Licht der großen Kerzenlüster. Als er den kurzen Wortaustausch mit der Königin beendet hatte, wandte Marie-Thérèse den Kopf und blickte sich suchend um. Erschrocken spürte Jeanne den hasserfüllten Blick der Königin auf sich gerichtet, und sie begriff, dass man über sie gesprochen hatte.

«Er ist nicht gerade ein guter Freund, oder?», flüsterte sie Roger de Gironde zu.

«Nein, Jeanne. Alles andere als das. Er plant, mich zu vernichten.»

Marguerite de Fador hatte den Vormittag in großer Unruhe zugebracht. Ganz gegen ihre Gewohnheit stand sie in der Fensternische, ungeduldig seine Ankunft erwartend. Als die Kutsche vorfuhr und der Diener herbeieilte, um den Schlag zu öffnen, begab sie sich hinüber ins Schlafzimmer und befahl der Zofe, sie auszukleiden.

«Wie ich sehe, möchtest du keine Zeit verlieren», sagte Roger de Gironde, als er sie bei seinem Eintreten bereits im Bett ausgestreckt vorfand.

«Man muss die Früchte pflücken, wenn sie reif sind», gab sie lächelnd zurück. «Ich dachte, wir müssten uns nicht mit langen Zeremonien aufhalten und könnten gleich zum Kern der Dinge vorstoßen.»

Er lachte höflich und betrachtete ihren entblößten Körper ohne übermäßiges Interesse, doch mit Wohlwollen. Ruhig begann er seine Kleider auszuziehen, hängte sie sorgsam über einen Stuhl und legte sich neben sie. Sie war von einer Schönheit, die kurz vor dem Verblühen stand und darum einen ganz besonderen Reiz auf ihn ausübte. Bedächtig ließ er seine Hände über ihren Körper gleiten, spürte die leicht erschlaffte Bauchdecke, die Zartheit der Haut an ihren Lenden, strich über die Brüste, die groß und voll waren. Sie atmete schneller, zog leicht ein Bein an und hob ihm ihren Schoß entgegen.

«Du möchtest es zärtlich?», fragte er leise und küsste ihren Nabel.

«Zärtlich und wild – das ganze Programm», gab sie zurück.

Er lachte amüsiert und bog ihr die Schenkel auseinander, um sie mit seiner Zunge zu reizen. Sie kam rasch zum ersten Höhepunkt, er spürte das rhythmische Zucken und Beben ihres Schoßes und ließ von ihr ab, um ihr ein wenig Entspannung zu geben.

«Komm, meine brünstige Stute», flüsterte er ihr ins Ohr und umfasste sie, damit sie sich umdrehte. Sie waren ein eingespieltes Team und kannten ihre Vorlieben seit Jahren. Marguerite erhob sich auf alle viere und ließ ihren Reiter aufsteigen, schrie genüsslich auf, als er ihre Brüste mit hartem Griff umfasste und dann die Hand zwischen ihre Beine schob. Er befriedigte sie mit dem Finger, während er sie ritt.

Er leistete Erstaunliches an diesem Nachmittag, brachte sie immer wieder dazu, sich stöhnend vor Lust aufzubäumen, und schien nicht müde zu werden, ihren Leib auf tausend phantasievolle Weisen zu erregen. Schließlich gönnte auch er sich die Erlösung von den Qualen der Wollust, ließ zu, dass sie sein Glied mit Lippen und Zähnen erregte, und verspritzte seinen Liebessaft auf eines der vielen seidenen Kissen.

Sie lagen und genossen die Erschlaffung, wie sie es so oft getan hatten. Dieses würde das letzte Mal sein, und Marguerite zögerte den Beginn des Gespräches hinaus, um auch noch die Neige bis auf den letzten Tropfen auszukosten.

«Wie kamst du auf diese merkwürdige Idee?», begann sie endlich.

Er wusste, wovon sie sprach, und versuchte auszuweichen.

«Nenne es Zuneigung oder Sympathie. Ich fand, dass sie es verdient hat nach allem, was geschehen ist.»

Ihre kühlen grauen Augen drangen durch ihn hindurch. Natürlich ließ sie sich nicht täuschen.

«Erlaube, dass ich lache, Roger. Ich kenne dich lange genug, um zu wissen, dass du für niemanden auf der Welt jemals wirkliche Zuneigung empfunden hast. Du brauchst sie für irgendeinen Zweck, das ist mir völlig klar.»

Er streckte sich aus und zog eine Decke über seinen Körper.

«Ich sehe, dass du mich durchschaut hast, meine Liebe. Also, ich benötige sie für einen meiner Pläne, ganz recht.»

Es war der gewohnt spöttische Tonfall, den er immer dann benutzte, wenn er sich abschotten wollte.

«Und dazu musstest du sie zur Duchesse de Gironde erheben?», fragte sie mit hochgezogenen Augenbrauen. «Hätte es nicht genügt, sie zu deiner Mätresse zu machen?»

«Sie ist nicht meine Mätresse und wird es auch nicht sein, Marguerite», gab er mit ungewohnt heftigem Nachdruck zurück.

Sie zog daraus ihre Schlüsse. Aha – die kleine Verrückte hatte ihn abgewiesen. Kein Wunder, sie wollte Christian. Und zwar mit Haut und Haaren, mit Schloss und Titel.

«Und dich interessiert überhaupt nicht, dass Christian nichts Eiligeres zu tun haben wird, als sie zu heiraten?»

«Das wäre möglich.»

Seine Ruhe brachte sie in Rage, doch sie war klug genug, sich zu beherrschen.

«Großartig», spottete sie. «Der Comte heiratet ein Bauernmädel. Was für eine wundervolle Blutauffrischung im uralten Adelsgeschlecht. Die Bastarde einer Zigeunerin werden auf dem Schloss des Comte regieren.»

Er hatte die Augen geschlossen und lächelte.

«Ist das etwas Besonderes, meine Liebe? Gab es in deiner Familie niemals den Fall, dass ein Sprössling aus einem – sagen wir – kleinen Seitensprung an Kindes Statt angenommen und sogar Erbe wurde?»

«Möglich. Aber du bist nicht ihr Vater. Es wird dir ohne Zweifel noch leidtun, diese Person zu deiner Tochter und Erbin gemacht zu haben.»

«Damit wird sich nach meinem Tod meine Familie auseinandersetzen müssen», meinte er gleichmütig. «Im Übrigen begreife ich deine Aufregung nicht. Was fürchtest du eigentlich?»

«Das weißt du genau», gab sie kalt zurück und hüllte sich in den seidenen Morgenmantel.

«Du hast doch nicht etwa erwartet, dass Christian dich heiratet, oder?»

Sie erhob sich aus dem Bett, um sich ein Glas Wein einzuschenken.

«Sei nicht albern. Natürlich nicht. Ich will ihn als Liebhaber, nicht als Ehemann.»

Er schaute rasch zu ihr hinüber und stellte fest, dass ihr Gesicht zwar erhitzt, doch ansonsten ruhig war. Ob sie sich wirklich keine Hoffnungen auf eine eheliche Verbindung gemacht hatte? Er war sich nicht ganz sicher.

«Dann ist doch alles in Ordnung», meinte er lächelnd. «Du weißt doch, wie das ist. Sie wird nichts Eiligeres zu tun haben, als ihrem Christian einen Haufen Kinder zu gebären. Da wird sich seine Liebesglut bald abkühlen. Vor allem, wenn sich ihr Körper durch die Schwangerschaften verändert und sich ihre jugendliche Lieblichkeit in satte Mütterlichkeit wandelt.»

Sie trank den Wein in kleinen Schlucken, während er redete und wusste, dass er unrecht hatte. Jeanne war nicht die Sorte Frau, die sich so rasch in eine Matrone verwandelte. Sie würde sogar während einer Schwangerschaft die bezaubernde, erotische Anziehungskraft bewahren. Sie selbst aber würde in wenigen Jahren fünfzig sein.

«Du hast sicher recht», sagte sie schließlich sanft und stellte das Glas ab. «Ich war auch nur in Sorge um deinen Ruf, Roger. Man hört Gerüchte, du lebtest in einem inzestuösen Verhältnis mit deiner Tochter. Eine Anschuldigung, die der König nicht gern hören wird, nicht wahr?»

Er begriff die Ernsthaftigkeit dieser Drohung auf der Stelle. Man hatte vor, ihn beim König zu verleumden, und Marguerite hatte vor, bei dieser Attacke eine Rolle zu spielen.

«Ich warne dich, Marguerite», sagte er und erhob sich, um sich anzukleiden. «Meine Freundschaft war dir bisher immer nützlich – verspiele sie nicht.»

«Aber lieber Roger», meinte sie lächelnd und goss ihm ein Glas Wein ein. «Du kannst auf meine immerwährende Sympathie zählen.»

«Davon bin ich überzeugt», gab er zurück und leerte das Glas in einem einzigen Zug, während sie ihm mit kühlen grauen Augen dabei zusah.

Jeanne zog den dunklen Mantel enger um den Körper und fröstelte. Es war Herbst geworden, Wind und Regen rissen das welke Laub von den Bäumen und hüllten die Landschaft in graue Tristesse.

«So nachdenklich?», fragte Roger de Gironde, der ihr gegenüber in der Kutsche saß und sie beobachtete.

«Es ist kalt …», murmelte sie, ohne ihn anzusehen.

«Nun – dein jugendliches Feuer, liebe Jeanne, sollte dich vor allzu großer Kälte schützen», scherzte er. «Was soll ich alter Mann da erst sagen, da mich kein Feuer mehr erwärmen kann?»

Es gelang ihm tatsächlich, sie zum Lachen zu bringen. Voller Genugtuung sah er, wie ihre Augen blitzten und ihr Gesicht einen schelmischen Ausdruck annahm.

«Ein alter Mann seid Ihr keineswegs, Euer Gnaden. Vielmehr ein schlauer Lügner und Ränkeschmied. Man kann sich nicht genug vor Euch in Acht nehmen.»

Er schmunzelte und war geschmeichelt. Seitdem sie seine Tochter und Komplizin geworden war, genoss er ihre Gegenwart und ließ sich überall öffentlich mit ihr sehen. Es war sehr erheiternd, den Worten der Schmeichler zuzuhören, die Jeannes bezauberndes Wesen, ihre Schönheit, ihre gute Erziehung lobten und sich sogar dahin verstiegen, zu behaupten, seine Tochter sei ihm wie aus dem Gesicht geschnitten.

«Du sollst mich Vater nennen, meine kleine Jeanne. Gewöhne dir das ‹Euer Gnaden› also bitte schnellstens ab», erinnerte er sie.

«Pardon, ich habe es schon wieder vergessen. Ihr habt so gar nichts Väterliches an Euch, Papa …»

Sie lachte wie ein Kobold, und er stimmte ein. Es war schön, sie um sich zu haben, und fast bedauerte er, dass ihre gemeinsame Zeit begrenzt war.

«Etwas mehr Ernst und Würde, Duchesse», tadelte er

lächelnd. «Wir werden das Jagdschloss in Versailles bald erreicht haben und zu der königlichen Hofgesellschaft stoßen. Ich denke, du bist dir der großen Ehre bewusst, zu diesem Ausflug eingeladen worden zu sein.»

«Ich bin immer stolz und glücklich, unseren König sehen zu dürfen», sagte sie mit ernstem Augenaufschlag.

Sie sagte die Wahrheit. Seit ihrer Einführung an den Hof war sie zu verschiedenen Gelegenheiten dort erschienen, und der junge Ludwig XIV. hatte sie von Mal zu Mal mehr beeindruckt. Ein starker Sog ging von diesem Mann aus, niemand konnte sich der Wirkung seiner Persönlichkeit entziehen. Er war nicht nur ein charmanter Plauderer und gewandter Tänzer, dem die Herzen aller Damen zuflogen – er bezauberte auch die adeligen Herren bei Hofe und zwang ihnen mit schier unglaublicher Leichtigkeit seinen Willen auf. Der König erschien Jeanne immer mehr als ein strahlender Stern, der alle Menschen in seiner Umgebung in seinen Bann zog.

Und doch klopfte ihr Herz heute aus ganz anderen Gründen so unruhig, dass sie immer wieder die Hand auf ihre Brust legte, als wollte sie es festhalten. Er würde dort sein. Christian war ruhmreich aus dem Krieg zurückgekehrt und ebenfalls zum königlichen Ausflug ins Jagdschloss Versailles geladen. Wie würde er es aufnehmen, seine Jeanne als Duchesse de Gironde wiederzutreffen?

Das feuchte Herbstwetter hatte wenig Respekt vor dem königlichen Willen – denn als sie durch die halbkreisförmig ummauerte Gartenanlage auf das Eingangstor des Schlosses zuhielten, ging ein leichter Nieselregen nieder. Welkes Laub, vom Regen durchweicht, bedeckte die Zufahrt. Es war so rutschig, dass ein Diener, der die eisernen Torflügel vor ihnen öffnete, dabei ausglitt und in den Matsch fiel.

Im breit angelegten, viereckigen Schlosshof standen be-

reits mehrere Wagen und Karossen, Diener versorgten Reitpferde, Jagdhunde liefen umher und kläfften die herein-
fahrenden Kutschen an.

«Der König geruht, den Garten zu besichtigen», erklärte
ein eifriger junger Adeliger, der zu ihrem Empfang zurückgelassen worden war. «Seine Majestät entschuldigt sich bei
der Dame für die Unbilden der Witterung und hofft, sie
später bei Tisch im Schloss zu treffen.»

«Denkt er, ich habe Angst vor ein paar Regentropfen?»,
meinte Jeanne unwillig.

«Bringt uns zwei Reitpferde», ordnete de Gironde an.
«Wir werden seine Majestät im Garten aufsuchen. Wenn
der König sich nicht an diesem scheußlichen Wetter stört,
dann ist es unsere Pflicht, gleichfalls dem Regen zu trot-
zen.»

«Ganz, wie Ihr wünscht, Duc.»

Es war nicht ganz einfach, in Kleid und Mantel auf
das Pferd zu steigen, und sie spürte die belustigten Blicke
ihres Begleiters, der genau wusste, dass sie viel lieber in
Männerkleidung geritten wäre. Während sie um den süd-
lichen Schlossflügel ritten, um in den Garten zu gelangen,
bewunderte er wieder ihre Biegsamkeit und ihre geschickte, ruhige Art, das Pferd zu lenken. Sie war eine glänzende
Amazone und sprengte so rasch davon, dass er fast Mühe
hatte, ihr zu folgen.

Die königliche Gesellschaft befand sich inmitten einer
kleinen Gartenanlage auf der rückwärtigen Seite des Jagdschlösschens. Man war zu Pferde, und die Herren hatten
die breiten Hüte tief ins Gesicht gezogen, um sich vor dem
Nieselregen zu schützen. Der Gruppe hatten sich nur wenige unerschrockene Damen angeschlossen – die meisten
hatten es vorgezogen, im Schloss vor dem Wetter Schutz
zu suchen.

Jeanne hatte die kräftige und doch schlanke Gestalt des

Comte de Saumurat schon aus der Ferne erkannt mit seinem leuchtenden blonden Haar unter dem breiten Hut. Er hatte den Blick auf die heranreitende Amazone gerichtet, regte jedoch keine Hand, um sie zu grüßen. Als Jeanne mit de Gironde zu der königlichen Gesellschaft stieß, machte man den beiden Platz, damit sie dem König ihre Reverenz erweisen konnten.

Ludwig war bester Laune. Ein anerkennendes Lächeln umspielte seine Lippen, als die schöne junge Frau zu ihm aufritt.

«Ich bin beeindruckt, Duchesse», rief er. «Ihr scheint weder Regen noch Sturm zu fürchten und reitet so sicher dahin wie eine junge Göttin. Ich glaube, mein erster Eindruck damals war doch richtig: Ihr seid eine wahrhaft bezaubernde Diana.»

Jeanne strich sich eine regenfeuchte Locke aus dem Gesicht und lachte.

«Nichts kann mich aufhalten, Sire, wenn ich in Eurer Nähe sein kann. Aber ich gebe zu, dass ich mich hier in der freien Natur zu Pferde wohler fühle als in den kostbaren Gemächern des Louvres.»

Er lachte. Ihre Offenheit gefiel ihm, Schmeichler gab es genügend bei Hofe – sie gehörte nicht dazu. Und doch wusste er längst, dass sie eine seiner treuesten Anhängerinnen war.

«Was würdet Ihr davon halten, wenn an der Stelle dieses Jagdschlösschens ein prächtiges Schloss stehen würde? Der künftige Herrschaftssitz meiner Krone.»

Sie warf einen Blick in die Runde und nickte.

«Ein schöner Ort für ein Schloss, Sire. Umgeben von Wäldern und Hügeln und frei zu jeder Seite hin. Weit weg von dem unruhigen, lärmenden Paris und seinen engen Gassen. Ein Ort für einen König.»

Er war zufrieden mit ihrer Meinung, denn sie bestätigte

die seine. Sein Architekt Lous Le Vau hatte bereits Pläne erstellt – nach dem glücklichen Feldzug in der Franche-Comté war es Zeit, einen neuen Anfang zu setzen.

«De Gironde – ich habe mit Euch zu reden», beorderte er Roger herbei und ritt mit ihm beiseite.

Jeanne wandte ihren Blick zu Christian, der immer noch unbeweglich zu Pferde saß und keine Miene machte, sich ihr zu nähern. Erschrocken hatte sie festgestellt, dass sein Blick düster war und seine Lippen fest zusammengekniffen.

«Ich gratuliere Euch zu Eurem Sieg», sagte sie schüchtern. «Wie man hört, hat der König Euch ein Amt übertragen?»

Er funkelte sie zornig an und musste sich der Höflichkeit halber zu einer Antwort bequemen.

«Ich danke, Duchesse», sagte er spöttisch und neigte seinen Kopf. «Man hat mir die Organisation der königlichen Jagdausflüge angetragen, und ich hoffe, mich der Gnade unseres Herrschers würdig zu erweisen. Ihr hingegen, Duchesse, habt einen weitaus erstaunlicheren Weg genommen.»

Der bittere Ton, mit dem er redete, schnitt ihr ins Herz. Warum begriff er denn nicht, dass sie alles nur um seinetwillen getan hatte?

«Eine glückliche Fügung hat mich mit meinem Vater zusammengeführt», sagte sie leise. «Ich bin dem Duc außerordentlich dankbar für seine Sorge um mich und meine Zukunft. Und Ihr solltet das auch sein, Christian.»

Wütend blitzte er sie an. Es hätte nicht viel gefehlt, und er hätte seinem Pferd die Sporen gegeben, um davonzusprengen.

«Der Duc de Gironde ist mir seit langer Zeit bekannt», sagte er zornig. «Ich weiß sehr wohl, wofür ich ihm danken muss.»

Sie sah ihn verzweifelt an. Warum wollte er denn nicht verstehen? Gut – er war ärgerlich, weil sie sich nicht seinem Willen gebeugt hatte und abgereist war. Aber sie hatte doch nur ihn allein im Sinn. Nur Christian.

«Ich verstehe Euch nicht, Comte …»

«Ihr versteht mich sehr gut, Duchesse», sagte er und bewegte sein Pferd ein wenig näher zu ihr. «Ich denke, die Gerüchte, die über Euch und den Duc de Gironde im Umlauf sind, sprechen eine deutliche Sprache. Roger de Gironde tut niemandem auf der Welt einen Dienst ohne Gegenleistung.»

«Was für Gerüchte?», fragte sie erschrocken.

«Spiel doch nicht das Unschuldslamm, Jeanne», funkelte er sie an. «Du warst die ganze Zeit über seine Mätresse. All deine Liebesbezeugungen waren nichts als Lügen!»

Jetzt gab er seinem Pferd tatsächlich die Sporen und ritt davon, bevor sie auch nur den Mund auftun konnte. Doch selbst wenn er geblieben wäre – es wäre ihr auf diese Anschuldigung keine Antwort eingefallen.

Ein böiger Wind fegte über den Garten und blies der Hofgesellschaft den Regen in die gepuderten Gesichter. Hüte flogen davon, Pferde wurden unruhig, und der König zeigte nun mit seinen durchnässten Gästen Mitgefühl. Man wendete die Pferde, um zum Schloss zu reiten, wo ein üppiges, ländliches Mahl und köstlicher Wein alle Unbilden vergessen lassen würden.

Als Jeanne nach Stunden wieder mit Roger de Gironde in der Kutsche saß, schwieg sie vor sich hin. Auch er wusste zunächst nicht allzu viel zu reden, denn er war mit seinen eigenen Gedanken beschäftigt. Der König hatte ihn gewarnt, ihn einen Freund genannt, den er nur ungern verlieren würde. Die Quelle der üblen Gerüchte gegen ihn sei bekannt – Ernest de la Solle übe seit langem einen unglücklichen Einfluss auf die Königin aus, die ihm in allem hörig sei und ihrem Gatten wegen seiner «Amouren» die Hölle heißmachte.

«Ihr verspracht, diese Angelegenheit aus der Welt zu schaffen, Duc», hatte der König ihm mit einem Lächeln in den Mundwinkeln gesagt. «Nun scheint es fast so, dass es umgekehrt kommen könnte ...»

Roger sah zu Jeanne hinüber und entdeckte eine Träne, die ihr die Wange hinabrollte und die sie rasch mit der Hand fortwischte. Der junge Hitzkopf war offensichtlich ebenfalls auf die Gerüchte hereingefallen. Ein Grund mehr, sich endlich von de la Solle zu befreien.

«Jeanne?»

Sie sah zu ihm auf und versuchte ihren Kummer zu verbergen.

«Wir haben einen Pakt geschlossen, Jeanne», sagte er leise. «Ich habe meinen Teil erfüllt – nun wäre es an dir.»

Sie nickte.

«Wenn ich es könnte, so würde ich alles rückgängig machen», gestand sie. «Ich wünschte, ich wäre in die Normandie gefahren, so, wie Christian es wollte. Dann wäre er jetzt bei mir, und wir wären glücklich. Aber so ...»

«Jeanne», flehte er. «Bitte!»

Sie hob den Kopf und lächelte tapfer.

«Ja, ich habe es versprochen. Und ich halte mein Versprechen. Ich bin bereit.»

Er nahm ihre Hand und küsste sie. Während der gesamten Fahrt saß er ihr stumm gegenüber und war mit den widersprüchlichsten Gedanken beschäftigt. Erst als sie ausstiegen, richtete er wieder das Wort an sie.

«Jeanne», sagte er leise, als sie die Treppe zu ihrer Wohnung hinaufschritten. «Ich will nicht der Grund dafür sein, dass du unglücklich wirst. Pack deine Sachen und reise in die Normandie. Ich entbinde dich von deinem Versprechen.»

Überrascht blieb sie stehen und starrte ihn an.

«Warum sagt Ihr das?»

«Frage mich das nicht. Ich weiß es selbst nicht. Geh, ich bitte dich.»

Aber sie schüttelte entschlossen den Kopf.

«Nein», sagte sie. «Ich habe mein Wort gegeben. Und ich halte es.»

Als er wieder in seiner Kutsche saß, schalt er sich einen Dummkopf. Dieses Mädchen war gefährlich. Nicht nur, weil sie bezaubernd schön und verführerisch war, sondern sie brachte es auch fertig, seine vorgefasste Meinung über die Bosheit des menschlichen Geschlechts, die sich bisher immer als richtig erwiesen hatte, zu erschüttern.

Jeanne hatte das Gefühl, zu einer Hinrichtung zu fahren. Langsam rumpelte die Kutsche durch die engen dunklen Gassen der Stadt, immer wieder musste der Kutscher die Pferde zügeln, um Reiter oder Fußgänger vorüberzulassen.

«Du siehst berückend aus, Jeanne», sagte Roger de Gironde, der ihr im prächtigen Staatsrock gegenübersaß. «Ich bin stolz darauf, eine Tochter wie dich zu haben.»

Sie sah ihn zweifelnd an und zwang sich zu einem Lächeln. In diesem Augenblick wäre sie gern wieder die kleine Jeanne aus Kerrignan gewesen, die mit den Dorfkindern am Bach hockte und selbstgebaute Schiffchen aufs Wasser setzte. Sogar den widerlichen Pierre hätte sie in Kauf genommen und auch die harte Feldarbeit.

«Nur Mut», sagte er und nahm ihre kalte Hand, um sie zu wärmen. «Du wirst es schaffen, Jeanne.»

«Ja», gab sie leise zurück.

Sie hatte sich auf das Spiel eingelassen und würde es

nun zu Ende spielen. Auch wenn sie Christians Zorn damit weitere Nahrung geben würde. Aber der junge Comte hasste sie sowieso abgrundtief, und sie wusste nicht, wie sie ihm ihre Unschuld beweisen sollte. Warum hatte er nur kein Vertrauen zu ihr?

Ein eiskalter Wind fegte über den Cour d'honneur des Louvre, als die Kutsche hielt und ein Diener den Schlag öffnete, um sie aussteigen zu lassen. Jeanne zog den breiten Mantelkragen über den Kopf und eilte an Rogers Arm in die breite Eingangshalle. In den meisten Räumen des großen Schlosses war es kaum wärmer als draußen, nur die Zimmer der königlichen Familie waren geheizt und durch die Menschenansammlung, die sich dort aufhielt, sogar heiß und stickig.

Jeanne hatte inzwischen ihren Platz in der Rangfolge der Damen eingenommen, man stellte ihr bei den Konzerten einen Stuhl bereit, und beim höfischen Tanz hatte sie sich zwischen zwei Hofdamen aufzustellen, denen sie im Rang entsprach. Hin und wieder hatte der König ihr beim Tanz zugelächelt, und wenn er bei den gravitätischen Schrittfolgen der Tänze ihre Hand fasste, spürte sie die Blicke der Hofdamen wie kleine Spieße auf sich gerichtet. Louise de La Vallière, die immer noch offiziell in der Gunst des jungen Königs stand, behandelte die junge Duchesse mit großer Freundlichkeit. Die Königin jedoch beobachtete ihre Schritte mit Argwohn, und es hieß bereits, dass Marie-Thérèse sich abfällig über diese «unverschämte Person» geäußert habe.

An diesem Abend bezauberte ein Sänger die Hofgesellschaft, ein noch sehr junger Mann, dessen Stimme so unfassbar komplizierte Koloraturen vollführte, dass das sonst so träge Publikum immer wieder Applaus spendete. Manche Dame und auch etliche Herren warfen dem jungen Künstler schmachtende Blicke zu. Es hieß, er sei im Port Royal untergebracht und pflege dort jeden Tag mehrere Stunden Gesang zu üben.

Jeanne war zu sehr mit sich selbst beschäftigt, um die musikalische Kunst des jungen Kastraten genießen zu können. Christian hatte sie zwar mit durchdringenden Blicken bedacht, jedoch nur äußerst kalt und höflich begrüßt. Jetzt stand er hinter einer der gepuderten Hofdamen und flüsterte mit ihr. Die Dame kicherte leise und verbarg ihr Gesicht für einen Moment hinter dem Fächer. Dann schlug sie die Augen zu Christian hoch und schenkte ihm ein strahlendes Lächeln. Christian lächelte zurück und legte scheinbar unabsichtlich seine Hand auf ihre Schulter.

«Er spielt Theater, Jeanne», hörte Jeanne Rogers Stimme hinter sich.

Sie zwang sich zur Ruhe, obgleich sie vor Eifersucht am liebsten aufgesprungen wäre, um Christian ihren Fächer ins Gesicht zu schlagen. Das Gespräch zwischen den beiden Damen, das sie bei ihrem ersten Erscheinen bei Hof belauscht hatte, kam ihr wieder in den Sinn, und sie musste sich zusammenreißen, um nicht vor Wut in Tränen auszubrechen. O ja – er hatte eine reiche Vergangenheit und war offensichtlich dabei, an frühere Liebesabenteuer anzuknüpfen. Warum tat er ihr das nur an?

Ernest de la Solle hatte während des Konzerts wie gewohnt neben dem Fauteuil der Königin gestanden und ihr leise Bemerkungen zugewispert. Jeanne wusste, dass dieser Mann für die Gerüchte verantwortlich war, die man über sie in die Welt gesetzt hatte. Aller Zorn, der sich in ihrem Inneren angesammelt hatte, richtete sich nun gegen ihn. Er hatte seine Strafe verdient.

Nachdem das Konzert beendet und der junge Sänger oben auf der Empore mit großem Applaus und zärtlichen Blicken entlassen worden war, strebte die Hofgesellschaft in den Saal, um dort mit dem Tanz zu beginnen. Jeanne richtete es so ein, dass sie den Raum gemeinsam mit de la Solle verließ, und sie begegnete dem bohrenden Blick seiner kleinen dunklen Augen mit einem schüchternen Lächeln.

«Vater», sagte sie leise zu ihm. «Ich habe eine Bitte an Euch.»

Überraschung und Misstrauen spiegelten sich in seinen Zügen, und er wollte sich an ihr vorbeidrängen.

«Ich flehe Euch im Namen der Kirche und des Glaubens an», sagte sie dringlicher und fasste ihn am Ärmel, «ich möchte die Beichte ablegen.»

Er sah sie ungläubig an, vermutete einen üblen Scherz. Doch der Blick ihrer schönen blauen Augen war so flehend, dass er irritiert war.

«Morgen vor der Messe in der Hofkapelle, Duchesse …»

«Nein», gab sie mit verzweifeltem Ausdruck zurück. «Ich werde den morgigen Tag nicht erleben, wenn ich nicht auf der Stelle beichten kann. Meine schwere Schuld, Vater, drückt mich schier zu Boden.»

Er blickte auf ihr tiefes Dekolleté, wo sich die halbentblößte Brust heftig hob und senkte, spürte ihre Finger auf seinem Arm, sah die Verzweiflung der reuigen Sünderin in ihren Zügen, und eine kribbelnde Unruhe erfasste ihn. Dieses Mädchen hatte ihn von Anfang an erregt, sie war die fleischgewordene teuflische Lust, die Schlange, die Eva verlockte, vom Baum der Erkenntnis zu kosten.

«Hier ist es nicht möglich, meine Tochter. Wir sind in der Öffentlichkeit.»

«Oh, hier gleich nebenan ist eine Kammer, in der wir ganz unter uns sind, Vater …»

Sie drängte ihn zur Seite, weg vom Strom der Höflinge, die sich eilig in den Tanzsaal begaben, um dort ihre Plätze einzunehmen. Man hörte schon die Musikanten, der Tanzmeister stieß mit dem schleifengeschmückten Taktstab auf den Boden – um Aufmerksamkeit heischend. Niemand achtete auf die Zurückgebliebenen.

«Hier, Vater. Hier sind wir ungestört. Ich danke Euch von ganzem Herzen für diese Gnade, die Ihr mir armen Sünderin gewährt.»

Sie zog ihn in eine Kammer, die der Dienerschaft vorbehalten war und die momentan leerstand, da alle Bediensteten im Tanzsaal beschäftigt waren.

Als er dicht vor ihr stand, erkannte sie, dass er längst nicht so alt war, wie er scheinen wollte. Er hatte seine Gestalt aus der leicht gebückten Haltung aufgerichtet, und sie sah seine kleinen Augen funkeln.

«Sprich, meine Tochter. Ich höre …»

«Ich habe mich gegen das sechste Gebot versündigt, Vater. Ich habe mich einem Mann hingegeben, und er hat meinen Körper zu sündiger Lust verführt.»

Er stieß die Tür mit einer Fußbewegung zu, blieb aber trotz seiner Erregung misstrauisch. Als er jetzt den Blick über sie schweifen ließ, hatten seine Züge den Ausdruck eines gierigen Katers angenommen.

«Sprich weiter, meine Tochter», murmelte er. «Welche Art Lust meinst du?»

Sie drängte sich schluchzend an seine Brust und spürte, dass er heftig atmete. Seine Hände tasteten an ihrem Rücken entlang, als wollte er sie beruhigen.

«Oh, ich wage es kaum zu sagen, Vater», schluchzte sie. «Er hat mich zu grauenhafter Unkeuschheit verlockt …»

«Still, still, meine Tochter. Die Sünde der Unkeuschheit ist eine Todsünde und kann nur vergeben werden, wenn die Reue tief und demütig ist. Sag mir, was er getan hat, mein Kind.»

Sie spürte, dass er mit einer Hand in ihr Haar griff und dann ihren entblößten Nacken streichelte.

«Wie soll ich das, Vater? Ich schäme mich zu Tode, solche Dinge zu nennen.»

Sie hörte, wie sein Atem keuchender wurde, sie konnte seinen Schweiß riechen. Er schien ihre Verzweiflung und Unterwerfung zu genießen.

«Wie soll dir sonst vergeben werden, mein Kind? Habe Vertrauen zu mir, nichts wird aus diesen vier Wänden dringen, das Beichtgeheimnis bindet mich.»

Sie neigte sich leicht zurück, damit er ihre Brüste sehen konnte, und bedeckte das Gesicht mit den Händen.

«Er hat … mir das Kleid geöffnet … und seine Hände haben meinen Busen berührt.»

Seine Finger glitten über ihr Dekolleté und versuchten zwischen ihre Brüste zu fassen. Sie stöhnte leise.

«Was tut Ihr da?», flüsterte sie verschämt.

Er schob das Kleid ein Stück zur Seite und öffnete mit geübtem Griff ihre Corsage. Gleich darauf spürte sie seine Hände, die tief in ihr Dekolleté griffen.

«Was hat er noch getan? Ich muss alles wissen!»

Sein Gesicht war wollüstig verzerrt, er beugte sich hinab, um ihre bloßen Brüste zu küssen, und sie versuchte, sich mit den Händen gegen ihn zu wehren. Doch ihr Widerstand erregte ihn noch viel mehr, er packte ihre Handgelenke und bog ihr die Hände hinter den Rücken. Dann fuhr seine Hand tastend zwischen ihre Schenkel.

«Sprich», zischte er. «Erzähle mir ganz genau, was er mit dir getan hat. Und wage es nicht, mir zu widersprechen oder gar widerborstig zu sein. Wenn du Vergebung für deine Sünden willst, dann musst du zuerst die Beichte ablegen. Alles musst du beichten. Jede Einzelheit muss ans Licht kommen.»

Er riss an ihrer Corsage, und sie entschied, dass es jetzt genug war.

«Hilfe!», schrie sie laut. «Hilfe, man tut mir Gewalt an!»

Er versuchte erschrocken, ihr den Mund zuzuhalten, doch wie auf ein Stichwort erschien plötzlich Roger de Gironde im Raum. Er hatte – wie verabredet – draußen vor der Tür gewartet.

«Kardinal!», brüllte er. «Ihr wagt es, meine Tochter zu entehren? Ein Vertreter der heiligen Kirche! Sieht so Eure vielgepriesene Enthaltsamkeit aus? Verführer! Lüstling! Zu Hilfe!»

Er spielte den entsetzten Vater geradezu vorbildlich. De la Solle stand erstarrt, die Hände noch in Jeannes Dekolleté, das Gesicht gerötet und schweißbedeckt. Doch er fasste sich rasch.

«Betrug!», rief er und zog seine Hände zurück, während Jeanne in die schützenden Arme ihres Vaters eilte.

«Man hat mich betrogen. Ich bin unschuldig. Ich rufe Gott zum Zeugen, dass ich böswillig betrogen wurde ...»

Wie durch ein Wunder stand der König plötzlich an der Kammertür und genoss die Szene mit großem Vergnügen. Hinter ihm drängte sich die Schar der aufgeregten, neugierigen Höflinge.

«Ich bin zutiefst entsetzt, Kardinal!», sagte Ludwig. «Dieser Auftritt ist eines Kirchenmannes unwürdig und gibt mir Anlass zu größter Besorgnis, da Ihr der Beichtvater meiner Gemahlin seid.»

De la Solle wusste, dass er verspielt hatte. Er warf sich mit theatralischer Geste zu Füßen seines Königs, flehte um Gnade, schwor bei allen Heiligen, dass er Opfer einer schändlichen Intrige geworden sei. Auch die Königin, die voller Schrecken auf ihren hohen Schuhen herbeigestolpert war, bat bei ihrem Gatten um Gnade für de la Solle.

Doch Ludwig zeigte sich unerbittlich. De la Solle hatte sich auf seine Güter zurückzuziehen und dort weitere königliche Befehle abzuwarten.

Jeanne, die tief errötend ihre Kleidung wieder geschlossen hatte, versank in einem tiefen Hofknicks vor ihrem König. Sie spürte seinen belustigten Blick und begriff, dass er mit im Bunde gewesen war. Dennoch schämte sie sich jetzt für das, was sie getan hatte. Der König jedoch war hochzufrieden und reichte ihr galant den Arm.

«Duchesse – nehmt meine Entschuldigung für diesen Schrecken und erlaubt mir, Euch für diesen Vorfall zu entschädigen.»

An diesem Abend saßen Jeanne und Roger de Gironde noch lange Stunden mit dem König am Spieltisch, und sie erlebten ihren Herrscher bei allerbester Laune.

Christian war gleich nach dem Tanz gegangen. Nicht allein – wurde geflüstert. Eine Dame sei an seiner Seite gewesen.

Es gelang Jeanne, sich auf der Heimfahrt durch das nächtliche Paris aufrecht zu halten, obgleich sie am liebsten schon in der Kutsche geheult hätte.

«Ein Gerücht, Jeanne, nichts weiter», sagte Roger, der genau wusste, was in ihr vorging. «Du weißt ja, was von solchem Gerede zu halten ist.»

Sie schwieg. Was hätte es genutzt, ihm von ihren Beobachtungen zu erzählen? Er hätte ihr ohne Zweifel einreden wollen, sie hätte sich getäuscht. Nein – die Tatsachen ließen sich nicht leugnen –, Christian war zu seinen alten Gewohnheiten zurückgekehrt. Er hatte leichtes Spiel, denn die Damen bei Hofe rissen sich förmlich um den blonden jungen Helden, der gerade die Feuertaufe eines gelungenen Feldzuges erlebt und sich dabei mit Ruhm bedeckt hatte.

Sie wechselten kein einziges Wort, als Roger sie die Treppe hinauf in ihre Wohnung geleitete. Nadine öffnete die

Tür mit vorwurfsvoller Miene, die sie vor de Gironde rasch verbarg.

«Gute Nacht», sagte Jeanne kurz angebunden zu ihrem Begleiter. «Ich hoffe, Ihr wart mit mir zufrieden.»

«Außerordentlich, liebe Jeanne. Ich stehe zu deinen Diensten, wann immer du mich benötigst.»

«Ich danke Euch», gab sie gleichgültig zurück. «Im Augenblick möchte ich nichts weiter als schlafen.»

Er wusste, dass sie keineswegs schlafen würde, doch er verbeugte sich lächelnd und zog sich zurück. Jeanne warf den Mantel ab und lief in den Salon, um sich in einen Sessel zu werfen und zu schluchzen. Wenigstens durfte sie endlich in Ruhe heulen und brauchte nicht noch ein frohes Gesicht zu all ihrer Verzweiflung zu machen.

Nadine fand ihre Herrin von Weinkrämpfen geschüttelt, Schminke und Puder hatten sich mit den Tränen gemischt und waren zum Teil auf eines der seidenen Kissen geflossen.

«Wir hätten in die Normandie reisen sollen», sagte Nadine traurig. «Ich habe es Euch gleich gesagt, aber Ihr wolltet nicht auf mich hören, Mademoiselle.»

Jeanne stampfte zornig mit dem Fuß auf den Boden auf. Kluge Sprüche waren das Letzte, was sie jetzt brauchen konnte.

«Haltet den Mund und macht mir lieber dieses verdammte Korsett auf», schluchzte sie. «Man erstickt ja schier in diesem Panzer.»

«Natürlich, Mademoiselle.»

Sie zog Jeanne das Kleid aus und begann die festgespannten Schnüre des Korsetts zu lösen.

«Macht Euch nicht so viele unnötigen Sorgen, Mademoiselle», sagte Nadine mit schlechtem Gewissen. «Der Comte liebt Euch – er wird schon zur Besinnung kommen und alles verstehen.»

«Haha!», lachte Jeanne bitter. «Dein Comte verbringt den Abend im Louvre in zärtlicher Zweisamkeit mit irgendeiner Hofdame!»

«Nein!», rief Nadine erschrocken und hielt in ihrer Beschäftigung inne. «Das glaube ich nicht!»

«Ich habe es selbst gesehen, wie er mit ihr geflüstert hat. Er hat ihr sogar während des Konzerts die Hand auf die Schulter gelegt.»

«Ach, Mademoiselle», verteidigte Nadine ihren Herrn. «Ihr müsst Euch getäuscht haben. Ich bin ganz sicher, dass der Comte nur Euch allein liebt.»

Jeanne sprang zornig von ihrem Stuhl auf, fasste eine Vase, die auf der Kommode stand, und knallte sie gegen die Wand.

«Hör doch endlich auf, mir solchen Unsinn zu erzählen, Nadine», tobte sie. «Wenn er mich lieben würde, dann täte er mir das nicht an. Es ist ganz offensichtlich, dass ich ihm völlig gleichgültig bin und dass er sich eine andere gesucht hat!»

Nadine stand mit weit aufgerissenen Augen auf der Stelle und starrte in die Scherben. «Aber Mademoiselle.»

«Ich will nichts hören!»

Aller Zorn, den sie mit sich herumgetragen hatte und den sie nicht hatte zeigen dürfen, wollte jetzt aus ihr heraus.

«Er ist ein gemeiner, niederträchtiger Betrüger. Er hat nichts anderes im Sinn, als mir wehzutun.»

«Mademoiselle, ich flehe Euch an …»

Da öffnete sich völlig überraschend die Tür, und Roger de Gironde stand auf der Schwelle. Jeanne war so verblüfft, dass sie den schon erhobenen Arm sinken ließ. Der Apfel, den sie gerade gegen die Wand hatte schleudern wollen, rollte auf den Boden.

«Liebe Jeanne», sagte er lächelnd. «Bevor du auch noch

meine Möbel zertrümmerst, lass uns lieber noch ein wenig reden und miteinander einen Wein trinken.»

Jeanne senkte beschämt den Kopf.

«Da gibt es nichts zu reden», sagte sie stockend. «Verzeiht mir. Ich bin … so unglücklich. Hätte ich nur nicht auf Euch gehört …»

Er gab Nadine einen Wink, den Raum zu verlassen, und näherte sich Jeanne mit vorsichtigen Schritten.

«Er hat eine andere», sagte sie tonlos, und die Tränen rannen ihr die Wangen hinab.

Er strich ihr zart über das aufgelöste Haar und betrachtete sie entzückt. Wie bezaubernd sie war, wenn die Tropfen an ihren langen dunklen Wimpern schimmerten und ihre weichen vollen Lippen von Tränen feucht waren.

«Meine kleine Jeanne», flüsterte er. «Wie mutig bist du heute Abend gewesen, und jetzt willst du so kleingläubig sein? Eine so anmutige Braut wie dich wird kein Mann verlassen.»

Plötzlich war ihr bewusst, dass sie nichts als einen Unterrock und ein halbgeöffnetes Korsett trug, und sie hielt sich die Hände vor die Brust. Er zog seinen Rock aus und legte ihn ihr um die Schultern.

«Du solltest jetzt schlafen gehen, Jeanne», murmelte er und schob sie sanft vor sich her ins Nebengemach. «Der Schlaf wird deinen Kummer besänftigen, und morgen wirst du ruhiger sein.»

«Ich will nicht schlafen», seufzte sie unglücklich.

«Doch, das wirst du», beharrte er lächelnd. «Du bist müde, Jeanne. Pass auf, sobald du im Bett liegst, schläfst du auch schon ein.»

Er deckte das Bett auf, trat hinter sie und nahm ihr mit einer leichten Bewegung den Rock von den Schultern.

«Ich werde dich jetzt für die Nacht fertig machen, meine kleine Tochter. Halt ganz still …»

Er löste die Schnüre des Korsetts mit geübten Fingern, zog ihr das Kleidungsstück vom Körper und löste den Rockbund. Sie stand in süßer, verführerischer Nacktheit vor ihm, seine Hände zitterten, als er ihr das seidene Nachtgewand überstreifte.

«So. Und jetzt schlüpfst du unter die Decke», flüsterte er, strich ihr das wirre Haar zurück und küsste sie auf den bloßen Nacken.

Sie gehorchte. Auf einmal kam eine große Erschöpfung und Leere über sie. Es war angenehm, sich von ihm verwöhnen zu lassen. Er zog ihr die Decke glatt, schob ihr zwei Kissen zurecht und ging zum Fenster, um die Vorhänge zu schließen.

«Roger?»

Er trat an ihr Bett und beugte sich über sie. Sie hatte ihn noch nie zuvor bei seinem Vornamen genannt.

«Es tut mir leid wegen der Vase. Bitte, verzeih mir.»

«Schon vergessen», sagte er leise.

Seine Stimme zitterte, und er ging rasch zur Tür, um den Raum zu verlassen. Er hatte zahllose Frauen verführt, unzählige Betten durchstreift, er kannte das Laster und die kalte Wollust. Diese junge Frau war der erste Mensch, der ihm im Leben etwas bedeutete. Sie sollte von seiner dunklen Seite verschont bleiben.

Nadine lag rosig in ihrem Bett wie ein schlummerndes, kleines Mädchen. Er sah einen Moment lang auf sie hinab und strich dann zärtlich mit der Hand über ihre Wange.

«Nadine?»

Sie schlug die Augen auf und sah ihn verwirrt an. Er fand sie ganz bezaubernd in ihrem unverhohlenen Erstaunen, das sich recht schnell in kluges Verstehen wandelte.

«Monsieur, es ist schon spät …», flüsterte sie.

«Aber noch nicht zu spät, kleine Nadine», gab er zurück und ließ sich auf ihrer Bettkante nieder. Er küsste ihre weichen Lippen, und seine Sinne überwältigten ihn derart, dass ihm schwindelig wurde. Sie hatte die gleiche zärtliche Art wie Jeanne, sie roch nach Jeanne, ihre Haut fühlte sich an, wie Jeannes Haut sich anfühlen würde. Sie sträubte sich nicht, als er ihre Mundhöhle mit seiner Zunge erforschte und ihr dabei vorsichtig die Spitzenhaube vom Kopf zog.

«Ich brauche dich heute, meine süße Nymphe. Ich brauche deine Zärtlichkeit, deinen schlanken Körper, deine bezaubernde aufreizende Liebesglut …»

Er strich mit der Hand über ihren Körper, den die Decke noch vor ihm verhüllte, fühlte ihre Brüste, den flachen Bauch und glitt über den Hügel ihrer Scham in den Spalt zwischen ihren Schenkeln, den die Decke vor ihm verschloss. Sie genoss diese erste Berührung, indem sie ihm ihren Leib sacht entgegenwölbte.

«Gefällt es dir?», flüsterte er.

Sie lächelte und ließ die Augen geschlossen. Dachte sie gar an einen anderen? Plötzlicher Ärger erfasste ihn – sollte er sich von einer Kammerzofe austricksen lassen? Er riss ihr die Decke herunter. Das dünne Nachtgewand legte sich so dicht an ihren Körper, dass es ihn mehr enthüllte als verbarg. Er sah, dass die Spitzen ihrer Brüste fest und hart emporragten, ihre Beine glitten ein wenig auseinander, und der Schamhügel wölbte sich unter dem Stoff.

«Du warst ganz erstaunlich süß damals in der Wäschekammer», flüsterte er, griff den unteren Rand des Nachtgewands und schob es hoch.

«Oh, Monsieur», hauchte sie. «Wer könnte Euch widerstehen?»

Sie hob ihren Leib ein wenig an, damit er ihr das Hemd abstreifen konnte, und er sah ihr für einen kleinen Augenblick in die Augen. Sie waren so groß und taubenblau, dass er glaubte, in den Himmel hinaufzusehen. Dann betrachtete er mit steigender Lust ihren entblößten schlanken Körper und strich behutsam über die rosigen Brustspitzen, die sich sofort verhärteten.

«Komm», flüsterte er und schob seinen Arm unter ihre Taille, um sie sanft aus dem Bett zu heben. Sie ließ sich von ihm führen, gehorchte, als er sie vor dem Bett niederknien ließ, die Arme auf das Lager aufgestützt. Ihr entblößter Po reckte sich ihm verführerisch entgegen.

«Weißt du, wie oft ich mir vorgestellt habe, dich wieder so zu sehen, meine kleine Schönheit?»

Sie spürte voller Entzücken, dass er ihre Pobacken mit den Händen umfing und dann mit weichen Bewegungen streichelte. Zitterndes Verlangen ergriff sie, erste leise Zuckungen erfassten ihr Geschlecht, ihre Scham wurde feucht. Seine Hände fassten nun härter zu, er knetete ihr Gesäß, dass sie leise stöhnte.

«Es gefällt dir, mein Engel?», hörte sie ihn flüstern. «Warte nur ab, es kommt noch mehr.»

Seine kundigen Finger strichen ihre Pospalte und fuhren zärtlich über die Schamlippen. Sie zuckte zusammen und ließ einen sehnsüchtigen Laut hören.

«Du willst es, nicht wahr?», hörte sie seine leise, verlockende Stimme. «Sag mir, dass du es willst.»

«Nehmt mich bitte», stöhnte sie sehnsuchtsvoll. «Ich halte es nicht mehr aus …»

«Pssst, meine kleine Nadine. Wer wird denn so ungeduldig sein?», flüsterte er mit leisem Spott.

Erbebend spürte sie, wie seine Finger sich der Klitoris näherten, in der sich alle Lustempfindung vereinigte. Er berührte sie nicht, umkreiste sie nur zart, reizte sie, indem er sanft an ihr entlangstrich und dann mit dem Finger in die feuchte Öffnung glitt. Sie schrie leise und bäumte sich auf, er zog seine Hände zurück, doch er hatte das heiße Zucken ihres Geschlechts gespürt, und sein Puls raste vor Verlangen, in sie einzudringen.

Er umfasste ihre Taille, streichelte ihre Brüste und spürte das rasche Schlagen ihres Herzens. Vorsichtig zog er sie hoch und schob sie auf das Bett. Sie saß vor ihm, die Beine leicht geöffnet, und er kniete sich auf den Boden.

«Spreize deine süßen Schenkel für mich, meine freche Nymphe», flüsterte er.

Sie gehorchte, und seine Hände strichen zart über die Innenseiten ihrer Beine, liebkosten und massierten sie, bis er den Flaum ihrer Scham erreichte. Er neigte den Kopf auf ihren Schoß und begann ihre Schenkel mit kleinen Küssen zu bedecken. Sie spürte seine heiße Zunge, die voller Lust über ihre Haut leckte und sich immer weiter hinauf zu ihrer Scham begab.

«Ganz weit auseinander, meine Süße. Zeig mir deine zarte Blüte, damit ich sie mit meinen Lippen zum Erblühen bringen kann.»

Genussvoll ließ sie den Oberkörper zurücksinken und spürte gleich darauf seine Zunge, die über ihre Scham-lippen leckte und weiter ins Innere ihres Geschlechts vor-drang. Heiße Wellen der Lust überströmten sie, sie gurrte und wand sich unter seinen Liebkosungen. Warm um-schlossen seine Lippen jetzt die Klitoris – und sie schrie vor Erregung, als sie seine Zunge spürte, die immer wieder über die Erhebung strich und sie reizte.

Er ließ sie los, kurz bevor sie den Höhepunkt erreichte, und sah in ihr erregtes Gesicht. Wie brünstig sie war. Wie süß es war, sie zu erregen, diesen köstlichen, auf so un-schuldige Art wollüstigen Körper zu regieren.

Ihre vollen Lippen bewegten sich, und er glaubte das Wort zu hören, das sie lautlos formten:

«René.»

Zorn ergriff ihn, gekränkte Eitelkeit wühlte in seinem Gemüt. Er vergaß alle Liebeskünste, alle Tricks und Handgriffe, mit denen er seine Partnerinnen bisher ins Elysium der Lüste befördert hatte. Sein Glied war schon so hoch aufgerichtet, dass er sich kaum noch beherrschen konnte. Er öffnete den Bund seiner Hose und schob sich über sie.

«Du bekommst, was du willst, kleine Nymphe», stöhnte er.

Sein Mund umschloss ihre rechte Brustwarze, und er spürte den Geschmack ihres berauschenden, jungen Körpers, das Blut tobte in seinen Ohren, sein Glied glitt wie von selbst zwischen ihre Schenkel und suchte sich den Weg in ihren Schoß.

Er zwang sich, langsam in sie hineinzugleiten, spürte die Feuchte in ihr und wäre fast schon gekommen, bevor er ganz in ihr versunken war. Einen Augenblick lang blieb er bewegungslos, dann hob er den Oberkörper an und blickte in ihr Gesicht. Ihre Lippen waren geöffnet, der Blick auf ihn gerichtet.

«Jeanne», flüsterte er. «Jeanne.»

Nadine lächelte und berührte mit der Hand sacht seine Wange. Er hielt es nicht mehr aus und begann sich zu bewegen. Zuerst langsam, dann rascher. Als er sie stöhnen hörte, schienen die Wellen einer heißen, wilden Leidenschaft über ihm zusammenzuschlagen, und er glaubte, darin ertrinken zu müssen. Er hörte sich keuchen, steigerte den Rhythmus seiner Bewegung, dann zwang sein Körper ihn, in sie hineinzustoßen. Sie schrie leise vor Lust und wand sich unter ihm, er stieß immer heftiger zu, wusste kaum noch, ob er selbst es war, der sein heißes Glied immer wieder nach vorn trieb, oder ob eine unbekannte Gewalt ihn dazu zwang. Als sie den Gipfel der Lust erreicht hatte, ließ sie helle, girrende Töne hören – und gleich darauf rissen die Wellen eines gewaltigen Stroms ihn mit sich fort, und er ergoss sich in ihren Körper.

Erschöpft war er auf sie hinabgesunken und spürte voller Erstaunen, dass sie ihn mit den Armen umfing.

«Es tut mir leid, Monsieur», sagte sie leise. «Es tut mir so leid.»

Jeanne erwachte mit einem dumpfen Gefühl im Kopf, als habe sich eine schwere, dunkle Wolke über sie gelegt. Benommen richtete sie sich auf, und sofort wurde ihr wieder bewusst, dass Christian eine andere liebte. Sie hatte ihn verloren.

Im Salon nebenan hörte sie leise Geräusche, Geschirr klapperte, ein Stuhl wurde verschoben. Ein Duft von Kaffee und frischem Brot stieg ihr in die Nase.

«Nadine?»

Die kleine Zofe erschien an der Tür mit leichten Ringen unter den Augen. Offensichtlich hatte sie heute Nacht auch schlecht geschlafen.

«Hilf mir ankleiden.»

«Der Duc ist nebenan, Mademoiselle. Er wartet auf Euch mit dem Frühstück.»

Roger saß mit übereinandergeschlagenen Beinen auf einem Stuhl und las in einem der Journale, die er Jeanne mitgebracht hatte. Als sie eintrat, sah er ihr forschend ins Gesicht und erhob sich, um sie zu begrüßen.

«Wie geht es dir?», fragte er ein wenig besorgt.

«Gut», entgegnete sie und lächelte tapfer.

Er war erleichtert und beeilte sich, ihr Kaffee einzugießen. Ihr Kummer griff ihm ans Herz, und er war froh, dass er sich zu ihrem Vater gemacht hatte. Sonst hätte er am Ende vor lauter Rührung noch um ihre Hand angehalten. Eine Vorstellung, die ihn zutiefst erschreckte, denn er war der festen Überzeugung, dass eine Heirat, bei der Gefühle eine Rolle spielten, früher oder später unweigerlich zum Vorhof der Hölle werden musste. Inzwischen hatte er jedoch Zeit gehabt, die alte Kaltblütigkeit wiederzugewinnen und mit Gelassenheit an die Zukunft zu denken.

Jeanne setzte sich ihm gegenüber, rührte Zucker in ihren Kaffee und wandte sich dann den eingelegten Früchten zu. Sie schien ihm gefasst genug, um mit ihr ein vernünftiges Gespräch zu führen.

«Du solltest diesen Wirrkopf so schnell wie möglich vergessen, liebe Jeanne. Ein charmanter und liebenswerter Bursche – aber nicht verlässlich. Willst du dein Leben lang unter einem eifersüchtigen Ehemann leiden? Es wäre schade um dich, denn du hättest ein glücklicheres Los verdient.»

Sie löffelte eingelegte Birnen und schwieg zu seinen Ausführungen. Nüchtern betrachtet hatte er recht. Die Gefühle in ihrer Brust konnte sie jedoch nicht so einfach ersticken. Ob sie ihn hasste oder liebte – ihre Gedanken waren bei Christian.

«Wenn du bereit wärest, meine Pläne bei Hofe eine Weile zu unterstützen, würdest du ohne Zweifel in naher Zukunft eine hervorragende Partie machen.»

«Vielleicht ...», murmelte sie.

Er hörte ihr Desinteresse deutlich heraus und begriff, dass sie noch Zeit brauchen würde. Er hatte schon einige Ehekandidaten für sie ausgemacht, die sowohl für sie als auch für ihn eine gelungene Verbindung bedeuten würden. Uralter Adel, großer Besitz und Einfluss am Königshof – die hübsche Jeanne war ein großer Trumpf in seiner Hand. Allerdings nur, wenn sie mitspielte.

«Trinken wir auf die Zukunft, Jeanne», sagte er und reichte ihr ein Glas Wein. «Sagte ich schon, dass ich stolz darauf bin, eine Tochter wie dich zu haben?»

Sie lächelte und hob das Glas, um mit ihm anzustoßen.

«Auf die Zukunft», sagte sie. «Und auf die Liebe.»

«Meinetwegen auch auf die Liebe», gab er unwillig zu.

Die Gläser stießen mit leichtem Klirren zusammen, und er leerte den Wein in einem Zug. Gleich darauf griff er sich an die Kehle, sein Gesicht färbte sich dunkelrot, er keuchte.

«Trink nicht, Jeanne», stieß er hervor und krümmte sich zusammen. «Der Wein ist vergiftet.»

«Was?»

Entsetzt sprang Jeanne auf, eilte zu ihm und versuchte, ihm zu helfen. Er wand sich in Krämpfen.

«Nadine! Rasch!», rief sie in heller Aufregung.

Die kleine Zofe blieb wie angewurzelt an der Tür stehen.

«So tu doch etwas, Nadine. Er hat Gift getrunken ...», jammerte Jeanne. «Du hast doch so viel von Marie gelernt ...»

Nadine war bleich geworden, doch sie eilte davon und erschien mit einer Wasserkaraffe und einer Schüssel.

«Er muss es erbrechen. So schnell wie möglich, Mademoiselle. Haltet ihn an den Schultern fest.»

Jeanne war plötzlich vollkommen ruhig. Mit festen Händen zog sie den Zusammengekrümmten in die sitzende Position und half Nadine dabei, ihm große Mengen Wasser einzuflößen. Dann sah sie voller Respekt dabei zu, wie die kleine Zofe Roger zum Erbrechen brachte, indem sie ihm einen Finger in den Hals steckte.

«Noch einmal. Immer wieder», kommandierte Nadine.

Sie vollzogen die scheußliche Prozedur mehrere Male

hintereinander, dann trugen die beiden Frauen den völlig erschöpften Mann auf Jeannes Bett, und Nadine eilte davon, um nach einem Arzt zu schicken. Jeanne setzte sich auf den Bettrand, fühlte Rogers Puls und beobachtete voller Angst, dass sein Körper im Fieber glühte.

«Der Arzt kommt gleich», redete sie ihm zu. «Du wirst es schaffen, Roger. Halt durch ...»

Er öffnete die Augen und schien Mühe zu haben, sie zu erkennen. Seine Hand bewegte sich suchend auf der Bettdecke, bis sie ihre Hand in die seine legte.

«Jeanne ...»

Seine Stimme klang müde. Sie spürte mit Entsetzen, dass er sich aufgegeben hatte. «Ich bin hier, Roger. Ich bleibe bei dir. Mach dir keine Sorgen ...»

Er öffnete einige Male den Mund, konnte aber vor Schwäche und Schmerzen keinen Laut herausbringen. Endlich verstand sie sein Flüstern:

«Flieh ... Jeanne ... flieh schnell ...»

An der Wohnungstür wurden Geräusche laut, und sie wandte sich um in der Annahme, der Arzt sei gekommen. Als die Schlafzimmertür aufgerissen wurde, sah sie zu ihrer größten Verblüffung einen Offizier und mehrere Soldaten.

«Duchesse de Gironde», sagte der Offizier und hob fragend die Augenbrauen.

«Dieselbe ...», gab sie verblüfft zurück.

«Ich habe Order, Euch in die Bastille zu bringen. Ihr seid der Giftmischerei angeklagt.»

Man erlaubte ihr, den Mantel umzulegen, mitnehmen durfte sie nichts. Sie versuchte sich zu wehren, zu erklären, dass alles nur ein schreckliches Missverständnis sei – umsonst. Der Offizier führte einen Befehl aus, alles

Weitere war nicht seine Sache. Sie hörte Nadines verzweifeltes Weinen und hatte die Geistesgegenwart, ihr zu befehlen, Sorge um Roger zu tragen. Dann schob man sie die Treppe hinunter in die Kutsche hinein, die vor dem Haus schon auf sie wartete. Flankiert von berittenen Soldaten, setzte das Gefährt sich in Richtung Bastille in Bewegung.

Sie sah nichts vom morgendlichen Paris, denn der Offizier hatte die Fenstervorhänge geschlossen und ihr gegenüber Platz genommen. Im engen, halbdunklen Innenraum des Gefährts waren die vertrauten Geräusche der Stadt zu vernehmen: das Geklapper der Pferdehufe, das Schimpfen und Fluchen der Fuhrleute, die Stimmen der Marktfrauen, das Gejohle der Gassenjungen, die der Kutsche zeitweise folgten. Hin und wieder, wenn die Kutsche in ein Schlagloch geriet, glitten die Vorhänge beiseite, und ein Lichtstrahl erhellte das Innere. Sie blickte auf das breite Gesicht des Offiziers, seinen kleinen, wohlgepflegten Schnurrbart und die aufmerksamen, grauen Augen, die sie unablässig beobachteten.

Die Kutsche hielt an, man hörte knappe Befehle, die Reiter, die sie begleitet hatten, saßen von den Pferden ab und standen bereit, falls die Gefangene auf die Idee kommen sollte, einen Fluchtversuch zu unternehmen.

«Aussteigen!»

Es war keine höfliche Bitte, es war ein knapper Befehl, der sie wütend machte.

«Und wenn ich sitzen bleibe?», fauchte sie.

Der Offizier packte sie am Handgelenk, und sie spürte schmerzhaft den Druck seiner breiten, harten Finger.

«Es täte mir leid, Euch zwingen zu müssen, Duchesse.»

Sie verzichtete darauf, den umstehenden, sie gierig anstarrenden Soldaten ein Schauspiel zu bieten, und fügte sich. Die Kutsche befand sich in einem düsteren rechteckigen Innenhof, acht runde Türme waren durch hohe

Mauern miteinander zu einer geschlossenen Festung verbunden. Kaum ein Lichtstrahl drang bis in den großen gepflasterten Hof hinunter, abweisend drohten die kantigen Mauervorsprünge, vergitterte Fenster und Toreingänge machten deutlich, dass es für die Unglücklichen, die hier gefangen gehalten wurden, kein Entkommen gab. Hinter der Kutsche schloss sich das schwere, hölzerne Tor, und einer der Soldaten schob den Querbalken in die Verankerung. Das polternde Geräusch ließ Jeanne erzittern – es bedeutete, dass man sie endgültig ihrer Freiheit beraubt hatte.

«Hier entlang!»

Man schob sie in einen der Eingänge hinein und führte sie durch eine düstere Halle, die sogar tagsüber mit Kienspänen erleuchtet werden musste. Dicke gemauerte Säulen stützten die Decke, eine schmale Treppe führte steil aufwärts, ringsum gab es vergitterte Wandöffnungen, Tore, Nischen. Jeanne sah im Vorübergehen einen Soldaten im Gespräch mit einer jungen Frau, die in Verzweiflung die Hände rang – dann führten ihre Begleiter sie in einen mit Gittern versehenen Eingang hinein und stießen sie eine steinerne Wendeltreppe hinauf. Sie hörte die lauten Tritte der Soldatenstiefel hinter sich auf den Steinen, das Klirren der Sporen, das Geräusch der Säbel, die gegen die Wände stießen. Ein enger Flur öffnete sich vor ihr, zwei Soldaten standen Wache vor einer Tür aus grobem Holz, die mit Eisenbeschlägen versehen war.

«Die Duchesse de Gironde.»

«Eintreten.»

Das kreisrunde Turmzimmer wurde durch zwei kleine Fenster erhellt, in der Mitte des Raums befand sich ein Tisch, auf dem sich Akten stapelten. Der Mann, der daran saß und sie mit stechendem Blick musterte, war Jeanne völlig unbekannt. Er hatte schütteres dunkles Haar, das bis auf den weißen gestärkten Kragen hinabhing, sein Gewand war schwarz und schmucklos – bis auf die Manschetten aus feiner weißer Spitze.

«Ich fordere eine Erklärung», schimpfte sie los. «Mein Vater und ich wurden Opfer eines Anschlags. Ich erwarte von Euch, dass Ihr die Täter findet, anstatt die Opfer zu beschuldigen!»

Er blieb völlig gelassen. Auf einen Wink von ihm brachte einer der Soldaten einen Schemel, den er neben Jeanne absetzte.

«Nehmt Platz, Duchesse. Wir sind damit befasst, den Fall zu untersuchen, und benötigen dazu Eure Hilfe.»

«Und dazu musstet Ihr mich von Euren Soldaten wie eine Verbrecherin abholen und in diese Festung bringen lassen?», rief sie aufgebracht. «Das ist absurd. Ich verlange, sofort freigelassen zu werden. Ich habe große Sorge um meinen Vater und muss nach ihm sehen!»

«Selbstverständlich, Duchesse. Wir haben nur einige Fragen.»

Seine Ruhe brachte sie in Wut. Es war ganz offensichtlich, dass er sie belog. Er hatte nicht nur einige Fragen – es ging um eine Anklage.

«Der Docteur Jean Baptiste Merieux meldete uns einen Fall von Vergiftung. Ist es richtig, dass auf Euren Vater ein Giftanschlag verübt wurde?»

«Nicht nur auf meinen Vater», gab sie aufgeregt zurück. «Auf mich ebenfalls. Hätte ich das Glas Wein getrunken, dann ginge es mir jetzt vermutlich ebenso wie meinem Vater.»

Der Mann, der sich bisher nicht einmal mit Namen vorgestellt hatte, tauchte die Feder ein und notierte etwas auf ein Blatt Papier.

«Woher stammte der Wein, den Ihr getrunken habt?»

«Das weiß ich selbst nicht. Mein Vater lässt verschiedene Lebensmittel und Getränke anliefern – man müsste die Dienerschaft befragen.»

«Ist Euch eine Catherine Monvoisin bekannt?»

«Nein!»

Er schrieb wieder etwas und sah dabei immer wieder mit raschen Blicken zu ihr auf. Sie hatte den Schemel nicht akzeptiert und war stehen geblieben in der Hoffnung, dieses Gespräch so rasch wie möglich beenden zu können.

«Ihr seid die einzige Tochter und Erbin des Duc Roger de Gironde?»

Seine lauernde Art war ihr zuwider. Was wollte er ihr jetzt anhängen?

«Ich will wissen, wer mich angeklagt hat», forderte sie, ohne auf seine Frage einzugehen. «Der Offizier, der zu mir in die Wohnung kam, sprach von einer Anklage.»

Das Gesicht des Mannes blieb unbeweglich.

«Ihr werdet es zu gegebener Zeit erfahren, Duchesse. Leider bin ich gezwungen, Euch zu Eurem Schutz für einige Tage hier einzuquartieren.»

Panik erfasste sie. Man wollte sie hier einsperren. Sie würde hier bei Wasser und Brot bis ans Ende ihrer Tage schmachten müssen. Und niemand würde ihr helfen, wenn Roger starb.

«Ich lasse mich nicht einfach ins Gefängnis werfen», tobte sie und packte einen der Aktenstapel auf seinem Schreibtisch. «Ich bin unschuldig. Lasst mich sofort frei!»

Sie warf die Akten durch das Zimmer, die Deckel öffneten sich, und unzählige Papiere flatterten wie eine Schar freigelassener, weißer Vögel umher.

«Duchesse!», rief er ärgerlich und erhob sich von seinem Sitz, um einige seiner Papiere auffangen zu können.

«Ich will wissen, wer mich so hinterhältig beschuldigt hat!», rief sie. «Man mischt uns Gift in den Wein, und der Arzt meldet es der Polizei, anstatt seine Pflicht bei dem

Kranken zu tun. Glaubt Ihr vielleicht, dass wir uns selbst vergiftet haben? Was habt Ihr in Eurem Schädel? Ein Bündel Stroh?»

Zwei harte Fäuste packten sie. Sie versuchte, sich zu wehren, trat mit den Füßen und biss einem der Soldaten in den Finger. Schließlich bog man ihr die Arme auf den Rücken, sodass sie keine Chance mehr hatte.

«Vergesst nicht, Duchesse, dass auf Giftmischerei die Todesstrafe steht», sagte der Mann, dessen Gesicht jetzt rot angelaufen war. «Mit Mörderinnen machen wir kurzen Prozess.»

Man stieß sie aus dem Zimmer, zwang sie die Wendeltreppe hinab, dann hörte sie, wie ein Schlüsselbund rasselte – und eine schmale Holztür öffnete sich. Dahinter lag ein kleiner runder Raum, in dem sich nichts weiter befand als ein niedriges Lager und ein Stuhl.

«Nein!», schrie sie verzweifelt. «Ich will nicht! Lasst mich los! Hört ihr nicht, ihr Mistkerle?»

Sie erntete höhnisches Gelächter. Ein Arm legte sich blitzschnell um ihre Taille, eine Hand strich über ihr Dekolleté und folgte der Rundung ihres Busens.

«Ganz ruhig, meine Süße», sagte der Soldat. «Du wirst jetzt viel Zeit zum Nachdenken haben. Vielleicht überlegst du es dir dann, ob du weiterhin die Widerspenstige spielen willst. Mir wäre es ganz recht. Ich mag es, wenn die Weiber sich wehren.»

Sie war so erschrocken, dass sie sich widerstandslos in den Raum schieben ließ. Die Tür fiel hinter ihr zu, ein Schlüssel drehte sich knirschend im Schloss. Sie war gefangen.

Roger de Gironde lag stöhnend in den Kissen und wandte den Kopf hin und her. Sein Körper glühte im Fieber, das Herz hämmerte, als wollte es den Brustkasten sprengen. Er hatte große Mühe zu atmen.

«Wird er sterben?», flüsterte die Köchin angstvoll. «O Gott, er wird doch nicht sterben?»

«Gib mir die Schale herüber», sagte Nadine.

Vorsichtig richtete sie den Kranken ein wenig auf und flößte ihm einige Schlucke des Gebräus ein, das sie gemeinsam mit der Köchin hergestellt hatte. Kamille, Weißdorn, Arnika – es sollte den Kranken stärken und das Fieber senken.

Die kleine Zofe war plötzlich die ganze Hoffnung der erschrockenen Dienerschaft, die ihren Herrn hilflos umstand. Man hatte seine beiden Kammerdiener aus dem Louvre herbeigeholt, sein Kutscher hockte mit trostloser Miene auf einem Schemel in einer Ecke des Schlafzimmers, bereit, jeden Auftrag zu erfüllen, den die Zofe ihm erteilen würde. Die Köchin war in Tränen aufgelöst, jammerte und betete, während sie gleichzeitig schon darüber nachdachte, wo sie einen neuen Dienstherrn finden könnte.

Nadine bot alle Künste auf, die sie daheim bei Marie gelernt hatte – ob sie helfen würden, wusste nur Gott allein. Aber sie hatte den Auftrag von ihrer jungen Herrin, sich um de Gironde zu kümmern, und sie erfüllte ihn so gut sie konnte.

Am Nachmittag ließen die Schmerzen nach, und Roger fiel in den Schlaf völliger Erschöpfung. Immer noch war sein Körper heiß und fiebrig, doch der Puls hatte sich beruhigt, und er atmete zwar rasch, aber gleichmäßig. Nadine trug der Köchin auf, den Kranken mit kühlenden Umschlägen und Tee zu versorgen, und warf sich ihren Umhang um.

«Spann an», sagte sie dem Kutscher. «Ich habe etwas zu erledigen.»

«Du willst fort?», jammerte die Köchin. «Und wenn er mir unter den Händen stirbt?»

«Er wird nicht sterben. Tu nur einfach, was ich dir gesagt habe.»

Zum ersten Mal in ihrem Leben handelte die kleine Zofe ruhig und zielstrebig. Als der Wagen vor dem Haus vorfuhr, wies sie den Kutscher an, zur Wohnung des Comte de Saumurat zu fahren.

«Du weißt, wo das ist?»

Er nickte, und Nadine stieg erleichtert ein. Sie wickelte sich fröstelnd in ihren Umhang, denn es war bitter kalt geworden. Kleine Schneeflöckchen sanken aus dem grauen Winterhimmel auf die Stadt herab und hatten die schmutzigen Gassen weißgepudert. Hie und da hockten einige zerlumpte Gestalten um ein Feuer und wärmten sich, Sänftenträger eilten im Laufschritt vorüber, damit die in Pelze gehüllten Damen und Herren nicht unnötig lange dem Frost ausgesetzt blieben.

Der Wagen hielt auf einem kleinen Platz in der Nähe der Tuilerien an, und Nadine stieg zögernd aus.

«Hier?»

Der Kutscher wies mit dem Daumen auf eines der zweistöckigen Häuser, die Nadine so groß und prächtig erschienen, dass sie normalerweise niemals gewagt hätte, dort vorstellig zu werden.

«Warte auf mich», ordnete sie an und schritt mutig über den Platz.

Am Eingang standen zwei Bedienstete, die sich nicht weiter um sie kümmerten, als sie das Haus betrat und die Treppe hinaufstieg. Oben wurde sie von einer grauhaarigen Kammerfrau empfangen, die sie misstrauisch einließ und wissen wollte, wieso sie nicht die Dienstbotentreppe benutzt habe.

«Ich habe eine Botschaft für den Comte.»

«Von wem?»

«Sagt ihm nur, dass Nadine hier sei.»

Die Kammerfrau zog mürrisch die Nase hoch und murmelte, dass der Herr wohl keine Zeit habe.

«Es geht um Leben und Tod!»

«Gar so schlimm wird's wohl nicht sein», knurrte die Kammerfrau, schlurfte aber doch davon.

Christian erschien nur wenige Augenblicke später im Flur, sein Haar war wirr, er trug nur das weite Hemd und die culotte. Nadine verbot sich augenblicklich, Vermutungen über diesen Aufzug anzustellen.

«Nadine», rief er erstaunt. «Was für eine Überraschung. Was gibt es denn so Dringendes?»

«Es geht um meine Herrin», begann Nadine.

Sein Gesicht verfinsterte sich.

«Um Jeanne? Ich wollte sagen: die Duchesse de Gironde? Ich habe wenig Interesse.»

«Sie ist in großer Gefahr, Herr ...»

«Nun – sie hat doch einen mächtigen Beschützer», sagte er spöttisch. «Warum kümmert er sich nicht um sie?»

«Man hat heute früh einen Giftanschlag auf den Duc und meine Herrin verübt ...»

Nun war er doch erschrocken. Er wurde blass und fuhr sich mit der Hand durch das ungekämmte Haar.

«Um Gottes willen ... Ist Jeanne ... ist sie ...?»

«Sie ist dem Anschlag entgangen. Aber man hat sie in die Bastille gebracht.»

Er starrte sie an, und sie konnte sehen, wie seine Brust heftig atmete.

«In die Bastille? Aber weshalb?»

«Sie ist angeklagt, de Gironde vergiftet zu haben. O Herr, man wird sie verurteilen und hinrichten, wenn ihr niemand hilft. Und der Duc liegt auf den Tod, niemand weiß, ob er den Anschlag überleben wird.»

Christian biss sich auf die Lippen, sein Gesicht war jetzt totenblass.

«Nun», sagte er. «Sie hat sich an diesen Menschen gebunden – nun muss sie dafür büßen. Die Sache geht mich nichts an, Nadine.»

Die kleine Zofe glaubte, die Erde würde unter ihr erzittern. Das war nicht ihr Comte, der da so kaltherzig über das Schicksal ihrer Herrin entschied. Das war ein anderer, ein Mensch, den sie nie gekannt hatte.

«Aber, Herr ...», flehte sie. «Ich hatte so sehr gehofft ...»

«Ich habe leider keine Zeit, Nadine. Lass dir in der Küche etwas Heißes zu trinken geben und einen Imbiss reichen. Es scheint kalt geworden zu sein.»

Damit ließ er sie stehen.

Jeanne lief wie ein gefangenes Tier in ihrer Zelle auf und ab. Sie war verloren – nur Roger konnte ihr noch helfen. Roger – mein Gott – sie wusste nicht einmal, ob er noch lebte!

Sie schob den Stuhl unter das hochliegende, rechteckige Fensterchen und sah nach draußen. Sie befand sich auf der Seite der Festung, die der Stadt abgewandt war. Kahle Felder dehnten sich vor ihr aus, an einigen Stellen von feinem Schnee überzogen, und ein schwerer, grauer Winterhimmel hing darüber, der die Hügel am Horizont verschlungen hatte.

Selbst wenn es ihr gelingen würde, das Gitter zu entfernen und sich durch das Fenster zu zwängen – wohin sollte sie sich wenden in dieser eisigen Kälte? Wer würde sie aufnehmen?

Entmutigt stieg sie wieder hinunter und lehnte sich erschöpft gegen die kalte Steinmauer. Sie hatte gespielt und verloren – jetzt würde sie die Strafe für ihren Hochmut ereilen. Sie hatte alles haben wollen: Nicht nur den geliebten Mann hatte sie besitzen wollen, sondern sie wollte auch für immer mit ihm verbunden sein. Nicht als seine Mätresse, sondern als seine rechtmäßige Ehefrau. Sie hatte Christian auf Augenhöhe begegnen wollen und würde dieses Wagnis vermutlich mit ihrem Leben bezahlen.

Das konnte nicht das Ende sein. Alles in ihr wehrte sich dagegen. Sie wollte leben. Sie wollte frei sein. Und sie würde eine Möglichkeit finden. Irgendwie würde es ihr gelingen, aus diesem Käfig zu entkommen. Nur wie?

Ein Schlüsselbund rasselte, gleich darauf vernahm sie das knirschende Metallgeräusch eines Schlüssels, der im Schloss umgedreht wurde. Die Tür ihres Gefängnisses wurde geöffnet.

Ein Mann stand auf der Schwelle, mittelgroß, schmal, in ein warmes Lederwams und feste Stiefel gekleidet. Sein dunkles Haar war dicht und reichte bis über die Ohren, das Gesicht war sehr schmal, die Nase lang und ein wenig schräg.

«Ich hoffe, Ihr befindet Euch nicht allzu unwohl, Duchesse», redete er sie an. «Gestatten: Jean Baptiste Brulot, beauftragt, für Euer Wohl und Eure Sicherheit zu sorgen.»

Sie starrte ihn an und begriff, dass ihr Gefängniswärter vor ihr stand. Er musterte sie mit dem Blick eines Menschen, der einen profitablen Fang gemacht hat, aber noch nicht so recht weiß, wie er seinem Opfer beikommen wird.

«Ihr seid nicht sehr gesprächig?», fuhr er unbekümmert fort und betrat den Raum, ohne sich weiter um sie zu kümmern. Er rüttelte an der kümmerlichen Bettstatt, hob die Decken an, um zu sehen, ob sie darunter etwas versteckt hatte, und schob den Stuhl an seine ursprüngliche Stelle zurück.

«Trübe Aussichten, nicht wahr?», meinte er grinsend. «Wir haben leider Winter, Duchesse. Wenn im Frühling die Felder grünen, werdet Ihr Euch an diesem Ausblick eher erfreuen können.»

Sie verzichtete darauf, diese Gemeinheiten mit einer Antwort zu belohnen. Im Frühling würde sie ganz sicher nicht mehr hier sein.

Er hatte noch weitere Dinge auf Lager, die geeignet waren, den inneren Widerstand seiner Opfer zu schwächen.

«Ich bin für alles zuständig, was Ihr zu Eurem Wohlbefinden benötigt, Duchesse», pries er sich mit hinterhältigem Grinsen an. «Habt keine Sorge – ich kenne mich bestens mit den Bedürfnissen des weiblichen Körpers aus. Ich werde Euer Nachtgeschirr ausleeren und für die Körperwäsche einen Eimer warmes Wasser nebst Tüchern und Seife bringen. Auch für die Nöte, die eine Dame alle vier Wochen befallen, habe ich gewisse Tücher vorrätig. Ihr könnt Euch mir also ganz und gar anvertrauen. Wenn nötig, werde ich Euch auch beim An- und Auskleiden behilflich sein ...»

«Raus!»

Der Zornesausbruch kam für ihn zwar erwartet, dennoch erschreckte ihn die Heftigkeit, und er zog sich eilig zurück. Sie sollte mehrere Soldaten gebissen und gekratzt haben – da musste er vorsichtig sein und Geduld haben. Vor allem Geduld – die Zeit hatte bisher noch alle Gefangenen kleingekriegt. Schon nach ein paar Wochen würde sie für ein Stück Seife oder eine warme Decke vor ihm auf dem Boden rutschen. Eine Vorstellung, die für ihn äußerst erregend war.

«Ganz, wie Ihr wünscht, Duchesse», murmelte er und schloss die Tür sorgfältig ab.

Auf dem Flur begegnete ihm ein unbekannter junger Offizier, einer jener gutaussehenden, adeligen Angeber, die er aus tiefstem Herzen hasste. Er beeilte sich, seine untertänige Reverenz zu machen.

«Die Duchesse de Gironde?», fragte der Offizier in kühlem, befehlsgewohntem Ton.

«Gleich hier in diesem Verlies, Euer Gnaden.»

«Schließ auf.»

Ein leises Misstrauen wuchs in ihm. Er kannte den Mann nicht.

«Mit Verlaub, Euer Gnaden – darf ich erfahren …»

Der junge Offizier durchbohrte ihn förmlich mit seinen dunklen Augen.

«Dein Name?»

«Jean Baptiste Brulot – zu Diensten, Euer Gnaden», flüsterte er eingeschüchtert mit tiefer Verbeugung.

«Aufschließen!»

Gehorsam schritt er zur Tür, nahm den Schlüsselbund zur Hand und suchte den Schlüssel heraus. Als er ihn ins Schloss steckte und dann die Tür öffnete, spürte er einen harten Schlag im Genick, und er hatte das Gefühl, in ein bodenloses, dunkles Loch zu stürzen.

Jeanne stand fassungslos, unfähig, sich zu regen.

«Christian», flüsterte sie.

Er zog den Bewusstlosen in den Raum hinein und legte ihn auf den Boden.

«Rasch», kommandierte er. «Zieh dich aus.»

«Was?»

Er blitzte sie wütend an und begann den am Boden liegenden Mann zu entkleiden.

«Halt den Mund und tu, was ich sage. Zieh dich aus.»

Sie begriff, was er vorhatte, und begann ihr Kleid aufzubinden.

«Das ist Wahnsinn, Christian», stammelte sie. «Das kann nicht funktionieren. Sie werden es merken.»

«Sei endlich still», fluchte er und riss dem Wärter die Stiefel herunter. Dann zog er ihm die Hose aus und warf sie vor Jeanne auf den Boden.

Sie stand im Unterrock vor ihm und sah ihn hilflos an.

«Alles ausziehen!», zischte er. «Auch das Korsett. Verdammt – habe ich dir nicht gesagt, dass du dieses elende Ding nicht mehr anziehen sollst?»

«Aber …»

Er half ihr, die Schnüre zu lösen, und zog ihr das Kleidungsstück vom Körper. Für einen Augenblick spürte sie seine Hände, die ihren Busen umschlossen, dann zog er ihr das Hemd des Wärters über den Kopf.

«Das ist widerlich», jammerte sie.

«Es wird noch besser – steig in die culotte. Nun mach schon!»

«O Gott!»

Das Beinkleid war kalt und kratzig und an den Hüften ein wenig zu eng. Sie fuhr in die Stiefel und zog das Wams über.

«Binde das Haar hoch.»

Er riss ein Band von ihrem Kleid ab und reichte es ihr. Während sie sich bemühte, ihre Haarflut zusammenzubinden und unter dem Barett des Wärters zu verstauen, sah sie verblüfft zu, wie er dem nackten Wärter ihr Korsett anlegte.

«Was treibst du da?»

«Willst du, dass der arme Kerl erfriert?», grinste er und zog dem Bewusstlosen Unterrock und Kleid über.

«Fass mit an – wir legen ihn auf das Bett.»

Sie dachte an die vielen wilden Scherze, die er daheim in der Normandie getrieben hatte, und trotz der Aufregung und Angst musste sie lächeln. Was für ein phantastischer Kindskopf er war.

Er trat zu ihr und musterte sie zufrieden von Kopf bis Fuß. Dann strich er ihr eine vorwitzige Locke aus der Stirn und nickte.

«Du sagst kein Wort und tust nur, was ich dir sage. Versprich es!»

«Oh, Christian», flüsterte sie. «Wenn es schiefgeht, werden sie dich verurteilen und töten.»

«Versprich es!»

«Ich will nicht, dass du dich wegen mir in solche Gefahr begibst!»

«Bekomme ich jetzt dein Versprechen, oder muss ich dich erst übers Knie legen?»

Seine dunklen Augen funkelten sie zornig an, und ihr Herz klopfte zum Zerspringen.

«Ich verspreche es, Christian.»

«Gut», knurrte er und fasste sie am Arm.

Der kleine Flur war leer. Er zog sie die Treppe hinauf, und Jeanne schrak zusammen, als laute, fröhliche Männerstimmen durch die Mauern drangen.

«Ich habe ihnen ein Fässchen Wein gebracht», raunte Christian ihr zu. «Zur Feier meines ruhmreichen Sieges.»

Sie erreichten einen Treppenabsatz, der sich in einen kreisrunden Raum öffnete. Eine Gruppe Soldaten saß beisammen, man sprach eifrig dem gespendeten Wein zu.

«Geh hinter mir her und kümmere dich um nichts.»

Sie gehorchte. Die Soldaten hoben die Becher auf das Wohl des Kriegshelden, einer stand auf und schwankte leicht hin und her.

«He – ein Becher für den edlen Spender!»

Christian winkte freundlich und gab zu verstehen, dass er in eiliger Mission sei.

«Jean Baptiste! Trink einen Becher mit. Sollst auch nicht leben wie ein Hund!», grölte einer der Soldaten und goss ein.

335

«Später», wies ihn Christian zurück. «Wir haben noch zu tun.»

Jeanne zitterten die Knie, als sie durch einen engen Flur liefen und dann auf eine schmale Steintreppe stießen.

«In der Halle oben sind hauptsächlich Besucher», flüsterte Christian. «Schwierig wird es am Eingangstor.»

Sie hasteten die Treppe hinauf – Christian hatte recht vermutet, es standen einige Frauen und Männer in der Halle, die um die Gnade baten, ihre hier eingekerkerten Verwandten oder Freunde sehen zu dürfen.

Mutig durchquerten sie den hohen düsteren Raum – da erschienen unversehens vier Soldaten vor ihnen, geführt von einem Offizier. Christian fluchte leise.

«De Saumurat!», rief der Offizier erfreut. «Wohin so eilig?»

«Zum Ausgang. Ich habe ein paar Kameraden besucht.»

«Und du willst schon gehen? So kommst du mir nicht davon. Trink ein Glas mit mir.»

«Ein andermal. Ich bin leider in Eile. Ein guter Freund liegt krank darnieder.»

Das war nicht einmal gelogen. Nur dass de Gironde kein guter Freund war.

Hinter ihnen erhob sich Lärm. Eine zerlumpte Frau hatte sich auf einen Soldaten gestürzt und sich in sein Haar gekrallt.

«Soll ich mit meinen Kindern krepieren?», kreischte sie. «Gebt meinen Mann heraus, ihr Bestien!»

Jeanne erbebte bis ins Mark bei dem hässlichen Geschrei, das zugleich Ausdruck tiefster Verzweiflung war. Welch grausame Schicksale spielten sich hier ab, von denen sie bisher nichts geahnt hatte. Welches Elend bildete die Kehrseite der glänzenden Hofgesellschaft des jungen Königs.

Ein kleiner Tumult entstand, die Soldaten stürzten sich auf die Unglückliche, um sie festzunehmen. Der Offizier wandte sich von Christian ab und erteilte Befehle, die Umstehenden waren herbeigeeilt und starrten aus sicherem Abstand auf die widerliche Szene. Man zerrte die Frau zurück, ihre Schreie waren weithin zu hören, was mit ihr geschah, konnte Jeanne nicht erkennen, denn die Soldaten hatten sie umringt.

Jeanne wurde von Christian am Arm gepackt, und gemeinsam eilten sie dem Ausgang zu.

«Was ist da drin los?», wollte eine der Wachen wissen.

«Ein Verrückter hat versucht auszubrechen», log Christian. «Seid auf dem Posten.»

Die Wachen nahmen Haltung an und machten Miene, jeden Flüchtling zu ergreifen, der im Toreingang auftauchen würde. Christian ging mit ruhigen Schritten über die Zugbrücke, Jeanne folgte ihm mit wildklopfendem Herzen und weichen Knien. Auf der anderen Seite des Grabens wartete bereits eine Kutsche, die – kaum dass sie beide darin verschwunden waren – mit großer Eile davonfuhr.

Sie saßen sich schweigend gegenüber, während die Kutsche in östlicher Richtung an der Seine entlangfuhr und dann in einen Feldweg einbog. Die Pferdehufe klangen hell auf dem gefrorenen Boden, Unebenheiten und Steine ließen das Gefährt hin und her schaukeln. Jeanne spürte Christians brennenden Blick auf sich gerichtet, und sie sah zu ihm auf.

«Warum hast du das getan?», fragte sie leise.

«Weil ich ein Idiot bin», murmelte er. «Ein Dummkopf, dem nicht mehr zu helfen ist.»

Sie lächelte und fachte damit seinen Zorn weiter an.

«Ich könnte jetzt im Gefolge des Königs auf die Jagd reiten und die Früchte meines Kriegsruhms ernten», schimpfte er. «Ich könnte mir unter seinen Hofdamen eine passende Verbindung suchen und meinen Einfluss damit vergrößern. Was habe ich stattdessen getan? Alles habe ich zunichtegemacht!»

Sie sah in sein zorniges Gesicht und war glücklich.

«Jawohl», meinte sie mit ernster Miene. «Du hast deine Zukunft ruiniert.»

Wütend blitzte er sie an.

«Nicht nur das – ich habe die Hoffnungen meines Vaters zunichtegemacht.»

«Das ist wahr», gab sie zurück. «Und du hast sogar dein Leben aufs Spiel gesetzt.»

Er packte sie bei den Handgelenken und schüttelte sie.

«Mein Leben, meinen Besitz und meine Heimat, du verdammte Wildkatze. Ich werde nicht anders können, als mit dir nach England zu fliehen, damit wir außerhalb der Reichweite des Königs sind. Ich werde mit dir im Exil leben müssen, und unsere Kinder werden heimatlos und arm sein.»

«Was für Kinder?», fragte sie.

«Unsere Kinder», gab er grimmig zurück. «Wir werden in England heiraten, Duchesse. Und von da an werde ich dich nicht mehr aus den Augen lassen. Verlasse dich darauf! Wo du auch bist, was du auch tust – ich werde über dich wachen.»

«Das brauchst du nicht, Christian», sagte sie lächelnd. «Ich werde nicht von deiner Seite weichen, solange ich lebe. Weil ich dich liebe.»

Mit einem Schlag war sein Zorn dahin, und seine dunklen Augen blickten weich und zärtlich.

«Sagst du auch die Wahrheit?», forschte er. «Lügst du mich nicht an?»

Jetzt wurde sie ärgerlich und versuchte sich aus seinem Griff zu befreien.

«Verdammt. Du hast mir nie Gelegenheit gegeben, mich zu erklären. Der Duc de Gironde …»

«Ich will den Namen dieses Menschen nie mehr hören», fiel er ihr ins Wort. «Vergiss ihn – vergiss alles, was gewesen ist. Von jetzt an gibt es nur noch uns beide, Jeanne. Niemand soll uns mehr trennen.»

Er zog sie neben sich auf den Sitz, nahm ihr das Barett vom Kopf und küsste sie voller Verlangen. Ihr Haar löste sich auf und fiel ihr in üppigen Locken über die Schultern, seine Hände glitten unter das Wams, und Jeanne schloss die Augen vor Wonne, als sie seine zärtlichen Finger spürte.

«Reiter!», erklang da die warnende Stimme des Kutschers. «Eine berittene Gruppe hält auf uns zu.»

Das Paar fuhr auseinander und sah aus dem Fenster der Kutsche.

«Die Jagdgesellschaft des Königs», sagte Christian mit dumpfer Stimme. «Wir sind verloren, Jeanne.»

Es war kein Entkommen mehr möglich, im Nu waren sie von den Reitern umringt, die das Wappen des Comte de Saumurat auf der Kutsche erkannt hatten. Neugierig starrten die Höflinge in das Innere des Gefährts – dieser arrogante junge Mensch hatte es gewagt, den königlichen Befehl zu missachten. Anstatt mit dem König zur Jagd zu reiten, vertrieb er sich die Zeit mit seiner Geliebten. Welche es wohl dieses Mal war?

Der König hatte sein Pferd neben die Kutsche gelenkt und sah hinein.

«Duchesse de Gironde!», rief er erstaunt. «Fast hätte ich Euch in diesem Aufzug nicht erkannt. Ich wähnte Euch in der Bastille. Aber wie ich sehe, hat sich ein Kavalier gefunden, der Euch aus dieser misslichen Lage befreit hat.»

«Ich bitte um Gnade, Sire», sagte Jeanne und sah den König flehend an. «Nicht für mich – für den Comte. Er hat alles nur um meinetwillen getan. Ich habe ihn dazu veranlasst. Nur ich bin die Schuldige für seinen Ungehorsam.»

Aber Christian fiel ihr ins Wort.

«Hört nicht auf sie, Sire. Ich habe sie gegen ihren Willen aus der Bastille geholt und in meine Kutsche gezwungen. Sie ist unschuldig – ich schwöre es bei meinem Leben. Bestraft mich – aber lasst die Duchesse nicht ohne Schuld Strafe erleiden.»

Gekicher erhob sich unter den Höflingen. Was für ein hübscher Vogelkäfig war da geöffnet worden. Die beiden Vögelchen, die da so lieblich füreinander eintraten, würden ohne Zweifel gleich ordentlich gerupft werden.

Der König hatte beide mit hochgezogenen Augenbrauen gemustert, sein Gesicht verriet mit keiner Miene, was er dachte.

«Wie ich höre, hat also die Duchesse Euch veranlasst, sie gegen ihren Willen aus der Bastille zu rauben, Comte?», fragte er ironisch.

Die Höflinge gestatteten sich zu lächeln. Einer lachte sogar, hörte aber sofort wieder auf, denn der König blieb ernst.

«Ich sehe, dass das Amt, das ich Euch gegeben habe, Euren Neigungen wenig entspricht», sagte Ludwig. «Daher werde ich Euch davon befreien, Comte.»

«Sire», sagte Jeanne unerschrocken. «Ihr täuscht Euch. Der Comte ist ein hervorragender Jäger und für dieses Amt der einzig Richtige.»

Ludwig sah die bezaubernd schöne junge Frau an und musste lächeln.

«Es lässt sich nicht leugnen, dass der Comte einen gewissen Jagderfolg zu verzeichnen hat», meinte er schmunzelnd. «Dennoch sehe ich mich genötigt, ihn auf seine Güter zu verbannen. Und zwar in Eurer Gesellschaft, Duchesse.»

Verblüffung allerseits, die Höflinge warfen sich Blicke zu, einer wagte es, dem König etwas ins Ohr zu flüstern. Ludwig machte eine abwehrende Handbewegung, und der Höfling erstarrte.

«Ich habe vor einer Stunde eine Nachricht vom Duc de Gironde erhalten», sagte er beiläufig. «Dank der Pflege der Duchesse ist er wieder auf dem Wege der Besserung. Wir werden dem Fall nachgehen, denn der Duc hat einen Verdacht geäußert, der mir wahrscheinlich erscheint.»

Christians Hände, die sich um den Knauf seines Degens gekrampft hatten, lösten sich. Er war bereit gewesen, Jeanne sogar gegen die Höflinge, ja gegen den König selbst zu verteidigen. Doch wie es schien, war es unnötig. Der König bewegte sein Pferd und machte Miene, davonzureiten.

«Ich wünsche Euch erst nach Ablauf von drei Jahren wieder bei Hofe zu sehen, Comte», rief er den beiden zu. «Und zwar gemeinsam mit Eurer Gemahlin.»

Die Reiter sprengten davon, bevor Christian und Jeanne dem König danken konnten. Stumm saßen sie in der Kutsche und sahen sich an. Dann ergriff Christian ihre Hand.

«Es ist zum Verzweifeln», sagte er lächelnd. «Sogar den König hast du bezaubert. Ich bin heilfroh, dass du für die nächsten drei Jahre mit mir in meinem Schloss bleiben wirst.»

«Ich hatte nie einen anderen Mann im Sinn als dich, Christian», gab sie zurück und küsste seinen Mund.

«Eine Kutsche!», vermeldete der getreue Diener. «Sie ist uns gefolgt, seitdem wir die Stadt verlassen haben.»

«Verflucht!»

Christian schob Jeanne in eine Ecke des Wagens und zog den Degen.

«Wir werden ja sehen, wer es wagt, sich uns in den Weg zu stellen», drohte er.

Er hörte Jeanne lachen und sah sie verblüfft an.

«Aber siehst du denn nicht, mein großer Held? Es ist die Kutsche von de Gironde.»

Das Gefährt hielt dicht hinter ihnen, und eine kleine junge Frau stieg aus.

«Nadine!», rief Jeanne und riss den Schlag auf. «Meine kleine Nadine!»

Ungläubig sah Christian zu, wie die beiden Frauen sich in die Arme fielen.

«Oh, ich habe gewusst, dass der Comte Euch retten würde», sagte Nadine, die vor Aufregung und Kälte rote Wangen hatte. «Ich habe vor seinem Haus in der Kutsche gewartet und bin ihm bis zur Bastille gefolgt. Oh, Mademoiselle! Es ist doch so gekommen, wie ich gesagt habe!»

Man setzte den Weg fort. Die beiden Kutschen fuhren dicht hintereinander über die gefrorenen Wege, durch kleine Dörfer, die geduckt im Schneetreiben lagen und von deren Dächern schmale weiße Rauchfäden in den Winterhimmel stiegen.

Christian hatte neben Jeanne Platz genommen und hielt sie fest umschlungen.

«Ich wünschte, ich könnte bald diese scheußlichen Kleider loswerden», seufzte sie. «Dieses Wams riecht muffig, und die Hose kratzt fürchterlich.»

Er schob die Hände unter ihr Wams, spürte die weichen Rundungen ihrer Brüste und konnte sich kaum noch beherrschen.

«Ich werde sie dir schon ausziehen», murmelte er. «Heute Nacht, wenn wir in einer Herberge unterkommen, werde ich dafür sorgen, dass du gebadet wirst, meine Süße. Und da ich mich ebenfalls etwas staubig fühle, werden wir gemeinsam baden.»

«Und was ziehe ich dann an? Auf keinen Fall wieder dieses widerliche Zeug.»

Er lachte und zog ihr das Hemd aus der Hose, um ihre Haut zu berühren. Zärtlich suchten seine Lippen nach ihrem Nabel und kitzelten ihn mit der Zunge, bis sie aufschrie. Dann fand er ihre Brüste und umschloss die Spitzen eine nach der anderen zärtlich mit seinem Mund.

«Gar nichts wirst du anziehen, mein Schatz», murmelte er. «Ich werde dich in meinen Mantel hüllen und nackt – wie du erschaffen wurdest – in mein Schloss tragen. Wie gefällt dir das?»

Sie stöhnte leise, als seine Hände tiefer glitten und sie seine geschmeidigen Finger dort spürte, wo sie am meisten erregbar war.

«Du wärest imstande, das zu tun», flüsterte sie und biss ihm liebevoll ins Ohr. «Oh, Christian, ich liebe dich. Ich liebe dich so ...»

«Und ich liebe dich, meine süße, verführerische Wildkatze ...»

Das Blut rauschte in ihren Ohren, und während er ihr nun doch alle Kleider auszog und sie sich seinen Zärtlichkeiten hingab, glaubte sie, die Kutsche würde auf den Wellen eines riesigen Ozeans schwimmen, in dessen blauer Tiefe die seidig schimmernden rosigen Muscheln lockten.

René war der Erste, der auf die Karossen zustürzte, die über die verschneite Auffahrt zum Schloss hinauffuhren. Er trug ein dickes Wams gegen die Kälte, warf während des Laufens seine Fellhandschuhe von sich, die ihn gehindert hätten, die Kutschenschläge zu öffnen, und stieß einen wilden Freudenschrei aus, der an das Gebrüll eines Stieres erinnerte.

«Ich ... ich glaub's nicht», stammelte er, als Christian

mit der immer noch als Mann verkleideten Jeanne aus der Kutsche stieg. Christian umarmte den Freund, und der weiße Winteratem von beiden vermischte sich.

«René – altes Haus! Jetzt haben wir euch aber ganz schön aus dem Winterschlaf geschüttelt, wie?»

«Wenn's das nur ist», strahlte René und erlaubte sich, Jeannes Hand zu küssen. «So ein Gerüttel hätte ich mir alle Tage gewünscht. Du ahnst nicht, wie traurig und einsam es hier war ohne euch. He! Marie! Claude! Heraus mit euch. Der Comte ist da!»

Ein Fenster wurde geöffnet, und für einige Sekunden war Claudes dunkelhaariger Schädel zu sehen, dann lugte das rosige Gesicht von Marie heraus. Christian stellte voller Erstaunen fest, dass Marie keine Haube trug und auch die Schulter, die er für kurze Zeit zu sehen bekam, völlig nackt gewesen war.

«Ach, das wisst ihr noch gar nicht», erklärte René und kratzte sich verlegen am Kopf. «Claude und Marie sind seit ein paar Monaten verheiratet. Und Nachwuchs ist auch schon unterwegs.»

Jeanne und Christian sahen sich an und schmunzelten.

«Das ist eine großartige Nachricht», meinte Jeanne. «Wo eine Hochzeit ist, da können leicht andere folgen.»

Christian legte zärtlich den Arm um ihre Schultern und küsste sie auf die Wange. Was er ihr ins Ohr flüsterte, musste sehr erheiternd sein, denn sie begann fröhlich zu lachen. Währenddessen war René zu der zweiten Kutsche getreten und öffnete mit zittriger Hand den Schlag.

«Nadine», sagte er leise. «Ich habe schon gefürchtet, du wärest in Paris geblieben.»

Sie machte ein hochmütiges Gesicht und ließ sich gnädig von ihm aus der Kutsche helfen. Als sie vor ihm stand, gut eineinhalb Köpfe kleiner als er, schaute sie ihn streng von unten herauf an.

«Ein Wunder wäre es nicht gewesen», sagte sie. «Ich hatte zumindest nicht das Gefühl, dass mich hier auf dem Schloss jemand vermissen würde.»

«Aber ...», rief er und errötete, weil Christian und Jeanne herbeigekommen waren und zuhörten. «Aber ich habe dir doch einen Brief geschrieben, Nadine.»

Christian fuhr bei diesem Satz heftig zusammen und griff sich an den Kopf.

«O Gott!», rief er betroffen. «Verzeih mir, René. Und auch du, Nadine. Ich habe diesen Brief total vergessen.»

«Na, großartig», knurrte René. «Ich habe eine ganze Nacht lang an der Feder gekaut, gut zehn Blätter habe ich in den Papierkorb geworfen – und dann war alles umsonst.»

«Aber nein», sagte Christian aufgeregt und wühlte in den Taschen seines Rocks. «Hier ist er doch. Ich habe ihn immer bei mir getragen, sogar im Krieg. Schau, das Siegel ist nicht erbrochen.»

Bevor René die Hand nach seinem Schreiben ausstrecken konnte, hatte Jeanne es schon in den Fingern.

«Dann werde ich Nadine jetzt vorlesen, was René ihr geschrieben hat», meinte sie lächelnd. «Bist du einverstanden, Nadine?»

«Aber ja ...»

René bekam rote Ohren, doch er konnte nicht verhindern, dass Jeanne seine Sätze nun mit lauter Stimme vortrug.

«Liebe Nadine. Ich vermisse dich unendlich, meine kleine Freundin – und ich bereue alles, womit ich dich jemals gekränkt habe. Falls du beschließen solltest, wieder in die Normandie zu kommen, werde ich sehr glücklich sein.»

«Ich wusste gar nicht, dass du so zärtliche Briefe schreiben kannst», witzelte Christian und stieß den Freund in die

Seite, während Nadine voller Rührung schon die Tränen in den Augen standen. René kratzte verlegen mit einem Fuß auf dem Boden herum.

«Da ist noch ein Nachsatz», meldete Jeanne. «Seid einmal still. Hier steht: *Ich möchte dich bitten, meine Frau zu werden, Nadine.*»

Nadine riss die Augen auf – René stand wie vom Donner gerührt.

«Das ... das habe ich nicht geschrieben», stammelte er mit hochrotem Gesicht. «Aber ...»

«Aber?», fragte Nadine lächelnd und nahm seine breite, frostrote Hand in die ihre.

«Aber genau das habe ich schreiben wollen», gestand er. «Willst du meine Frau werden, Nadine?»

Die Antwort ging in Nadines Schluchzen unter, sie warf sich ihrem normannischen Bären an die breite Brust, und er umschlang sie voller Inbrunst und drückte sie an sein Herz.

Lachend zog man ins Schloss ein, in dem Claude seinen Herrn begrüßte und die bereits recht rundlich gewordene Marie als seine Frau vorstellte. Der kleine Claude hatte sich ein Bärtchen stehen lassen und präsentierte die schwangere Marie mit großem Besitzerstolz. Schließlich war er derjenige, der diese wundervollen Rundungen ihres Leibes zu verantworten hatte.

Christian gratulierte, versprach Hochzeitsgeschenke, dann erhob sich rege Tätigkeit: Das Gepäck, das Abendessen, das Bad wurden vorbereitet und Kleider für Jeanne. Wobei es mit dem Bad sehr eilig sei, mit den Kleidern nicht ganz so dringlich ...

Eine Woche später kam Nachricht aus Paris: Roger de Gironde war wieder wohlauf und seine Stellung bei Hofe besser denn je. Die Drahtzieher des Giftanschlags waren inzwischen bekannt. Roger hatte es bereits vermutet: Marguerite de Fador hatte ihre Hände im Spiel gehabt. Einen Prozess würde es allerdings nicht geben – die kluge Marguerite hatte verlauten lassen, dass verschiedene sehr hochgestellte Persönlichkeiten in die Affäre verwickelt seien, bis hin zu Mme de Montespan. Der König hatte daraufhin beschlossen, die Sache nicht weiterzuverfolgen. Roger bedauerte, nicht zur Hochzeitsfeier kommen zu können – Geschäfte hielten ihn leider in Paris. Doch würden in Kürze seine Geschenke eintreffen und dazu einige auserlesene Kostbarkeiten, die der König selbst für das junge Paar zur Hochzeit ausgewählt habe.

«Wie schade», meinte Jeanne, die mit Christian am knisternden Kaminfeuer im Salon saß und sich an ihn schmiegte, während er ihr den Brief vorlas. Draußen vor dem Fenster fielen zarte weiße Schneeflocken auf die Terrasse und hüllten den verwilderten Schlosspark in ein zauberhaftes Wintergewand.

Christian warf das Schreiben auf den Boden und umschlang seine Jeanne mit beiden Armen.

«Ich kann auf ihn verzichten, mein Schatz», murmelte er und suchte eine Stelle in ihrem Dekolleté, um sie dort zu küssen.

«Er ist immerhin mein Vater», begehrte sie auf. «Er könnte wenigstens zu meiner Hochzeit kommen. Das gehört sich so.»

Er hatte jetzt schon die Schnur ihrer Corsage gefunden und löste sie mit raschen Fingern. Lachend versuchte sie sich zu wehren und ergab sich schließlich seinen zärtlichen Fingern und Lippen.

«Oh, Christian», stöhnte sie, als er ihre Brüste schon

fast völlig von der Corsage befreit hatte. «Unsere Hochzeit ist doch erst in der kommenden Woche ...»

Lachend riss er ihr den Rest des Kleidungsstückes vom Körper, hob sie auf die Arme und trug sie die Treppe hinauf ins Schlafzimmer.

«Genau das», flüsterte er lachend in ihr Ohr. «Bald kommt unsere Hochzeitsnacht, meine süße Jeanne. Lass uns dafür üben, damit wir sie mit Anstand und Würde hinter uns bringen und uns nicht etwa blamieren.»

Sie schrie leise auf, als er ihr die Röcke löste und sie voller Leidenschaft und Zärtlichkeit umfasste.

«Ach, Christian», flüsterte sie verliebt. «Christian!»

Ende

Plaisir d'Amour

Erotische Literatur von Frauen (nicht nur) für Frauen

Verlagsprogramm, Leseproben & Autoreninfos:
www.plaisirdamour.de

Portia Da Costa
Der Club der Lust
Erotischer Roman
Die Journalistin Natalie fährt zu ihrer Halbschwester Patti. Schon im Zug hat die junge Frau ein besonderes Erlebnis: Sex mit einem Fremden. Sie ahnt nicht, dass sie ihn wieder treffen wird. Und auch nicht, dass Patti sie in einen geheimnisvollen Club der Lust einführen will ... rororo 24138

Erotische Literatur bei rororo
Nur Frauen wissen,
wovon Frauen wirklich träumen.

Susanna Calaverno
Asian Desire
Erotischer Roman
Bonsai Gärtnerin Eva entschließt sich nach Japan zu reisen. Im Land der aufgehenden Sonne wird sie überraschend Zeugin einer privaten Bondage-Session. Die japanische Fesselkunst fasziniert sie, und sie beginnt eine leidenschaftliche Affäre. rororo 25417

Corinna Rückert
Lustschreie
Erotische Geschichten
Eine Frau beim Blind Date: Plötzlich hat sie eine Binde vor den Augen und wird zart und doch fordernd von einem Unbekannten verführt. Ihre Erregung ist grenzenlos ...
Außergewöhnlich anregende und sinnliche Geschichten von der grenzenlosen Lust an der Lust. rororo 23962

Weitere Informationen in der Rowohlt Revue *oder unter* www.rororo.de